ELLE EST LES TÉNÈBRES

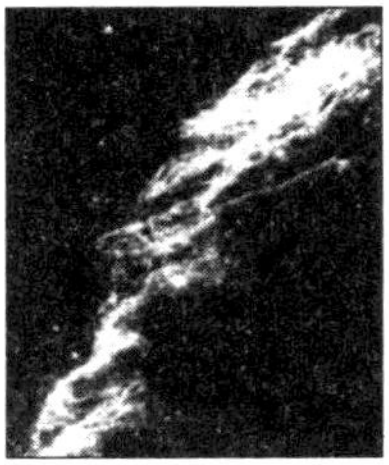

LA DENTELLE DU CYGNE

DU MÊME AUTEUR
DANS LA MÊME COLLECTION

LA COMPAGNIE NOIRE

La Compagnie noire

Le château noir

La Rose Blanche

Les livres du Nord

(édition spéciale comprenant les trois premiers romans, avec dix illustrations de Didier Graffet)

Jeux d'ombres

Rêves d'acier

La pointe d'argent

Les livres du Sud

(édition spéciale comprenant les trois romans suivants, avec dix illustrations de Didier Graffet)

Saisons funestes

Elle est les ténèbres (2 tomes)

L'eau dort (2 tomes)

Soldats de pierre (2 tomes)

GARRETT, DÉTECTIVE PRIVÉ

La belle aux bleus d'argent

Cœurs d'or à l'amer

Pour quelques deniers de cuivre

Le dragon ne dort jamais

Qushmarrah

Glen Cook

Elle est les ténèbres

TOME II

Les Annales de la Compagnie noire

TRADUIT DE L'AMÉRICAIN PAR FRANK REICHERT

L'ATALANTE
Nantes

Illustration de la couverture : Didier Graffet

SHE IS THE DARKNESS

ISBN 2-84172-259-7

Librairie L'Atalante, 11 & 15, rue des Vieilles-Douves, 44000 Nantes

I

J'ai annoncé au Vieux que ses soldats tiraient sur la Porte d'Ombre. Il s'est salement rembruni. « Je ne crois pas que ce soit une très bonne idée. » Il a hélé un messager d'un beuglement et dépêché une impérieuse mise en garde à nos frères de la division cantonnée au sud.

« Pas de corbeaux dans le coin, ai-je fait remarquer.

— Qu'un-Œil m'a façonné un sortilège me permettant de les affamer et de les éloigner quelque temps. Mais pas éternellement. »

J'ai saisi la coupure. « Je n'ai pas l'impression que nous fassions tout ce qui est en notre pouvoir pour assister les lascars de Madame piégés dans Belvédère. »

Il a haussé les épaules. « Je ne me fais plus de bile pour Belvédère. Plus beaucoup, tout du moins.

— Comment ? Tu ne te soucies plus d'Ombrelongue ? Du Hurleur ? De Narayan Singh et de ta… de la Fille de la Nuit ?

— Ne te méprends pas. Je ne reste pas indifférent. Mais ils ont beaucoup perdu de leur importance.

— J'ai dû rater un épisode. Qu'est-ce que tu veux dire ?

— Ce n'est qu'une suggestion, Murgen. Mais nous pourrions partir dans le Sud dès à présent. Si nous le souhaitions. Et si je ne me trompe pas quant à l'étendard.

— Euh… » ai-je fait. Je ne suis pas tombé de la dernière pluie.

« L'étendard est forcément la clé de la Porte d'Ombre, Murgen. Il me semble que nous pourrions la franchir et poursuivre notre chemin sans aucun risque, à condition de le brandir.

— Euh... ai-je répété, non sans certaines arrière-pensées cette fois-ci. Tu veux dire que nous pourrions rassembler tout notre monde, dire au reste de la racaille d'aller se faire foutre et tailler la route en entonnant de joyeuses chansons de marche ?

— Exactement. Peut-être. »

Il n'en était donc pas entièrement sûr.

« Est-ce que ça ne laisserait pas un grand nombre de questions en souffrance ? Sans même parler du risque d'ouvrir la Porte d'Ombre dans le mauvais sens.

— Ombrelongue en est le maître. Il peut la maintenir hermétiquement scellée.

— Et s'il n'y parvient pas ? »

Toubib a haussé les épaules. « Nous ne devons rien à personne... Tu viens de m'annoncer que la Radisha envisageait toujours de nous baiser la gueule. Le Prahbrindrah Drah trafique lui aussi quelque chose dans son coin. Le Hurleur n'est pas franchement de nos amis et Volesprit ne m'a prêté main-forte que parce qu'elle s'imagine obtenir ainsi barre sur Madame.

— Mon épouse est encore dans le delta, patron. Avec un polichinelle dans le tiroir. Sans rien dire de Gobelin et de son équipe. Que je n'arrive toujours pas à localiser, soit dit en passant, mais dont je suis persuadé qu'ils rôdent quelque part dans la nature, cherchant à mener à bien la mystérieuse mission que tu leur as confiée.

— Hum ? Je n'y avais pas songé. Aucun mystère là-dedans. La mission de Gobelin peut passer à la trappe. Et il est censé se trouver en bonne place si le prince essaie de nous faire faux bond ou décide de nous jouer un tour à sa façon. Auquel cas un coup de main en provenance d'un angle mort ne serait pas malvenu. »

J'ai poussé un grognement. C'était peut-être exact. Ou bien c'était ce qu'il voulait me faire croire. J'ai mis tout ça à gauche. Je pourrais toujours répondre à la question en recourant à Fumée, du moins si j'en ressentais vraiment le besoin et à condition de me montrer futé et déterminé. « Et Singh ? me suis-je enquis. Tu vas tout bonnement laisser quimper ? »

Jamais Madame n'accepterait, à mon humble avis. Difficile de dire ce qui lui passait exactement par la tête, mais j'étais fermement convaincu que rien ni personne ne la ferait bouger d'ici tant que Narayan Singh serait en bonne santé.

« J'ai laissé les choses se dénouer d'elles-mêmes jusque-là. Et je compte bien persister dans ce sens encore quelque temps. Mais, le moment venu, je n'hésiterai pas à lancer la Compagnie sur la route du Khatovar. » Sa voix avait pris un ton âpre et glacé, aussi assuré qu'officiel.

La moutarde commençait à me monter au nez. Mauvaise limonade ! « Je crois que je ferais mieux de me retirer, lui ai-je déclaré.

— Il n'était que temps. » Il s'est fendu d'un faible sourire.

Un de ses énormes corbeaux a passé le bec dans la pièce. S'il est donné aux oiseaux d'avoir l'air intrigué, celui-là l'avait.

En plus, il refoulait du goulot. Il avait déjeuné dans les ruines.

« Jusqu'à quel point devons-nous nous acquitter de notre contrat avec les Tagliens ? ai-je demandé à Qu'un-Œil.

— Hein ? » Il s'est contenté de ce grognement éberlué. Il avait envie que je me taille, que je le laisse jouer avec son alambic.

« Sommes-nous tenus de respecter notre part du marché jusqu'au moment où ils auront décidé de nous faire marron ? je veux dire.

— C'est quoi, ton problème ? » Il a fait un geste. Pas de becs fouineurs alentour.

« Le Vieux parle de quitter Belvédère sans un regard en arrière. D'oublier Ombrelongue et toute la smala. De les laisser folâtrer ensemble pendant qu'on piquerait vers le sud. »

Cette perspective a eu le don de faire tressaillir le petit sorcier. Il a cessé tout net d'essayer de se débarrasser de moi. « Il a trouvé un moyen qui nous le permettrait ?

— Il pense que c'est faisable. Je ne crois pas qu'il en ait la certitude. Mais j'ai la nette impression qu'il est décidé à tenter le coup à la dure.

— Pas génial ! Ça pourrait déclencher une vraie tempête de merde ! L'équivalent de... De rien de ce qu'on pourrait imaginer, probablement. Genre mythologique, quoi !

— C'est bien ce que je me suis dit. Peut-être qu'il galéjait, tout connement. Mais ça ne pourrait pas faire de mal de lui rappeler que nous n'avons toujours pas les trois volumes manquants des annales. J'ai le sentiment que nous ne devrions pas sous-estimer cette lacune. »

Qu'un-Œil n'éprouve pas pour les annales le quart de la foi que je leur porte ni le dixième de celle de Toubib, mais il a fait la grimace. « Bonne idée. Je m'en charge.

— Avec subtilité ? Quand on l'attaque au marteau, il a tendance à jouer les têtes de pioche.

— Avec subtilité ? Tu me connais, gamin. Je suis plus insaisissable que fiente de chouette vaselinée.

— Justement, je te connais. C'est bien ce qui m'inquiète.

— Je ne sais pas ce qui ne tourne pas rond avec votre génération. Vous n'avez aucune confiance. Aucun respect.

— Et pas beaucoup de patience non plus pour les bouffons, ai-je reconnu. J'ai des journaux à écrire. Sans compter la bile que je dois me faire. »

Et il fallait aussi que je mange. J'étais de nouveau affamé. Compte tenu de ce que je tortorais quand je chevauchais le fantôme, j'aurais dû me faire trop de lard pour mettre un pied devant l'autre.

J'ai rejoint mes beaux-parents devant le feu. Mère Gota m'a tendu une bolée de ce qu'elle avait fait mijoter dans sa marmite, quoi que ça pût être. Personne ne l'ouvrait. Je ne leur avais pas beaucoup adressé la parole ces derniers temps. Ils m'étaient devenus si suspects que je n'avais plus le goût de me montrer sociable.

Je me suis demandé pourquoi la vieille peau ne faisait pas sa cuisine à l'intérieur. Thai Dei et moi lui avions installé une véritable suite privée dans notre terrier en continuelle expansion, mais elle n'y entrait que lorsque le temps virait à l'aigre ou quand venait l'heure de dormir.

Thai Dei abattait le plus gros du boulot dans l'abri. Il n'avait pas grand-chose d'autre à faire. Il ne se mêlait pas aux intrigues de sa mère et de l'oncle Doj.

« Merci, ai-je dit à mère Gota à la fin du repas. J'en avais bien besoin. » Pas moyen de la complimenter sur sa cuisine. Elle n'avalerait jamais la couleuvre, se fût-elle plantée en concoctant un plat mangeable. Elle n'avait jamais eu de prétentions culinaires.

« Toi, a-t-elle soudain déclaré, entamant la conversation, ce qui lui arrivait rarement. Es-tu prudent des corbeaux, guerrier d'os ? Ils sont consistants. » Son taglien était abominable. Je parlais bien mieux le nyueng bao, mais elle refusait de me faire cette courtoisie. Sans doute aurait-ce conduit, d'une manière ou d'une autre, à légitimer ma relation avec Sahra.

J'avais cessé depuis bien des années d'essayer de trouver aucun sens à ses raisonnements. « Ils colportent fréquemment des messages, ai-je répondu en nyueng bao. Ils espionnent. On est au courant. Pareil pour les souris et les chauves-souris. Ceux qui utilisent ces animaux ne sont pas nos amis. »

J'outrepassais mes droits en lui divulguant tout cela. Toubib ne serait pas content. Mais j'appâtais. Apprendre ce qu'elle savait ou soupçonnait ne nous ferait pas de mal. Parfois, elle ne pouvait pas s'empêcher de pavoiser.

« J'ai aussi vu des hiboux la nuit, soldat de pierre. Ils ne se comportaient pas comme de vrais hiboux. »

J'ai émis un grognement. Première nouvelle ! Et j'en tirais au moins une conclusion : si on utilisait réellement des hiboux pour nous espionner, et à notre insu, alors la vieille était sacrément plus futée que je ne l'avais cru.

« Cette nuit, de nombreux corbeaux ont fait la navette entre ici et la forteresse brillante. »

Je l'ai examinée plus attentivement. Cette nuit ? Pendant que Thai Dei et moi étions en ville avec les troufions égarés ? Pendant qu'elle se faufilait dans la nuit avec oncle Doj ? Elle avait dû voir quelque chose qui m'avait échappé. Peut-être.

Les corbeaux s'étaient raréfiés autour de Belvédère, ces derniers jours. Ombrelongue s'était pris d'inimitié pour ces noirs hérauts du malheur. Ses tourelles de cristal étaient environnées de petits sortilèges féroces fonctionnant comme des pièges de mygales, qui frappaient les oiseaux quand ils s'approchaient un peu trop.

« Intéressant, ai-je laissé tomber. C'est peut-être une nouveauté.

— On a déjà vu des corbeaux avant. Mais jamais autant.

— Hum. » Qu'avait-il bien pu se passer la nuit dernière pour passionner à ce point Volesprit ? Je n'avais rien constaté d'anormal aujourd'hui. Ça valait peut-être la peine d'aller vérifier sur place.

Mais peut-être aussi qu'on me bourrait le mou. Peut-être mère Gota et oncle Doj s'apprêtaient-ils à sonder les bizarreries de ma conduite de ces derniers mois. A faire ce dont Toubib les soupçonnait depuis toujours. S'il se bornait à les soupçonner...

Il soupçonnait tout le monde de quelque chose...

« Celui qui vole est sorti hier soir, soldat de l'ombre.

— Ah. » Elle essayait bel et bien de me manipuler. Elle savait parfaitement que je détestais ces titres énigmatiques que

Ky Dam, son père, avait employés le premier. Le vieux porte-parole n'avait jamais daigné les expliquer, et jamais mère Gota n'irait patauger dans des eaux où son père aurait refusé de s'aventurer. « C'est intéressant. » Depuis un moment, on n'apercevait plus le Hurleur sur son tapis volant. Il faut ajouter qu'il ne dédaignait pas de recourir à des sortilèges de dissimulation lorsqu'il prenait son essor.

Elle brûlait d'envie de me poser des questions, suffisamment pour m'asticoter et me mettre en rogne. Les informations qu'elle venait de me donner seraient les seules que j'obtiendrais d'elle. Pour le moment.

J'ai refusé d'entrer dans son jeu. Je me suis tourné vers Thai Dei. « Je viens d'être promu membre honoraire de la tribu ? »

Il a haussé les épaules. Lui-même avait l'air un peu étonné que sa mère m'eût divulgué ces quelques bribes de renseignement.

Je ne me suis pas précipité chez Fumée. Si c'est ce qu'attendait la vieille toupie, j'ai dû sacrément la décevoir. J'ai aidé à quelques corvées, assisté Thai Dei dans ses travaux sur notre terrier, mangé encore un peu, bu énormément, travaillé un moment sur mes annales. Je ne pouvais strictement rien changer à ce qui s'était produit la nuit dernière. Et, quoi qu'il se fût passé, ça n'avait pas ébranlé les fondations du monde au point de constituer une menace immédiate.

Qu'un-Œil m'a facilité la tâche. Peu après le coucher du soleil, il s'est présenté avec une casserole de terre cuite. « La soupe est servie », a-t-il déclaré. Il a touillé le contenu de sa casserole. L'immonde puanteur d'un atroce breuvage s'est rapidement répandue dans le terrier.

« D'accord ! » Je me suis levé et je l'ai suivi dans l'obscurité.

2

« Un vrai coup de chance, ton apparition à cet instant précis, ai-je confié à Qu'un-Œil. Je voulais me tirer. »

Je lui ai rapporté ce que m'avait dit mère Gota.

« Comment pouvait-elle le savoir ? »

Je lui ai expliqué que je les avais repérés pendant la nuit, elle et l'oncle Doj. « Peut-être m'ont-ils aussi aperçu.

— Thai Dei a dû leur en faire part.

— C'est possible.

— Tu penses que c'est important ?

— Ils ont mis un point d'honneur à s'assurer que j'étais au courant. Je ferais bien de vérifier. Je n'ai rien remarqué pendant ma ronde de routine. »

Qu'un-Œil a laissé échapper un grognement. Il avait l'air songeur. « Ça t'apprendra. Qu'on soit ou non fin prêts, on finira par passer à côté de certains éléments parce qu'on ne saura pas où chercher. »

C'était la stricte vérité. Certains détails pouvaient s'étaler au grand jour, n'empêche qu'ils m'échapperaient malgré tout, en dépit de l'indéniable avantage que me conférait Fumée, parce que je ne savais pas observer.

Nous n'avions tout bonnement pas le temps de remuer sans arrêt ciel et terre.

« Pourquoi n'irais-tu pas offrir un peu de ta potion magique à mes beaux-parents ? Histoire de leur embrouiller un moment les idées ?

— Je croyais qu'ils ne touchaient pas à l'alcool.

— Ils ne sont pas censés en boire. Mais j'ai vu Thai Dei s'avaler un cordial à deux ou trois occasions, pour se montrer sociable, et sa mère y aurait volontiers pris goût à Taglios si oncle Doj n'avait pas toujours été dans nos jambes. Elle buvait des coups en douce en son absence. Elle n'en a pas eu l'occasion depuis qu'on a pris la route.

— Très intéressant. » Le petit homme noir s'est mis à faire les cent pas. « Je vais te dire quoi. Je leur tiendrai compagnie pendant que tu sortiras. Je leur expliquerai que tu travailles. »

Il a pris congé avant que j'aie eu terminé mes préparatifs. Il trimballait un vieux seau en bois tout poisseux. « Faudra que je lui organise une entrevue avec Cygne », ai-je marmonné. Saule Cygne brassait lui aussi une bière médiocre, mais au moins connaissait-il quelques rudiments du métier. Comparée à la production de Qu'un-Œil, celle de Cygne était pure ambroisie.

Fumée m'a paru se réchauffer lorsque je me suis emparé de lui, comme si, quelque part, il se rendait compte qu'il n'était plus seul et s'en réjouissait. Je l'ai conduit directement à Belvédère en remontant dans le passé pendant le trajet, tout en évitant les ruines embrasées afin de ne pas me croiser moi-même. J'ai dû patiner un tantinet d'avant en arrière avant de localiser les corbeaux de mère Gota. Ils ne sont restés visibles qu'un bref instant, sans jamais se faire remarquer. Ils sont arrivés du nord, survolant de très haut la forteresse, puis ont fondu sur Belvédère comme une chute de pierres. Ils n'étaient guère plus d'une douzaine, de sorte que le message qu'ils transporteraient, dans un sens ou dans l'autre, serait rigoureusement restreint. Je m'étais attendu à en voir beaucoup plus, d'après les dires de ma belle-mère.

J'ai suivi le dernier jusqu'au sol. Leur volée ne s'est pas approchée de la tour rutilante d'Ombrelongue, où le Maître d'Ombres travaillait encore tardivement sur quelque texte ésotérique. Ils ont piqué vers les ténèbres d'une cour intérieure et sont entrés dans la forteresse par une porte à peine entrebâillée. Puis ont échangé quelques marmonnements, mal à l'aise dans cet environnement. Un cri aigu, brutalement interrompu, a failli les égailler.

Une voix a chuchoté quelques mots. Je ne distinguais que des silhouettes sombres dans cette obscurité, mais j'avais reconnu le glapissement avorté du Hurleur. Je ne comprenais pas ses paroles. Pas plus que les corbeaux qui, tour à tour, se plaçaient devant lui pour émettre des sons pouvant constituer un message. A mes yeux, l'information la plus cruciale n'était pas la teneur de ce message mais son existence elle-même.

Volesprit et le Hurleur correspondaient.

Je suis remonté d'une heure dans le temps. Le Hurleur ne faisait strictement rien à part patienter, assis au même endroit. J'ai fait un saut en avant, bien décidé à lui coller aux basques jusqu'à découvrir quelque chose d'intéressant.

J'ai dû avancer jusqu'aux quelques minutes succédant à l'arrivée des corbeaux.

Ils ne sont pas restés bien longtemps. Puis le Hurleur s'est enfoncé à reculons dans les ténèbres. Je l'y ai suivi en me laissant porter, uniquement guidé par mon ouïe et mon odorat. Il laissait un sillage identifiable jusque dans le monde spectral.

Il s'est cantonné dans l'obscurité, à l'écart des itinéraires qu'aurait pu emprunter Ombrelongue, jusqu'à atteindre une certaine porte. Il a frappé, ce qui m'a grandement surpris. Le Hurleur serait plutôt du genre à s'inviter.

Narayan Singh a entrouvert la porte. Le Hurleur a refoulé un glapissement. Il apprenait enfin à se taire. Singh a reculé d'un pas pour le laisser entrer. L'autre s'est faufilé furtivement à l'intérieur, tel un Félon lilliputien maraudant autour de sa cible mortelle. « L'heure est venue », a-t-il murmuré.

L'heure de quoi ?

Singh le savait, apparemment. Il est aussitôt allé trouver la Fille de la Nuit. Pliée en deux devant un petit feu de cheminée, la gamine s'employait fanatiquement à retranscrire le premier Livre des Morts. J'ai eu l'impression qu'elle avait quasiment terminé. Mais qui pouvait connaître la longueur de ce bouquin ?

Singh n'avait pas trop l'air de savoir comment s'y prendre pour l'aborder. Il ne semblait plus sûr de rien, ces derniers temps. Il n'était pas loin d'être de trop et il en était conscient.

Madame saurait toujours que faire de lui, néanmoins.

Il a réussi à attirer l'attention de la fillette. Dieux ! elle devenait vraiment effroyable. Il émanait d'elle une sorte d'aura, de nimbe de ténèbres, pourrait-on dire. La lumière semblait chatoyer dans ses yeux comme dans ceux d'un gros félin s'approchant en tapinois de votre feu de camp à l'agonie. Elle avait faim et vous somnoliez.

« C'est l'heure », lui a dit Narayan dans un murmure faisant à peine vibrer l'air.

Elle a hoché sèchement la tête et l'a chassé d'un petit geste. Narayan s'est incliné puis éloigné à reculons.

Pas moyen de se méprendre sur l'identité de celui des deux qui portait la culotte et donnait les ordres, ni de celui qui s'y pliait. Pas plus qu'on ne pouvait douter du fait qu'elle était elle-même contrôlée par une puissance bien précise. Elle a tendu à Narayan la main dont elle se servait pour écrire afin qu'il l'aide à se lever. Une serre qu'elle ne parvenait pas à décrisper. Ses jambes étaient trop raides pour qu'elle pût les déplier toute seule. L'espace d'un instant, oubliant qu'il ne s'agissait pas d'une véritable enfant, je me suis apitoyé sur son sort.

Le Hurleur est retourné dans le couloir. Il précédait Singh et la fillette d'une courte tête, en éclaireur. Ces deux derniers avaient insisté pour embarquer une lampe, ce qui perturbait considérablement le Hurleur. Il a pesté et marmotté tout au long de leur sournoise reptation.

Empruntant un itinéraire tortueux qui leur permettait d'éviter tant Ombrelongue que la garnison et l'enclave investie par les soldats de Madame, le Hurleur les a conduits dans une salle sans surveillance surplombant Kiaulune. Des incendies s'étaient déclarés en contrebas. Je m'y trouvais en ce moment même avec Thai Dei, mort de froid, mortifié et en rage contre moi-même d'avoir eu la sottise d'insister pour voir ce spectacle de mes yeux.

Je ne les ai pas filés en temps réel. J'exécutais de petits sauts, je comprimais les événements. La destination du Hurleur était un petit tapis volant, planqué au faîte d'une tour désaffectée dépourvue de dôme. Le tapis était neuf, plus petit que ceux que nous avions déjà vus et aussi noir que la nuit qui nous environnait. Une preuve de plus qu'on ne peut pas tout savoir, à moins de consacrer chaque minute de son temps à l'espionnage. Je n'avais jamais vu le Hurleur travailler à ce tapis.

Ils l'ont soulevé à trois sans échanger un seul mot, l'ont transporté jusqu'au rebord du parapet tel un marchepied à l'aplomb du vide, l'ont enjambé et sont grimpés à bord pendant leur chute. Narayan a fermé les yeux et poussé un léger gémissement. La Fille de la Nuit n'avait pas l'air impressionnée.

Le Hurleur a repris juste à temps le contrôle du tapis, avant qu'ils ne s'écrabouillent sur les rochers et les ruines en contrebas. Il a entrepris de glisser sans heurts, un mètre ou deux au-dessus du sol, tout en s'efforçant d'interposer des obstacles solides entre Belvédère et lui.

Je suis allé jeter un bref coup d'œil à Ombrelongue.

Le Maître d'Ombres ne tenait pas en place. Il avait renoncé à ses études pour vaguement scruter Kiaulune. Il sentait qu'il se passait quelque chose mais n'arrivait pas à mettre le doigt dessus.

Le Hurleur magouillait derrière le dos de son allié.

J'ai failli perdre le petit puant. J'ai dû remonter jusqu'au moment où je l'avais laissé pour retrouver sa trace. Peu après, il a survolé un groupe de partisans de Mogaba installés dans les ruines. Ils ne l'ont pas vu, mais ils l'ont senti et, le prenant pour un des petits amis d'Ombrelongue en maraude, ils ont paniqué. Leur raffut a éveillé l'attention de Tagliens qui patrouillaient non loin. Les soldats ont entraperçu une forme sombre dérivant dans l'obscurité. Ils ont tiré une salve de boules de feu sans perdre une seconde.

Le Hurleur a changé de stratégie.

Il a donné un coup d'accélérateur et tissé un sortilège de dissimulation… Deux manœuvres qu'il ne tenait pas trop à entreprendre si près de Belvédère. Je l'aurais encore perdu de vue si je n'avais pas joué de bonheur.

Une boule de feu égarée a écorné le tapis invisible qui s'est mis à rougeoyer. Le sortilège de dissimulation ne s'appliquait pas à ce brasillement, pourvu que je me maintienne à proximité.

Le Hurleur a soulevé son cul. Mais il volait toujours suffisamment bas pour que les broussailles écorchent le dessous de son tapis. A un moment donné, il a piqué à travers les tentes et les cordes à linge d'un des campements de la division du Prahbrindrah Drah. Il s'inquiétait moins d'être repéré par notre camp que par le sien.

Cette course m'inspirait une douce jubilation. Je ne m'en suis pas rendu compte tout de suite. Puis je me suis aperçu que j'éprouvais plus d'émotions qu'à l'accoutumée. Un peu plus tard, j'ai pris conscience que je ressentais seulement une légère effusion de Fumée.

Nous sommes passés assez près d'oncle Doj et de mère Gota, au cours de ce vol, pour qu'ils me remarquent ; mais je n'ai pas vu trace d'eux. Nous avons également frôlé mon propre état-major en rase-mottes, assez pour effaroucher sentinelles et chevaux.

Je n'ai pas été surpris outre mesure de voir le Hurleur prendre la direction de certain ravin enneigé. Fumée n'y a pas prêté attention, jusqu'au moment où nous nous sommes assez approchés pour voir le Hurleur atterrir devant Volesprit, dans un brutal envol de corbeaux terrifiés.

Amusé par le spectacle qu'offraient les oiseaux, je me suis un tantinet relâché. Et Fumée s'est rebellé. *Elle est les ténèbres.*

Hein ?

Ça ne venait pas de moi. Mais ça ne s'est pas reproduit.

J'ai rebroussé chemin, pris de l'altitude et je me suis éloigné, ravi de regagner mon corps en sachant que le Hurleur et Volesprit complotaient une trahison et que Narayan Singh et la Fille de la Nuit participaient à cette cabale.

L'humeur qui émanait à présent de Fumée, du moins si une chose aussi ténue mérite le nom d'humeur, n'était autre que la terreur.

Et la terreur sillonnait effectivement la nuit, même s'il ne s'agissait pas de celle qui hantait mon destrier astral.

J'ai surpris une bouffée de puanteur de décomposition alors même que je regagnais mon corps. Je me suis arrêté en plein vol, j'ai tenté de nouveau l'expérience et pris une direction opposée à celle de sa source invisible.

Peut-être a-t-elle humé une bouffée de ma propre odeur ? La puanteur s'est brusquement faite plus entêtante. Il m'a semblé sentir quelque chose se précipitant à ma rencontre. Une lumière a vacillé dans le monde spectral. J'ai fugacement aperçu le visage hideux de Kina me regardant droit dans les yeux. Mais les siens étaient aveugles. Ses narines palpitaient comme si elle s'efforçait de flairer mon odeur.

Mais elle a sans doute senti la terreur de Fumée. Il a détalé, totalement paniqué. *Elle est les ténèbres.*

Plus faiblement encore cette fois-ci, mais bel et bien là. Ce n'était pas le fruit de mon imagination.

3

Le Vieux n'a pas été autrement étonné d'apprendre que Volesprit méditait sans doute un mauvais coup avec le Hurleur. « Je n'y comptais pas trop, mais c'était une éventualité, m'a-t-il dit. Ils ont travaillé ensemble pendant une éternité. On tient peut-être Ombrelongue par les balloches.

— Il vaudrait mieux qu'on le tienne par quelque chose s'il contrôle la Porte d'Ombre. L'autre truc, c'est… » Comment allais-je formuler ça ?

« L'autre truc ?

— Fumée montre des signes d'indépendance. Il me semble. » Je lui ai appris ce qui s'était passé.

« Damnation ! Il ne faut surtout pas qu'il se réveille maintenant. » Il y a réfléchi une minute. « Si c'est exact, je vois mal comment nous pourrions l'en empêcher.

— Vaudrait peut-être mieux en parler à Qu'un-Œil.

— Envoie-le-moi. Attends ! Ne pars pas. Parle-moi de la planque où Singh et la petite se cachent dans la forteresse. »

Il ne s'agissait pas simplement d'un intérêt passager. Il a exigé que je lui dessine des plans.

J'avais d'ores et déjà établi les plans de toute la citadelle. Il me suffisait donc d'aller les chercher dans la tanière de Qu'un-Œil. J'ai ramené le petit sorcier. Il ne cessait de grommeler qu'il détestait être réveillé en pleine nuit. Lorsque le Vieux a obtenu ce qu'il voulait, j'ai tiré le rideau sur l'alcôve de Fumée et je suis allé me pieuter en les abandonnant à leurs magouilles.

Il ne me suffisait pas de regagner mon corps pour échapper à Kina. Elle me guettait dans mes rêves. Je n'étais pas plus tôt allongé que je me retrouvais dans la plaine des ossements. Sahra m'y attendait.

Je n'ai eu aucun mal à me remémorer qu'elle n'était qu'une illusion. Elle ne ressemblait en rien à la Sahra qui menait une existence si misérable dans le temple de Vinh Gao Ghang. Cette Sahra-là était trop jeune et trop fraîche en dépit de sa pâleur et de son cou tordu, caractéristique des victimes des Félons.

Je soupçonnais depuis peu Kina de manquer d'imagination et de vivacité d'esprit malgré son extrême puissance. Comment avait-elle pu flouer Madame ?

Il est vrai que Madame ignorait contre quoi elle luttait. L'ignorance est un défaut de la cuirasse que peut exploiter tout ennemi doué de bon sens. Et Kina, bien sûr, était la Reine des Félons.

Peu importait qu'elle eût réussi à berner Madame. L'essentiel, c'était qu'elle ne me trompât point.

Cette seule pensée m'a interdit de feindre d'avoir coupé dans la combine. Je ne me suis pas montré très tendre envers la fausse Sahra.

Sa chair s'est décomposée et a fondu sous mes yeux. Le parfum *sui generis* de Kina – la puanteur des corps en putréfaction – a agressé mes narines. Une silhouette sombre s'est matérialisée dans la lointaine grisaille : celle d'une danseuse noire à quatre bras, haute de plus de trente mètres, qui piétinait le sol et tourbillonnait en soulevant des nuages de poussière d'ossements. Le venin dégoulinait de ses crocs. Ses yeux brûlaient comme de noires escarbilles. Ses colliers et ses bracelets de fémurs et de tibias s'entrechoquaient avec fracas. Son haleine était celle, fétide, de la maladie.

La Fille de la Nuit était perchée sur son épaule, pareille à une seconde petite tête. Elle était aussi excitée qu'une enfant allant pour la première fois à la kermesse du village.

Kina était très fâchée contre Murgen.

Des bras squelettiques sont montés de la couche d'ossements, tentant de m'étreindre de leurs doigts décharnés. Le squelette de Sahra s'est effondré sur moi. Je me suis écarté d'un effort de volonté et – croyez-moi si vous voulez ! – j'ai réussi à reculer de quelques pas, tout en m'élevant d'autant dans les airs. J'ai exercé de nouveau ma volonté pour m'éloigner encore un peu, stupéfait, autant d'avoir recouvré le contrôle de mon corps que d'avoir négligé d'y recourir plus tôt.

Kina a cessé de trépigner et de m'approcher en dansant. Ses crocs se sont allongés. Du poison coulait de ses six mamelons. Une autre paire de bras lui est poussée. La Fille de la Nuit gigotait avec excitation, juchée sur son épaule et apparemment insensible aux effets de la pesanteur.

Je me suis derechef contraint à m'éloigner.

J'avais recouvré le contrôle de moi-même, mais ce monde n'était pas le mien. Impossible de m'enfuir plus vite que son créateur. Une grande main noire et luisante, armée de griffes, s'est abaissée. Une griffe m'a frôlé. J'ai basculé cul par-dessus tête.

Et je me suis retrouvé dans la caverne pleine de vieillards prisonniers de cocons de glace filée. Je suis passé devant des visages qui non seulement m'étaient familiers, mais sur lesquels je pouvais coller un nom.

J'éprouvais une panique pareille à celle qui s'empare de tout votre être quand on se retrouve claquemuré à l'étroit dans les ténèbres. La terreur d'être enterré vivant. Je ne lui ai pas permis de me manipuler. Je me suis de nouveau efforcé de reprendre les commandes et j'ai constaté que je pouvais me déplacer à mon gré dans la caverne, comme lorsque je voyageais avec Fumée. Mais beaucoup plus lentement malgré tout.

J'ai tenté de passer à travers les parois. Comme dans le monde réel, et à la différence de ce qui se passait quand je chevauchais Fumée, mes mouvements étaient considérablement restreints par les lois physiques. Je ne pouvais échapper à la caverne qu'en allant de l'avant ou en reculant. Cela n'avait pas grand sens puisque je rêvais et que j'étais arrivé sur place sans suivre aucun itinéraire alambiqué.

Se pouvait-il que les lois de la physique n'agissent que lorsque je reprenais le contrôle de mon corps? Que je fusse incapable de traverser ces murs parce que je n'avais pas pris le coup dans la vie réelle?

J'ai opté pour avancer en remontant la pente inclinée du sol de la caverne, parce que c'était ce que je faisais d'habitude, du moins dans les lambeaux de rêve dont je gardais le souvenir. Ce faisant, j'ai pris conscience qu'une fureur vacillante montait dans mon dos, comme si quelque chose me pourchassait, éperonné par la frustration. J'ai accéléré l'allure de mon mieux.

Il y avait d'autres vieillards dans ces cavernes de glace et je n'en connaissais aucun. Des trésors également. Un véritable bric-à-brac de cochonneries, comme si tout ce qui tombait dans une crevasse terminait ici sa course. Et des livres.

Trois énormes volumes, attachés par une lanière de cuir noir usée et craquelée, reposaient sur un long et large lutrin comme s'ils attendaient que trois lecteurs grimpent sur l'estrade pour les lire à l'unisson. Le premier était ouvert aux trois quarts. Je n'ai eu droit qu'à un fugace aperçu de la page avant qu'une force impérieuse ne m'en éloigne. Elle ressemblait exactement à celle que la Fille de la Nuit s'employait à retranscrire lorsque Narayan Singh l'avait interrompue dans sa tâche pour aller rendre visite à Volesprit. La calligraphie était de meilleure qualité, certes, plus riche et ornementée, mais j'aurais mis ma main au feu que l'enfant n'avait rien omis d'important.

Derrière moi, la colère grossissait. Elle semblait se chercher un abcès de fixation. J'ai appris très tôt à ne jamais me porter volontaire. Je filais aussi vite que me l'autorisait ma volonté, en me demandant de quelle espèce de cauchemar il pouvait bien s'agir encore. Ses éléments les plus fantasques et bizarroïdes étaient d'un réalisme saisissant. Peut-être était-ce un miroir du monde de l'éveil ?

La colère devait gagner du terrain, même si je ne voyais rigoureusement rien en me retournant. Elle ne m'a pas rattrapé. Je ne le crois pas, tout du moins. Mais je me suis brusquement retrouvé ailleurs. La coupole d'un ciel étoilé me surplombait, mais la lune brillait par son absence. Je volais très haut dans les airs et je ne distinguais aucun détail au sol.

C'était exactement comme de marcher avec le fantôme, mais sans lui. Sauf que je ne pouvais dire à Fumée où aller pour m'y retrouver ensuite instantanément. Je pouvais me déplacer, me semblait-il, mais difficilement en avoir la certitude… Je n'avais aucun point de repère. J'ai réprimé ma panique.

J'ai réfléchi. Je jouissais néanmoins de certaines informations. Je distinguais le haut du bas. Un champ d'étoiles s'étendait à l'infini au-dessus de ma tête, étoiles si nombreuses que les constellations servant d'ordinaire à la navigation se noyaient presque dans la masse. Le hic, c'était que je n'avais jamais étudié très attentivement le ciel austral. Toute navigation basée sur l'observation des astres risquait de se réduire à un pilotage à l'estime.

J'ai flairé une bouffée de puanteur de putréfaction. Le remugle m'a éperonné, m'envoyant valser vers un groupe d'étoiles dont je me souvenais vaguement qu'il restait en suspension au-dessus de l'horizon boréal au printemps. Ses trois étoiles formaient un triangle plan très brillant. Celle du sommet clignotait constamment. De nombreuses légendes, presque toutes déplaisantes, s'y rattachaient. Je les connaissais mal.

Compte tenu de mon altitude, je distinguais sous les trois autres une quatrième étoile de cette constellation, tout aussi brillante. Je me suis souvenu avoir aperçu cette formation quand la Compagnie se trouvait encore au nord de Taglios.

A quelle hauteur volais-je donc ? A moins d'avoir échoué très au nord de Kiaulune… ?

J'ai cessé d'avancer et piqué vers le sol à angle obtus. Je me suis retrouvé en train de survoler une région dont l'agriculture communautaire extrêmement efficace tirait le maximum des gens, des bêtes et du matériel : les diverses entreprises y étaient disposées en une roue dont le moyeu était un manoir, tandis que hameaux et habitations isolées s'égrenaient le long de ses essieux. Les préparatifs des semailles de printemps étaient déjà entamés bien qu'on ne vît aucun travailleur de nuit dans les champs.

J'ai survolé cercle après cercle. Les terrains qui les séparaient étaient laissés en friche. J'imagine qu'ils fournissaient gibier, bois de charpente, bois de chauffe et charbon de bois.

J'avais entendu parler de cette contrée. Elle s'étendait dans les Terres d'Ombre, à l'ouest de Kiaulune. Ombrelongue s'y était livré à d'efficaces expériences de rendement agricole afin de produire davantage avec une main-d'œuvre réduite, de façon à libérer une partie de la paysannerie, tant pour servir à l'édification de Belvédère que dans les rangs de son armée.

Je n'étais donc pas très loin de ma propre troupe.

J'ai mis le cap à l'est. Après ce qui m'a paru durer des heures, j'ai fini par repérer les lueurs des incendies qui brasillaient encore dans les ruines de Kiaulune. J'ai retrouvé le secteur de notre campement où j'étais cantonné, puis ma propre tanière. Je me sentais désormais assez rassuré sur mon sort pour me livrer à de petites expériences.

Je n'ai mis que quelques instants à comprendre que, si j'étais incapable de traverser les murs – pas même les couvertures que Qu'un-Œil avait tendues devant la porte –, je pouvais en revanche me faufiler par une fissure ou un trou qui n'auraient laissé passer ni une souris ni un serpent.

Je ne pouvais toujours pas me déplacer dans le temps, ni en avant ni en arrière. J'étais confiné au présent de mon corps assoupi.

Mais je pouvais diriger mon rêve. Il avait l'apparence de la réalité. Ce que je voyais du camp correspondait exactement à ce qu'on en devait voir pendant mon sommeil. Mon imagination n'était pas assez fertile pour produire un monde onirique reconstituant dans tous ses détails le monde réel. Une grave question restait en suspens.

Allais-je pouvoir le refaire ? Cette destination échapperait-elle toujours à mon contrôle, comme lorsque je basculais par-dessus le mur du présent pour retrouver l'horreur de Dejagore ?

Si cette occasion risquait d'être unique, j'avais tout intérêt à en profiter au mieux.

J'ai retrouvé, en rampant à reculons, une froidure à laquelle je demeurais insensible. L'espace d'une seconde, j'ai envisagé de gagner la plaine, mais cette perspective a immédiatement suscité en moi une profonde répulsion. Plus tard, peut-être.

J'ai préféré opter pour les montagnes.

Espionner Volesprit suffirait amplement. De tout près. Et sans même déranger les corbeaux, me suis-je aperçu. Ils ont continué de dormir. Tout comme leur maîtresse.

Ses invités étaient partis. Je n'allais pas rapporter le moindre foutu renseignement.

Certes, je pouvais encore survoler Belvédère pour voir ce que fabriquaient tous ses occupants… quand j'ai aperçu une infime lueur à l'est. L'aube allait poindre. Et j'ai commencé d'éprouver le désir pressant de regagner la sécurité de mon corps. Cette pulsion grandissait à mesure que forcissait la clarté du jour.

J'ai rejoint mon corps en me demandant si je n'étais pas devenu une sorte de vampire. De vampire du rêve.

Mère Gota était déjà debout. Si Volesprit n'en avait pas été capable, Ky Gota a paru sentir ma présence, elle, je ne sais par quel truchement. Elle s'est retournée quand je me suis faufilé en tapinois à l'intérieur, a posé le regard directement sur moi, froncé les sourcils en constatant qu'il n'y avait rien à voir puis frissonné comme lorsqu'un vent glacé vous lèche l'épine dorsale.

Elle s'est remise à cuisiner. J'ai remarqué qu'elle préparait beaucoup plus de nourriture que Thai Dei et moi n'aurions pu en avaler en une seule journée. J'en ai déduit qu'elle avait l'intention d'en apporter une partie à l'oncle Doj.

4

« T'as une mine à chier, m'a fait remarquer Qu'un-Œil pendant le petit-déjeuner.

— Merci du coup de pouce.

— Qu'est-ce qui se passe ?

— Des cauchemars toute la nuit. » Il ignorait par quoi j'étais passé. J'ai préféré ne pas tout lui divulguer sur-le-champ, mais pratiquer assez longtemps mon forsbergien pour lui dire : « A ce qu'il semble, notre petite copine la femme aux corbeaux médite un coup fourré avec son vieux pote le Hurleur, notre Félon préféré et la mioche. »

Thai Dei et mère Gota m'ont tous deux jeté un regard aigu. Je m'étais servi du mot taglien pour « Félon », *tooga.* Le même qu'en nyueng bao.

« Et ce brave Ombrelongue s'imagine qu'il n'a pas de bile à se faire.

— Ouais. Le Vieux n'arrête pas de répéter que les paranoïaques eux-mêmes ont toujours un ennemi prêt à les poignarder dans le dos. » D'ordinaire quand je m'efforce de lui faire comprendre qu'il est lui-même victime de paranoïa galopante.

« C'est toujours bon à savoir, mais que peut-on bien en tirer ?

— Pas mon problème. Moi, je me contente de bosser. Au capitaine de prendre des décisions. C'est pour ça qu'il est capitaine. » Juste pour rigoler, j'avais glissé le mot taglien pour

« capitaine », *jamadar*. Thai Dei et mère Gota m'ont encore jeté un regard. Pour les Félons, le mot *jamadar* signifie davantage que capitaine. Il désigne un chef de bande, d'une petite nation, en quelque sorte, de Félons. Le seul *jamadar* Félon vivant et en exercice est Narayan Singh, qui est devenu *jamadar* des *jamadars* avant l'anéantissement de son culte.

Ils s'imagineraient que nous parlions de la légende vivante, du saint qui parcourait la terre au nom de sa déesse.

J'ai terminé mon petit-déj', remercié mère Gota, je me suis levé et je suis sorti de la tanière. Thai Dei m'a suivi. « Je vais juste voir le capitaine, lui ai-je annoncé. Si tu veux, tu peux rester travailler à la construction de la maison. » C'était le nom que nous donnions désormais à notre terrier.

Thai Dei a secoué la tête. Ces derniers temps, il semblait se lasser de son rôle de garde du corps. Je ne me sentais nullement abandonné.

Le temps a le don d'émousser les plus farouches résolutions.

J'ai attendu un instant que Qu'un-Œil se joigne à nous, mais il n'est pas sorti. Le petit foireux semblait de plus en plus enclin à s'inviter à notre table familiale plutôt que de s'astreindre à préparer ses repas lui-même.

Devais-je vraiment m'en étonner après toutes ces années ?

Toubib avait l'air à peu près aussi joyeux que moi. Sa nuit n'avait pas non plus été un lit de roses. « Qu'est-ce qu'il y a encore ? a-t-il bougonné.

— J'ai encore rêvé cette nuit. Un petit aller-retour en enfer, puis je suis allé rôder sans même recourir à Fumée. » Je lui ai fourni quelques précisions malencontreuses.

« Tu pourrais recommencer ?

— Voilà plus d'un an que je traverse des terriers dans l'espace et des fissures temporelles. Je devrais commencer à prendre la main.

— Nous n'aurions plus besoin de Fumée.

— D'autant qu'il menace de se réveiller. » Je devais avoir l'air féroce parce qu'il a haussé un sourcil. « Ça devrait être marrant de le regarder s'habituer à ce monde nouveau, lorsqu'il sortira du coma. »

Toubib a gloussé. « A condition de ne pas prendre le vent. Quand il comprendra jusqu'où nous sommes allés, il risque de chier dans son froc. Pendant que tu y es, en tout cas, tu devrais passer voir Madame. Je lui ai envoyé tes plans. Elle va effacer Narayan et cueillir la petite. Si jamais *certaine personne* te posait des questions à propos des plans, réponds qu'on a capturé deux ou trois officiers de Mogaba appartenant à la garnison de Belvédère. »

J'ai grogné, pas franchement ravi. J'aurais du mal à servir à Madame des mensonges convaincants.

« Continue d'expérimenter dans ce sens. Il faut absolument que je sache si nous pouvons nous passer de Fumée.

— Je suis déjà conscient d'un lourd handicap.

— Hum ?

— Je ne peux pas remonter dans le temps lorsque je suis aux commandes. »

Il a inspiré une longue goulée d'air et l'a recrachée. « Qu'en sais-tu ? Il doit y avoir un tour de main à prendre. Fumée a la sécurité de l'emploi.

— Tu avais dit que tu demanderais à Qu'un-Œil de l'empêcher de se réveiller.

— Il n'a pas été d'un bien grand secours.

— Ça lui est déjà arrivé ? »

Je suis sorti de l'abri, j'ai fait halte dehors pour scruter le campement installé au pied de la muraille de Belvédère.

« Le patron souhaite que j'aille là-bas expliquer à Madame comment elle doit mener ses affaires », ai-je annoncé.

C'était une belle journée ensoleillée. Le vent était assez fort pour chasser la fumée et la puanteur. « Le terrain a peut-être séché par endroits », a fait observer Thai Dei.

Le plus gros de la neige avait fondu. C'était le printemps. Ce qui, autour de Kiaulune, signifiait la saison boueuse. Et la boue risquait d'attirer plus tard des insectes.

Je me suis demandé si la fonte des neiges n'allait pas provoquer des inondations, obligeant Volesprit à sortir de son trou.

Il était grand temps que le printemps se pointe à Kiaulune. Il s'était déjà pointé partout ailleurs.

5

« Je me doutais que tu ne tarderais pas à ramper hors des boiseries », a grommelé Saule Cygne lorsque je me suis joint au cercle qui se pressait autour de Madame. Ses équipiers grignotaient de petits pains d'une main pendant qu'elle leur expliquait la conduite à suivre pour lui permettre d'alpaguer Narayan. « Tu refais surface dès que ça se gâte. »

Lame m'a décoché un sourire. « Ce type a besoin d'une amie de cœur.

— Je croyais qu'il en avait déjà une. Sauf qu'elle a déjà un coquin.

— C'est là qu'elle se trouvait hier soir, hein ?

— Peut-être. » Ça expliquait sans doute pourquoi Toubib était si foutrement vaseux ce matin.

Ce type enchaînait les aventures. L'une derrière l'autre.

« Il y avait des ombres ici naguère, expliquait Madame, mais Jarawal prétend qu'elles n'ont pas posé problème récemment. Ces plans sont censés nous indiquer où nous devrions rencontrer des tisseurs d'ombres… si jamais l'envie nous en prenait. Nous les liquiderons avant de nous en prendre au Félon. Ah ! Murgen !

— Fallait qu'elle me retapisse », ai-je marmonné à Lame. J'ai cherché des yeux les sempiternels corbeaux. Ils brillaient par leur raréfaction. Les deux que j'ai repérés avaient l'air fin saouls.

Madame avait dû tisser un sortilège afin d'endiguer le flot des informations qui parvenaient à sa sœur.

« On te remarque dans une foule, m'a assuré Cygne. Les femmes n'ont d'yeux que pour toi.

— Arrive ici, a poursuivi Madame. Le capitaine m'a envoyé ces plans. Que sais-tu à leur sujet ?

— Ils sont censément fiables. » A cent pour cent... à moins qu'on n'ait procédé à d'importantes rénovations au cours des dernières heures.

« Ils ne sont guère détaillés. »

Toujours à ronchonner, toujours à rouspéter. Personne n'est jamais content. « Voulez-vous que je retrouve leur auteur et que je vous l'amène ? Pour que vous puissiez vous livrer sur lui à quelques pratiques de nécromancie ? »

Elle m'a lancé un regard si noir que, l'espace d'une seconde, j'ai craint qu'elle n'eût déjoué ma ruse. Mais ce n'était pas parce qu'elle me soupçonnait ; plutôt parce que je ne lui avais pas témoigné toute la crainte déférente qu'elle attendait de ma part. Elle s'est détendue et a poursuivi : « Ils ne nous apprennent rien que nous ne sachions déjà hormis l'emplacement des cachettes des Tisse-Ombres et la planque de Singh. »

Autant de renseignements précisément à l'ordre du jour, femme. « Ça ne s'arrête pas là. Ombrelongue est pratiquement toujours claquemuré dans cette tour, à s'employer à je ne sais quelle activité au lieu de nous causer des problèmes. Le Hurleur dispose d'un appartement dans ces parages. Il a planqué deux tapis sur cette terrasse et en garde un troisième, riquiqui mais flambant neuf, roulé au pied de son lit. »

Madame m'a jeté un regard perçant. Comment pouvais-je savoir tout cela ?

« Il a ouvert le parapluie dès son arrivée, lui ai-je déclaré. Au cas où son associé se retournerait soudain contre lui.

— Hum ? a-t-elle grogné. Ce serait bien de lui. Surtout quand on sait le sort qu'Ombrelongue a tenté de réserver à ses précédents partenaires. » Elle a reporté son attention sur les plans. Mais je savais qu'elle n'était pas entièrement satisfaite. Qu'une tierce personne en sût plus long qu'elle ne pouvait que la faire fulminer.

Elle a fait signe à Isi, Ochiba et Sindawe de se rapprocher. Les généraux nars faisaient du bon boulot pour elle. Le Vieux n'était pas de cet avis. Toubib ne leur faisait pas confiance, même s'ils avaient pris le parti de la Compagnie contre Mogaba. « Devrons-nous opérer de jour ou de nuit ?

— Peu importe dans cette obscurité, a répondu Ochiba, homme que j'avais peut-être entendu s'exprimer cinq fois au cours de toutes ces années.

— En effet. Mais je préfère la lumière du jour. Pour ses répercussions sur le moral.

— Il fait jour, a fait remarquer Saule.

— On ne peut rien cacher à ce lascar », ai-je confié à Lame.

Madame a reporté le regard sur Saule. « Aimerais-tu savoir comment tes gardes se comporteraient dans cette forteresse ?

— J'adorerais. Mais ça n'entre pas dans leurs attributions. »

Leurs « attributions » étaient de surveiller le prince et la princesse, que ni ses hommes ni lui n'avaient approchés depuis des lustres.

La même idée avait dû traverser l'esprit de toute l'assistance. Tout le monde l'a fixé. Il s'est empourpré.

« Sindawe, tu es mon deuxième postulant. » Madame s'est effacée pour permettre au grand Nar de s'approcher des plans. Je n'avais pas cessé une seconde de me faufiler vers le premier rang. Je me rendais compte à présent qu'il n'y en avait pas qu'un seul jeu. L'un des deux était celui que j'avais dressé moi-même. L'autre, différemment structuré, avait dû l'être par les gens de Madame, se fondant sur les informations que ses soldats avaient recueillies à Belvédère.

L'officier nar les a longuement examinés. « Nous devrions en tout premier lieu relever nos troupes de l'intérieur. »

Isi en a convenu. « Nos gars sont là-dedans depuis trop longtemps. Et soumis à très forte pression.

— J'abonde dans ce sens, a déclaré Madame.

— Et renforcer également leur nombre pour cette opération, a ajouté Sindawe. Une fois qu'on aura commencé à bouger, il ne servira plus à rien de feindre. Je me trompe ?

— Probablement pas. Qu'elle se solde par un succès ou un échec, cette tentative devrait susciter un sévère examen. Et le capitaine ne nous a pas laissé le choix du désistement. N'est-ce pas, Murgen ? »

J'ai haussé les épaules. « Il s'en remettra toujours à l'officier sur le terrain. Vous le savez parfaitement. Tant que vous pourrez justifier votre décision de façon convaincante.

— En ce cas, nous n'avons pas le choix. Nous avons trop longtemps tergiversé dans l'espoir qu'un tiers finirait par trouver une solution efficace au dilemme Ombrelongue.

— Quel est-il ? ai-je demandé.

— Nous ne pouvons pas le tuer. Tu le sais, bien sûr ? »

Je le savais. Ce que j'ignorais en revanche, c'est comment ils comptaient s'y prendre pour envoyer des troupes fraîches dans Belvédère.

« Nous devrions mener à bien chaque étape simultanément, a conseillé Sindawe. Ici, là et sur les caches des tisseurs d'ombres. Là encore, sur la cachette du Félon. Et, en même temps, lancer un raid général contre la garnison et les serviteurs. Pour qu'ils ne se mettent pas dans nos pattes.

— Sans oublier de chercher Ombrelongue, a ajouté Madame. Vous pourriez jouer de bonheur. »

Quelque chose m'échappait. Une muraille de trente mètres ceignait la forteresse, moins scintillante qu'elle ne l'était naguère, certes, et décapitée de certaines de ses tourelles mignonnettes, mais pas moins haute d'un pouce. Pourquoi ces gens n'étaient-ils en aucune façon impressionnés ? « Vous comptez jouer les passe-muraille, quelque chose comme ça ?

— Si c'est plus commode, a répondu Madame.

— On rampera », m'a expliqué Sindawe.

J'ai découvert peu après un élément qui m'avait échappé lorsque j'espionnais tout ce qui bouge depuis le plan astral... Parce que je n'avais pas su regarder.

6

Ils avaient percé un tunnel sous la muraille. A travers les fondations, en fait. Mais un simple boyau. Un homme de ma corpulence devait s'y tortiller en rampant sur le ventre comme un serpent. Je peux en parler, je l'ai fait.

Pauvre poire ! Pourquoi en chair et en os ? J'aurais parfaitement pu rentrer chevaucher Fumée. J'aurais assisté à tout sans souffrir de claustrophobie, m'écorcher coudes et genoux et recevoir dans le tarin les coups de pied de mon prédécesseur. Exempté de la corvée de louvoyer entre les pets foireux de la centaine de petits végétariens morts de trouille qui serpentaient devant moi en déclenchant avec leurs armes un fracas métallique à réveiller les morts.

Où donc étaient passés les nervis du Maître d'Ombres ? Avec tout ce vacarme, ils devaient affûter leurs épées en ricanant. Ils allaient bouffer du Tal pour leur quatre-heures.

Le tunnel devait en partie son existence à une généreuse contribution des boules de feu de Madame. Les parois étaient encore chaudes par endroits. Il était donc tout neuf. La seule chose que j'ai distinguée en en débouchant, c'est une bande de Tagliens dépenaillés, claustrés depuis bien trop longtemps et donnant l'impression d'avoir joui d'un aperçu du paradis, mais de s'en voir interdire l'accès par un ramassis de trouducs dans mon genre.

J'étais le dernier de ma cordée. Numéro 101. Je n'avais pas émergé et dégagé le passage que le numéro 1 de l'équipe qu'on venait relever se précipitait dans le trou la tête la première et filait ventre à terre.

Pour cent nouveaux arrivants, seuls vingt d'entre eux avaient la permission de dégager. Ces vingt-là débordaient d'enthousiasme. Mais personne là-haut ne semblait entendre le charivari.

Ochiba, Isi et Sindawe ont entrepris de former des équipes chargées de tailler en pièces les hommes du Maître d'Ombres. Sindawe s'était toujours montré correct envers moi, même lorsqu'il travaillait pour Mogaba. Mais il comptait apparemment changer d'attitude. « Ça te dirait de prendre la tête d'une section d'assaut, porte-étendard ?

— De toute évidence, tu dois me confondre avec je ne sais quel trou du cul se prenant pour un héros.

— Tu pourrais marquer des points en alpaguant Narayan Singh…

— Pas besoin de points. Causes-en à Lame ou à Cygne. »

Il a gloussé. « Tu ne risques pas de les trouver ici.

— Pourquoi ?

— Ils ne sont pas de la Compagnie. Madame ne leur ferait pas confiance dans une situation difficile. »

Intéressant. Elle ferait donc *confiance* à ces Nars ?

Ce n'était pas le cas de Toubib. Pas même à un pour cent. Jamais.

Sindawe lisait dans mon esprit. Il a souri. « La situation est suffisamment difficile ici.

— Ouais. N'empêche que je n'ai toujours pas l'intention de jouer les héros. Je ne vous ai suivis qu'à titre d'observateur, pour chroniquer les faits sur le vif.

— Sin, a appelé Isi. Faut qu'on bouge. La garnison s'est rendu compte de quelque chose. »

Les hommes de l'Ombre étaient plus lents que je ne m'y étais attendu. Et Sindawe et ses deux potes plus prompts. En moins de temps qu'il n'en faut pour la gamberger, ils menaient trois groupes à l'attaque, exactement comme s'ils étaient ici chez eux alors qu'aucun n'était jamais entré dans Belvédère.

De l'intérieur, la forteresse n'avait plus rien d'une merveille de blancheur éblouissante. Le boyau où nous nous tenions était humide, crasseux, profondément enfoui dans le sol, et de très déplaisantes bestioles à deux, quatre ou six pattes, voire davantage, rôdaient dans chaque recoin obscur. Thai Dei n'aimait franchement pas.

Il avait dû laisser passer plusieurs centaines d'hommes avant de puiser en lui le courage de pénétrer à son tour dans le tunnel.

« Reculez, ai-je grondé à l'intention des troufions qui attendaient pour sortir. A partir de maintenant, ce tunnel est à sens unique. Thai Dei, flanque-moi une beigne à ce taré. Puis rosse-moi l'autre abruti qui baye aux corneilles à l'entrée du tunnel. Giclez, les gars ! On a une guerre sur les bras. Pas le moment de batifoler. » J'étais en train de virer vite fait à l'adjupète. A condition d'en allier l'efficacité au vocabulaire.

Le mot « batifoler » n'a pas d'équivalent en taglien. Il m'a valu une tripotée de regards intrigués. Il existe néanmoins des épithètes, verbes et adjectifs au sens vigoureux, provoquant grosso modo le même impact. Et les insultes d'ordre religieux fonctionnent elles aussi remarquablement.

« Toi, ai-je fait à une tête dont le boyau venait d'accoucher, fais passer derrière toi le mot qu'on engage le combat. On a besoin de renforts ici, et le plus tôt possible. »

Sindawe est réapparu. Il occupait le rang de commandant en chef dans ce bal de la mort. Mes aboiements ont paru l'amuser. Mais, s'il avait le sens politique, ce n'était un grand général qu'aux yeux des soldats tagliens. Un jour viendrait peut-être où je serais son supérieur dans la Compagnie. « Ne reste plus qu'à lancer l'assaut contre Ombrelongue, m'a-t-il appris. Tu pourrais en être le fer de lance. »

Ça m'a rappelé le javelot noir sculpté par Qu'un-Œil dans le seul dessein d'empaler des Maîtres d'Ombres. Il aurait fait un outil fort efficace, si du moins j'avais commis la folie de me lancer aux trousses d'Ombrelongue. « Je laisse cet honneur à un tiers. Je ne voudrais pas tout faire capoter. »

A dire vrai, ce lieu me flanquait les glaouis. L'odeur de la pierre humide, de la vermine et de la vieille trouille, à laquelle s'ajoutait une chiche et froide clarté, me rappelait trop mes cauchemars de vieillards piégés à jamais dans des cavernes de givre, où d'invisibles araignées tissaient des toiles et des cocons de glace filée.

Entrer dans Belvédère était une idée à la con. Je l'avais déjà subodoré lorsque j'avais décidé de visiter la citadelle, mais, à cause de tous ces types qui, comme Lame et Cygne, ne cessaient de grommeler que les bureaucrates de l'état-major ne risquaient jamais leur précieux petit derrière quand la merde et le sang se mettaient à gicler, j'avais refusé de prêter l'oreille à la petite voix intérieure de la peur.

Les conneries habituelles, quoi ! Je m'en plaignais déjà une heure après avoir prêté serment. Je ne tenais tout bonnement pas à passer auprès des troufions pour un type qui avait vécu les trente dernières années la tête dans le cul.

Mon message avait atteint l'autre bout du tunnel. Les gars commençaient d'affluer à vitesse accélérée.

J'ignorais totalement si Ombrelongue et le Hurleur avaient conscience que nous disposions d'un moyen d'entrer en douce dans Belvédère. Toujours est-il qu'ils n'avaient pas l'air particulièrement pressés de colmater la brèche. Leur riposte s'est révélée aussi furieuse que vigoureuse, mais d'une puissance contenue ; celle à laquelle on pouvait s'attendre de leur part s'ils s'imaginaient avoir affaire aux gars se trouvant déjà *intra muros* et reprenant du poil de la bête.

Les nôtres n'ont pas réussi à choper Ombrelongue. Ce qui n'était guère surprenant. La surprise du siècle, c'eût été que ce cinglé de fils de pute remontât à la surface le ventre en l'air.

Même motif, même punition pour ce qui concernait le petit bébé piailleur de Volesprit, j'ai nommé le Hurleur. Sauf qu'Isi, qui dirigeait ce coup de main, a eu la présence d'esprit de comprendre que ses tentatives pour écraser ce petit étron risquaient de n'être pas à cent pour cent couronnées de succès. A telle enseigne que, pendant que, menacé par une cinquantaine de drilles armés de tiges de bambou, le Hurleur essayait de sauver son cul en se trémoussant, cinq autres lascars boutaient le feu à ses tapis volants. A l'exception du riquiqui qu'il avait gardé par-devers lui. Et Isi aurait également mis la main dessus si le Hurleur avait eu les joyeuses assez bien accrochées pour traquer ses gars dans la direction où il souhaitait qu'ils le mènent. Isi avait sous-estimé un détail : peu d'hommes sont aussi bien montés que lui.

Quelle que fût sa méthode, Madame avait des événements qui se déroulaient dans la forteresse une idée assez précise. Elle reconnaissait son échec en ce qui concernait Ombrelongue et son ex-employé. Elle savait également, j'ignore comment, que Narayan Singh et la Fille de la Nuit s'étaient – par pur hasard ou par la grâce de leur déesse – absentés de leurs quartiers au moment précis où nos gars s'y pointaient pour les ramasser.

Leurs serviteurs n'ont pas eu cette chance.

La plupart de ceux qui avaient choisi de s'installer à Belvédère, soit pour servir le Maître d'Ombres, soit pour se soustraire à la pestilence, à la famine ou à tout autre fléau, n'ont d'ailleurs pas joui du même bonheur que leur maître. Ochiba avait pris la garnison entièrement au dépourvu. Ni ses hommes ni lui n'avaient dû écouter leurs parents quand ils étaient petits. Ils n'avaient aucune notion de la miséricorde, ni même de la neutralité des civils.

Ce dont je ne me suis rendu compte *de visu* que bien plus tard. Après m'être extirpé de ce charnier. Après que les blessés ont commencé d'affluer à l'entrée du tunnel, afin d'être évacués s'ils en trouvaient l'occasion. Après que Madame a cessé d'envoyer des renforts, considérant que ce serait un vain gaspillage. Après m'en être tiré entier, donc, sans une égratignure et traînant derrière moi un Taglien navré par un bout tandis que Thai Dei poussait de l'autre et que le blessé ne cessait de gémir, tant et si bien qu'au retour le tunnel m'a paru d'au moins deux kilomètres plus long qu'à l'aller. Après avoir émergé à l'air libre pour n'y trouver que les seuls Saule Cygne et Lame, lesquels se demandaient à haute et intelligible voix pourquoi je ne retournais pas dans cet enfer afin d'en ramener les oreilles d'Ombrelongue.

« Je ne voudrais surtout pas vous voler la vedette. Sindawe vous a tout bien préparé. Il ne vous reste plus qu'à trouver deux couteaux bien affûtés et à vous faufiler dans cet égout. Pendant que vous y êtes, ramenez le scalp du Hurleur. Vous devriez les trouver tous en train de vous attendre. En haut de la tour du Maître d'Ombres.

— T'es prêt ? a demandé Lame à Cygne. J'ai mon couteau sur moi. » Il souriait largement, tout à fait disposé à lui servir les mêmes sornettes qu'à moi.

Madame s'avançait vers nous à grands pas. Elle avait endossé l'armure complète d'Ote-la-Vie. Des filaments de feu zébraient sa hideuse surface noire, si vite que l'œil ne pouvait les suivre. Les Tagliens trouvaient que l'image d'Ote-la-Vie coïncidait avec l'un des avatars de la Kina des Félons. En dépit de ce qu'avaient subi Madame et sa fille, nombre de gens la prenaient encore pour une créature de la ténébreuse déesse. Il m'arrivait parfois d'en être.

Il existait assurément un lien. Elle refusait d'en discuter.

Mais je ne lui parlais pas non plus de Fumée et moi. Nous étions donc quittes.

« Des nouvelles d'un quelconque succès ? » Sa voix était une basse tonitruante dévalant un long tunnel glacé. « N'importe quoi ?

— Un tas de cadavres. Des deux côtés. Dont un tas de gens qu'on ne tenait pas spécialement à voir morts. Mais, à mon humble avis, il ne leur reste plus qu'un seul moyen de résister.

— Lequel ?

— Lâcher les ombres. » Ma voix avait dérapé : un vrai croassement. Je ne tenais nullement à jouer les Cassandre, mais pas besoin d'être une pythie pour prédire cet avenir-là. « A moins qu'un des deux soupirants de Madame ne bute Ombrelongue avant. »

Elle n'était pas d'humeur à badiner.

Elle ne l'était jamais, d'ailleurs. Elle a grosso modo l'humour de ma belle-doche.

Mais elle pouvait s'amuser d'une bonne séance de pal.

Elle a fait le geste déclenchant le cyclone de lames luminescentes et l'a lâché sur les plus hautes tours. Il a tourbillonné un moment au petit bonheur, causant pas mal de dégâts et distrayant trop Ombrelongue et le Hurleur de leur tâche pour qu'ils trouvent le temps d'achever ses soldats.

7

« C'est la deuxième fois, a grogné le Vieux. Je croyais m'être bien fait comprendre après ta mésaventure à Kiaulune. » Il râlait parce que j'étais entré dans Belvédère. « Conduis Fumée là-bas et tâche de découvrir ce que mijotent Maître d'Ombres et Hurleur. »

A notre retour, Thai Dei et moi l'avions trouvé en train d'aboyer et d'apostropher une bande de messagers, visiblement persuadé que Madame avait déclenché quelque chose que nous regretterions tous.

J'avais la nette impression que Volesprit avait elle aussi pigé tardivement et n'était pas moins ulcérée que le capitaine. Des corbeaux sont apparus un peu partout. Ils se comportaient de façon innommable, même pour des agents de Volesprit. Ils piquaient en rase-mottes et lâchaient des fientes tous azimuts.

« Quand tu auras fini d'espionner Ombrelongue et le Hurleur, je veux que tu localises tous les nôtres.

— Les nôtres ?

— La Compagnie. La vieille division. Les Nars. Je veux rassembler tout le monde. Incessamment.

— Ce sera fait.

— Bien sûr. Mais tâche d'y mettre une pincée de bon sens, Murgen. La Compagnie aura besoin d'un porte-étendard pour entrer au Khatovar. Sans doute davantage que d'un capitaine ou d'un lieutenant.

— Je l'ai déjà dit et je le répète : si on avait la moindre idée de ce que tu mijotes, peut-être pourrait-on faire au bon moment ce que tu aimerais qu'on fasse. » Je me suis éclipsé avant qu'on se prenne le bec devant les hommes.

Ombrelongue remontait les bretelles du Hurleur. Le petit nécromant le mettait d'autant plus en rogne que, s'employant par voie de sorcellerie à tirer du néant une petite construction bariolée, il ne prêtait qu'une faible attention à ses invectives. J'ai dû longuement l'examiner avant de reconnaître une image en trois dimensions des zones de Belvédère que nous occupions. C'était un petit entrelacs complexe de cyan et de magenta… terminé par une espèce de queue qui, plongeant sous les fondations de l'enceinte, conduisait aux positions extérieures de Madame.

Le Hurleur ne faisait strictement rien pour réprimer ses glapissements. Il venait d'en lâcher une rafale; tous hurlements qui semblaient trahir un léger surcroît d'émotion.

Le troisième a dû activer je ne sais quel bitoniau dans la tête d'Ombrelongue. Il a bouclé son clapet et rajusté son morion, puis s'est penché pour étudier la construction du Hurleur. Il a tendu des doigts aussi frêles que pattes d'araignée, en dépit du gant qui les couvrait, et palpé la queue conduisant à l'extérieur. « Comment a-t-elle réussi cela? Ça n'aurait pas dû être possible. » Sa démence, son délire, tout s'est brusquement évaporé comme brume au soleil. A croire qu'il avait subitement recouvré toute sa lucidité. « On ne peut pas travailler cette pierre.

— C'est Senjak qui campe dehors, souviens-toi. Elle l'a travaillée exactement comme nous. »

Ombrelongue a émis une espèce de feulement de félin. J'ai cru que son épisode de lucidité avait déjà pris fin et qu'il allait piquer un de ses sempiternels accès. « Trouve le Félon et la mioche. Il faut qu'ils soient dans cette tour avant minuit. S'ils tiennent à la vie. »

Le Hurleur a répondu par un grognement inquisiteur.

« Je n'ai plus besoin d'eux. Je ne leur dois rien. Ils n'ont strictement rien fait pour moi. Mais je consens à leur accorder cette chance de survivre. »

Je ne me suis pas attardé pour écouter la suite.

« Déjà de retour ? s'est enquis Toubib en me voyant me redresser. Tu n'es pas parti assez longtemps pour…

— Mille excuses, patron, mais j'ai déjà une belle-mère. Et pourtant, si… je suis resté assez longtemps parti pour entendre Ombrelongue déclarer qu'il lâcherait les ombres cette nuit. »

Toubib l'a bouclée. Je lui ai résumé mes informations. « Tu as raison. Il n'a pas parlé d'ombres explicitement, mais il ne peut s'agir que d'elles. Retournes-y. Je vais convoquer Qu'un-Œil pour qu'il fasse passer le mot.

— Combien de temps nous reste-t-il ?

— Je n'en sais rien. Je ne sais même pas l'heure qu'il est. Fonce.

— Fais-moi apporter de quoi boire et manger. L'eau, surtout, ce serait sympa.

— File ! »

J'ai filé.

8

Je réintégrais mon corps toutes les quelques minutes pour informer Toubib des coordonnées de ceux de nos frères de la Compagnie que j'avais pu loger. Le Vieux envoyait des avertissements à tous ceux qu'il pouvait contacter, leur enjoignant de regagner les rangs de la division stationnée près de la Porte d'Ombre.

Les fourgons avaient commencé d'avancer, abandonnant derrière eux les ateliers rudimentaires de Madame, chargés d'autant de réserves de tiges de bambou qu'avaient pu en remplir ses manœuvres. Cette cargaison me semblait bien affligeante.

Je filais partout comme une flèche. Lorsque j'ai eu la conviction que je ne risquais rien, j'ai émigré vers le nord. Des nuées de corbeaux allaient et venaient au-dessus du ravin où se terrait Volesprit. Je suis remonté dans le temps, j'ai épié le Vieux et, comme de bien entendu, j'ai fini par tomber sur un moment où il marmonnait avec ses deux énormes corbeaux, qui ont promptement pris leur essor pour aller cafeter à la tapée de frangine. Pas moyen d'amener Fumée plus près, bien sûr, et, chaque fois que j'insistais trop, j'éprouvais à nouveau cette sensation diffuse : *Elle est les ténèbres.*

J'en ai encore eu un écho après m'être arraché pour aller voir ce que manigançait à présent la Fille de la Nuit, dont Fumée a pourtant consenti à s'approcher sans trop de réticence. L'enfant écrivait furieusement, son petit visage crispé de souffrance. Elle travaillait sur un autre volume. Qu'elle venait à peine d'entamer.

« Oh, merde ! » Aurait-elle déjà terminé le premier ? Il fallait absolument en informer Toubib. Nous étions peut-être dans une mistoufle plus noire que je ne l'avais cru.

Où donc était le livre ? Je ne le voyais nulle part. J'avais tout intérêt à mettre la main dessus.

J'ai plongé dans le passé.

J'ai trouvé la Fille de la Nuit en larmes. Et Narayan Singh abasourdi. Il ne l'avait jamais vue pleurer et ignorait comment la consoler, bien qu'il ait lui-même eu des enfants à une autre époque et dans un autre monde, avant même que la Compagnie noire ne vînt à Taglios.

J'ai poussé un peu plus avant afin de comprendre la raison de ces singuliers sanglots. Les noms d'une centaine, au bas mot, de candidats susceptibles de fondre en larmes avant cette funeste nabote me venaient à l'esprit.

L'affaire avait éclaté lorsque Singh et elle avaient regagné leurs appartements après n'avoir échappé que d'un cheveu aux raiders de Madame. Bien qu'elle fût prévenue, l'enfant était trop absorbé par ses écritures pour s'intéresser à ce qui se passait autour d'elle, et elle avait trop attendu. Leur fuite avait été si précipitée qu'ils en avaient oublié le livre.

Auquel cas, me suis-je dit, un des gars de la clique de Madame a dû prendre conscience de son importance et décidé de le rapporter à sa patronne. J'aurais volontiers soupçonné Cygne ou Lame s'ils s'étaient trouvés dans Belvédère.

Ma surprise n'en a été que plus vive lorsque j'ai découvert le vrai coupable.

Le Hurleur. Ce petit serpent s'était débrouillé pour se glisser dans leurs quartiers alors qu'il était censé repousser nos assauts, pendant que Narayan et la fillette, à moins de cinquante pas de lui, souffraient d'une légère désorientation due un sortilège de confusion. Il avait fait disparaître le livre.

Le sorcier glapissant craignait sans doute d'être aperçu de loin parce qu'il avait tiré une bonne poignée de tours de son sac à malices et recouru à autant de sortilèges, au cours des heures suivantes, pour s'assurer que le livre serait bien perdu pour tout le monde… sauf pour lui.

Il avait laissé à la place un livre vierge. Le jumeau de celui qu'il avait subtilisé.

Curieux. Comment était-il au courant de son existence ? J'ai vérifié dans mes souvenirs, en comparant avec ce que Fumée pouvait rapidement corroborer. Ouaip. Ni l'enfant ni Singh ne s'en étaient ouverts à personne. Les serviteurs d'Ombrelongue lui avaient certes fait savoir qu'ils avaient réclamé de quoi écrire, mais le Maître d'Ombres n'avait pas transmis cette information au Hurleur.

J'étais au courant de l'existence du livre. J'en avais parlé à Toubib. Le Hurleur avait rendu visite à Volesprit. Et le Vieux communiquait avec Volesprit.

Se pourrait-il que… ?

Si l'occasion m'était encore offerte d'y retourner en rêve, je pourrais toujours tenter d'en avoir le cœur net… Vérole ! Je ne pouvais plus assister qu'aux événements se déroulant dans le présent.

Je me suis arraché à ce spectacle et j'ai regagné mon corps. Je crevais de faim et de soif.

« Pas trop tôt ! » m'a dit Qu'un-Œil.

J'ai englouti des litres d'eau. « Où est Toubib ?

— Dehors. Il vérifie que tous savent bien qu'ils doivent se claquemurer ce soir dans leur abri. Et sont dotés de chandelles repoussoirs là où les tiges de bambou viennent à manquer.

— Oh ! » J'ai mâchonné quelques instants. Mes manières n'étaient pas très protocolaires. « Tu as une petite idée de ce qui se passe entre le capitaine et Volesprit ? ai-je demandé ensuite.

— J'ignorais qu'il se passait quelque chose. »

J'ai poussé un grognement et bu encore un peu d'eau. « T'es aveugle ou quoi ? »

Il a haussé les épaules. « Qu'est-ce que j'ai loupé ?

— Ces deux-là ne cessent d'échanger des informations depuis le début. Je ne trouve pas ça très futé.

— Le Vieux n'est pas assez malin pour lui tenir la dragée haute, tu veux dire ? »

C'était exactement le fond de ma pensée. Volesprit était déjà une vieille truite fuyante quand le grand-père de Toubib salissait encore ses couches. « Moi ? Douter du capitaine ? Comment peux-tu croire une chose pareille ?

— Pas toi. Tu vénères jusqu'aux bouses de vache qu'il foule du pied. Tu as une bonne raison de paniquer ? Dès qu'on pourra mettre les voiles, je regagne mon terrier. J'ai invité quelques poires à une partie de tonk. »

Du Qu'un-Œil tout craché. Le monde approchait de sa fin et il ne s'intéressait qu'à plumer des pigeons en trichant aux cartes. « Rapporte au patron que le Hurleur a scratché l'exemplaire du livre qu'écrivait la gosse. Il en a laissé un vierge pour qu'elle puisse recommencer. » J'ai bu d'un trait une longue goulée pendant que Qu'un-Œil me fixait, les yeux ronds, attendant que je m'explique. « Il comprendra.

— Tout le monde fait des cachotteries à tout le monde. A ce train, nos ennemis seront bientôt les seuls au parfum. »

Je suis retourné voir Fumée en grognant. Qu'un-Œil marquait un point.

A l'approche de Madame, j'ai encore ressenti la tension de Fumée, mais moins violente : *Elle est les ténèbres.* Il devait avoir une dent contre la gent féminine puisque toutes suscitaient chez lui la même réaction.

Madame avait reçu le message mais ne semblait guère s'en émouvoir. Depuis des années, la perspective de voir Ombrelongue lâcher ses petits camarades constituait pour elle un souci permanent. Ses hommes étaient entraînés. Tout ce qui exigeait des préparatifs était maintenu en état de constante disponibilité. Sa division pouvait certes succomber, mais ce ne serait pas à cause de ses manquements.

La Dame s'était toujours comportée ainsi, depuis l'aube des temps.

J'ai cédé à la tentation et piqué vers le nord. Je me persuadais que j'allais tenter de retrouver Mogaba et Gobelin. Il ne serait pas mauvais de savoir jusqu'à quel point ils s'exposeraient au danger lors du foutoir qui s'annonçait. Mais je tenais aussi à pousser beaucoup plus loin, au-delà de leurs positions respectives. Jusqu'aux sources de mon cœur.

Je ne la reverrais peut-être plus jamais. C'était peut-être ma dernière nuit.

9

En dépit des multitudes de corbeaux vibrionnant à l'aplomb de la face sud des Dandha Presh, Gobelin était introuvable. Mais sa besogne, en revanche, crevait les yeux. Partout où les autochtones avaient commis la folie de coopérer avec Mogaba, sa bande avait pillé, incendié et fait des exemples. La clique de Mogaba s'était livrée aux mêmes exactions à l'encontre de tous ceux qui avaient eu la sottise de collaborer avec Gobelin ou un autre de nos alliés. D'un point de vue strictement pratique, il était difficile de déterminer après coup lequel avait donné le plus édifiant spectacle.

Les indigènes ne semblaient guère se préoccuper de l'identité des combattants ni de leurs mobiles. Ils ne faisaient pas la distinction entre bons et mauvais. Au cours des quelques minutes que j'ai consacrées à effectuer plusieurs plongeons dans le temps, j'ai été témoin de l'attaque de plusieurs villages et manoirs. Plus récentes étaient ces violences, plus leurs victimes semblaient enclines à y résister… et ce d'où qu'elles vinssent.

Le forvalaka participait à certains raids nocturnes de Gobelin. Les corbeaux allaient et venaient à ces occasions, mais quelques-uns faisaient également la navette en son absence.

Ils allaient aussi trouver Mogaba. Apparemment. Ombrelongue avait doté Mogaba de tout un arsenal de fétiches susceptibles de distraire un fouineur tel que moi ou de détourner le regard de tout autre observateur.

Mais rien de tout cela ne me rapprochait de ce que je cherchais.

J'ai consacré quelques instants à l'observation de la troupe de Cordy Mather. Ce brave vieux Cordebois se trouvait à présent sur le versant sud des Dandha Presh ; il se déplaçait lentement, et uniquement parce que les montagnes restaient effroyablement inhospitalières.

Cordy n'avait pas d'ennuis avec les corbeaux. Du moins dont j'eusse été témoin.

J'ai néanmoins découvert avec stupeur qu'une nuée de ces petits monstres nichait dans les fissures et les éboulis devant le palais de Trogo Taglios. A la réflexion, ça n'aurait pas dû tant me surprendre. Ce qui s'y passait devait captiver Volesprit, qui adorait fourrer son nez dans les affaires d'autrui.

J'étais trop pressé d'explorer le marais pour perdre mon temps à éventer les secrets de la Radisha. *Elle est les ténèbres.* Elle continuait de tenir une profusion de réunions avec les clergés et les dirigeants. Nos livres reposaient toujours dans leur cache.

La Radisha ne faisait plus guère d'efforts pour retrouver Fumée. Ce qui ne signifiait pas qu'il lui était sorti de l'esprit pour autant.

Mais je voulais poursuivre mon périple. Banh Do Trang avait amplement eu le temps de trouver Sahra.

Oh, il l'avait bel et bien trouvée. Eh oui ! Je l'ai rattrapé vers la fin de son voyage, alors qu'il atteignait le temple de Ghanghesha, pour le seul plaisir de m'infliger ce supplice de Tantale. Juste avant d'arriver, il s'était écarté de la piste, une manière de sente surélevée serpentant entre les marais convertis en rizières, le temps de se déguiser à l'aide d'ingrédients préalablement emportés. Ajouter un peu de poussière par-ci, modifier sa coiffure, enfiler rapidement une robe orange rapiécée, et le voilà devenu un de ces moines errants du culte gunni. Ces missionnaires ayant fait vœu de pauvreté ont leurs entrées partout. Les

Nyueng Bao eux-mêmes les toléraient. Leur sainteté ne faisait aucun doute, si cinglés qu'ils fussent individuellement.

J'ai toujours trouvé surprenante, voire déconcertante, la tolérance religieuse des Méridionaux, bien qu'il ne s'agît en fait que d'une ancienne coutume, fondée sur le constat qu'aucune communauté religieuse n'est assez puissante pour en convertir une autre et lui démontrer ses errements à la pointe de l'épée.

Trang a poursuivi son chemin. Il jouait son rôle de mendiant à la perfection. Sans doute l'avait-il déjà endossé, peut-être lors de son premier séjour à Taglios. Les Nyueng Bao n'y sont pas accueillis très chaleureusement. Ils forment une minorité un peu trop arrogante.

Peu importe. On l'a admis dans le temple. Les prêtres semblaient connaître le personnage qu'il incarnait.

Il n'a pas abordé Sahra sur-le-champ. De fait, il a attendu le soir pour feindre de la bousculer. Ils s'étaient croisés à plusieurs reprises durant la journée et elle ne l'avait pas reconnu.

Il s'est excusé en un taglien étouffé, profitant de ce qu'elle fût encore trop secouée par le choc pour se trahir en tressaillant.

Je n'ai pas entendu ce qu'il lui disait. J'ai juste vu les yeux de Sahra perdre soudain de leur fixité et scintiller de surprise et de vivacité. Elle a accepté ses plates excuses et s'est éloignée.

Cette même nuit, elle n'a pas fermé le loquet de sa cellule. Et s'est même offert l'extravagance de laisser brûler sa chandelle.

Trang est arrivé très tard, alors que les trois seuls prêtres encore debout procédaient à l'habituel rituel nocturne d'offrandes propitiatoires au dieu Ghanghesha, dans l'espoir de lui inspirer la mansuétude d'accorder au monde une nouvelle journée affranchie de calamités et de peines.

Trang a gratté à la porte de l'habitacle de Sahra, rudimentaire vantail d'osier tressé qui n'aurait pas intimidé une marmotte un peu déterminée. Plus un symbole qu'une vraie porte.

Une tenture en lambeaux pendait derrière, chargée d'arrêter la lumière. Sahra l'a fait entrer et lui a fait signe de s'asseoir sur sa paillasse. Le vieil homme s'est exécuté avec soulagement. Il a contemplé Sahra de ses yeux liquides. Je savais qu'il comprenait au moins en substance la teneur du message qu'il délivrait, même s'il était trop honorable pour l'avoir lu.

A cet instant, j'ai failli paniquer. J'avais certes tenté d'apprendre à lire à Sahra, mais elle n'avait pas retenu grand-chose de mes leçons. Comment allait-elle... ? Oh, en se faisant aider par Trang, évidemment ! Et je saurais alors jusqu'à quel point le vieil homme était notre ami et s'il n'avait pas secrètement pris le parti d'oncle Doj...

Sahra se comportait en parfaite hôtesse, ce qui ne manquait pas de me faire enrager. Bien qu'elle ne pût lui servir du thé ni se livrer à aucun de ces cérémonieux atermoiements qui permettent aux Nyueng Bao de tourner autour du pot, elle a réussi à retarder l'instant critique d'au moins quinze minutes.

« J'ai un message pour toi, a fini par déclarer Trang, dans un murmure qu'un observateur indiscret écoutant derrière la porte n'aurait même pas entendu, eût-il compris le taglien. Il m'a été confié par un soldat de pierre qui l'a convoyé jusque dans le Nord depuis l'ultime forteresse des Maîtres d'Ombres encore debout. Il a insisté pour que je te le remette en mains propres. Le voici. »

Sahra s'est agenouillée devant lui. L'exercice lui était difficile. Elle avait beaucoup grossi. Elle a cherché son regard. Froncé les sourcils sans mot dire. A mon avis, elle ne se sentait pas assez sûre d'elle pour prendre la parole.

« Le soldat de l'obscur savait où tu te trouvais. Et le nom dont tu te sers actuellement. Quand je ne me doutais pas moi-même que tu avais survécu à la *tooga.* Tes parents sont rusés dans leur cruauté. »

Sahra a hoché la tête. Mais elle n'osait toujours pas parler. Dieux qu'elle était belle !

« Ils savaient tout cela alors qu'un hémisphère entier nous sépare, mon enfant. Et ça me terrifie. Nous vivons des temps terribles et des gens effroyables marchent parmi nous. Nous sommes incapables d'identifier certains d'entre eux. Les guerriers d'os ne semblent guère plus terrifiants que les autres, mais…

— Un message, mon oncle ? » C'était dans sa bouche un titre honorifique. Trang ne lui était nullement apparenté.

« Oui. Je regrette. Plus j'y réfléchis, plus j'ai tendance à prendre peur. »

Sahra a pris ma lettre et l'a fixée un instant, peu encline à découvrir son contenu. Mais heureuse en même temps. C'était flagrant. Les frères de son époux étaient informés de sa situation et se souciaient d'elle. « Qui l'a apportée ?

— Il n'a pas dit son nom. Il est très jeune. C'est un Jaicuri. De basse caste.

— Une cicatrice qui fait retomber sa paupière gauche, de sorte qu'il semble avoir du mal à rester éveiller lorsqu'on le voit sous ce profil ?

— En effet. Tu le connais ?

— Je m'en souviens. » Elle a encore retourné ma lettre entre ses mains.

« Ouvre-la, mon enfant.

— J'ai peur.

— La peur tue l'esprit. »

Vérole ! Il me rappelait brusquement l'oncle Doj quand il me donnait des cours de combat et d'escrime. Le vieux Trang ferait-il lui aussi partie de ces prêtres clandestins ?

Sahra a ouvert le message. Elle a baissé les yeux sur ce que j'avais écrit en gros caractères bien nets. « Lis-la pour moi, s'il te plaît, mon oncle », a-t-elle finalement demandé.

Trang s'est enfoncé le petit doigt dans le tuyau de l'oreille et a entrepris de farfouiller entre ses touffes de poils. Elles étaient plus fournies dans cet appendice qu'au sommet de son crâne. Il a parcouru des yeux mon message, qu'il tenait de l'autre main, puis a pris le temps de digérer l'information et de réfléchir avant de les relever vers Sahra. Il a ouvert la bouche pour dire quelque chose, puis une pensée lui a traversé l'esprit et il a regardé autour de lui, l'air sidéré.

Il venait de se rendre compte que nous pouvions apparemment voir ce qui se passait à l'intérieur du temple de Ghanghesha. Et que ce moment précis risquait de nous intéresser énormément. En particulier le soldat de pierre portant le nom de Murgen.

« Cette lettre prétend être de ton mari. » Il a hésité une fraction de seconde avant de décider de renoncer à l'adjectif « étranger ».

« Elle est de lui. Je reconnais son écriture. Que dit-elle ?

— Qu'il n'est pas mort. Qu'on lui a dit que tu l'étais. Qu'il sait où tu vis et dans quelles conditions, parce qu'une magie puissante a été mise à sa disposition. Qu'il viendra te chercher dès que le Maître d'Ombres sera anéanti. »

C'était assez fidèle à ce que j'avais écrit.

Sahra a fondu en larmes.

Sahra ? J'aurais voulu la serrer contre moi. Elle avait toujours été la plus forte. Ces catastrophes qui s'abattaient sur elle ne pouvaient la briser. Elle avait toujours été un brave petit soldat. Sahra, pleurer ? Jamais.

La voir en proie à un désarroi si profond me faisait horreur.

Je me suis laissé déporter vers Trang. Il a frissonné et regardé autour de lui. « Ce n'est pas tout. Il dit aussi qu'il t'aime et espère que tu lui pardonnes d'avoir failli en permettant cette situation. »

Sahra a étouffé ses sanglots et hoché la tête. « Je sais qu'il m'aime. La question, ce serait plutôt : pourquoi les dieux me haïssent-ils ? Je ne leur ai rien fait.

— Les dieux ne pensent pas comme nous. Ils ourdissent des plans à long terme, au regard desquels une vie d'homme ne représente qu'un simple clignotement, une seconde dans un siècle. Ils ne nous demandent jamais si nous acceptons d'y participer dans l'espoir d'y trouver le bonheur. Ils se servent de nous comme nous des bêtes de la forêt, des champs et des marais. Nous sommes l'argile qu'ils pétrissent.

— Ce n'est pas d'une homélie dont j'ai besoin, oncle Trang. Mais de mon mari. Et aussi d'être délivrée des machinations de vieillards… » Elle a brusquement sursauté puis, d'un geste, lui a signifié que quelqu'un écoutait à la porte et qu'il devait se taire.

Je suis sorti de la cellule.

Un prêtre se tenait à un pas de la porte, figé dans une posture hésitante. Il avait dû surprendre des paroles en passant. Il a parcouru des yeux, de long en large, le couloir plongé dans l'obscurité, regardé sa propre lampe à huile puis s'est approché de la porte de Sahra et a dressé l'oreille.

J'ai fondu sur lui, bandé toute ma volonté, puisé dans mes réserves de colère et tenté de me colleter avec lui.

Il a pivoté sur lui-même, tremblant de tous ses membres. Puis il a décampé précipitamment. Je n'effrayais pas que les seuls oiseaux lorsque la fureur me prenait.

Je suis retourné à l'intérieur. Sahra souhaitait que Trang acheminât une réponse. L'entendre me suffisait amplement, même si j'attendrais son mot avec impatience, à titre de confirmation solide du lien éternel qui nous unissait, d'emblème que je porterais sur mon cœur jusqu'à nos retrouvailles. Il a donné son consentement, mais en pesant soigneusement ses mots. Il ne cessait de regarder autour de lui comme s'il craignait que le lieu ne fût hanté.

« Comment se passe ta gésine ? a-t-il demandé.

— C'est une tâche que j'accomplis à merveille, mon oncle. Sans effort ni gêne. J'ai déjà eu des bébés.

— Celui-là sera plus gros que les deux premiers. Ton mari est grand.

— T'attends-tu aussi à ce que son enfant soit un démon ? »

Trang s'est fendu d'un pâle sourire. « Pas comme d'autres l'entendraient. Mais sans doute au sens de la prophétie de Hong Tray. Ta grand-mère était une femme d'une grande sagesse. Ses prophéties se sont toutes réalisées... Même si ce n'est pas toujours comme nous nous y attendions lorsqu'elle les proférait.

— Elle n'a jamais parlé d'un monstre.

— Ce qu'elle a dit ne correspond pas nécessairement à ce qu'ont cru entendre ta mère et Doj. Les gens refusent parfois d'écouter certaines choses. »

Il accaparait toute mon attention et ce pour diverses raisons : j'allais peut-être en apprendre davantage sur Doj. Et bénéficier de quelques éclaircissements sur la prophétie de Hong Tray qui, jusque-là, restait presque aussi sibylline que la conviction, intimement partagée par tous les Tagliens, selon laquelle la Compagnie noire devait dès sa création être une manière de fléau, plus néfaste que tous les déluges et tremblements de terre. Mais Trang m'a déçu. Il n'a rien ajouté. De fait, il s'est figé et a tendu l'oreille.

J'ai refait irruption dans le couloir.

L'homme que j'avais effrayé revenait. Et ramenait ses copains.

J'ai de nouveau piqué sur lui, plus enragé que la fois précédente. Il n'avait rien d'un héros. Il a détalé en glapissant. Ses compagnons se sont mis à jacasser entre eux. Ils ont décidé que leur collègue devait être tourneboulé. Au lieu d'entrer dans la cellule de Sahra, ils se sont élancés à ses trousses. Je les ai suivis pour m'en assurer.

A mon retour, Trang était parti. Un petit bond dans le temps ne m'a fourni aucune indication utile.

10

Sahra avait regagné sa paillasse. Elle s'y était agenouillée, les mains sur les cuisses, et regardait droit devant elle. Dans l'expectative.

Je me suis laissé dériver face à elle.

« Tu es là, Murgen, n'est-ce pas ? Je sens ta présence. Tu es ce que j'ai déjà ressenti, n'est-ce pas ? »

J'ai essayé de lui répondre. J'ai eu droit de la part de Fumée à un *Elle est les ténèbres* assorti d'un mouvement de recul. Pourquoi maintenant ? Sahra ne l'avait jamais dérangé jusque-là. Pas vrai ?

Il n'appréciait guère le beau sexe, ces derniers temps. Allait jusqu'à se raidir à proximité de la Radisha, lorsque nous étions au palais.

Je l'ai éperonné. Il a de nouveau renâclé. Sahra a dû sentir quelque chose. « Je suis trop lourde pour me déplacer maintenant. Je viendrai dès que notre fils sera en âge de voyager. »

Un fils ? Moi ?

Je suis devenu un autre homme à cet instant précis. Mais ça n'a duré que quelques secondes. Jusqu'à ce que je me demande comment elle pouvait en être si sûre.

D'aucuns la traitaient de sorcière. *Wouah !* Ça flanquait les jetons. Je n'en avais jamais été témoin moi-même.

Mais peut-être *pouvait-elle* en avoir effectivement la certitude.

Le monde où j'évoluais s'est mis à frémir et branler. J'avais d'ores et déjà suffisamment l'expérience des voyages astraux pour comprendre qu'on s'efforçait de me réveiller là-bas, à la boutique. J'ai réagi bien à contrecœur. Je regrettais amèrement qu'il n'existât aucun moyen – n'importe lequel – de faire savoir à Sahra que j'avais capté son message. « Je t'aime, Sahra, ai-je déclaré.

— Je t'aime, Murgen », a-t-elle répondu comme si elle m'avait entendu.

Les secousses se sont faites plus insistantes. Je me suis arraché au temple de Ghanghesha, mais je refusais d'être manipulé jusqu'au bout. J'ai bien essayé de prendre la Radisha par surprise, pour observer ses magouilles de plus près, mais Fumée, manifestant une aversion presque aussi puissante que celle que lui inspirait Volesprit, a encore regimbé. *Elle est les ténèbres.*

La terre s'est brouillée sous moi. Je volais très bas et très vite. C'est peut-être ce qui m'a permis de déjouer certains sortilèges rendant Gobelin et Mogaba si difficilement repérables. J'ai eu de chacun d'eux un fugace aperçu en passant à proximité.

Ils se déplaçaient. Les troupes de Mogaba semblaient se renforcer. Quant à Gobelin, il était en compagnie du forvalaka. Les deux groupes avançaient masqués, sous des coupoles de corbeaux.

Volesprit avait sans doute une vision plus précise que la mienne du tableau.

« Tu n'apprends donc jamais ? » a râlé Toubib.

Il me restait juste assez de forces pour m'asseoir et tendre le bras vers un pichet de liquide. J'étais sorti plus longtemps que je l'avais estimé. Sarie a le don de me faire perdre la notion du temps.

« Chiasse ! ai-je marmotté. Ça m'a flanqué sur les rotules. Je pourrais manger un bœuf.

— Tu n'étais pas censé t'occuper de tes affaires de famille. Continue comme ça et ce sont les corbeaux qui te mangeront. »

De toute manière, on ne trouvait pas le moindre bœuf comestible dans ce trou perdu du bout du monde.

J'ai poussé un grognement. Je tenais un pichet de liquide sucré d'une main et une miche de pain de l'autre. Sur le moment, il ne me serait pas venu à l'idée de lui demander pourquoi il m'accusait de m'être occupé d'affaires de famille.

« Il commence à faire noir. Nos gars s'affairent tous à se terrer dans leurs trous en les refermant hermétiquement derrière eux. Je te veux frais et dispos pour aller espionner la Porte d'Ombre. Et pas question d'admirer le panorama. Il nous faudra un signal clair dès qu'Ombrelongue aura entrepris de l'entrebâiller. »

J'ai levé la main. Je me suis éclairci la voix puis j'ai demandé : « Pourquoi n'irais-je pas plutôt épier Ombrelongue ? Fumée refuse de s'approcher de la Porte. Je risque de ne voir bouger les ombres que lorsqu'il sera trop tard. Tandis que j'assisterais aux invocations d'Ombrelongue. » J'ai englouti une gorgée d'eau sucrée pour faire passer la dernière bouchée de pain.

Fumée a grogné.

« Merde. » Le Vieux m'a brusquement donné l'impression qu'il allait fondre en larmes.

« Où est Qu'un-Œil ? me suis-je enquis. Il vaudrait peut-être mieux le faire venir ici. »

Fumée n'avait pas émis un son depuis des années.

« Va le chercher. Le médecin, c'est moi. » Il s'est dirigé vers Fumée.

« Bonne idée. » Je me suis levé et j'ai titubé jusqu'à la porte, encore un peu mou du genou.

11

C'était une belle nuit pour voir se déchaîner l'enfer. Je n'avais pas vraiment remarqué que le soir tombait lorsque je chevauchais le fantôme, tant j'étais perdu dans mes pensées. Mais des nuages accouraient qui allaient rendre encore plus profondes les ténèbres.

« Qu'un-Œil ! ai-je beuglé. Ramène ici ton vieux cul pourri ! Exécution ! »

J'ai contemplé les nuages. Ma suggestion avait bonne mine à présent.

Où diable était passé le petit merdeux ? Je suis grimpé sur le faîte de l'abri de Toubib. « Qu'un-Œil ! » J'ai foncé vers son terrier. Il ne comptait tout de même pas y passer la nuit, si ? Sorcier ou non, il n'y avait pas assez travaillé pour en faire un abri efficace durant toute une nuit de maraude des ombres.

J'étais presque arrivé quand j'ai vu le petit sorcier déboucher en trottinant de la direction générale de mon propre terrier. « Qu'est-ce que tu me veux, gamin ?

— Où t'étais-tu fourré ? Peu importe. On a des ennuis avec le fantôme.

— Hum ?

— Il émet des sons », ai-je murmuré. Puis j'ai regardé autour de moi. J'avais négligé de tenir ma langue.

C'était décidément ma nuit de chance. Nul corbeau en vue.

Qu'un-Œil a jeté un coup d'œil par-dessus mon épaule. « Des sons ? » Il ne me croyait pas.

« Je bafouille ou quoi ? Ramène tes fesses. Toubib est déjà en train de l'ausculter. » Je continuais à chercher des yeux les oreilles ennemies. Souris, chauves-souris et ombres ont elles aussi de petites oreilles.

Une aurore boréale festonnait l'espace entre Belvédère et les ruines déchiquetées de Kiaulune et se reflétait brillamment dans la muraille métallique de la forteresse. Mais ce n'était encore qu'un balbutiement, le temps que Madame accordât ses violons. Un instant plus tard, l'unique clarté visible provenait de la seule chambre de cristal rescapée des tours de Belvédère. La retraite préférée d'Ombrelongue était particulièrement illuminée.

« Tu comptes rester ici à bayer aux corneilles ou te mettre enfin au turbin ? »

C'était Qu'un-Œil. Il inversait les rôles et me ferait porter le chapeau du moindre retard. Comme de juste.

J'ai jeté un dernier regard autour de moi avant d'entrer. Toujours rien. J'ai laissé retomber les loques qui cachaient l'entrée, replacé sur un socle une chandelle à repousser les ombres, entre la porte et nous, et je l'ai allumée à la plus proche lampe à huile. Mieux valait ne pas trop compter sur Ombrelongue pour exécuter notre programme. « Je me demande si le Maître d'Ombres ne serait pas curieux de savoir pourquoi nous n'allumons aucune lumière et ne faisons aucun bruit.

— Chut », a fait Qu'un-Œil. Lui-même chuchotait. « Je croyais t'avoir entendu dire que Toubib l'auscultait ? »

Le Vieux était assoupi dans mon fauteuil. « C'est du moins ce qu'il faisait quand je suis sorti d'ici. » J'ai agrippé un pichet et tété une ventrée d'eau sucrée.

« M'a pas l'air très fringant, a déclaré Qu'un-Œil en plantant son index dans les côtes de Fumée.

— Je n'ai jamais dit qu'il s'était levé pour danser la gigue. Il a grogné. Depuis que je traîne avec lui, les seuls bruits qu'il ait jamais émis, c'est quand on le croyait atteint de pneumonie. Un grognement, ça m'a paru énorme. Toubib en a convenu. »

Le Vieux a émis un son à son tour. Il réintégrait son corps. « Ça risque d'être passionnant, nous a-t-il dit en reprenant ses esprits. Ombrelongue vient d'envoyer chercher le Hurleur, Singh et l'enfant. Il s'apprête à ouvrir le bal.

— Un frisson par minute dans ce bled. Encore les ombres ! Je savais bien que j'aurais dû acheter cette ferme et démissionner. Pine d'huître, ici présent, prétend que l'avorton est en train d'émerger. De répondre quand on lui cause et ainsi de suite…

— Il a émis un son, a râlé Toubib. Un grognement, disons. Et quand j'ai voulu aller jeter un coup d'œil sur la gosse, il a regimbé et laissé échapper une espèce d'émotion, rapport aux ombres.

— “Elle est les ténèbres”, ai-je répété, citant Fumée. Il réagit ainsi chaque fois que je le conduis près d'une femelle, ces derniers temps. Avec Volesprit, c'est encore plus net. Sarie et la Radisha arrivent en second ex æquo.

— Ah ! s'est exclamé Qu'un-Œil. J'avais oublié la vieille sorcière. Comment va-t-elle, Murgen ?

— Ça t'intéresse ?

— Il paraît que Cordy serait en chemin. Il voudra peut-être en avoir une idée.

— Tu comptes lui apprendre qu'on espionne sa chérie ?

— Grrr. Non, j'imagine. Mais je lui dois deux, trois coups tordus. »

Personnellement, je doutais beaucoup que quiconque pût rouler Qu'un-Œil dans la farine, mis à part peut-être Gobelin. Qu'un-Œil serait plutôt du genre à se venger préventivement, avant même qu'on lui ait fait des misères.

Il est aussi du genre, même au bout de deux siècles, à vous ménager de temps en temps une bonne surprise. « Je ne passerai pas la nuit, a-t-il déclaré. Vous trouverez un testament dans mon sac de couchage. Je lègue presque tout à Gobelin, sauf deux ou trois menus objets qui iront à Gota. » Il s'employait tout en parlant à relever les paupières de Fumée, de sorte qu'il ne nous a pas vus, Toubib et moi, échanger un regard éberlué.

« Si tu ne passes pas la nuit, il y a de fortes chances que nous n'y survivions pas non plus, a déclaré Toubib.

— Le gamin survivra. Sa belle-mère le prétend élu par le destin. Dans quel but… ? Va savoir ! Le seul à qui c'est arrivé est mort. »

Avant que le Vieux eût posé la question, j'ai dit : « Il parle d'une prophétie que Hong Tray a débagoulée à Dejagore il y a longtemps. Je ne sais pas trop ce qu'elle signifie. Sarie et moi en avons beaucoup parlé, mais elle n'a jamais su vraiment l'interpréter non plus. Elle se rapporte à l'avenir des Nyueng Bao, quelque chose comme ça. Je sais qu'elle flanque la colique à oncle Doj et mère Gota. Thai Dei reste plus neutre, mais il n'en raffole pas précisément. Je le crois plutôt ravi de ne pas réellement savoir de quoi il retourne.

— Il me semble que tu as déjà passablement modifié l'avenir de ces gens, m'a lancé Toubib. On continue de trimballer derrière nous la moitié de la tribu. Où est ton toutou, Qu'un-Œil ? Je ne l'ai pas aperçu depuis une bonne semaine.

— Jojo ? Que j'sois pendu si je le sais. Du moment qu'il ne se fourre pas dans mes pattes… Ecoute, je ne vois pas trop en quoi ce type est différent. Ici, en tout cas. Laissez-moi sortir avec lui, que je constate s'il y a un quelconque changement en lui.

— Je t'ai déjà dit que… ai-je commencé.

— Ouais, ouais. Bouclez-la. Faut que je me concentre. » Mais pas trop. Fumée avait tellement l'habitude d'être ainsi manipulé que le sortir n'a pratiquement exigé aucun effort.

« Il m'avait semblé légèrement différent, a fait remarquer Toubib. Mais ça faisait un bail…

— Je m'aperçois brusquement que je n'ai pas croisé Kina récemment.

— Même dans tes rêves ? »

Pas moyen de m'en souvenir. « C'est bizarre. Je ne me le rappelle pas. Mais c'est forcé. Je fais toujours les mêmes rêves. Au point de m'y sentir presque à mon aise maintenant.

— C'est peut-être justement le problème. Sois prudent.

— Prudent, c'est mon surnom comme dit Qu'un-Œil.

— C'est “Stupide” son surnom, oui.

— J'ai entendu. Je vais te changer en crapaud. » Le petit sorcier était déjà de retour.

« Je l'ai déjà dit et je le répète… tu n'es même pas capable de changer ta propre bouffe en merde. Quel est le mot d'ordre ?

— Il faudra peut-être attendre vingt-quatre heures qu'on dispose d'un peu plus de temps libre, mais on va devoir s'asseoir, toi et moi, pour essayer de comprendre ce que tu as fait.

— Quoi ?

— J'ai l'impression qu'un ou deux des murs derrière lesquels il se planque commencent à s'effriter.

— Il ne va pas se réveiller au beau milieu de la nuit, au moins ? a demandé Toubib. En plein chambard ?

— M'étonnerait. Il est encore enfoui bien profond. » Il m'a regardé téter un peu d'eau puis enchaîner sur une cuisse de poulet rôti. On ne mange pas comme un goret quand on est le Libérateur. « Tu comptes engloutir tout ce qui traîne dans le coin, gamin ?

— La nuit sera longue.

— Reste ici et vaque au turbin, m'a ordonné Toubib. Rien que de brèves sorties. Tiens-moi au courant s'il arrive quoi que ce soit.

— D'accord. Ce sera fait, patron.

— Qu'un-Œil. Il nous faut davantage de sortilèges de protection autour du camp. De quoi tenir les ombres à distance tout en nous permettant d'entrer et de sortir à notre guise. »

Qu'un-Œil a affiché un large sourire édenté et basculé son immonde galurin sur son crâne, selon un angle plus immonde encore. « J'ai déniché l'amulette idéale, chef. Sachant que des messagers devraient faire la navette en cas de coup dur.

— De combien disposes-tu ?

— Treize à la douzaine pour l'instant.

— C'est tout ?

— Eh ! c'est pas du tout cuit ! »

D'autant que leur concoction avait sûrement dû l'éloigner un certain temps de son alambic et de ses projets de marché noir.

Nous étions depuis assez longtemps cantonnés au même endroit pour qu'il ait eu le loisir de s'impliquer dans un traficotage quelconque – si maigres qu'en fussent les perspectives – l'empêchant de se consacrer à des activités moins captivantes : fabriquer des amulettes pouvant sauver des vies, par exemple.

J'aurais volontiers parié qu'il était à la tête d'un stock d'amulettes largement supérieur aux treize qu'il comptait concéder au Vieux. Au minimum une pour chacun de ses poignets et chevilles, plus quelques-unes de rabiot, à refourguer aux mieux-disants dès qu'on aurait vérifié qu'elles étaient efficaces et impérativement requises.

Ce petit étron était décidément une fripouille.

Mais une fripouille de notre bord et la meilleure dont nous disposions. A moins de compter Madame, ce à quoi je ne me résignais pas bien qu'elle fût notre lieutenant. Je n'ai jamais pu me résoudre à la considérer comme un membre à part entière de la Compagnie. Elle voyage trop lourd.

« Il se fait tard, a fait remarquer Toubib. Tu devrais peut-être faire un saut à Belvédère, voir ce qu'ils fabriquent. Qu'un-Œil… j'aimerais que tu planques mes estafettes dans ton terrier.

— Quoi ? Pas question, chef ! Je viens de faire le ménage. »

J'ai encore bu un peu puis je me suis assis à côté de Fumée.

12

La lumière émise par la chambre d'Ombrelongue semblait assez brillante pour éblouir des yeux de chair. D'origine magique, elle surgissait de partout à la fois, ne laissant aucun recoin sombre où aurait pu rôder une ombre sauvage. Les rares meubles étaient polis et leurs angles arrondis de manière à n'autoriser aucune fissure, aucun angle où serait née la moindre pointe d'obscurité indisciplinée, fût-elle grosse comme une tête d'épingle.

Nulle ombre féroce ne le prendrait par surprise.

Ombrelongue donnait l'impression de s'être changé, voire baigné, pour le grand événement de cette nuit. Il portait assurément un morion neuf, noir et argent, orné d'incrustations de cyan, d'écarlate et d'un vert sombre très soutenu. Les motifs de son masque changeaient chaque fois que je posais les yeux dessus. Je me suis même promis de remonter dans le passé dès que j'aurais un peu de temps devant moi, histoire de le regarder se pomponner. Il n'avait jamais fait cela.

Narayan Singh et la fillette s'étaient pointés quelques instants avant mon entrée. Je m'en suis assuré par un bref saut dans le passé.

« Où est le Hurleur ? » s'est enquis Ombrelongue.

Singh a haussé les épaules. La fillette s'est comportée exactement comme si Ombrelongue n'avait pas ouvert la bouche. « Nous ne l'avons pas vu depuis des jours », a répondu Singh. Il mentait effrontément.

« Il devrait être là. Je l'avais prévenu. Je l'ai convoqué ici pour sa propre sécurité. »

La fillette s'est assise par terre, les jambes croisées. Elle ne prêtait aucune attention au Maître d'Ombres. Singh avait dû la tarabuster pour l'arracher à ses écritures.

Curieux d'assister à cet échange, j'ai fait un bref saut dans le passé. Et constaté, non sans surprise, que c'était l'enfant qui pressait Singh. « Il faut qu'on soit à l'heure. »

Je suis remonté un peu plus haut. J'ai trouvé la gamine plongée dans cette transe hypnotique où elle prétendait communiquer avec Kina. La pestilence dégagée par la déesse était assurément puissante. Je me suis retiré avant d'éveiller son attention. Elle ne s'était guère intéressée à moi récemment et je m'en portais fort bien.

J'ai encore effectué deux ou trois brefs plongeons dans un passé récent et je suis parvenu à la conclusion que Narayan et sa tutelle n'avaient répondu à la convocation d'Ombrelongue que sur les instances de Kina.

Intéressant. Mais qu'est-ce que cela signifiait ?

En regagnant le présent, j'ai trouvé le Hurleur en train de gravir en haletant la dernière volée de l'escalier en colimaçon menant à la chambre d'Ombrelongue. Le Maître d'Ombres l'avait senti venir et s'était tourné vers l'entrée. Le petit sorcier puant est apparu et a laissé échapper un glapissement avant que le Maître d'Ombres n'ait eu le temps de lui secouer les puces. Le ton en était presque amusé.

Ombrelongue s'est détourné bien qu'il eût récemment souffert d'une grave crise d'exaspération. Il semblait d'assez bonne humeur pour négliger ces infimes transgressions. « Bien, a-t-il dit. Nous sommes donc tous présents. Nous allons maintenant poursuivre la partie avec d'autres méthodes, celles que j'aurais dû employer dès le début. » Il semblait légèrement intrigué, comme s'il se demandait brusquement – à l'instar de tous les membres, hommes ou femmes, de l'armée assiégeante – pourquoi il avait si piètrement réagi durant si longtemps. Il semblait qu'un violent vent psychique venait de dissiper le brouillard qui lui avait obscurci l'esprit pendant une éternité.

Et, à mon avis, ce n'était pas très éloigné de la vérité. J'étais incapable d'identifier le scélérat responsable de son état, mais je restais persuadé qu'une de nos plus vicelardes antagonistes du beau sexe – vraisemblablement Kina – l'avait contacté voilà beau temps et s'employait depuis à émousser son tranchant. Si je ne me trompais pas, le stratagème était d'une admirable subtilité. Ombrelongue n'en avait strictement rien perçu. Sans doute parce que la manœuvre se bornait à l'abrutir tout en exacerbant ses préjugés et son entêtement innés.

Je me suis rappelé qu'il avait néanmoins tissé quelques sortilèges particulièrement pointus. Tout ne s'était pas forcément bien passé pour nous lors de ces brefs intermèdes.

« Ferme la porte, Félon. » La voix du Maître d'Ombres était vibrante. « On ne doit pas nous interrompre. »

Le Hurleur s'est assis sur un haut tabouret. J'ai deviné qu'il avait été conçu tout spécialement pour lui, à l'époque où il s'était inféodé pour la première fois au Maître d'Ombres. Il ne s'en servait pas souvent, mais nul autre que lui ne s'y asseyait. Ni Ombrelongue ni lui ne faisaient franchement partie de ces collègues qui s'entraident dans leur travail, échangent des suggestions et partagent leur expérience.

Le Maître d'Ombres avait également fait un peu de ménage. Sa chambre était d'ordinaire remplie d'un arsenal de fétiches et de talismans, tous stratégiquement disposés. La plupart brillaient ce soir par leur absence. Il ne tenait peut-être pas à mettre à rude épreuve l'honnêteté de ses invités.

Après avoir traîné fébrilement des patins quelques instants, Narayan Singh avait adopté une attitude protectrice auprès de la Fille de la Nuit. J'ai remarqué qu'un triangle de soie noire dépassait de son pagne. Il s'était habillé rituellement pour la soirée. Ce devait être son rumel. Son foulard d'Etrangleur.

« En temps ordinaire, a repris Ombrelongue, je serais sorti moi-même de Belvédère pour gagner la Porte d'Ombre et y poser les pièges dont je me sers pour capturer les ombres qui me sont utiles. Mais, pour agir au mieux de leur efficacité, elles doivent être dressées. Une fois domptées, elles laissent en paix leurs amis. Les skrinsa peuvent alors y recourir sans m'importuner. Mais nous ne sommes pas en temps ordinaire. »

Non. Assurément. Et lorsqu'il a fait allusion aux tisseurs d'ombres, je me suis demandé s'il savait exactement combien il se fourvoyait au sujet de ses affidés. Il n'avait jamais beaucoup côtoyé ceux qui vaquaient aux tâches quotidiennes de la forteresse. Il donnait des ordres. On les exécutait. Seule une poignée de ses gens avaient survécu aux dernières attaques de Madame. Ils continuaient de s'occuper de lui. Le Hurleur y avait veillé.

Mais il ne disposait plus d'aucun Tisse-Ombres susceptible de manipuler ses ombres, dressées ou non.

D'un autre côté…

A une certaine époque, une chambre de cristal coiffait, tous les deux cents mètres environ, une tour de la muraille sud de Belvédère. Chacune contenait un miroir servant à projeter un faisceau de lumière sur le terrain environnant la route qui conduisait à la Porte d'Ombre. Il fallait au moins deux hommes pour braquer ces engins.

Ombrelongue a déplacé quelques petites figurines d'une collection disposée sur une table, un peu comme s'il exécutait de multiples mouvements de pièces sur un damier. Il n'a prononcé qu'un seul mot.

Les lampes des tourelles rescapées se sont illuminées. Des faisceaux ont fouillé la nuit. Pareils à des doigts accusateurs, ils ont pivoté pour désigner approximativement le secteur où était cantonnée la vieille division de Toubib. Ils n'éclairaient plus aussi bien qu'autrefois, mais j'étais tout de même impressionné. Ils opéraient sans le secours de la main humaine.

Les complices du Maître d'Ombres ne l'étaient pas moins. Narayan m'a paru légèrement troublé ; quant au Hurleur, tout d'un coup, il ne tenait plus en place. Ombrelongue n'a pas eu l'air de s'en apercevoir. Il est passé à l'étape suivante. « La lumière est superflue pour la suite des événements, a-t-il déclaré. Je me suis seulement dit qu'il serait amusant pour nos ennemis de se voir mutuellement mourir en hurlant de terreur. »

Il a gloussé.

Le Hurleur s'est brusquement redressé, raide comme un javelot, tous les sens aux aguets. L'allure que prenaient les événements ne lui plaisait pas.

Ombrelongue était peut-être moins stupide que tout le monde ne l'avait cru.

J'ai consacré bien trop de temps à guetter la réaction de la fillette. Fumée y est allé de son *« Elle est les ténèbres »* et a entrepris de reculer. Je l'ai contenu. Nous allions assister à une grande effervescence.

Ombrelongue a gravi les marches conduisant au grand globe de cristal placé sur un piédestal au centre de la chambre. Son public le suivait attentivement des yeux, un tantinet fébrile. Il n'avait jamais procédé à une telle opération devant témoin. Ils ignoraient sans doute ce qu'était cette sphère.

Elle faisait un mètre trente de diamètre. Les espèces de petits tunnels qui la perforaient comme autant de trous de ver aboutissaient à l'emplacement en creux qui en occupait le centre. Lorsque Ombrelongue s'en approcha, une lumière chatoyante l'irisa, un peu comme le naphte à la surface de l'eau, mais beaucoup plus vive. Des serpents de feu froid se tortillaient à l'intérieur des canaux qui la traversaient. Un sacré spectacle !

Ombrelongue a levé ses mains grêles. Il a soigneusement ôté ses gants et retroussé ses manches. La peau qu'il a ainsi dévoilée semblait tout à la fois translucide et teintée de pus, avec des mouchetures sous-jacentes de bleu, comme le fromage. Elle était aussi abondamment piquetée de taches de vieillesse. Il n'avait pratiquement pas de chair sur les os.

Le Maître d'Ombres a plaqué les mains à la surface de la sphère. Ses lumières internes ont commencé à s'affoler. Le chatoiement superficiel a gagné ses doigts et recouvert ses mains. Ses doigts se sont enfoncés dans le globe comme des fers portés au rouge dans la glace. Il a agrippé les vers luminescents et entrepris de les tordre.

Il s'est mis à parler sur le ton de la conversation, en recourant naturellement à une langue ignorée de tous – encore que la Fille de la Nuit se penchât en avant en fronçant les sourcils, comme si elle parvenait à identifier un mot çà et là.

Le Maître d'Ombres a invoqué une ombre. Je ne la distinguais pas. Elle se trouvait sur le piédestal qui soutenait le globe. Mais je l'ai sentie. C'était infime mais très, très froid. Glacé.

Le Hurleur s'est laissé tomber à terre et approché pour mieux voir. Narayan et la Fille de la Nuit fixaient Ombrelongue, éberlués. La gosse s'est avancée de quelques pas. Singh s'est rapproché de la porte pour jouir d'un meilleur angle de vue.

Ombrelongue a continué de parler plusieurs minutes, les yeux obstinément clos. Lorsqu'il en a eu terminé, les lumières se sont estompées à l'intérieur du globe. Il a ouvert les yeux et porté le regard vers le sud comme il l'avait déjà fait dix mille fois, et contemplé le secteur éclairé par les miroirs.

Elle est les ténèbres !

Je ne regardais pas la morpionne.

Pas ces ténèbres-là.

Des ténèbres très particulières. Des ténèbres surprise ! Qui n'auraient pourtant pas dû me prendre au dépourvu, sachant ce que je savais…

Volesprit.

Elle a fait irruption par la porte que Narayan Singh lui avait ouverte comme si elle s'apprêtait à frapper.

Ombrelongue n'y était pas préparé. Pas du tout. Il s'est retrouvé cerné de toutes parts, trahi par tous ses alliés, avant d'avoir compris que Volesprit venait d'entrer.

Je me suis cramponné de toutes mes forces pour essayer de lutter contre la terreur qui envahissait Fumée. Ce petit foireux geignait en ne cessant de répéter *« Elle est les ténèbres »* comme une espèce de mantra censé le soustraire aux crocs de la nuit.

« La partie est terminée », a déclaré Volesprit de la tonnante voix de basse d'un huissier de justice, avant de glousser comme une adolescente. « C'était de la rude besogne, mais elle en valait la peine. J'adore ma nouvelle maison. » Ces deux dernières phrases prononcées sur le ton d'un vieil expert-comptable à deux doigts de la retraite.

Ombrelongue était coincé, piégé, cloué au mur comme un papillon dans la vitrine d'un collectionneur. Il était cerné, inférieur en nombre et n'avait aucune chance de s'en sortir, eût-il été le plus puissant sorcier qui ait jamais foulé le sol de cette planète. Ce qu'il n'était pas. Mais, même dans ces conditions, il ne s'avouait pas vaincu.

Il savait ce qu'il valait. Son esprit n'était plus obscurci. Elle n'oserait jamais le tuer : la Porte d'Ombre s'effondrerait aussitôt.

J'ai dû céder à Fumée. De toute manière, j'allais devoir promptement rapporter ces nouvelles.

Et même les rapporter plus vite que ça à Madame ; mais ça m'était impossible.

Ombrelongue a lentement ramassé ses gants. « Mieux vaut pas », a laissé tomber Volesprit lorsqu'il a entrepris de les enfiler, de la voix de velours d'un représentant en pierres tombales. « En fait, il serait temps de… »

L'auriculaire droit d'Ombrelongue était tordu et recroquevillé comme s'il avait été brisé voilà très longtemps et mal réparé. Son ongle évoquait un lambeau de feuille d'épinard desséché et noirci.

Le Maître d'Ombres l'a redressé d'une chiquenaude.

L'ongle s'est envolé, à l'instant précis où Volesprit disait : « … temps… »

J'ai secoué astralement la tête. On ne voit jamais rien.

En un clin d'œil, cet ongle s'est transformé en une ombre débordant de haine de la lumière.

Les tortillements de Fumée sont devenus irrépressibles.

13

J'ai tendu la main vers une chope pleine d'eau alors même que je me redressais. J'étais plutôt vaseux, mais je me suis tout de même rendu compte qu'on m'avait fourré dans l'étroite alcôve où le Vieux logeait Fumée depuis qu'on l'avait rapatrié en douce de l'infecte fosse septique de Qu'un-Œil. J'entendais des voix derrière les tentures en lambeaux qui me dissimulaient.

J'ai bu une longue gorgée, tiré sur les couvertures de Fumée pour le dérober aux regards et passé les doigts dans mes cheveux avant d'émerger de ma cachette.

Les voix se sont tues instantanément. Toubib semblait aussi fumace que possible. « C'est très important », lui ai-je dit. Ce qui n'a pas manqué d'amener une expression mystifiée sur le visage de Lame et de Cygne. « Une chance qu'ils soient à portée de main. Vous voulez bien sortir une minute, les gars ? Prenez la chandelle.

— Qu'est-ce que tu fabriques, bordel ? » s'est exclamé Toubib. Il avait dû prendre sur lui pour ne pas hausser le ton.

« Volesprit vient de s'emparer de Belvédère.

— Hein ?

— Elle est entrée pendant qu'Ombrelongue s'apprêtait à lâcher les ombres. Ce qu'il a bel et bien fait au demeurant. Et ils lui sont tous tombés dessus. Elle, Singh, la gosse et le Hurleur. Il fallait que tu l'apprennes tout de suite. Ça change tout. Madame doit en être informée le plus tôt possible elle aussi.

— Ungh ! » Toubib était toujours aussi furax, mais j'ai vu des modifications s'opérer dans ses yeux en même temps que sa colère changeait de cap comme un navire en pleine course. « La chienne ! La sale chienne intrigante, pipeuse et magouilleuse !

— A l'entendre, elle compte emménager dans Belvédère pour en faire sa demeure.

— La chienne !

— J'aimerais pouvoir t'en dire plus. Mais Fumée a refusé de s'attarder trop près d'elle. Tu ne crois pas que tu devrais l'annoncer à Madame ?

— Bien sûr que je vais le lui annoncer. Ferme-la. Laisse-moi réfléchir.

— Eh, là-dedans ! a beuglé Cygne de derrière les tentures que rabattait le vent. Vous devriez venir voir ça.

— Quoi encore ? a râlé Toubib.

— Je m'en charge. Ecris-moi un message qu'ils pourront porter à Madame.

— Vérole ! Il est peut-être déjà trop tard. Elle essaie de se faufiler en personne jusqu'à Ombrelongue. »

Chiasse ! On était dans une panade noire. Jusqu'au cou. Peut-être.

Je suis sorti à l'air libre, les jambes flageolantes. Je dérapais sur les marches conduisant au niveau du sol. La terre était encore détrempée, même là-haut à flanc de colline.

Inutile de demander à Saule ce qui l'avait tant perturbé.

Le plus gigantesque feu d'artifice de tous les temps faisait rage au-dessus de la Porte d'Ombre. Seul le cyclone de poussière du lac Tanji aurait pu rivaliser de démesure, mais il aurait fallu pour cela que je le voie de l'intérieur. « Les dieux me patafiolent ! » ai-je juré. Les boules de feu zébrant le ciel étaient si nombreuses qu'aucune description n'aurait pu rendre justice à ce spectacle.

J'ai dévalé les marches boueuses.

Toubib se tortillait pour endosser son armure d'Endeuilleur. « C'est déjà déclenché à la Porte d'Ombre, lui ai-je déclaré. Faut le voir pour le croire. J'espère que nos gars auront assez de bambous.

— Madame leur a donné le maximum. Ce n'est plus qu'une question de nombre. Ce qu'on sait depuis toujours. Si on lance plus de boules de feu qu'ils ne lancent d'ombres, on l'emporte. Sinon, on perd la partie. Mais pas longtemps.

— Ombrelongue n'a pas l'air de réagir très violemment. Si ça peut étayer ton optimisme…

— Ce n'est pas le cas. J'ignore totalement ce qu'il doit faire ou s'abstenir de faire pour libérer quelques ombres ou toutes à la fois. Et je ne suis absolument pas en mesure de deviner ses intentions. Sauf qu'il évitera certainement de les lâcher en trop grande quantité pour ne pas les avoir ensuite à ses trousses. Il espère sans doute contrôler les survivantes lorsqu'il nous aura liquidés.

— Il ignore qu'il ne lui reste plus de tisseur d'ombres. Ces derniers temps, Singh et le Hurleur ne lui ont fourni que des informations soigneusement triées sur le volet. De sorte que l'étendue des derniers exploits de Madame lui échappe entièrement.

— Encore une piperie de notre amie Volesprit, sans aucun doute.

— J'en mettrais ma main au feu.

— Tu dois y retourner. Elle ne s'en contentera pas. Ça la mettrait dans une position de trop grande vulnérabilité.

— Hon ? » A mon tour d'émettre de drôles de bruits.

« Elle doit savoir que nous pouvons entrer et sortir d'ici à notre gré. Faut qu'elle couvre son joli petit cul. Va voir ce qu'elle mijote avant qu'elle s'y mette pour de bon.

— J'y vole, patron. »

J'ai bu encore un peu d'eau sucrée et je suis ressorti.

Fumée refusait de retourner à Belvédère. J'ai trouvé un biais. Je l'ai en quelque sorte feinté en revenant dans le passé avant que sa conscience ne s'imprègne de la présence de Volesprit, en effectuant promptement un bond en avant pour voir l'ombre jaillir comme une fusée de l'ongle d'Ombrelongue.

Elle a fondu sur le Hurleur. Et l'a touché. Il a hurlé. Et l'a repoussée, je ne sais comment. Du coup, elle s'est retournée vers Narayan, qui a poussé un glapissement quand elle l'a frappé. Le Hurleur et Volesprit ont uni leurs forces et contraint l'ombre vivante à s'écarter du Félon. Singh a aussitôt sombré dans l'inconscience.

L'ombre n'était pas encore anéantie. Elle a frappé la Fille de la Nuit.

Celle-ci n'avait pas crié que le monde de Fumée s'emplissait de la puanteur de Kina. Un cyclone de rage pure a piqué sur Belvédère en rugissant. Fumée a couiné *« Elle est les ténèbres »* et nous avons giclé au loin, fendant les airs comme un épieu projeté par un onagre. Nous sommes montés très haut, à toute vitesse, en direction du nord. Le feu d'artifice de la Porte d'Ombre a disparu derrière les Dandha Presh. Nous nous sommes retrouvés au nord de Dejagore avant même que j'aie repris les rênes.

Le monde spectral n'était plus pour mon coursier qu'une lamentation ininterrompue. Il fuyait en quête d'un lieu où il serait en sécurité. D'un lieu qui, au plus profond de lui-même, lui aurait rappelé le temps où il était encore un simple et banal mortel.

Il n'a commencé à réagir à mes injonctions qu'au moment d'entrer dans le palais.

Celui-ci bourdonnait comme une ruche. Prêtres, gardes et fonctionnaires se précipitaient dans tous les sens. L'excitation n'était pas moins grande dans les rues. Les vigiles shadars patrouillaient par grappes et procédaient à des dizaines d'arrestations.

La situation méritait qu'on l'examinât de plus près.

J'ai inspecté les prisonniers. Quelques-uns m'étaient vaguement familiers. J'ai effectué quelques plongeons dans le temps et découvert qu'on les rassemblait dans les baraquements vides de la Compagnie noire. J'ai reconnu dans la cohue qui s'y entassait des visages parfaitement connus.

Rien que des gens qui avaient fraternisé avec la Compagnie.

Je me suis prestement mis en quête de la Radisha et j'ai remonté le temps jusqu'au début de toute l'affaire... Autant que j'ai pu en juger, elle ne datait que de très peu, même si la Radisha avait passé des heures à placer ses atouts. Les arrestations avaient débuté à peu près au moment où Volesprit faisait irruption dans la chambre d'Ombrelongue à Belvédère.

Roupille !

Merde ! J'ai foncé jusqu'à l'entrepôt de Banh Do Trang.

Roupille n'avait pas été arrêté. Pas encore. Plusieurs Shadars rôdaient dans le voisinage. A sa recherche. Leurs jurons ne laissaient planer aucun doute : ils le cherchaient bel et bien. Mais ne parvenaient pas à localiser sa planque.

Je me suis mis en quête du gosse. J'ai fait tout mon possible. Si ça avait fonctionné dans le marais, ça devait fonctionner en ville. Je me suis retrouvé nez à nez avec lui et j'ai crié. J'ai essayé de lui ébouriffer les cheveux et de lui tirer les oreilles.

Il a paniqué.

De sorte qu'à l'arrivée des vigiles il ne se trouvait plus sur leur chemin, bien qu'il fût encore assez proche pour les entendre et comprendre.

Je n'ai pas traîné dans le secteur. Il aurait assez de bon sens pour seller son cheval et quitter la ville sans attendre la réponse de Sarie.

J'ai agrippé Fumée par ses cheveux ras ectoplasmiques et piqué vers le sud. Il n'était pas franchement pressé de rentrer.

J'ai regagné mon corps. Le Vieux m'attendait. « Quoi de neuf ?

— Kina rappliquait. Fumée a pris peur. Il a fui vers le nord. Je viens de rentrer. La merde vole là-bas aussi.

— Ah ? Comment ça ?

— La Radisha regroupe tous ceux qui ont adressé ne serait-ce qu'un sourire à l'un des nôtres. Elle s'y est attelée dès que Volesprit s'est attaquée à Ombrelongue. A la minute près. »

Il ne s'est pas attardé sur le sujet. « On a donc un problème. Retournes-y. Je veux savoir ce qui cloche encore. »

J'ai siroté un peu d'eau et je suis reparti.

Ce qui clochait d'autre ? Ici même, à Kiaulune, le Prahbrindrah Drah s'efforçait de désarmer les troufions de Madame. Elle se trouvait dans Belvédère et n'en savait rien encore. Je voyais mal comment lui faire parvenir vite cette information. J'ai décidé d'user de la même ruse qu'avec Roupille. Peut-être arriverais-je à la surprendre assez pour la faire réagir.

Je l'ai trouvée dans l'escalier conduisant à la chambre de cristal d'Ombrelongue. Plusieurs de nos frères de la Compagnie l'escortaient.

Je me suis laissé tomber devant elle et j'ai glapi : « Houga ! Bouga ! Bouh ! Ramenez votre cul dehors ! »

Elle a sursauté. Puis plissé les yeux pour scruter les ténèbres à l'emplacement précis où auraient dû se trouver les miens. « Murgen ?

— Vire tes fesses d'ici, femme. C'est un traquenard. Et les troupes du prince essaient de désarmer les tiennes. »

Elle s'est retournée pour aboyer des ordres.

Vérole ! Elle était foutrement plus sensible que les autres.

J'ai filé en vitesse. La puanteur de Kina commençait d'envahir la cage d'escalier.

Un nimbus noir s'est matérialisé dans la tour de cristal d'Ombrelongue. Kina ne pouvait projeter qu'une faible partie de ses pouvoirs en ce monde mais, là, elle avait mis le paquet. J'ai contraint Fumée à s'élever pour pouvoir observer la chambre de haut.

La Fille de la Nuit s'était remise de l'attaque de l'ombre et puisait dans les forces que lui allouait sa déesse pour renvoyer le boomerang au Maître d'Ombres.

Ombrelongue était bien sûr parfaitement cinglé depuis le début. Parano comme tous ses pairs, il ne s'était jamais fié au Hurleur. Sa haine de la Compagnie était à peu près son seul point commun avec le petit sorcier puant. Une haine partagée envers un tiers n'a jamais suffi à faire le lit d'un heureux mariage.

Le Maître d'Ombres s'était préparé pour un événement tel que celui-là... bien qu'il n'eût aucunement prévu que Volesprit serait présente pour aider ses alliés à retourner leur veste ni même, par le fait, que le Hurleur et sa morpionne fourniraient une diversion. Néanmoins, il s'était montré consciencieux. Avait redoublé de machinations. Ça pouvait faire la rue. Pourvu qu'ils l'aient sous-estimé.

La chambre coiffant la tour s'était muée en un étrange chaudron rempli de grognements et de glapissements, de lambeaux de fumée qui apparaissaient et disparaissaient trop vite pour l'œil, de couleurs changeantes, de poignards d'énergie pure qui lacéraient la pierre et le cristal, ricochant sur des sortilèges de protection tenaces sans se préoccuper de la loyauté des cibles qu'ils rencontraient.

Volesprit a brusquement crié comme un enfant qui vient de se blesser. Elle est tombée sur un genou en gémissant, mais n'a pas renoncé à combattre. Le Hurleur glapissait. La Fille de la Nuit balbutiait des versets du premier Livre des Morts. La puanteur de Kina était devenue insoutenable dans le monde spectral, mais, lorsque le Hurleur l'avait subtilisé, la fillette n'avait pas terminé de retranscrire le livre. Sans lui, elle ne pouvait lui ouvrir en grand la porte de ce monde.

Ombrelongue s'est faufilé en douce vers la porte. L'espace d'un instant, il a donné l'impression qu'il allait réellement réussir à sortir. Sans doute la chambre imploserait-elle ou détruirait-elle d'une façon ou d'une autre tous ses occupants dès qu'il l'aurait quittée. Exactement le piège que j'aurais préparé à sa place.

On donnait à Singh le titre de saint vivant. Il était, paraît-il, le meilleur de son espèce, du moins au sein de sa génération. Distinction pour le moins douteuse à nos yeux, certes, mais tout homme devrait se voir accorder la chance de découvrir l'activité qu'il pratique plus talentueusement que ses contemporains.

Le Maître d'Ombres ne prêtait guère à Narayan plus d'importance qu'à une souris. Le Félon était là, voilà tout.

Il était effectivement *là* à un moment donné, mais *ici* la seconde suivante. Son foulard d'Etrangleur s'est noué comme un éclair noir autour du cou du Maître d'Ombres.

Lorsqu'un rumel noir devient un maître Etrangleur, c'est en partie parce qu'il a réussi à dominer ses propres peurs et son excitation dans les moments critiques. Narayan Singh avait ce don, encore qu'il n'ait guère eu l'occasion de l'exercer récemment. Mais il en administrait présentement la preuve. Il a réussi à garder son sang-froid pour ne pas briser le cou du Maître d'Ombres. Il savait quel en serait le coût.

La strangulation est une méthode lente. Il est bien rare que la victime coopère. « Bloquez-lui les bras ! » a hurlé Singh. Il s'était exprimé dans l'argot des Félons. Seule la fillette avait compris et elle n'avait pas la force de ceinturer le Maître d'Ombres.

« Toi ! a-t-elle lancé à Volesprit. Tire sur son bras droit. Toi, le puant, prends-lui le bras gauche. Tout de suite, au nom de ma mère !

— Au nom de ta vraie mère, qui se trouve être ma casse-couilles de sœur, tu vas te prendre une raclée dès qu'on en aura terminé avec cet étron », a aboyé Volesprit. Elle avait pris la voix d'une de mes vieilles connaissances qui croyait de toute son âme aux vertus du martinet.

Ombrelongue était aussi têtu et fuyant qu'un mulet. Il a rué des quatre fers plus longtemps qu'il n'était possible à un être humain privé d'air. « Veillez à ne pas le tuer, a ordonné la fillette à ses comparses.

— Va dire à ta vieille mémé d'aller se gober un œuf, demi-portion ! » Ce coup-ci, elle avait imité la voix de Gobelin. J'ai soudain pris peur pour le petit sorcier.

Ombrelongue s'est effondré. « Ligote-le, bâillonne-le et assois-le sur sa chaise, a ordonné Volesprit au Hurleur. Attache-le bien. Puis inspecte la salle, il nous réserve peut-être d'autres surprises. » L'ombre avait disparu, soit planquée, soit détruite, soit enfuie par la porte entrebâillée.

« Et que feras-tu, toi, ô la Très-Puissante ? s'est enquis le Hurleur, pantelant.

— Je vais remettre les pendules à l'heure. » Elle s'est emparée de la Fille de la Nuit, s'est laissée tomber sur un genou, a couché sur l'autre l'enfant qui se débattait, articulé un sortilège qui a envoyé valser Narayan Singh à l'autre bout de la chambre assez violemment pour l'assommer, puis elle a baissé la culotte de la mioche et entrepris de lui administrer une fessée bien méritée.

L'enfant n'a pas crié une seule fois, mais ses yeux se sont remplis de larmes dès que Volesprit l'a lâchée. Elle se sentait tout à la fois humiliée et abandonnée. Et sa foi était de nouveau remise en cause. La puanteur de Kina s'était dissipée dès que, trop occupée pour la mener à bien, elle avait cessé de marmonner son invocation incomplète.

« La prochaine fois que tu me manques de respect, tu feras connaissance avec les verges de saule, mon petit cœur, a déclaré Volesprit. Tu l'as bien attaché ?

— J'y travaille. Tu as patienté assez longtemps, inutile de te précipiter maintenant.

— Je veux prendre le contrôle de ses ombres. Elles ne resteront pas tranquillement assises sur leur…

— Je connais déjà le plan. J'ai collaboré à sa mise au point. » Le Hurleur a piaillé. Son glapissement trahissait une intense exaspération.

Il fallait absolument que j'aille trouver le Vieux.

14

« Ils se prennent déjà le bec, ai-je appris à Toubib dès qu'il a eu renvoyé tout son monde. Mais ils ont bel et bien harponné Ombrelongue. Et Volesprit compte le mener à la baguette.

— Elle a l'intention de tenter un Asservissement ? »

L'idée ne m'avait pas traversé l'esprit. Ça ne s'était produit qu'en une seule occasion, dans un passé déjà ancien. « Elle saurait s'y prendre ?

— Peut-être. Mais, s'agissant d'Ombrelongue, elle ne dispose peut-être pas des éléments indispensables. Il faudrait sans doute qu'elle connaisse son véritable nom. Et nous savons qu'il l'a dissimulé dans le sortilège de la Porte d'Ombre.

— Que se passe-t-il là-bas, à propos ?

— J'ai ordonné à la nouvelle division de faire route jusqu'à la Porte d'Ombre pour relever la vieille. Si je les lance contre les ombres avant qu'ils comprennent ce que prépare le Prahbrindrah Drah, ils ne pourront pas s'en mêler. Ils consacreront toute leur énergie à combattre les ombres.

— Quelle excuse leur as-tu servie ?

— La vieille division n'a plus assez de bambous. »

Par une nuit pareille, aucun général qui se respecte n'autoriserait ses hommes à renoncer aux bambous pour un autre équipement.

« Et aussi que je tenais à ce que la vieille division attaque Belvédère par le flanc sud. Ce sont d'ailleurs les ordres que j'ai fait parvenir dès le début pour les mettre en train. Ils ne prendront connaissance des vrais que quand ils se seront séparés. »

Nous avions répété à plusieurs reprises une manœuvre d'assaut lancée contre la muraille d'enceinte sud à partir de la Porte d'Ombre. Le Vieux avait peut-être encore une longueur d'avance sur tout le monde.

« Je pense avoir réussi à prévenir Madame. » Je lui ai raconté ce que j'avais fait. « Ça m'a paru la seule solution, vu les circonstances. Elle risque de se poser des questions ultérieurement, j'en suis conscient.

— Oh, ça ne fait aucun doute. Et elle va en chier des briques en apprenant les réponses.

— Ça n'a pas l'air de spécialement t'effrayer.

— J'ai été son prisonnier dans la Tour de Charme bien avant qu'elle n'apprenne à m'aimer. J'y ai épuisé toutes mes réserves de frayeur. »

A sa place, je n'aurais pas trop tablé sur l'amour de Madame. Ces derniers temps, ils ne s'étaient pas franchement conduits comme un couple amoureux. Les drilles dans mon genre ne cessent jamais d'aimer leur Sarie, mais d'autres ont vite fait de verser dans le désamour lorsqu'une très forte tension s'instaure trop longtemps. « Il faut que j'aille voir comment se porte Gobelin, ai-je dit. Une idée affreuse m'a traversé l'esprit pendant que je les regardais se bagarrer là-haut. Si Volesprit était aussi sérieuse qu'elle le paraissait, Qu'un-Œil pourrait bien se retrouver orphelin.

— Merde ! a marmonné Toubib. Cet aspect de l'affaire m'avait complètement échappé. Ecoute, tout le temps que tu chercheras ce petit merdeux, tu répéteras toutes les quelques secondes "mariage blanc" et "chevalier blanc" à Fumée. En alternant. Ça rendra Gobelin plus facile à repérer.

— Je me disais bien qu'il y avait un truc…

— Et chaque fois que tu verras des corbeaux, éparpille-les. Il faut autant que possible aveugler Volesprit.

— Elle t'a berné, hein ?

— Disons que j'ai sous-évalué son ambition. De toute évidence, elle ne compte plus seulement se venger de Madame et envisage aujourd'hui bien davantage. Va. »

Le mantra « mariage blanc, chevalier blanc » a fait merveille. Nous avons immédiatement repéré Gobelin, Fumée et moi. Il était dans la mouscaille jusqu'aux yeux, exactement comme je le redoutais, mais, malgré tout, moins profondément enfoncé que d'aucuns l'auraient sans doute souhaité. Nous les avons trouvés, ses gars et lui, allongés en silence dans la rocaille et l'air salement féroce. Dans quelques minutes, quelqu'un allait morfler. Méchamment.

J'allais devoir piquer une tête dans la mare du temps pour en découvrir la raison.

Gobelin n'est peut-être qu'un sorcier petit-bras, mais il n'en reste pas moins un sorcier. D'autant qu'il dispose d'une arme complémentaire, la dose normale de méfiance de la Compagnie. S'il est incapable de contrôler ombres, corbeaux, souris, chauves-souris et autres créatures de cette envergure, assez efficacement en tout cas pour leur extorquer des informations, il peut néanmoins manipuler d'une certaine façon quelques bestioles. Il avait jeté son dévolu sur un hibou nain, commun sur le versant sud des Dandha Presh. Guère plus gros que le poing dans sa taille adulte.

Il postait constamment ces animalcules dans les broussailles entourant son campement, partout où il bivouaquait. Et ils voletaient au-dessus de sa tête quand il crapahutait. Il ne se déplaçait que de nuit, sauf s'il décidait d'attaquer une poche de loyalistes restés fidèles à Ombrelongue.

Gobelin ne souffrait aucune mauvaise surprise.

Il n'a donc pas été si surpris de voir le forvalaka émerger à pas feutrés des ténèbres pour bondir ensuite sur lui dans un rugissement tonitruant. Des hiboux émettant un cri réservé à cette forme de menace s'étaient égosillés sur le passage de la femme-chat.

Officiellement, il n'était pas prévu qu'elle dût rôder ailleurs cette nuit-là.

Récemment, dans le voisinage, les corbeaux avaient témoigné d'une effervescence aussi vaine qu'inexpliquée. Gobelin était devenu soupçonneux. Il s'était préparé. Juste au cas où. Au bout d'un certain temps, un homme de la Compagnie, fût-il aussi fainéant que Qu'un-Œil, finira toujours par réagir aux signaux et aux présages.

Le forvalaka avait chargé, certes... pas pour planter ses griffes et ses crocs dans la chair de Gobelin, mais dans une forme qui n'était que vaguement humaine, une grossière toile de jute bourrée de feuilles et de paille. Un sortilège lui avait été jeté, interdisant au félin de la lâcher dès lors qu'il l'aurait attrapée.

Cela pratiquement à la minute où Volesprit pénétrait dans le laboratoire d'Ombrelongue et où l'enfer se déchaînait partout ailleurs.

Un petit machin ne ressemblant en rien à Gobelin et exhalant sans doute encore moins son odeur a surgi des ténèbres et décoché à la panthère un coup de pied dans les côtes débordant d'enthousiasme. « Je savais que tu étais trop gentille pour être sincère. Après tout ce que j'ai fait pour régler tes problèmes ! » Boum ! Il a remis ça. La panthère a rugi et griffé le vide.

« Fais-la encore enrager, a raillé une voix dans les ténèbres, et elle finira par se libérer et te faire un deuxième trou au cul.

— Si je n'ai pas tissé un sortilège assez puissant pour en contenir au moins quatre comme elle, alors je mérite amplement de chier par un nouveau trou de balle. » Le forvalaka a rugi de nouveau. « Mais il faudrait que je trouve un moyen d'étouffer ce vacarme. » On devait l'entendre à des kilomètres.

Des hiboux ont hululé. Cette fois-ci, leur message n'exprimait aucune mise en garde. Néanmoins, lorsqu'un Taglien isolé a fait irruption dans la clairière où la bête continuait de se débattre pour échapper à sa proie, seul le forvalaka était visible. « Mariage blanc, chevalier blanc », a lancé le nouveau venu, s'adressant à l'obscurité. J'aurais volontiers éclaté de rire si Fumée m'en avait laissé le choix.

Gobelin s'est matérialisé. « Quoi de neuf, Mowfat ?

— Des gens approchent. En tapinois. Et ils ont l'air de savoir où ils vont.

— Surprise, surprise. » Gobelin a décoché une nouvelle ruade à Lisa Bowalk, qui aurait normalement dû lui briser les côtes. « Quand on te vend, on te vend carrément. Je t'ai déjà dit ce que fabriquait cette salope la première fois qu'on s'est rencontrés ? Elle était à peine assez âgée pour saigner de la foufoune, mais elle tuait déjà des gens pour vendre leurs cadavres.

— On a déjà entendu cette histoire, patron, a fait la voix qui sortait de l'obscurité. Si on doit avoir de la visite, autant se préparer pour la fête.

— J'ai horreur de toutes ces conneries, a dit Gobelin à Mowfat. Je déteste ce pays, je déteste ces gens, je déteste…

— Je déteste l'idée de te l'apprendre, mais ils se trouvent déjà à moins de deux bornes.

— Mogaba les accompagne ?

— Je n'en sais rien. Je n'ai pas attendu qu'ils arrivent si près. »

Gobelin s'est employé à jouer les sorciers. Il a concocté quelques-uns de ses plats de magicien favoris. Qui, comme on a pu sur-le-champ s'en rendre compte, incluraient les illusions dans leurs ingrédients.

Qu'un-Œil et Gobelin adorent faire voir aux gens des choses qui n'existent pas.

Je me suis esbigné pour aller jeter un coup d'œil aux arrivants.

Tous ces événements se déroulaient en pleine nuit, dans un décor montagneux, boisé et rocailleux. Même moi, j'avais du mal à distinguer quoi que ce soit. Je n'ai pas repéré Mogaba, mais je peux néanmoins confirmer que les types lancés aux trousses de Gobelin étaient des partisans à lui. Et aussi de sales petits teigneux qui avaient passé tout un hiver à guerroyer. Ils étaient aussi circonspects que silencieux.

Je les ai filés dans le passé. J'ai dû remonter jusqu'au lever du soleil pour entrapercevoir Mogaba. Je l'ai surpris assis en rond avec ses gars, à moins de dix kilomètres du campement de Gobelin. Il partageait son rôti de venaison avec un gros chat noir.

Cette vision m'a incité à remonter encore plus loin en arrière au lieu de rebrousser chemin pour les suivre jusqu'à leur destination. Le mantra qui dissipait les brumes entourant Gobelin dispersait également celles environnant Mogaba. Mais juste quelques secondes.

J'ai appris ce que je voulais savoir puis rejoint la clique de Gobelin pour assister à l'embuscade qu'ils tendaient aux scélérats censés faire le ménage derrière Lisa Bowalk.

Une sorte de spectre chatoyant s'est matérialisé sur le versant opposé à celui où les guettaient Gobelin et la plupart de ses gars. Le spectre a attiré l'attention des hommes de l'Ombre, quand bien même ce n'était pas son rôle. C'était un signal destiné à avertir les gars de Gobelin de protéger leur vision de nuit. Quatre, trois, deux, un ! Eclair !

Je n'avais pas d'yeux à fermer. L'espace d'un instant, je me suis retrouvé aussi aveuglé que les raiders de Mogaba. Puis je me suis demandé pour quelle foutue raison j'aurais dû être ébloui et décidé que c'était uniquement parce que je m'y étais attendu. J'ai immédiatement retrouvé l'usage de mes yeux. Nouvelle preuve que tout n'est bien souvent qu'une question de point de vue et de préjugé.

Non seulement l'éclair avait ébloui les hommes de l'Ombre, mais encore les avait-il éclaboussés d'une substance qui luisait dans le noir. Ils faisaient des cibles de première bourre.

Ceux de Gobelin étaient largement surclassés en nombre. Ils ont sauté sur cette occasion de rectifier une telle injustice. Ils ont mené la vie dure aux Méridionaux. Dure, et aussi nettement plus courte pour quelques-uns.

Gobelin a encore envenimé la situation en conjurant de nombreux simulacres de frères vivants ou défunts. C'était un vieux stratagème et l'un de ses préférés. Il n'y recourait que rarement, de sorte que nul ne savait trop comment l'affronter. Les gars du Sud se battaient contre des ombres et des spectres pendant que les éclaireurs de Gobelin les cueillaient comme des fruits mûrs. Ils n'ont guère eu le temps d'appliquer des tactiques de résistance aux embuscades, dans la mesure où ils étaient trop occupés à appréhender la réalité de ce qui leur tombait sur le poil.

Mogaba ne s'est pas montré. Pas moyen de le dénicher, si âprement que je cherche. Un de ses lieutenants a fini par avoir une illumination et comprendre qu'ils avaient eu les yeux plus gros que le ventre.

Ils ont entrepris de battre en retraite. Ils se flagellaient mutuellement pour essayer de se débarrasser de cette phosphorescence qui faisait d'eux des cibles idéales. Certains ont bien tenté de se dépoiler, mais ça impliquait de rester planté au même endroit trop longtemps pour leur santé.

Les spectres et les hommes de Gobelin les ont pourchassés. La retraite en bon ordre a viré à la débandade. Gobelin leur collait aux basques. Il avait chevauché la comète, flanqué une bonne dérouillée à ses ennemis et, à présent, tenait à profiter au maximum, tant qu'elle lui souriait, de sa bonne fortune. Et alpaguer Mogaba avant qu'il n'eût pris conscience de l'étendue du désastre.

Je lui ai souhaité bonne chance.

Mes craintes en ce qui concernait Gobelin s'étant révélées infondées, je suis rentré faire mon rapport sur le seul heureux événement de toute cette foutue nuit.

15

« Ce n'est pas aussi moche qu'il y paraît, m'a confié Toubib. Jusque-là. » Il m'a regardé pomper un quart de litre d'eau sucrée. « A ce qu'il semble, les deux divisions intervertissent sans encombre leurs positions. Et rien ne prouve indiscutablement que les ombres franchissent la porte en nombre conséquent. A mon avis, Madame pourra reprendre le contrôle de la situation. Si bien que le coup fourré de Volesprit, quel qu'en soit l'objectif, risque ne pas aboutir comme elle le souhaite. »

Les quelques « pas encore » sous-entendus dans cette tirade étaient aussi voyants que des lanternes de claque.

« Tu tiens le coup ? m'a-t-il demandé. Tu veux que je demande à Qu'un-Œil de te remplacer ?

— Il sera sans doute plus utile où il se trouve actuellement.

— Je n'en sais rien. Il fait son Qu'un-Œil. Voilà quelques minutes, il tournicotait en agitant un javelot noir fantoche, tout en marmonnant des paroles incohérentes. Je suppose qu'il était un peu éméché.

— Chiasse ! » Un Qu'un-Œil bourré, d'humeur à dévoiler ses talents, ce n'est jamais de bon augure pour personne. « C'est celui qu'il a fabriqué quand nous étions piégés à Dejagore. La dernière fois qu'il a essayé de s'en servir, il était fin saoul.

— Celui qu'il a sculpté pour tuer Tisse-Ombre ?

— Pour tuer les Maîtres d'Ombres de façon plus générale. Oui.

— Mais surtout pas *celui-ci*. Pas encore.

— Il s'inquiète sûrement à propos du transformeur. Tu peux lui dire qu'elle ne représente plus une menace. Gobelin l'a sous son contrôle.

— Tu es bien sûr de n'avoir pas besoin d'un peu de répit ?

— Je vais bien. » Je suis retourné dans l'alcôve avec Fumée.

« Tes beaux-parents ont compris, pour les ombres ? a crié Toubib.

— Thai Dei les a vues au lac Tanji. Ils feront le dos rond. »

Fumée et moi nous sommes élevés d'un bon kilomètre pour jouir d'un aperçu de « qui faisait quoi à qui, où et quand ».

Tout le monde faisait quelque chose à quelqu'un. Autour de la Porte d'Ombre, la nuit vibrionnait littéralement de traînes embrasées. A ce qu'il paraissait, certains gars de la vieille division continuaient de prêter renfort à leur relève.

Quelques boules de feu survolaient Kiaulune et les friches s'étendant entre ses ruines et Belvédère, mais pas autant que je m'y étais attendu. Peut-être avais-je prévenu Madame trop tard.

Je suis redescendu en piqué. Sous moi, les ruines et les zones environnantes commençaient effectivement à souffrir de rubéole virulente, à mesure que prenaient vie ces mouchetures couleur de rubis. Au bout de quelques instants, elles accouchaient de filaments rubescents qui se tortillaient dans la nuit, en quête d'autres rougeoles.

Quoi qu'il en soit, Madame était derrière tout cela. Les gens qui s'affolaient là-dessous appartenaient tous, apparemment, à la division du prince.

Les hommes de Madame les encerclaient et les désarmaient. Du moins ceux qui lui restaient loyaux, bien sûr.

Le sort avait vraiment tourné rapidement.

Le prince lui-même s'essayait à témoigner de la plus belle part du courage : la fuite. Accompagné de son état-major, de ses gardes du corps et de tous ceux qui couraient assez vite pour se maintenir à sa hauteur. Madame leur avait fait très forte impression et les rescapés avaient parfaitement compris que leur avenir serait nettement plus prometteur s'ils demandaient asile ailleurs.

Le nombre des cadavres était considérable ; pour la plupart ceux de loyalistes tagliens un peu trop obstinés.

Les rubis ne cessaient de grossir, de plus en plus brillants. Les fils s'interconnectaient puis se contractaient pour former de rigides lignes droites. Vues de près, elles bourdonnaient, crépitaient et explosaient furieusement lorsqu'un imbécile s'avisait de les effleurer. La lumière rouge répandait une odeur nauséabonde. J'ai mis un bon moment à l'identifier parce que je ne m'y attendais pas.

La lumière rubis répandait la puanteur de Kina. Madame puisait dans les réserves de la déesse pour tisser sa sorcellerie.

Les lignes de force qu'elle avait ainsi établies découpaient le secteur en triangles de confinement dont on ne pouvait s'échapper qu'en déployant un grand luxe de précautions, interdisant aux fidèles du prince de s'entraider. Conséquemment, Madame sortait triomphante de cet affrontement bien que ses troupes fussent spectaculairement inférieures en nombre.

C'était vraiment une fameuse salope !

Je me suis rapproché d'elle. Elle se réjouissait déjà de la tournure des événements. C'est du moins ce que j'ai cru deviner. Difficile de lire en elle tant qu'elle restait emmitouflée dans son costume d'Ote-la-Vie. « Ça devrait régler le problème, était-elle en train de déclarer à Isi et Ochiba. Du moins pour un certain temps.

— Fini les baraquements chauds et la prime de risque, j'imagine », a répondu Isi. Nul n'avait touché sa solde depuis la bataille de Charandaprash. A quoi eût-on bien pu la dépenser, de toute manière ? A moins que les manigances de bouilleur de cru de Qu'un-Œil ne remportent un plus vif succès que je ne me l'imaginais.

« Je soupçonne en effet notre contrat d'être désormais caduc. Et le capitaine sera fatalement déposé dans la mesure où il n'en aura pas honoré toutes les clauses. »

C'était parfaitement exact. Toutefois, le prince et sa sœur avaient été mis en garde, à moult reprises, contre un éventuel manquement à leurs engagements en fin de contrat. Et, en ce moment même, ces avertissements devaient lourdement peser dans la tête du prince. Il avait tenté sa chance avec Volesprit, pour je ne sais quelle raison, et nourri ce faisant un serpent dans son sein. Combien de fois Toubib ne lui avait-il pas ressassé ce qu'il était advenu de ceux des ex-employeurs de la Compagnie qui s'étaient retournés contre elle ?

Maintes et maintes fois. Volesprit avait dû lui promettre monts et merveilles pour le retourner. Et le persuader qu'elle pouvait faire pièce à Madame.

Savoir si consacrer quelques minutes à découvrir quel genre de pacte ils avaient passé n'en vaudrait pas la peine.

La troupe de Madame avait fait asseoir ses prisonniers par terre, les jambes croisées, en rangs d'oignons bien proprement tirés. Aucun ne semblait très enclin à protester contre les conditions qui leur étaient imposées. Saule Cygne et Lame figuraient parmi les captifs. Ils avaient l'air abattus.

Il faut croire que Sindawe n'avait pas entièrement tort en déclarant qu'elle ne leur faisait pas confiance.

Pour un peu, j'aurais regretté de ne pas me trouver sur place en chair et en os.

« Je me suis laissé dire que Cordy arrivait demain, a murmuré Cygne à Lame. Rien de tel qu'un bon minutage. »

Lame a poussé un grognement.

« Pourquoi diable ce taré a-t-il fait une chose pareille ? »

J'ai mis un bon moment à comprendre que Cygne parlait du Prahbrindrah Drah et non de Cordy.

Lame a laissé échapper un nouveau grognement. Cygne a paru saisir.

« Pourquoi est-ce qu'il ne m'a rien dit ? Je suis censément le putain de commandant de ses foutus gardes du corps, non ?

— Peut-être parce que tu passes ton temps à reluquer la Femme ?

— Navré, mais le prince ne m'inspire pas. A ton avis, cette merde se reproduit partout ? Ou c'est seulement le prince qui a tourné chabraque ?

— On ne parle pas dans les rangs ! a ordonné Madame sans acrimonie. Quelqu'un a une idée de ce qu'on pourrait faire de nos petits amis de Belvédère ?

— Eviter de se fourrer dans leurs jambes ? » a répondu Isi. Il virait décidément au comique troupier.

« On va peut-être attendre les ordres du capitaine. » Madame a lentement pivoté sur elle-même en scrutant l'air comme si elle flairait une présence étrangère.

C'était, me suis-je douté, une expérience purement immédiate, chargée d'éclaircir ses soupçons.

Toujours est-il que Toubib devait être informé de la situation.

16

« Tu as senti l'odeur de Kina ? Tu es bien sûr ? »

Le Vieux ne semblait aucunement s'intéresser aux détails de la méthode qui avait permis à Madame de terrasser le Prahbrindrah Drah. Savoir qu'elle avait remporté la victoire lui suffisait.

« Oui. Mais la déesse n'était pas présente en personne. J'ai assez souvent ressenti sa proximité pour en avoir la certitude. Surtout cette nuit.

— Elle attend mes ordres ?

— Certainement. De fait, elle guettait surtout une réaction. Elle se doute de quelque chose.

— Elle est sans doute au courant. Tu es retourné à la Porte d'Ombre ? Nous tenons le choc ?

— Non. Mais je reste persuadé que nous nous débrouillons très bien. Les boules de feu ne sont plus aussi nombreuses à strier le ciel. Je préfère croire que la raison en est la raréfaction de leurs cibles et non celle des bambous. Néanmoins on assiste encore de temps en temps à un tir de barrage assez nourri.

— Tu veux que Qu'un-Œil te relaie ?

— Ça ira pour l'instant.

— Sois prudent. Et méfie-toi à ton retour. J'ai envoyé chercher Madame. Elle pourrait encore se trouver là. »

J'ai tenté de piloter Fumée vers le sud. Il a regimbé. J'ai essayé de regagner Belvédère pour espionner Volesprit, le Hurleur et Ombrelongue, mais Fumée a également refusé de les approcher de trop près. *Elle est les ténèbres!* Pas moyen de le berner et pas moyen non plus de le rudoyer. Et il recommençait à reprendre du poil de la bête. Ce qui, en gros, consistait à se cramponner de toutes ses forces à sa nature de foireux, dont j'avais déjà une petite idée. Et impliquait en outre que nous ne serions pas d'un grand secours pour nos braves à trois poils au cours des jours qui suivraient.

Il acceptait toutefois de grimper dans l'azur. J'ai donc profité de l'occasion pour inspecter de nouveau la situation depuis le zénith.

La disposition générale des feux d'artifice laissait entendre que nous ne nous trouvions pas dans une trop mauvaise passe. La Porte d'Ombre tenait le coup. Le Prahbrindrah Drah filait vers le nord. Il affichait une assez grande précipitation ainsi que pas mal d'arrière-pensées. Persuadé que nous étions bien trop occupés pour le pourchasser âprement, il ne cessait de dépêcher des messagers à ses troupes éparpillées. Mais, au-delà de se mettre à couvert et de regrouper sa division, il n'avait pas de plan bien défini. La façon dont la roue avait subitement tourné ne l'enchantait pas particulièrement. On lui avait promis que Madame serait réduite à l'impuissance. En étouffant sciemment sa réticence naturelle, qui aurait dû lui interdire de gober cette couleuvre, il lui semblait avoir accompli, pour un prince, un bien grand bond en avant.

Sans doute n'eût-il pas tenté de trahir Madame s'il avait cru un seul instant avoir sa chance auprès d'elle. Cela dit, sa réaction n'était guère surprenante, sauf peut-être par son calendrier. L'hôte dans l'ongle de l'auriculaire d'Ombrelongue avait saboté le minutage de leur complot.

Fumée ne semblait guère plus enclin, désormais, à approcher Madame, mais il se laissa forcer la main.

Nous devions absolument trouver un moyen de le rendre plus coopératif. Peut-être avec des fers chauffés au rouge?

Des ombres avaient décidément réussi à se faufiler à travers les fissures de la Porte. Je suis arrivé en même temps que les premières d'entre elles à proximité de l'armée de Madame. Mais ça restait sans commune mesure avec le carnage du lac Tanji. Le seul indice de leur présence était un hurlement occasionnel.

L'humeur de Madame s'était considérablement assombrie depuis ma dernière visite. Elle tournait en rond en trépignant. Des étincelles roses jaillissaient d'Ote-la-Vie et voletaient autour d'elle comme les escarbilles d'une forge. Quelque chose devait énormément la contrarier, sans que je pusse mettre le doigt dessus. Elle donnait l'impression de chercher à déverser sa bile sur Saule Cygne et Lame, qu'elle agonisait de noms d'oiseaux chaque fois qu'elle passait devant. Mais leur propre conduite restait impeccable. Ils ne lui fournissaient aucun prétexte de les frapper.

Je voyais mal pour quelle raison Lame était lui aussi prisonnier.

La puanteur de Kina environnait encore puissamment Madame, mais rien ne permettait d'affirmer que la déesse elle-même se trouvait dans les parages. Après sa féroce réaction à l'agression d'Ombrelongue contre la Fille de la Nuit, je m'étais attendu à assister à d'ineffables horreurs dans toute la contrée.

Madame a brusquement cessé de faire les cent pas et tendu l'oreille. Puis blasphémé.

Les horreurs étaient bel et bien en chemin, mais ces cauchemars-ci ne giclaient point du front de Kina.

Les cris des hommes agressés par des ombres se faisaient de plus en plus fréquents. « Les crétins ! a grondé Madame. Ils refusent d'écouter comme de se protéger ! »

Puis l'odeur de Kina s'est encore accentuée.

J'ai essayé de ceinturer Fumée pour le contraindre, d'une clé au bras spectrale, à regagner la chambre de cristal d'Ombrelongue.

Depuis la première fois où je l'avais vue de mes yeux ectoplasmiques, cette chambre avait toujours brillé de l'intense lumière froide d'une étoile scintillante. A telle enseigne qu'elle constituait un repère plus visible qu'aucun phare ou balise. Mais, ce soir, cette lumière vacillait.

Fumée s'est mis à ressasser inlassablement *elleestlesténèbres-elleestlesténèbreselleestlesténèbres!* comme un mantra protecteur, tout en s'efforçant de résister à mon emprise; mais, ce coup-ci, j'ai réussi à le plier à ma volonté. J'en étais apparemment capable à condition de faire peser assez d'émotion dans la balance. Et de persister dans ce sens, car il ne cessait jamais de se débattre. Fumée semblait n'avoir pas besoin, comme moi, de grandes quantités d'énergie. Peut-être se nourrissait-il de moi tel un vampire psychique.

La chambre de cristal était un véritable chantier. Le Maître d'Ombres était assis sur une chaise dans un coin, toujours ligoté, inconscient, piégé dans un cocon d'énergie étincelante et visiblement en très mauvais état. Il souffrait sans doute de nombreuses fractures. Ses vêtements étaient en lambeaux. Du sang coagulé avait éclaboussé l'intérieur de sa coquille protectrice. La séance avait dû être sacrément mouvementée pendant mon absence. Il avait certainement tenté de leur jouer un nouveau tour de sa façon, sinon deux. Et en avait payé le prix. Ce qui expliquait sans doute pourquoi les hurlements avaient redoublé hors de Belvédère.

J'ai d'abord cru que la Fille de la Nuit s'était éclipsée puis je l'ai repérée, planquée dans son propre œuf protecteur. Le sien était d'un violet très sombre, façon aubergine, et à peine translucide. Elle était recroquevillée en position fœtale mais paraissait indemne.

Le Hurleur donnait l'impression d'avoir tenté de prendre une tigresse de force. Il émettait continuellement des sons, mais qui ne ressemblaient en rien à ses habituels glapissements. Il s'agissait plutôt d'un gémissement ininterrompu sauf, à intervalle régulier, par le chuintement d'un poumon perforé. Volesprit s'efforçait bien de le panser mais n'était pas non plus au mieux de sa forme. Elle semblait avoir combattu le même tigre, avec des conséquences certes moins négatives, mais sur les bords uniquement. Pour l'heure, elle n'avait pas une seconde à consacrer aux événements qui se déroulaient hors de la chambre.

La puanteur de Kina n'était pas moins virulente ici.

J'ai déboîté les jointures ectoplasmiques de Fumée et accentué la pression jusqu'à ce qu'il accepte de remonter dans le temps, à la seconde précise où il m'avait emporté au loin. Nous n'y sommes jamais parvenus. Kina nous y avait précédés, lors d'une seconde visite surprise qui a pris tout le monde au dépourvu.

Dès que je me suis trouvé assez près pour sentir sa présence et surprendre quelques images fugaces, je me suis départi de toute ma concentration et Fumée en a profité pour prendre ses jambes à son cou. J'ai recouvré le contrôle et effectué un nouveau plongeon qui m'a ramené au même instant.

Nous n'arrêtions plus d'exécuter des bonds dans le temps, qui nous entraînaient au loin pour nous ramener ensuite sur place. J'ai eu droit à quelques aperçus d'une forme ténébreuse et mouvante qui, vue du coin de mon œil invisible, évoquait une version miniature de la déesse aux innombrables bras. Kina mettait toute son énergie à protéger la mioche de la coquille sombre qui l'enveloppait désormais. Le Hurleur et Volesprit avaient gagné leurs plaies et bosses lors d'une minute de vaine résistance, au cours de laquelle ils avaient réussi à éveiller son attention à peu près comme un agaçant frelon peut attirer celle des convives d'un pique-nique.

Ombrelongue avait sauté sur l'occasion pour mettre à contribution un catéchisme de protection préparé d'avance et créer ainsi l'œuf qui désormais l'hébergeait. Le plus gros des dommages qu'il avait subis, accidentels et collatéraux, lui avaient été infligés au cours de cette brève algarade entre Kina et ses deux complices.

Quant à Narayan Singh, il avait l'air répandu sur tout le plancher. Pas moyen de préciser s'il était encore en vie.

J'ai permis à Fumée de se retirer et je l'ai guidé vers Madame. Sur l'échelle de ses trouilles, elle devait dorénavant se situer au niveau du bouquet de marguerites.

Je me suis placé juste devant elle, à hauteur de ses yeux, comme la première fois. Ça ne s'est pas fait sans peine. Elle refusait de se tenir tranquille et continuait de marmotter des jurons relativement aux hurlements qui commençaient à se banaliser.

Ombrelongue devait vaciller au bord du gouffre de l'éternité.

J'ai poussé un piaillement suraigu.

Madame s'est pétrifiée.

J'ai plongé le regard droit dans les orbites de son hideux casque noir. Elles brillaient avec une surnaturelle intensité. Du moins si un phénomène surnaturel a le pouvoir de le devenir davantage. « Encore toi », a-t-elle chuchoté.

J'ai essayé de beugler. « Ta copine Kina leur a botté le cul, là-haut. Ils sont tous dans les vapes. C'est le moment ou jamais de leur tomber dessus. »

Madame s'est légèrement détournée pour observer la tour personnelle d'Ombrelongue. La lumière de la chambre de cristal, déjà ténue, ne cessait de diminuer graduellement, comme celle d'une lampe dont le pétrole arrive à épuisement.

Le destin qu'Ombrelongue avait si fort redouté était peut-être en train de le rattraper.

Madame a hélé Isi et Sindawe.

Elle n'avait pas compris tous les termes de mon message mais en avait au moins retenu qu'il était peut-être grand temps d'administrer l'estocade au Maître d'Ombres.

17

Cette fois-ci, en regagnant mon corps, j'étais totalement dévasté. Il me restait juste assez d'énergie pour m'emparer d'un peu d'eau sucrée. Je dépensais plus vite mes forces lorsque je devais sans cesse lutter contre Fumée.

Toubib discutait avec quelqu'un derrière la tenture. Je n'ai pas reconnu la voix de son interlocuteur, de sorte que je ne me suis pas mêlé à leur conversation.

Le sujet semblait en être la rapide détérioration de notre bonne fortune, liée au subit accroissement du nombre des ombres qui parvenaient à franchir la barrière de nos soldats au pied de la Porte d'Ombre. Elles surgissaient à présent de partout, même si leur quantité n'était point encore trop alarmante.

Le courrier qui faisait son rapport à Toubib arrivait de la vieille division et avait dû contourner toute la forteresse de Belvédère. Sa mission désormais remplie, il ne tenait visiblement pas à regagner son poste de nuit, fût-ce nanti d'une des amulettes de Qu'un-Œil que Toubib venait de lui offrir.

« Tu seras parfaitement en sécurité, lui expliquait-il. Les ombres ne sentiront même pas ta présence.

— Je n'ai pas confiance en…

— Ne mets pas ma patience à l'épreuve, soldat. Je vais devoir appeler les gardes… »

Fumée a grogné. Un authentique grognement, à pleine gorge, tout ce qu'il y a de plus réel.

Toubib s'est remis à enguirlander l'estafette.

Le sol a tremblé comme si on avait laissé tomber devant la porte un rocher de sept tonnes. De la terre a giclé. Quelques mottes sont tombées dans mon assiette, d'autres se sont glissées entre ma nuque et mon col. J'étais trop vanné pour m'en soucier ou même pour me demander ce qui se passait.

Toubib a tiré les rideaux. « C'était quoi ?

— Le vieux croûton a émis un son.

— Ce n'est tout de même pas ce qui a fait trembler la terre ? »

J'ai haussé les épaules. « Je ne détiens pas la réponse. Tout ce que je sais, c'est que Madame va encore essayer de dézinguer Ombrelongue. » Je lui ai exposé la situation. « Ce serait sympa de pouvoir les alpaguer tous, non ? Si on parvenait à tirer notre épingle du jeu, tout bonnement parce qu'ils ne peuvent s'empêcher de se dresser l'un contre l'autre ?

— C'est ce qu'on fait depuis cinq ans, il me semble. Plus ou moins. La perspective de la voir retourner dans cette forteresse me déplaît souverainement. Elle devrait faire le dos rond jusqu'au matin. Infestée par les ombres, Belvédère pourrait devenir un piège mortel.

— On devrait s'inquiéter aussi de la santé d'Ombrelongue, ai-je déclaré. Si le bien-être de la Porte dépend réellement du sien.

— Hein ?

— Nombre des actes de folie qu'il a commis au cours des dernières années sont le fruit de sa manipulation par Kina et Volesprit. Mais, s'agissant des ombres, sa paranoïa précède d'une vingtaine d'années notre arrivée dans ces parages. Il est persuadé qu'elles sont à ses trousses. Et s'il avait raison ? Si elles s'en prenaient effectivement à lui ? J'ignore ce qu'il advient de ceux qu'elles agressent, à part qu'ils connaissent une fin affreuse. Si l'une d'elles tuait Ombrelongue, est-ce que ça fracturerait la Porte d'Ombre ? C'est peut-être uniquement pour cette raison qu'elles cherchent si désespérément à le tuer.

— Je n'en sais rien. Je vais devoir le demander à Qu'un-Œil.

— Où est passée cette petite merde ? Il ferait mieux de traîner dans le coin au lieu de jouer au tonk.

— Au tonk ?

— Il y a un moment, il pestait de ne pouvoir regagner son terrier. Il avait convié des pigeons à une partie de cartes.

— Il t'a roulé dans la semoule, Murgen. Personne dans toute cette armée n'aurait la bêtise de jouer encore avec lui aux cartes. Il comptait sans doute se saouler. Tu devrais filer voir sur place et…

— Je suis fourbu. C'est bien pour cette raison que j'aimerais le voir. Je suis exsangue. »

Toubib a soupiré. Et entrepris de se coiffer de son casque ailé d'Endeuilleur. « Qu'est-ce qu'il doit chercher ?

— Il devra garder Madame à l'œil et épier tout ce qui se passe dans la chambre d'Ombrelongue. Et lutter aussi contre Fumée à chaque pas. Ce merdeux est définitivement redevenu le péteux qu'il a toujours été. Il refuse d'aller par-ci, refuse d'aller par-là… Peu importe. Dis-lui que s'il voit quelque chose dont Madame devrait être informée, il peut pour ainsi dire la prévenir en criant juste sous ses yeux. Elle ne comprendra sans doute pas tout, mais au moins qu'elle doit s'attendre à une surprise. Et pigera ensuite le sens général… »

Toubib a froncé les sourcils. Le retour de Madame dans Belvédère l'inquiétait sincèrement. « Tu pourras regagner ton gîte ? » m'a-t-il demandé.

L'eau sucrée m'avait rendu assez de forces pour m'attaquer à des petits pains et aux reliefs d'un poulet étique qui n'avait pas réussi à distancer à la course les cuistots de l'état-major. « Ouais. Tout de suite. Dommage qu'on n'ait pas amené du bétail. J'irais jusqu'à trancher des gorges pour une belle côte de bœuf.

— Qu'un-Œil a dû tisser un réseau de sortilèges autour du campement pour le protéger des ombres. Mais je tiens à ce que tu prennes également cette amulette. Juste au cas où. »

Il n'est jamais très avisé de tabler à cent pour cent sur Qu'un-Œil. Il lui arrive parfois de saloper le boulot. D'oublier. De se tourner les pouces.

« Rapporte-moi l'étendard à ton retour, m'a dit Toubib. Et je pourrai ainsi confier l'amulette à un autre.

— Tu souhaites toujours que je fasse un saut jusqu'au terrier de Qu'un-Œil ? Ce ne serait pas une mauvaise idée.

— Je m'en charge. Va te reposer. Si jamais tu avais subitement trouvé la foi pendant que je tournais le dos, prie tes dieux de nous aider à survivre à cette nuit. » Fort heureusement, la nuit tirait à sa fin. Les ombres devraient sous peu retourner se planquer. La roue allait tourner. Les soldats passeraient la journée à les débucher.

Plusieurs cris éloignés nous étaient parvenus durant cette conversation. « Ouais. » Au moment de sortir, j'ai fait observer : « Est-ce que les plus stupides… ceux qui ne voulaient pas se déranger pour abattre le boulot… ne devraient pas être morts à l'heure actuelle ?

— Je m'y attends plus ou moins. Mais les ombres tirent sans doute aussi les leçons de leurs succès. Comme de leurs échecs. »

J'ai fait un trou dans la nuit, tremblant de tous mes membres.

Les nuages masquaient les étoiles. On n'y voyait goutte, à part, de temps à autre, le survol d'une boule de feu et la lueur brillant au sommet des tours encore debout de Belvédère.

J'ai prêté l'oreille aux éventuels corbeaux, hiboux, rats et souris. Nul bruit audible qui ne fût d'origine humaine. Les ombres trouvaient les formes de vie animales aussi succulentes que les hommes. Et bien moins dangereuses à traquer.

Un vent s'était levé. J'ai humé l'air, contemplé le ciel plombé. Il allait pleuvoir, à ce qu'il semblait.

Je suis descendu dans mon terrier. J'y ai trouvé Thai Dei roulé en boule devant le feu, plutôt pâlichon pour un Nyueng Bao et manifestement terrorisé. Bizarre. J'avais le plus grand mal à me le représenter effrayé par quoi que ce fût.

« On ne risque rien ici, lui ai-je déclaré. Cette chandelle éloignera toute ombre qui aurait réussi à se frayer un chemin au travers des sortilèges disposés partout par Qu'un-Œil à l'extérieur. » Je n'ai pas fait allusion à l'étendard. Inutile de le mettre au parfum. Je lui ai balancé l'amulette que m'avait donnée Toubib. « Par mesure de précaution. Porte-la et tu pourras te balader partout.

— Je n'irai nulle part tant que le soleil ne sera pas levé.

— Excellente attitude. Elle prouve que tu as un minimum de bon sens. Je suis épuisé. Je dois absolument me reposer ou je vais m'effondrer. » J'ai regardé autour de moi. « Où est ta mère ? »

Il a secoué la tête. « Je l'ignore. Et si je devais la chercher, je ne saurais même pas par où commencer.... Du moins si j'arrivais à puiser en moi le courage de pisser cette eau glacée qui s'est substituée à mes os.

— Elle n'est pas sortie avec oncle Doj, au moins ? » Inquiet et recru de fatigue, je parlais sans réfléchir.

Thai Dei, quant à lui, n'était ni assez terrifié ni assez fatigué pour louper mon lapsus. « Oncle Doj ? »

A quoi bon feindre ? « Oh, je sais pertinemment qu'il rôde dans les parages. Je l'ai aperçu l'autre nuit. Mère Gota et lui gambadaient dans les ruines de Kiaulune. S'acquittant de je ne sais quelle tâche. L'enfer lui-même ignore dans quel dessein, à moins qu'il ne soit au parfum. Qu'est-ce qu'il manigance ? Je reste persuadé qu'il ne comptait pas faire leur fête aux déserteurs de Mogaba et du prince. »

Thai Dei s'est contenté de me regarder. Peut-être une ébauche de sourire a-t-elle couru sur ses lèvres. Elle ne s'y est pas attardée. « Cette chandelle durera-t-elle jusqu'au matin ? »

Effrayé et soucieux, il devenait de toute évidence bien plus loquace.

« Plusieurs nuits. Je sors chier. Si ça peut te rassurer, passe-toi cette amulette et assieds-toi près de la chandelle. Mais ne la déplace pas. Elle doit interdire l'accès. »

Thai Dei m'a répondu par un grognement sourd. Il s'était déjà enfilé l'amulette au poignet et recommençait à se ronger les sangs.

« On se mettra à la recherche de ta mère demain matin, première heure », lui ai-je promis. Il y avait de bonnes chances pour qu'elle fût déjà morte et je commençais moi-même à m'inquiéter. Fruit de l'éducation que j'ai reçue dans mon enfance, au cours de laquelle on n'avait eu de cesse de m'inculquer que le membre le plus haïssable de la famille n'en était pas moins incommensurablement précieux. Et ce n'est pas entièrement faux. Qui surveillera jamais vos arrières si ce n'est vos parents ?

Même motif, même punition dans la Compagnie. Le plus méprisable, le plus vil de mes frères doit m'être plus précieux que n'importe quel étranger. Sur un certain plan, nous formons bel et bien une grande et féroce famille.

Bien entendu, il existe quelques rares exceptions à la règle : brutes épaisses et autres salauds méritant amplement d'être pulvérisés. Mais ça ne s'est pas produit depuis longtemps.

J'avais voué plus de cent mille fois ma belle-doche aux gémonies, il n'empêche que je la chercherais.

Je n'étais pas installé à l'horizontale que le sommeil s'emparait de moi.

18

J'ai rêvé, comme de bien entendu. Eveillé ou endormi, je passe le plus clair de mon temps au pays des rêves.

J'étais dans la plaine aux ossements. Une force puissante la perturbait. Les ossements eux-mêmes dérivaient, charriés par des marées et des courants. Les squelettes éparpillés se reconstituaient, se levaient et erraient sans but pendant quelques secondes ou quelques minutes, avant d'à nouveau se désintégrer. Des crânes se détournaient pour me regarder flotter. Les corbeaux croassaient comme des ivrognes, perchés au faîte de rares arbres dépouillés de leurs feuilles et redoutant de prendre leur envol, parce qu'ils avaient perdu le sens de l'équilibre et que le vol le plus droit se terminait inéluctablement par une chute ; alors l'oiseau atterré se débattait parmi les ossements comme un papillon englué dans une toile d'araignée. De noirs nuages fuyaient dans les cieux, des cieux qui avaient toujours été d'un gris de plomb. Le vent était glacé. Ses rafales faisaient cliqueter les ossements.

La puanteur de Kina était prégnante, mais je ne la voyais pas.

Il y avait pourtant quelque chose derrière moi. Mais j'étais tout bonnement incapable de me retourner assez vite pour découvrir ce que c'était.

L'exercice m'a au moins appris que je contrôlais partiellement mon corps, ce à quoi je me suis immédiatement employé en exprimant le vœu de me retrouver ailleurs. Ce fut loin de se solder par une quelconque amélioration de mon sort, bien entendu.

J'avais échoué près des cavernes de glace et des vieillards. Les anciens ne faisaient aucun bruit, mais ils se chamaillaient. Le vent charriait un je-ne-sais-quoi. L'odeur de Kina était également présente en ces lieux, mais la déesse nulle part en vue.

Certains de ces vieux bougres avaient les yeux ouverts et me regardaient passer.

J'ai de nouveau eu l'impression d'être filé, mais encore fait chou blanc en me retournant.

J'avais le contrôle. J'ai suivi le tunnel et atteint, un peu plus tard, l'emplacement où les Livres des Morts reposaient sur leur lutrin. Le premier – celui qu'avait retranscrit la Fille de la Nuit – était aujourd'hui ouvert à une page du début.

La puanteur de Kina se faisait particulièrement forte.

Je n'avais rien à faire ici. Je n'y cherchais strictement rien.

Sinon peut-être la sortie.

Je me suis efforcé de me rappeler comment j'en étais sorti la dernière fois. Tout simplement en le souhaitant de toutes mes forces, j'imagine.

L'obscurité est venue.

Ça m'a remémoré une phrase de Narayan Singh : « Les ténèbres viennent toujours. »

Il m'a semblé y passer une éternité. La peur commençait à me prendre. Narayan Singh avait entièrement raison, me disais-je.

Bien qu'elles portent mille noms différents, à mille époques différentes, et proviennent de mille directions différentes, les ténèbres viennent toujours.

Lorsque la clarté est réapparue, je me suis rendu compte que je planais de nouveau très haut. Si haut que les nuages arrivant sur nous lorsque j'étais allé me coucher roulaient désormais sous mes pieds, me laissant à la merci de ces étoiles inconnues.

Je me suis repéré sur l'effroyable constellation en forme de dague qui indiquait le nord, j'ai tenté de deviner au pif la direction que j'avais prise la première fois, puis j'ai accéléré au maximum de mes capacités et plongé vers les nuages. Quelques instants plus tard, les faîtes des arbres me caressaient les côtes là où auraient dû se trouver mes poignées d'amour si j'avais eu de la brioche. J'allais peut-être apprendre à y trouver du plaisir, me suis-je persuadé... A condition toutefois de pouvoir me défaire de l'impression d'avoir quelque chose accroché à mes basques, juste sur mes talons et gagnant du terrain.

Nulle lumière visible à cette heure de la nuit. Le monde entier suait la peur, comme si chaque caillou, arbre ou animal pressentait une menace. J'ai repéré un village. En dépit de l'heure avancée, toute sa population était dehors, agglutinée en petits groupes épouvantés. On serrait très fort les bébés contre soi quand on n'abritait pas les bêtes avec les gens dans les maisons. On ne parlait guère. Les enfants geignaient.

Comment pouvaient-ils savoir ce qui se passait à Belvédère ? Existait-il une prophétie prédisant que cette nuit serait celle de l'effondrement de la Porte d'Ombre ? Des signes ou des présages qui m'auraient échappé ? Savaient-ils quelque chose d'ailleurs ? Leur terreur n'avait peut-être rien de commun avec les Maîtres d'Ombres et la Compagnie noire.

J'ai poursuivi mon chemin, filant comme une flèche. Loin devant, très loin, des étincelles striaient de temps en temps le ciel. Certainement émises par les incendies... J'approchais de chez moi.

La querelle avec les ombres n'était pas éteinte.

La nuit n'était pas finie.

La Porte d'Ombre ne s'était pas effondrée. Pas encore. Ombrelongue était encore en vie.

Je me suis souvenu avoir approché toutes les *Elle est les ténèbres!* sans encombre lorsque je n'étais pas accompagné de

Fumée. J'ai piqué vers les vestiges clignotants de la chambre de cristal d'Ombrelongue.

Volesprit, dans un état épouvantable, incendiait le Hurleur. Le petit sorcier glapissant ne savait plus où il habitait. « Allons, misérable tas de loques puantes ! fulminait-elle d'une voix de harengère. Faut sortir de ce trou avant que ma bien-aimée sœur se rende compte qu'elle est en train de rater l'occasion de sa vie ! »

Sa sœur chérie était déjà en chemin grâce à moi. J'étais même étonné qu'elle mît si longtemps. Elle semblait avoir gagné en prudence au cours de la dernière heure. Il faut dire aussi qu'elle devait se faufiler en rampant dans un long tunnel étroit puis déambuler à l'aveuglette dans une forteresse enténébrée, avant de s'appuyer une longue escalade, le tout sans jamais savoir si de petites ombres n'allaient pas lui tomber sur le poil par-derrière.

Le Hurleur a laissé échapper une manière de hurlement inquisiteur étouffé. Il ne savait toujours pas exactement où il se trouvait ni comment il était arrivé là. Il se concentrait entièrement sur la rude tâche de tenir debout.

Volesprit devait elle aussi surveiller ses arrières. Elle a jeté un petit sort, dépêchant un tortillon de lumière dans tous les recoins sombres de cette chambre sens dessus dessous. Le ver lumineux a débusqué plusieurs ombres minuscules qui lui ont échappé sans difficulté. « Ce foutu machin n'est pas assez rapide ! » a-t-elle pesté. Les ombres ont foncé sur Ombrelongue qui, plus mal en point encore que le Hurleur, n'avait en revanche pas entièrement perdu le contact avec la réalité. Il a chuchoté une sorte de comptine juste avant que les lambeaux de ténèbres n'atteignent sa carapace. Les petites ombres ont pivoté sur elles-mêmes et se sont lancées après les envahisseurs.

Cette bataille, visiblement, ne s'achèverait jamais de son vivant. Cette brèle était têtue comme une mule.

Volesprit a beigné le Hurleur derrière les oreilles en persistant à adopter les accents poissards d'une harengère. « Ramène ta fraise ! Tu vas crever ici si on ne… » Elle a flairé un danger imminent. Madame n'était plus très loin. Autre voix. Abasourdie celle-là, effrayée, infantile. « Comment ose-t-elle ? Elle ne peut plus détenir de véritables pouvoirs. Ça ne marche pas de cette façon. »

Madame gravissait à présent l'escalier. Elle ne semblait aucunement redouter cet affrontement avec sa cadette.

Elle portait un fagot de courtes tiges de bambou.

Tout comme la douzaine d'hommes qui la suivaient. Ils seraient en mesure de déclencher une petite tempête de boules de feu. Les derniers remontaient l'escalier à reculons, leur bambou paré à tirer sur tout ce qui les aurait filés. L'odeur de la peur prenait doucement le pas sur les quelques remugles du parfum de Kina qui stagnaient toujours dans l'air.

Volesprit a encore cogné le Hurleur à deux ou trois reprises, incitation à recouvrer ses esprits. Il restait trop prostré pour lui être d'un quelconque secours.

Elle s'est tournée vers la porte, l'a hermétiquement scellée d'un sortilège bref mais bien senti, puis s'est remise à essayer de tirer le Hurleur du coma dans le dessein de déguerpir en tapis volant.

Les petites ombres étaient retournées se cacher.

La porte s'est mise à luire. Sa surface était parcourue d'ondoiements irisés, au gré de la teinte des boules de feu qui la frappaient de l'autre côté.

Volesprit a sorti un couteau et fendu le vêtement du Hurleur. Je n'ai pas compris ses intentions, jusqu'à ce qu'elle eût enfin trouvé ce qu'elle cherchait : un rectangle de soie mesurant environ un mètre vingt sur un mètre quatre-vingts une fois déployé, ainsi qu'un petit paquet contenant des baguettes. Elle a articulé un mot et le rectangle d'étoffe est devenu presque rigide. Il flottait au-dessus du sol comme à la surface d'un étang aux douces vaguelettes. Volesprit a brisé le paquet de baguettes et entrepris de les assembler en un châssis sur lequel elle a tendu la soie. Elle marmottait. Le dispositif donnait l'impression d'être bien trop fragile, mais, une minute plus tard, elle s'emparait de la Fille de la Nuit et grimpait à son bord. Le tapis s'est légèrement affaissé, mais il a tenu bon.

Le Hurleur a titubé à son tour jusqu'à son moyen de transport d'urgence dérobé, bafouillant et gesticulant de façon saccadée comme s'il était en proie à une crise de convulsions. Je me suis demandé s'il s'agissait de son ultime secret ou s'il cachait encore dans sa manche d'autres atouts lui permettant de s'envoler. J'aurais volontiers parié qu'une pièce de soie identique ou similaire lui avait permis de se soustraire à la mort le jour où il s'était écrasé à haute vélocité contre le flanc de la Tour de Charme.

Sur ce, Volesprit a exécuté un geste d'une extrême violence. Le plus gros du sommet de la tour a disparu dans une sphère de lumière blanche. La clarté était à ce point éblouissante qu'elle a révélé toutes les ombres se faufilant dans le noir mais aveuglé provisoirement, au même instant, tous ceux qui s'efforçaient de les exterminer.

Lorsqu'elle s'est évanouie, un bon tiers de la tour de cristal était évaporé.

Volesprit a agrippé le Hurleur par les cheveux, l'a embarqué sur le tapis et a prononcé un mot qui a ébranlé le petit rectangle d'étoffe.

Il a aussitôt plongé vers le sol, n'évitant que d'un cheveu la tourelle, puis piqué toujours plus bas, vers la foule bien peu avenante des assaillants et les ombres plus hostiles encore qui se pourchassaient mutuellement dans les rochers. Volesprit ne tenait nullement à descendre si bas, mais le tapis était surchargé. Il était certes conçu pour permettre à l'avorton de s'évader en cas de coup dur, mais pas d'emporter tous ses amis et accointances.

La puanteur de Kina s'est encore accentuée. Le tourbillon de rage écumante revenait pour une nouvelle tentative.

La déesse refusait qu'on lui enlevât sa fille.

A l'intérieur de son cocon protecteur, les yeux de la mioche restaient obstinément clos. Lorsque Volesprit l'avait balancée sur le tapis, j'avais constaté que cette enveloppe était souple et glissante. L'enfant affichait une expression sereine, comme si elle était en communication avec Kina.

Madame et sa cohorte ont fait irruption dans la chambre où Ombrelongue et Narayan Singh continuaient de se tortiller en grognant. Les boules de feu ont immédiatement mis les ombres en déroute. Quelques secondes plus tard, un autre déluge de boules de feu fondait sur Volesprit et ses compagnons. Aucune n'a fait mouche, mais elles ont alerté les soldats, leur indiquant que quelque chose venait de prendre son essor. Tout ce qui volait n'était pas nécessairement ami.

L'intérêt et le courroux de Kina grandissaient à chaque seconde. Un ouragan s'est levé, vociférant, dans le monde spectral. Sa puanteur a débordé dans le monde réel. Les hommes ont restitué leur dernier repas. Le ciel s'est obscurci, désormais plus noir que la nuit ni les nuages n'auraient pu le teindre.

La terre a tremblé.

Le trône frémit et glisse encore d'un millième de centimètre. La silhouette suppliciée pousse un grognement. Ses yeux aveugles flamboient.

Un corbeau croasse.

L'oiseau oublie qu'il ne doit pas se poser. Ses serres effleurent le crâne du dormeur. Avant même que ses ailes aient terminé de se replier, il hurle. De petites ombres l'ont trouvé. Elles se disputent joyeusement sa force vitale.

La terre frissonne. Le silence ne règne plus. La pierre est brisée. Elle continue de se fissurer. La clarté se fait plus vive dans l'abysse. Des écharpes moirées de brume pastel s'élèvent du sol, pareilles aux tentacules inquisiteurs d'une anémone de mer.

Il y a des couleurs. Une manière de vie. De la lumière.

Et la mort. Le corbeau déverse dans un dernier glapissement toute son amère frustration. Et meurt.

La mort trouvera toujours un chemin. Les ténèbres trouveront toujours le moyen de s'infiltrer.

Les ténèbres viennent toujours.

19

J'ai mis un bon moment à comprendre que ce séisme n'était ni imaginaire ni métaphorique. La terre tremblait bel et bien. C'était une authentique chiennerie de séisme, aussi féroce que celui qui avait détruit Kiaulune et la plus grande partie des terres de l'Ombre avant que nous ne mettions le cap au sud. La panique a saturé l'atmosphère du monde spectral ; une divine panique, apparemment, qui venait de saisir Kina. Sa puanteur a pris un tour tout à fait différent.

Qui a jamais entendu parler d'un dieu paniqué ?

Des boules de feu continuaient de déchirer la nuit.

J'ai regardé Madame et ses gens s'emparer en chancelant de Singh et d'Ombrelongue. Dans les deux cas, ils ont fait preuve de la plus extrême prudence. Madame savait combien ils pouvaient se révéler dangereux l'un comme l'autre. Elle avait été leur semblable à un moment donné.

Elle aurait sans doute aimé balancer un ultime cadeau d'adieu à sa sœur, mais une réplique a secoué la forteresse avant qu'elle n'ait eu le temps de tisser un sortilège. Des débris ont commencé de s'abattre de la tour blessée. Madame a sans doute estimé que le moment était propice pour dévaler l'escalier et regagner le niveau du sol, où elle risquait moins d'être écrasée sous les décombres.

De mon côté, j'ai jugé qu'il était grand temps de rentrer informer Toubib. Puis je me suis rappelé que je ne chevauchais pas Fumée et que je n'étais pas non plus en mesure de contrôler les événements : je ne pouvais me contraindre à émerger du sommeil.

J'ai décidé de filer Volesprit et ses comparses. Il ne serait pas mauvais de savoir où elle comptait se poser, le temps de recouvrer son sang-froid pour s'environner à nouveau de brumes et de sortilèges de répulsion.

L'espace d'une seconde, au moment de franchir le rebord de la tour pour me précipiter dans la nuit abyssale, il m'a semblé que Fumée tentait en geignant de s'éloigner frileusement de la tour. J'avais peut-être trop longtemps côtoyé le petit foireux et pris de mauvaises habitudes à son contact prolongé.

L'odeur de Kina s'est faite plus forte, s'est dissipée puis a regagné en puissance, comme si la déesse chassait à l'aveuglette. Elle ne décolérait pas.

A force d'éperonner le Hurleur, Volesprit avait fini par le sortir du coma, de sorte qu'il pouvait désormais l'aider à maintenir le tapis en vol. Il n'avait pas récupéré ses esprits qu'ils recommençaient à se chamailler. Et ils devaient faire un raffut d'enfer, car les boules de feu zébraient déjà le ciel autour d'eux, de plus en plus proches.

Le pouvoir de ces choses s'étendait assurément bien au-delà du plan mortel. J'en ai moi-même fait la triste expérience en cédant à la puérile tentation d'en autoriser une à perforer ce qui correspondait grossièrement à la place qu'occupait mon corps dans l'espace.

Douleur atroce. J'ai ressenti ce que devaient éprouver les ombres lorsqu'elles étaient touchées. Mais la boule de feu ne s'est pas unie à moi comme elles procédaient avec les ombres… bien que son élan eût spectaculairement chuté, à tel point que je l'ai remarqué en dépit du supplice qui m'était infligé.

Plus question de recommencer ces conneries !

Volesprit et le Hurleur m'avaient échappé pendant que je m'aventurais à observer les boules de feu de trop près. Mais celles qui se guidaient encore sur les glapissements du Hurleur traçaient sa piste brûlante en pointillés.

Volesprit se dirigeait vers le ravin où elle s'était terrée tout l'hiver. Mais elle ne s'y attarderait sans doute que peu de temps. Nous en connaissions l'emplacement.

Je les ai rejoints. Je pouvais encore rattraper mon retard pourvu que je me concentre suffisamment.

Peut-être même m'étais-je risqué trop près. Volesprit a donné brusquement l'impression d'être consciente qu'on l'observait. Elle a arrêté le tapis dans sa course et lui a fait opérer une volte-face. J'ai senti peser sur moi toute l'intensité de son regard. « Hurleur ! a-t-elle aboyé. Tu ne ressens rien d'étrange ? »

Aïe ! Mal inspirée, cette question ! Elle a incité le petit sorcier puant à ouvrir la bouche. Un glapissement puissant, strident, s'en est échappé. Volesprit s'était arrêtée à l'aplomb des fuyards du Prahbrindrah Drah. Des petits gars passablement nerveux.

Les premières boules de feu ont suffisamment éclairé le tapis volant pour permettre aux tireurs d'élite d'ajuster leur cible. Le Hurleur n'avait pas repris le contrôle de ses cordes vocales qu'une boule de feu l'escagassait. Il a hurlé derechef. Et perdu sa concentration.

Le tapis a glissé vers le sol. Volesprit a tenté de le redresser en blasphémant d'une voix de vieillard acariâtre. Une boule de feu a tracé une raie bien nette dans sa chevelure aile de corbeau. Morte de rage, elle a ouvert la bouche, s'apprêtant à articuler quelque mortel sortilège de représailles.

Le tapis s'est mis à tomber comme une pierre.

Elle a rugi de dépit et, d'une ruade de son pied botté, fait basculer le Hurleur par-dessus bord. Il a poussé un cri féroce. Volesprit a grommelé un adieu peu amène. Le tapis s'est arrêté dans sa chute. Elle l'a fait repartir de l'avant en marmonnant des sortilèges de contrôle. Au sol, les tireurs n'arrêtaient pas de mitrailler.

Une boule de feu a traversé le tapis entre Volesprit et la Fille de la Nuit.

Si elle était incapable de rattraper Volesprit pour la déchiqueter, Kina semblait néanmoins consciente de ce qui se passait. Une tornade de rage pure a empli le monde spectral. Un reflet chatoyant de la déesse aux multiples bras a commencé de s'infiltrer de notre côté. Elle ne s'est jamais entièrement matérialisée, mais a acquis assez de substance pour éparpiller les loyalistes tagliens dans toutes les directions, droit devant eux.

Le Hurleur hurlait. Il tombait comme une pierre. Mais il avait toujours été un foutu petit veinard, et la chance lui a encore souri cette fois-ci. Il a d'abord plongé à travers les branches d'arbres massifs à feuilles persistantes. Celles-ci l'ont peut-être méchamment cinglé, mais elles ont freiné sa chute. Puis il s'est écrasé à flanc de colline sur un tapis de neige tenace. Assez profond pour entièrement s'y engloutir.

Nul doute qu'il s'en relèverait et tournoierait comme un derviche avant l'heure du déjeuner. Et d'une humeur à prouver à Volesprit toute l'étendue de son affection.

J'ai humé l'air quelques minutes, histoire de marquer le coup. Le Hurleur ne réagissait pas. Je me suis persuadé qu'il n'était que temps d'essayer de me réveiller. C'était l'occasion ou jamais, me semblait-il, de recruter un sorcier de première bourre ou de le radier à jamais de la longue liste de nos nuisances.

M'est avis que Toubib porterait son dévolu sur la seconde option. Au fil des ans, nous n'avions connu que trop de déboires avec le Hurleur.

Ai-je fait allusion à sa veine de cocu? Pas moyen de me réveiller. Lorsque mon corps aspirait au sommeil, mon esprit n'avait de toute évidence aucun empire sur lui. Que ça me plût ou non, j'allais devoir continuer de vagabonder.

Je me suis souvenu de la fois où, l'année précédente, j'étais sorti de mon corps sans même m'être assoupi. Et où Volesprit m'avait extorqué des renseignements – en veux-tu, en voilà – par des moyens qui me restent inconnus et dans un dessein qui m'échappe encore. Exploit dont elle était toujours parfaitement capable. Surtout si mes récents agissements avaient éveillé son attention.

Certes, il y avait de bonnes chances que toute cette histoire n'eût été qu'un jeu à ses yeux, une façon de tuer le temps en laissant se mettre en place les pièces du puzzle qu'elle avait concocté. A moins qu'elle ne se fût tout bêtement livrée à une petite expérience. Sinon les deux à la fois. Et peut-être davantage. La seule certitude dont nous disposons sur Volesprit, c'est qu'elle chevauche le chaos, mue par des mobiles sans cesse fluctuants.

Je dois être cinglé. Je me suis convaincu que je devais continuer à reconnaître le terrain tant que je me verrais contraint de sillonner le monde spectral. Travailler en dormant, en quelque sorte. Il faudrait que je demande au Vieux de doubler ma solde. Combien touche-t-on pour se faire poignarder deux fois dans le dos ?

Le prince tenait une bonne moyenne. Il remontait droit vers le nord, seule raison qui m'eût d'ailleurs permis de le retrouver. Une palanquée de ses bonshommes fuyaient avec lui. A très vive allure. Les ombres rôdaient alentour comme autant de loups lancés aux trousses d'un dangereux gibier. Un combat mené au pas de gymnastique. Les hommes du prince ne disposaient pas d'un stock considérable de tiges de bambou, mais, dès qu'un type de la troupe se mettait à hurler, il périssait de « boule-de-feu*ite* » avant que les ombres qui l'agressaient n'eussent mené à bien leur cruelle besogne.

Je n'ai pas perdu mon temps à chercher Mogaba ni Gobelin. Trop de patience, trop d'efforts. Dès qu'il ferait jour peut-être.

Ce qui normalement, sans ces épais nuages, ne devrait pas tarder.

Je suis retourné à Belvédère.

J'ai vu partout les séquelles du récent séisme : glissements de terrain, arbres déracinés, pont effondré, déjà reconstruit par les Méridionaux après le premier séisme puis démoli par ses bâtisseurs eux-mêmes pour nous le rendre impraticable, de sorte que Clétus et ses frères avaient dû le réédifier. Un tas d'abris culbutés ou effondrés. Failles dans le sol. Et jusqu'à des dommages infligés à Belvédère, là où Ombrelongue s'était chamaillé avec ses petits copains avant qu'ils ne se liguent pour chercher des noises à Kina.

Comme je m'en approchais, un gros bloc de pierre blanche a glissé du faîte de la tour d'Ombrelongue et s'est abattu à son pied. D'autres l'ont rapidement suivi. La tour elle-même semblait légèrement vaciller, comme si faite de gelée et non de pierre. Puis je me suis rendu compte que j'assistais à une réplique en direct. Sinon à une secousse plus forte encore que la précédente.

Chiasse ! Cette foutue forteresse allait-elle s'écrouler comme un château de cartes ? Madame et ses gars étaient encore dedans. Non. Impossible. Un séisme n'aurait pas raison de Belvédère. Elle était beaucoup trop massive. De façon plus prosaïque, elle n'aurait pu s'écrouler nulle part, puisqu'elle était davantage constituée de pierres que de vide.

Les établis et autres engins mystérieux d'Ombrelongue ont commencé à se mouvoir.

20

Un jet de feu blanc a jailli vers le ciel et déchiré le ventre des nuages bas. J'ai perçu jusque dans le monde spectral le rugissement de l'énergie libérée. Près du jet, le cristal s'est dissipé en bouffées bleuâtres. Un peu plus loin, il fondait et coulait comme de la cire à bougie. Dégoulinait. J'ai vu une sphère plonger dans un seau d'eau et se mettre à grésiller. J'ai décidé sur le moment que, si je survivais, j'escaladerais cette tour – du moins si elle-même en réchappait – pour m'emparer de cette bille et la garder en souvenir.

Le jet est passé du blanc au jaune puis au rouge avant de virer au noir, mais sa chaleur a persisté un bon moment, puis il s'est mis à gicler de moins en moins violemment. Le Maître d'Ombres avait emmagasiné une vaste quantité d'énergie au sommet de cette tour.

Tous les matériaux combustibles de cette pièce dévastée s'étaient enflammés. Plusieurs petites ombres erraient de-ci, de-là. Elles ne semblaient guère disposées à vider les lieux en dépit de la catastrophe. Peut-être étaient-elles dressées ?

Les premières gouttes de pluie sont tombées. Celles qui percutaient le jaillissement d'énergie invisible s'évaporaient en grésillant.

J'envisageais sans trop de conviction de redescendre à l'intérieur de la forteresse pour voir où en était Madame, quand une ombre a décidé qu'il serait peut-être plus marrant de tailler la route.

Le chemin qu'elle a emprunté était précisément celui que Madame avait choisi de prendre avec ses captifs.

Une entière section de mon cerveau spéculait sur l'avenir d'Ombrelongue et Narayan Singh. Les perspectives de Narayan me semblaient, j'en ai peur, particulièrement moroses.

J'ai suivi l'ombre.

Je n'y tenais pas spécialement. Mais je m'en sentais obligé. Elle risquait de prendre Madame et ses gars au dépourvu. D'être dévouée à son maître et désireuse de l'aider à s'échapper.

L'image d'Ombrelongue essayant de se carapater, esquinté comme il l'était, m'a arraché un ricanement.

Je n'éprouvais aucune commisération pour ce type.

Je me suis vainement efforcé de sentir la présence de Madame en aval. Et, bien entendu, je ne pouvais en aucun cas progresser en ligne droite, n'étant toujours pas en mesure de jouer les passe-muraille. Autrement dit, je devais me plier aux mêmes contraintes que les ombres. Est-ce à dire que je pouvais me rendre partout où elles allaient ? Et réciproquement ?

Plutôt troublant.

Nulle lumière dans Belvédère. Aucun bruit, aucun repère. J'ai renoncé à retrouver promptement Madame.

Les cauchemars relatifs aux ténèbres et à la claustrophobie peuvent aussi m'agresser éveillé.

J'ai rebroussé chemin. A ma connaissance, je n'avais croisé à l'aller aucune bifurcation, aucun carrefour qui eût pu m'égarer.

Je suis rentré la tête la première dans une ombre.

Nulle source de lumière, hormis la forge où le bourreau chauffait ses instruments au rouge. Une clarté vacillante éclairant le visage de bronze, ridé et buriné, du petit bonhomme terrifié qui s'était fait soldat non par désir ou vocation, mais parce qu'il croyait devoir une faveur à ses dieux lorsqu'ils l'exigeaient.

Comme tous ceux de son peuple (et comme aussi tous ses ennemis), il espérait qu'ils seraient les plus forts et triompheraient.

Une portion de cauchemar qui ne devait durer que deux secondes, mais bourrées d'informations si étranges que la plupart n'avaient aucun sens pour moi. Devais-je en déduire que l'ombre que je venais de croiser était intimement liée à un homme naguère torturé à mort après avoir été capturé lors d'une guerre de religions ? Je n'aurais pu en jurer. Dans ces parages, aucune religion n'avait pris cet aspect. Pas même celle des Félons… bien qu'ils eussent effectivement torturé certaines de leurs victimes par le passé, dans le bois du Malheur, lors du festival des Lumières.

Ma rencontre avec l'ombre n'avait pas été si déplaisante, en fait. Je ne pensais pas que de telles collisions fussent pernicieuses, tant que je chevauchais le fantôme. Elle m'aurait sans doute été fatale, en revanche, si je l'avais croisée en chair et en os.

Néanmoins, l'incident m'a laissé vaseux et désorienté. J'ai regagné en flottant les décombres de la chambre de cristal. La pièce avait refroidi. La lumière s'était éteinte. Mais une autre clarté envahissait à présent le monde, en dépit des nuages noirs. Le jour se levait enfin.

Au moment précis où je prenais conscience que le siège de la nuit s'achevait enfin, une ultime rafale de boules de feu a jailli près de la Porte d'Ombre, toutefois assez réduite. Puis le monde est redevenu silencieux. Pendant quelques minutes, hommes et choses ont cessé de s'entre-tuer, du moins à portée de vue.

J'ai tourné le regard vers le sud, puis je me suis dit qu'en l'absence de Fumée rien ne m'interdisait d'aller jeter un coup d'œil là-bas. D'autant que les ombres ne m'inquiétaient aucunement dans mon état présent. Ou se comportaient comme des rongeurs lorsqu'elles s'y efforçaient. Si grandes et féroces qu'elles fussent, elles se cantonnaient à proximité du sol. Elles voulaient pouvoir se terrer en vitesse. En outre, je volais.

J'ai piqué vers le sud. Non, sincèrement. Mais il est arrivé quelque chose.

La terre a encore tremblé.

La foudre a frappé Belvédère à moins de quatre mètres de moi.

Thai Dei m'a réveillé.

L'effet général, approximativement, c'est qu'au moment où je piquais plein sud quelqu'un m'a empoigné par la nuque et j'ai pivoté vers le nord comme une feuille balayée par une tornade.

« Je ne veux pas me lever, ai-je déclaré à la main qui troublait mon repos. Je suis fatigué. J'ai travaillé toute la nuit. » J'étais franchement crevé. J'avais effectivement travaillé toute la nuit. Dur. Je n'avais qu'une envie, me rouler en boule et roupiller huit heures de plus.

Thai Dei m'a encore planté son doigt dans les côtes. Et il y avait un autre problème. Peut-être plus grave.

J'avais les pieds mouillés.

Je me suis redressé, en appui sur un coude, au moment où Thai Dei me disait : « Tu dois te lever !

— Ça me fait mal aux seins de le reconnaître, mais tu as raison. » Je devais bel et bien me lever, vu que la pluie dévalait comme un torrent la pente du terrier, transformant le sol en gadoue.

Je me suis cogné la tête à une poutre. « Vérole ! Qu'est-ce que… ? » Le plafond s'était à moitié effondré. Le mur opposé s'était écroulé. Si j'y voyais tant soit peu, c'était uniquement parce que Thai Dei avait apporté une chandelle – celle qui servait à repousser les ombres – pour me rendre visite. « Que s'est-il passé ?

— Un séisme. »

Oh… Ouais. L'idée que je pusse être moi aussi victime d'une catastrophe naturelle ne m'avait jamais effleuré.

Le temps de m'agenouiller, j'ai constaté que Thai Dei avait dû sacrément s'échiner pour arriver jusqu'à moi. Je me trouvais dans une poche. Le plus gros de notre terrier avait dû s'effondrer. « Mère Gota ? » me suis-je enquis. J'étais passé au nyueng bao sans même m'en rendre compte.

« J'en sais rien. » Il m'avait répondu dans la même langue. « Elle n'est pas rentrée. » Sa voix avait un tranchant caractéristique. Tension et surmenage. Toutes les quelques années, pendant deux ou trois minutes, il se dégelait.

« Comment es-tu entré ?

— Par le trou du plafond. »

J'ai dû cheminer à quatre pattes pour le voir. Ouais. Je distinguais à présent l'orifice par lequel il s'était faufilé. Un horrible ciel gris le surplombait. Il bruinait toujours. Mais Thai Dei était moitié moins corpulent que moi. « Va falloir que je m'incruste ici encore deux ou trois mois si je veux passer par là. Je n'aurais pas dû me faire tout ce lard après notre retour de Dejagore. » Nous n'avions pas franchement fière allure à l'époque. De véritables squelettes ambulants.

Je me suis demandé si ça n'avait pas un rapport avec mes rêves.

« Tiens la bougie. Je vais remonter tenter d'agrandir le trou. »

Mon garde du corps ! C'était la toute première fois qu'il avait réellement l'occasion de me sauver le cul, et voilà qu'un vilain plafond détrempé la lui ravissait.

Il s'est hissé dans l'ouverture. A frétillé. S'est tortillé. Puis s'est laissé retomber. « Va falloir que tu me pousses.

— Voilà ce que c'est ! Trop grignoté pendant qu'on était assis autour du feu à faire les zouaves. Monte ! » J'ai reposé soigneusement la chandelle. Elle avait pris une grande importance à mes yeux. Je n'avais pas la moindre envie de me retrouver coincé sans lumière dans cette bauge étroite, humide et glaciale.

J'ai agrippé ses mollets et poussé. Il devait y avoir assez d'eau dans ce trou pour le lubrifier. Il a giclé dehors. L'image de notre mère la terre accouchant de ce vilain petit bonhomme, comme des démons d'argile dans les légendes gunnies, m'a tiré un gloussement.

J'ai entendu des voix. Une masse arrêtait la lumière sale. « Ohé, du cadavre ? a hélé Toubib. Ça respire encore là-dessous ?

— Je vais bien. J'envisageais de piquer un roupillon.

— Autant t'y résigner. On va mettre un certain temps à te sortir de là.

— Pas grave. Tout se passera bien. » Du moins tant que la chandelle brûlerait.

Je l'ai regardée. Il en restait encore un bon segment. Elles sont conçues pour durer.

Je me suis mis à gamberger aux angoisses que Thai Dei avait dû s'appuyer pour descendre dans un boyau où pouvaient rôder des ombres, rien que pour voir comment je me portais. Et ça m'a incité à m'interroger davantage sur son paysage intérieur. Peut-être avais-je la comprenette un tantinet entartrée ? A moins que j'eusse manqué d'expérience, s'agissant d'*être* un Nyueng Bao. Je ne suis même pas parvenu à concevoir comment je me serais comporté avec lui, eût-il été plusieurs personnages différents à la fois.

Ses frères et lui s'imaginent avoir une dette envers moi, si élevée qu'il avait consacré son existence à ma protection. Il m'accorderait au moins cela, sinon jusqu'à son âme elle-même. Mais, en même temps, il ne répugnait nullement à mentir et à flouer l'étranger qui couvrait de honte sa famille. Et, assurément, il ne divulguerait rien à un soldat de l'obscur qui pût éclairer d'un jour nouveau l'attitude des Nyueng Bao à l'égard de la Compagnie noire.

Tout bien réfléchi, ma bien-aimée Sahra, ma Sarie chérie elle-même, n'était jamais allée jusqu'à ces extrémités. Elle changeait tout simplement de sujet de conversation comme si de rien n'était.

J'ai adressé quelques mots au trou, mais personne ne m'a répondu. Qu'ils aillent se faire foutre ! J'étais vanné.

Je me suis assis dans la boue qui ne cessait de s'épaissir et je me suis rendormi.

Je ne suis allé nulle part. Je n'ai fait que dormir.

21

Quand les prisonniers de la division du prince m'ont arraché à la terre, j'étais dans un état lamentable. Otto et Hagop, qui appartenaient à la vieille division et que je n'avais pas revus depuis Charandraprash, sont venus me reluquer. « On dirait un de ces rats-taupes qui grouillaient là-bas, a fait Otto.

— En plus cradingue. Il ne pleuvait pas. M'est avis qu'on devrait remplir un seau d'eau et le lui renverser sur la tête, Otto.

— Tas de comiques, ai-je marmotté. Vous venez de trahir la raison même de votre engagement dans la Compagnie. C'était votre unique moyen de quitter la ville sans vous faire lyncher par un public enragé.

— Il est dans de meilleures dispositions qu'à notre dernière rencontre, a fait remarquer Hagop. Il ne se laisse plus décourager par ces petites déconvenues.

— Comment vous portez-vous, les gars ? On ne reçoit pas beaucoup de nouvelles personnelles par ici. »

Hagop a froncé les sourcils. « Une bosse ici, une égratignure là. Rien de bien sérieux. »

Tous deux, depuis que je les connaissais, se remettaient presque continuellement d'une blessure ou d'une autre. C'étaient pratiquement des icônes. On ne pouvait tuer Otto et Hagop. Juste les blesser. Et, tant qu'ils resteraient en vie, la Compagnie noire perdurerait.

« On nous a dépêchés ici avec un paquet de matos pour le Vieux et des informations pour toi à consigner dans les annales. Des noms.

— Oh. » Toubib et moi nous efforcions de notre mieux de conserver la trace de nos frères tombés au combat. Nombre de gars comptaient sur nous. Après leur mort, ce serait la seule preuve qu'ils avaient jamais existé. Une forme d'immortalité.

« Un tas de noms, a insisté Hagop. Des centaines. La nuit dernière n'a pas été tendre pour la vieille division.

— Tu pourras ? a demandé Otto. Tout est-il enterré sous la boue, là-bas dessous ?

— En effet. Mais j'ai pris plus grand soin des annales et du reste que de moi-même. Je les ai rangées dans une pièce aux murs et au plafond étayés, pourvue d'un système d'évacuation des eaux et ainsi de suite. Juste au cas où. Il faut le dire, je croyais que le Maître d'Ombres serait notre plus gros problème. Des centaines de noms, vraiment ? J'en connais ?

— Ils sont tous notés sur une liste.

— Je vais devoir les porter à la fin du volume sur lequel je travaille en ce moment. S'ils se chiffrent par centaines, il s'agit certainement de recrues récentes et leur nom ne me dira probablement rien. Ils sont sans doute enregistrés quelque part sur un registre des soldes, mais ça n'est pas de mon ressort. »

Thai Dei s'est brusquement matérialisé. Jusque-là, je n'avais pas remarqué son absence. « Ma mère va bien. » Il n'en avait pas l'air vraiment persuadé.

« Hum ?

— Ils l'ont retrouvée dans le trou du sorcier quand ils ont creusé pour le déterrer. D'où le temps qu'ils ont mis à parvenir jusqu'à toi. Ton capitaine savait parfaitement où tu te trouvais. Mais il ignorait si le sorcier était mort ou vivant. »

Il parlait de Qu'un-Œil, ai-je soudain compris. Bon, évidemment, si le séisme avait été assez méchant pour déquiller la charpente de maîtres artisans que nous avions édifiée, Thai Dei et moi, il ne devait plus rester du boyau de Qu'un-Œil qu'une mare d'eau de pluie.

« Elle était dans le terrier de Qu'un-Œil ?

— Ils étaient saouls comme des cochons tous les deux, a dû reconnaître Thai Dei, d'une voix aussi embarrassée qu'étouffée parce qu'il y avait d'autres Nyueng Bao alentour. Dans le coma et baignant dans leur vomi. Ne se sont rendu compte que le plafond s'était écroulé qu'au moment où les sauveteurs les ont dégagés.

— Navré, lui ai-je dit, mais je vais éclater de rire. » Un féroce fou rire m'a secoué. Pas seulement parce que je me dépeignais ces deux olibrius se poivrant de conserve : je me déchargeais de toute la tension accumulée pendant la nuit.

Otto et Hagop fixaient les collines moutonnantes du Sud en réprimant leur propre hilarité.

J'ai été pris d'une nouvelle crise de fou rire. Je venais de me rendre compte que cette rumeur ferait avant l'heure du déjeuner le tour de ce qui restait de notre armée. Largement déformée et amplifiée, elle ne manquerait pas de se transformer en une lubrique épopée en atteignant notre avant-poste le plus éloigné.

Le versant hébergeant naguère notre état-major n'était plus qu'une étendue de quinze hectares piquetée de cratères de petite vérole. C'est à peine si un abri avait survécu. Les prisonniers fouillaient le terrain à une douzaine d'emplacements différents.

J'ai repéré un visage connu puis un autre à la tête des équipes de sauvetage. « Tiens. Elle ne leur en veut donc plus ?

— Quoi ? a fait Thai Dei.

— Rien. Je pensais tout haut. » Quand on parle du loup… Elle venait de sortir du bunker du Vieux. Lequel était toujours debout, parfaitement indemne. Toubib était sur ses talons. Ni l'un ni l'autre n'étaient frais et dispos. N'empêche qu'ils avaient l'air tout contents d'eux.

J'ai poussé un grognement guttural inarticulé. Ma femme était à l'autre bout du monde.

Toubib s'est avancé à ma rencontre. « Il serait peut-être temps de prendre ton bain annuel, Murgen.

— Si je me contente de rester assez longtemps sous la pluie… »

Le regard de Madame m'a littéralement transpercé. Elle mourait d'envie de m'interroger. Mais pas dans l'immédiat, pas ici, pas devant tous ces gens qui risquaient d'entendre mes réponses et n'avaient pas besoin de les connaître, vu qu'une bonne moitié d'entre eux ne savaient même pas à qui allaient leurs allégeances.

« Avons-nous très sévèrement souffert cette nuit ? » ai-je demandé.

Toubib a haussé les épaules. Quelques gouttes d'eau de pluie glacée s'étaient peut-être insinuées dans son col de chemise. « Je n'en sais rien encore. Il manque pratiquement deux mille hommes à Madame, dont elle ignore s'ils sont morts ou simplement disparus.

— Mais ils ne cessent de réapparaître, a-t-elle renchéri, se joignant à notre conversation. Nous finirons sans doute par les récupérer presque tous. » Morts, à tous les coups.

« Otto et Hagop prétendent qu'on a perdu une grande partie de la vieille division », ai-je fait remarquer.

Toubib a hoché la tête. « Ils ont apporté une liste. Bien plus longue que je ne l'aurais souhaitée. Nous ne disposons encore d'aucun élément fiable concernant les autres divisions. La nouvelle est encore désorganisée et celle du prince carrément partie en brioche. Disposerais-tu d'informations que tu préférerais nous transmettre en privé ? A voir ton regard…

— Oui. » De la fumée montait de la cheminée grossière aménagée dans l'abri de Toubib. Un peu de chaleur me ferait le plus grand bien. J'étais prêt, s'il le fallait, à forger une fable de toutes pièces.

Je l'ai rejoint au chaud sans le moindre scrupule ni compassion pour les gars que j'abandonnais sous la pluie.

Madame nous a suivis à l'intérieur. Elle affichait toujours ce regard suffisant. Mais il brillait de curiosité.

Madame a fait déplier devant le feu une des cartes grossièrement tracées de Toubib. « Peux-tu préciser à quel endroit il s'est abattu ? » Elle parlait du Hurleur. « S'il est grièvement blessé, on pourrait encore le cueillir. »

J'ai marmonné quelques mots. « De quoi ? a demandé le Vieux.

— Euh... j'ai dit : "Vous ne cesserez donc jamais de tenter le diable, hein ?" »

Madame ne m'a pas changé en crapaud. Pas même en un des affreux petits rats-taupes d'Otto. Elle était de bonne humeur ce matin. Tout le contraire de la veille au soir.

Fumée a poussé un grognement. J'ai tressailli, car c'était le second depuis mon entrée dans l'abri de Toubib, et jeté un coup d'œil dans sa direction. Le rideau était ouvert. On avait entassé Ombrelongue et Narayan Singh dans l'alcôve avec le sorcier inconscient. J'avais un certain mal à me représenter Madame et le Vieux batifolant devant une telle clique agglutinée à quelques pas, mais il crevait les yeux qu'ils avaient pleinement profité de l'aubaine.

J'étais proprement sidéré que Madame eût restitué ses prisonniers... même si c'était à son légitime. Ombrelongue représentait une occasion inouïe d'accroître son pouvoir. Quant à Singh... Madame lui gardait un chien de sa chienne. Mais c'était également vrai du capitaine.

Peut-être avaient-ils un projet de famille concernant le sort de Narayan.

Elle m'a posé moins de questions que je ne m'y étais attendu, et pour la plupart relatives aux limitations de Fumée. Je me suis bien gardé de mentionner ma nouvelle aptitude à visiter le monde spectral sans le secours du sorcier comateux. Elle n'y a pas fait allusion. Toubib, toutefois, a remarqué que j'étais informé du sort du Hurleur alors que je me trouvais dans mon bunker lorsque la scoumoune s'était abattue sur l'Asservi.

« J'enverrai Lame, a-t-elle décidé. Il est posé et réfléchi. Il s'acquittera de cette mission sans se faire tuer ni tuer le Hurleur. »

Je lui aurais bien demandé pourquoi Lame et Cygne étaient rentrés dans ses faveurs, mais les décisions de la direction ne sont pas mes oignons. Madame m'avait déjà amplement fait la leçon à ce sujet, et de manière assez appuyée, à propos d'une tout autre affaire.

Elle est sortie offrir cette chance à Lame.

« Où est l'étendard ? m'a demandé Toubib pendant son absence.

— Enseveli dans mon terrier.

— Hum… Et les annales et le reste ?

— Au même endroit. Mais, pour l'instant, ils devraient s'y trouver en sécurité. En cas de nouveau séisme ou de pluie diluvienne, par contre… je ne jure de rien.

— On se mettra à leur recherche dès qu'on aura déterré tous nos gens.

— Comment se fait-il qu'elle ait ramené Singh et le Maître d'Ombres ici ? »

Il a saisi la coupure. « Parce que c'est moi le médecin. Et qu'ils sont l'un et l'autre à deux doigts de passer l'arme à gauche. Si elle avait quelqu'un de confiance à sa disposition, bien sûr… » Il a laissé la phrase en suspens. Il ne ferait jamais totalement confiance à sa femme, tant que l'ambition entrerait dans l'équation.

« Elle représente probablement un risque moindre que tu ne l'imagines. Je crois l'avoir découvert cette nuit.

— Comment ?

— Sa relation avec Kina. La façon dont elle fonctionne, tout comme la raison même de son existence. Je crois l'avoir pigé.

— Tu as le temps de réfléchir quand tu sors jouer les spectres ?

— Plus ou moins.

— Alors raconte-moi pour ma douce et Kina.

— Partons déjà du principe qu'elle est foutrement futée.

— Oh. Ouais. » Il a souri à je ne sais quelle plaisanterie privée.

« Sans rien dire de sa force de volonté.

— Tu comptes me faire perdre mon temps avec d'autres platitudes de ce genre ? Ou bien vas-tu enfin entrer dans le vif du sujet ?

— J'y viens. Je crois qu'elle a compris voilà très longtemps, avant même que nous n'arrivions à Gea-Xle, lorsqu'elle a pour la première fois donné les signes de recouvrer une partie de ses pouvoirs, qu'une certaine puissance comptait se servir d'elle ici-bas. Et elle a laissé faire. Ce qui a dû leurrer cette force, lui faire croire qu'elle avait gagné une esclave alors qu'elle s'était en réalité embarrassée d'un parasite. »

Les yeux de Toubib se sont éclairés ; plusieurs réponses possibles y ont flotté en suspens, mais il s'est contenté de dire : « Continue.

— Ça s'arrête plus ou moins là. Lorsque la déesse se servait d'elle, Madame se plaquait à elle comme une ventouse pour lui pomper toute l'énergie dont elle aurait besoin. Je crois qu'elle s'est enfoncée si profondément en Kina que la déesse ne peut plus s'en débarrasser qu'en s'estropiant elle-même. Et j'ai même l'impression que Madame exerce un certain contrôle sur ses agissements. Cette nuit, Kina était vraiment fâchée. La Fille de la Nuit était directement menacée. Mais aucune de ses tentatives n'a réellement porté lorsqu'elle a tenté de secourir la mioche, alors qu'elle se révélait pourtant très destructrice.

— Et Madame, selon toi… ?

— Oui. Il a raison. » Madame est entrée dans la chiche clarté. Pas moyen de savoir depuis quand elle nous écoutait, plantée dans notre dos. Lorsqu'il s'agit de se déplacer sans bruit, elle est vraiment les ténèbres. « Que ça ne sorte pas d'ici. Tant qu'ils me prendront pour la vraie Kina, ça reviendra strictement au même. »

J'ai découvert dans la paroi qui me faisait face quelques stalactites en formation des plus captivantes, et je leur ai consacré toute mon attention.

« Si tu es réellement une espèce de sangsue qui pompe son mental ou quelque chose d'approchant, pourquoi Kina ne se débarrasse-t-elle pas de toi ?

— La plus grande partie de Kina est assoupie. Celle qui ne s'intéresse pas uniquement à l'avènement de l'année des Crânes. En outre, elle est d'une stupidité crasse. Elle n'a compris que tout récemment ce que je lui avais fait. Avant de décider de la façon dont elle doit réagir, elle ruminera peut-être des années.

— Elle ne donne pas l'impression de considérer le temps sous un autre jour, ai-je fait observer.

— Ce qui m'inquiète davantage, a poursuivi Madame, c'est que ma sœurette bien-aimée pourrait bien avoir résolu elle aussi l'énigme. Ou qu'elle y parviendra, maintenant qu'elle détient l'enfant. La petite est au courant.

— Volesprit se cache toujours au même endroit », ai-je déclaré. Le Vieux en connaissait l'emplacement.

« J'aimerais assez risquer le coup, a fait Toubib. Mais il ne reste qu'une dizaine d'heures pour nous préparer à la nuit qui vient. »

J'ai compris. Mais du diable s'il n'aurait pas été génial de douillettement claquemurer Volesprit dans un repli du passé.

Vingt minutes de spéculations oiseuses ne nous ont en rien permis de démêler l'écheveau des mobiles de Volesprit.

Madame elle-même était incapable de deviner ce qu'elle escomptait vraiment ni ce qu'elle ferait ensuite.

« Elle est comme ça depuis qu'elle a quatre ans, a-t-elle lancé. Bons dieux ! elle est née imprévisible. »

J'avais dû afficher une expression un peu trop intéressée. L'histoire s'est interrompue tout net.

Il ne m'a pas échappé, néanmoins, que ni Toubib ni Madame ne faisaient jamais allusion à leur enfant autrement que pour laisser entendre qu'il s'agissait d'un monstre, d'une abomination avec qui ils n'avaient rien de commun.

22

J'ai regardé Sifflote diriger l'extraction d'une petite ombre qui s'était frayé un chemin jusqu'aux abords du périmètre de sécurité de Qu'un-Œil avant d'aller se tapir à l'abri de la lumière. Madame avait modifié les amulettes de Qu'un-Œil pour leur permettre de détecter les ombres. Nos gars les débusquaient avec un bel enthousiasme... d'autant qu'on les savait dans leur grande majorité épuisés. « Je n'arrive pas à croire que ce vieux schnoque soit encore en vie ! » me suis-je exclamé.

Comme un fait exprès, Sifflote s'est mis à cracher ses poumons. Il était déjà d'un âge canonique lorsqu'il s'était enrôlé dans la Compagnie, bien des années plus tôt, et, depuis, mourait à petit feu de phtisie. Le seul aspect positif de la situation, c'est qu'il s'était démerdé pour rester vivant.

Thai Dei a grogné. Il se fichait pas mal de Sifflote. Il devait censément nous aider à creuser notre bunker mais consacrait presque toute son attention à sa mère qui ronflait férocement à l'abri d'une tente dont le précédent propriétaire n'avait pas survécu à la nuit. Son visage était de marbre. Ses yeux de glace. Il se hérissait dès qu'un autre Nyueng Bao passait un peu trop près. Il n'attendait qu'une chose, c'est que l'un d'eux dît quelque chose, n'importe quoi qui pût passer pour une insulte, afin de décharger sur lui toute sa gêne lors d'une belle bagarre.

Non seulement Qu'un-Œil et mère Gota étaient saouls comme des cochons quand on les avait déterrés, mais ils étaient allongés sur la même paillasse dans le plus simple appareil. C'était donc ça, sa partie de tonk ?

J'ai péniblement réprimé un sourire. Thai Dei risquait à tout moment de décider que je faisais réellement partie de la famille et de s'en prendre à moi.

J'espérais qu'il se garderait au moins de faire des reproches à Qu'un-Œil. Celui-ci souffrirait probablement à son réveil d'une gueule de bois fatale. Et mieux vaut ne pas lui chanter pouilles dans cet état.

Toubib était visiblement à ressaut. Le petit sorcier s'était débrouillé pour se mettre hors service au moment même où l'on aurait plus que jamais besoin de ses talents.

Partout où l'on posait les yeux, les gens s'affairaient à reconstruire et se préparaient à passer une nouvelle nuit auprès d'une Porte d'Ombre lézardée. Madame et le Vieux comptaient sur Ombrelongue pour les aider à colmater les brèches, mais les bonnes nouvelles à cet égard se faisaient rares. Ils éprouvaient apparemment les plus grandes difficultés à l'extraire de sa coquille protectrice.

Ils n'avaient pas le temps de se concentrer. Les messagers ne cessaient d'affluer et de repartir, les interrompant continuellement.

« Encore une douzaine de pelletées et je crois qu'on pourra l'ouvrir », ai-je annoncé à Thai Dei. J'avais réquisitionné une porte dérobée dans les ruines et je m'en étais servi pour clôturer le petit atelier que j'avais réussi à parachever juste à temps pour le séisme.

Un des gardes de Toubib a déboulé. « Le capitaine demande à te voir, porte-étendard.

— Fabuleux. Je reviens tout de suite, Thai Dei. » J'ai escaladé en pataugeant la paroi de notre trou boueux et filé vers l'abri de Toubib. La populace s'était singulièrement raréfiée. Etonnant. « Tu m'as demandé, chef ? » Madame et lui avaient étendu Ombrelongue sur une table de fortune faite d'une autre porte volée. Elle était trop courte pour le Maître d'Ombres. Ses pieds dépassaient.

Madame avait enfin réussi à éliminer son cocon protecteur.

« Ce type arrive à l'instant, Murgen. Il était avec le détachement de Lame. Ils ont retrouvé le Hurleur. Il est toujours enseveli sous la neige. Ils ignorent encore s'il est mort ou simplement inconscient.

— Il y est resté assez longtemps pour geler. » Mais il s'agissait d'un Asservi. Ils ne crèvent pas facilement. Surtout le Hurleur. J'ai coulé un regard vers Madame.

« Je ne peux rien affirmer d'ici, m'a-t-elle répondu.

— Ils ont aussi agrafé Cordy Mather et sa clique, a repris Toubib. Ils demandent ce qu'ils doivent en faire. » Il s'employait à palper et triturer les membres d'Ombrelongue, sans doute en quête de fractures. « Ce type n'a rien mangé depuis des lustres, a-t-il déclaré à Madame.

— Peut-être craint-il d'être empoisonné. » Elle a baissé le regard sur le morion du Maître d'Ombres. Et tendu la main.

« Tu es bien certaine d'avoir annulé tous ses sortilèges ? s'est enquis le Vieux.

— On ne peut avoir de certitude absolue avec un inconnu. Tu l'as déjà vu sans son masque, Murgen ? »

L'estafette de Lame a tendu l'oreille. Il recueillait des histoires à rapporter aux copains.

« Non. Comment j'aurais fait ? Je ne l'ai jamais vu de ma vie. » Elle a saisi l'allusion.

« Ce que j'aimerais, Murgen, a fait le capitaine, c'est que tu rassembles quelques hommes... dont Qu'un-Œil, même si tu dois le porter... pour aller prêter main-forte à Lame. » Mais aussi le tenir à l'œil, hein, chef ? Vu qu'ils sont tellement bons potes, Lame et lui... « Sois prudent avec le Hurleur, mais tâche si possible de le ramener en vie. »

J'ai poussé un grognement contrit. Madame s'est emparée du masque d'Ombrelongue.

« Tu n'aurais pas découvert d'autres éléments sur la période des semailles dans ces régions, par hasard ? » m'a demandé le Vieux.

Je lui ai jeté un regard éberlué. Etrange coq-à-l'âne. Mais il était coutumier du fait. Son esprit partait dans douze directions à la fois.

« Nous allons devoir semer et planter si nous envisageons de rester ici, a-t-il poursuivi. C'est ça ou jouer les Mogaba et nous entre-dévorer. »

Madame a ôté le morion d'Ombrelongue.

Il s'est arqué comme si on le poignardait. Ses yeux se sont ouverts. Mais il ne pouvait guère faire mieux. Il avait été saucissonné et bâillonné par un expert.

« Pourquoi ne pas nous installer chez lui ? Il doit y avoir des réserves à Belvédère. Et nous y serions foutrement plus au sec. Je ne le reconnais pas. » Le visage du Maître d'Ombres était émacié et de type oriental, mais aussi blême que du saindoux. Il ne restait que quelques dents dans sa bouche béante, ce qui confirmait l'hypothèse avancée par Toubib sur son régime. Il semblait avoir souffert de crises de rachitisme à répétition, de scorbut ou d'une maladie de la même eau.

« Moi non plus », a affirmé Madame. Elle avait l'air affreusement désappointée. Elle devait s'attendre à l'un des Asservis, ou tout du moins à une vieille connaissance.

« Ça pose un problème ? ai-je demandé.

— J'aspirais à un répit. A quelque chose qui nous facilite un peu la vie.

— Vous n'avez pas épousé le bon bonhomme. Tu crois que je peux faire l'aller-retour avant qu'il fasse noir, patron ?

— Sur une jambe, a répondu l'estafette en hochant la tête. Ce n'est qu'à huit kilomètres. On suit la route presque tout le temps et elle est en bon état. »

Fumée a de nouveau grogné. Cette fois-ci, son grognement était légèrement entaché de trouille. Madame s'est rembrunie et tournée vers lui. Il lui posait un problème qu'elle regrettait de n'avoir pas le temps d'élucider.

« Gicle, m'a dit Toubib. La nuit va finir par tomber. »

Les ténèbres viennent toujours. « J'adore me balader sous la pluie. » J'ai fait signe à l'estafette de me suivre et je suis sorti. Une petite promenade sous la pluie n'aggraverait guère les choses. Difficile d'être plus trempé que je ne l'étais déjà.

« Le capitaine souhaite qu'on aille récupérer des prisonniers », ai-je annoncé à Thai Dei.

23

Voyager mouillé présente certains désavantages. La peau souffre d'irritations, par exemple. Le temps de rejoindre Lame, j'avais des ampoules aux deux pieds et, à l'intérieur de la cuisse droite, une plaie à vif qui cuisait salement. Et j'allais devoir m'appuyer le trajet de retour.

Thai Dei n'était guère plus jouasse. Aucun des gars qui cheminaient avec nous ne se montrait d'humeur particulièrement joviale, au demeurant. Ils devaient porter Qu'un-Œil à tour de rôle. La tentative la plus aboutie du nabot pour les soulager avait été de se coucher sur le flanc pour vomir par-dessus le rebord de sa litière.

J'avais plus ou moins envisagé d'aller jeter un coup d'œil en tapinois sur le ravin de Volesprit. Idée morte en couches pour ainsi dire, dès que nous avions quitté la route pour la forêt. Quelques centaines de mètres de dérapages contrôlés dans la boue, les aiguilles de pin et, aux endroits particulièrement ombragés, la neige m'ont vite persuadé que la journée n'était pas propice aux initiatives individuelles.

J'avais au moins une certitude : Volesprit ne tarderait pas à apparaître dans les parages.

Je me suis affalé auprès de Lame. « Le voyage s'est bien passé ? ai-je demandé à Mather. Désolé de n'avoir pu te réserver un climat plus convenable. »

Lame a gloussé. Tout comme Saule Cygne, qui a fait remarquer : « Il ne fait jamais beaucoup plus beau, Cordy. On t'a gardé le meilleur.

— Je savais que je pouvais compter sur vous, les amis.

— Où est notre copain le Hurleur ? » ai-je demandé. Le paysage ne ressemblait en rien à celui que j'avais vu de nuit du ciel.

Cygne a désigné le sommet de la butte, au sud, et un bouquet de hauts épineux agglutinés dans l'ombre. « Enterré dans la neige quelque part tout là-haut. »

Les gars ont laissé tomber le brancard de Qu'un-Œil. Le petit sorcier a geint, mais il ne lui restait pas assez d'enthousiasme pour maudire ni même menacer qui que ce fût.

« Qu'est-ce que vous avez fait pour persuader Madame de vous laisser la bride sur le cou, les gars ? » ai-je demandé.

Lame a ricané. « C'est *elle* qui en a convaincu le Vieux. En soulignant que tous ceux qui ne resteraient pas à proximité et animés de bonnes intentions ne jouiraient d'aucune protection contre les ombres. »

J'ai poussé un grognement. « C'est là une illumination qui fait florès dès que les gens commencent à faire leur examen de conscience. » Un problème qui a conduit maints bonshommes à faire des choix qui leur vaudraient ultérieurement d'être traînés dans la boue par des congénères aux bedaines bien pleines, devant un feu douillet. « Quelqu'un aurait de la graisse ? Ou même quelque chose qui pourrait passer pour tel ? »

Mon vieux pote Thai Dei trimbalait une motte de saindoux. Au cas où nous aurions fait la popote. Les Nyueng Bao ne laisseront jamais de m'étonner. Bien que leur religion soit une ramification de celle des Gunnis, il leur arrive, à la différence des Vehdnas, de manger de la viande et même du porc. Le marais ne leur permet pas de se montrer trop délicats. Thai Dei devait traîner ce saindoux depuis des années, s'en servir et s'en resservir. Peu importait… c'était exactement ce dont j'avais besoin.

J'ai baissé culotte et enduit l'intérieur de mes cuisses d'une généreuse couche de gras. « Ça me permettra de tenir un moment. »

Qu'un-Œil s'est mis à gigoter sur sa litière, à repousser sa couverture en se plaignant d'être trempé. Problème trivial. Il ne pleuvait plus.

Il s'est de nouveau balancé sur le flanc en hennissant et soufflant comme un phoque, puis s'est rendormi.

« Ça m'a déjà l'air bien à vif, m'a déclaré Cygne.

— Un bisou te ferait davantage de bien, a renchéri Mather.

— Tu parles d'une équipe. Notre vieux pote Cordy ne se sent plus depuis qu'il bouquine la Femme...

— Allons désenclaver notre sorcier, ai-je proposé.

— Je ne m'en ressens vraiment pas, a affirmé Lame.

— Sans déc' ? Moi non plus. Je vais te dire ce qu'on va faire. Pourquoi ne pas laisser Cygne et Mather s'en charger ? On restera ici, en arrière, de manière à alerter le camp si jamais ça tourne mal.

— Ce type s'exprime de plus en plus comme un gradé. Tu as été promu pendant la campagne ou quoi ?

— Je suis un dieu. » J'ai permis à Thai Dei de me relever. Il ne s'était pas effondré par terre. Ses muscles étaient encore chauds. Il a pris la direction que venait d'indiquer Cygne.

« Et ton animal de compagnie ? » s'est enquis Lame. Il a balancé une pomme de pin à Qu'un-Œil, qui a à peine bronché.

« Il a suffisamment de responsabilités. » Ne réveillons pas les petits sorciers qui dorment.

Qu'un-Œil s'est redressé. « J'ai entendu, gamin, a-t-il grasseyé avant de s'effondrer à nouveau.

— Je crois que je vais le planter là pour ramener l'autre sur le brancard », ai-je insinué. Proposition qui a immédiatement fait l'unanimité. Qu'un-Œil lui-même s'est abstenu de voter contre. Il était bien trop occupé à ronfler.

Rien ne laissait entendre que le Hurleur eût bougé d'un cil depuis sa chute. On ne voyait que le trou qu'il avait creusé dans la neige et, tout au fond, à deux, trois mètres de profondeur, un tas de haillons noirs recouverts d'une fine couche de poudreuse.

« Eh ! Regardez-moi ça ! » a crié un soldat qui avait dépassé le Hurleur et se trouvait déjà une dizaine de mètres plus haut sur la pente.

« Qu'est-ce que t'as trouvé ? » ai-je demandé. Pas question de faire trois mètres de plus si je pouvais m'en abstenir.

« On dirait un cadavre de loup. »

Je l'ai poussivement rejoint. « Vérole, les gars ! Il a trouvé un loup mort ! » Je me suis agenouillé. « On dirait qu'il s'est fait coincer par une ombre. » Les traces dans la neige suggéraient qu'il se glissait en douce vers le Hurleur quand la scoumoune avait frappé. Là-dessus, il avait tenté de détaler. Il n'était pas seul, bien entendu. Mais les empreintes ne trahissaient qu'une meute assez réduite.

« J'ignorais qu'il y eût des loups dans la région, a fait une voix.

— Maintenant tu le sais. » La mort du loup ne semblait pas un événement crucial en soi. Sauf qu'elle nous enseignait qu'une ombre avait rôdé dans les parages la nuit dernière et se cachait peut-être encore non loin. « Méfiez-vous des coins sombres. »

Je suis revenu inspecter le Hurleur. Il n'avait pas bougé. Evidemment.

« Il vit ? m'a demandé Cygne.

— Remontons-le, ai-je répondu.

— Est-ce vraiment futé ?

— Il ne tentera rien tant qu'on ne l'aura pas sorti de son trou. » C'est du moins ce que j'aurais fait à sa place. Toujours laisser un autre imbécile se charger de la besogne s'il y tient tant que ça.

La neige ne datait pas d'hier. Elle avait fondu et regelé en surface à de nombreuses reprises. Elle était lourde et dure. Heureusement, le Hurleur ne gisait pas réellement par trois mètres de fond. Il avait effectivement traversé cette épaisseur de neige, mais celle-ci reposait sur une pente escarpée et, attaquée par son angle le plus direct, n'était profonde que d'un mètre cinquante.

Une idée m'est venue. « Ne l'éparpillez pas trop loin. On pourrait encore en avoir l'usage.

— On peut difficilement dire qu'on en manque », a grommelé Cygne.

Thai Dei, ai-je constaté, n'a pas une seule fois offert de nous venir en aide. Il se tenait un peu en retrait, la main posée sur la poignée de son épée, et lorgnait Qu'un-Œil de travers. Ses intentions n'étaient peut-être pas bénignes.

Cette vigilance s'est révélée superflue. Après que les plus audacieux ont épousseté la poudreuse qui recouvrait le Hurleur, l'un deux s'est écrié : « Il est congelé ! »

Un soupir de soulagement collectif à échappé au petit groupe.

« Excellent ! ai-je déclaré. Voilà ce qu'on va faire… »

Une heure plus tard, le petit sorcier était ligoté à une perche et enrobé d'une couche de neige durcie de quinze centimètres d'épaisseur. « Juste pour l'empêcher de dégueulasser partout pendant le trajet », ai-je expliqué aux gars, dont quelques-uns avaient dû renoncer à des lambeaux de vêtement afin de maintenir la neige autour de son corps. Tous geignaient, grommelaient et fulminaient, avides de savoir pourquoi nous ne nous bornions pas à le trimbaler avec son confrère.

Si Qu'un-Œil les avait entendues, leurs réflexions lui auraient brisé le cœur. A croire qu'ils ne l'aimaient plus.

24

« Applique ce baume, m'a expliqué Toubib. Et tâche de garder la plaie aussi propre et sèche que possible.

— J'ai dû marcher en cerceau pour rentrer. » J'ai fait les gros yeux à Qu'un-Œil qui, assis par terre près du Vieux, n'en pipait pas une. Il avait l'air d'aspirer à une cure de sommeil longue d'une année, le temps que la souffrance s'éteignît. Il était encore trop mal en point pour avoir la force de maugréer.

Mère Gota était plus résistante. L'apanage de la jeunesse, j'imagine. Oncle Doj et elle s'employaient à déblayer le terrier familial lorsque Thai Dei et moi étions rentrés de notre escapade. Aucun n'avait rien à déclarer, pas même oncle Doj. J'ai feint d'ignorer sa longue éclipse. Je n'avais pas le temps de jouer aux petits jeux mystérieux des Nyueng Bao. Je les ai laissés touiller la gadoue et s'efforcer de rendre notre abri habitable avant la tombée de la nuit.

Madame avait étendu le Hurleur sur la porte qui faisait office de table et l'examinait. « Il devrait se rétablir, a-t-elle conclu de son auscultation.

— On a droit à neuf vies une fois qu'on est Asservi ? ai-je demandé. Ce merdaillon commence à faire preuve d'encore plus d'obstination que le Boiteux. » Nous avions tué l'autre enfoiré une bonne douzaine de fois. Nous semblait-il. Et il persistait à ressusciter.

« Non. Mais quiconque a suffisamment la vocation pour devenir un sorcier de son niveau témoigne aussi d'une certaine propension à ne perdre aucune occasion de se préparer à toutes les éventualités imaginables.

— Comment ça se présente, dehors ? » ai-je demandé au Vieux. Pendant les quelques heures où je m'étais absenté, des changements spectaculaires s'étaient opérés. A part que la pluie avait cessé, je veux dire. Le plus gros des rescapés avaient été rassemblés à proximité de l'état-major ou au pied de la Porte d'Ombre. On avait consacré des heures de boulot à localiser la moindre tige de bambou utilisable. L'atelier de rechargement de Madame travaillait fébrilement, mais cette activité n'avait qu'une signification symbolique et ne trahissait que le désir impétueux de nos chefs de poursuivre le combat.

« Mieux que je ne l'avais prévu, m'a répondu Toubib. Madame a réussi à stabiliser l'état d'Ombrelongue. Ce qui veut dire que nous sommes revenus au stade de lente infiltration antérieur à ses blessures. S'il se remet convenablement, nous pourrons le contraindre à refermer hermétiquement la Porte dans deux ou trois jours.

— Vous pourrez le contrôler ?

— Bien sûr. Compte tenu de l'état où elle l'a laissé, on a vu des statues de généraux morts jouissant de plus de liberté d'action. »

Madame a relevé les yeux de son travail. Elle affichait le plus ténu des sourires, mais il trahissait tout l'amusement et l'assurance d'un très ancien démon. *Elle est les ténèbres.* Fumée avait entièrement raison sur ce point.

« Ne serions-nous pas plus en sécurité *intra muros* ? ai-je demandé.

— Sans doute. Et nous nous y installerons peut-être. Dès que nous aurons fait le point, localisé tout le monde et déterminé avec exactitude à qui vont dorénavant les allégeances de chacun.

— A ce propos... oncle Doj est de retour. Il est en train d'aider ma belle-mère et se conduit comme s'il n'était jamais parti.

— Je l'ai entendu dire.

— Je me demande comment il a réussi à survivre. Spécialement à la nuit dernière. »

Madame m'a regardé comme si je venais de déclencher en elle une brusque illumination. « Surveille le Hurleur, m'a-t-elle dit. Préviens-moi s'il bouge. Je serai devant la porte. » Elle est sortie en trombe.

J'ai regardé Toubib. Il a haussé les épaules. « Je ne pose plus de questions.

— Elle m'a l'air en piteux état.

— Ne le sommes-nous pas tous ? Mais nous pourrons peut-être nous reposer un peu désormais. Si nous réussissons à contrôler la Porte d'Ombre, nul ne pourra plus avant longtemps se mettre en travers de notre route. Sinon jamais. »

Mogaba rôdait encore dans la nature. Mais il se retrouvait sans patron. Ce qui signifiait que personne ne pouvait plus couvrir par enchantement son joli petit cul. Il allait devoir battre en retraite. Et le Prahbrindrah Drah ne vivrait peut-être pas assez longtemps pour poser problème. Pour gagner un territoire ami, il lui faudrait échapper tant aux ombres qu'à Gobelin. Et, s'il était incapable de lever une troupe assez forte pour veiller sur ses arrières, le soi-disant territoire ami risquait de se montrer lui-même foutrement inamical. Il est notoire que les paysans ne sont guère portés sur la tendresse envers les fuyards d'une armée en déroute lorsqu'ils peuvent prendre l'avantage. Sans doute parce que les soudards font preuve d'une telle cruauté envers les paysans quand ils ont la main haute, même si certains membres sophistiqués de la caste des guerriers affirment que cet état de fait trouve sa source dans la nature bestiale de la paysannerie.

« Peux-tu te rendre à la Porte d'Ombre ?

— Moi ? Maintenant ?

— Toi. Tout de suite. Avant la nuit. Avec l'étendard. Pour éprouver mon hypothèse sur son essence réelle. Et, si je ne me trompe pas, aider à protéger les soldats qui s'y trouvent.

— Je peux essayer. Mais je suis salement déglingué.

— Prends un cheval. »

Ce qui signifiait ni plus ni moins de nouvelles excoriations. Mais il avait raison.

« Ton sous-fifre aurait pu s'en charger à ta place, a-t-il fait remarquer avec un sourire narquois. Si tu en avais un. »

Ainsi, il savait que Roupille manquait à l'appel ? J'allais devoir me renseigner sur l'état de santé du môme à la première occasion.

Madame est rentrée. Elle n'était guère volumineuse, mais sa présence se faisait sentir. J'étais toujours surpris de la revoir au terme d'une séparation, si brève fût-elle, parce que j'avais constamment l'impression qu'elle mesurait trente centimètres de plus. « Ton copain Doj n'est pas seulement le prêtre d'une obscure religion, m'a-t-elle annoncé. C'est un sorcier. De très médiocre stature. Moins compétent encore que Qu'un-Œil. Mais il porte un objet – une amulette, un fétiche, je n'ai pas réussi à le déterminer exactement – qui le protège des ombres. »

Toubib m'a regardé comme si j'aurais dû être au courant de tous ces détails depuis belle lurette. « J'en sais rien, patron. Première fois que j'en entends parler. » Cela dit, je soupçonnais depuis longtemps oncle Doj d'être capable d'autres exploits que de faire du crochet avec une épée. De fait, ses talents d'escrimeur semblaient devoir beaucoup à la magie. Comment un type normal aurait-il pu sans succomber immédiatement, ne serait-ce que sous la supériorité numérique de l'adversaire, se lancer dans une entreprise aussi folle que son assaut contre les Félons à Charandraprash ?

J'ignore ce qui m'y a poussé, mais j'ai répondu à Madame : « Mon épouse n'est pas morte. Les Félons ne l'ont pas touchée quand ils ont fait irruption dans notre appartement. Thai Dei,

Doj et quelques cousins à eux l'ont embarquée puis m'ont déclaré qu'elle était trépassée. Ils l'ont également persuadée de mon décès pendant qu'ils la ramenaient dans les marais. Ils l'ont claustrée dans un temple où elle se trouve encore actuellement et où sa grossesse ne les couvrira pas de honte. Ils n'ont manigancé toute cette affaire que sur l'insistance des parents de Gota. » Je n'avais jamais abordé avec elle le sujet de Sarie, de sa famille et des Nyueng Bao. Je n'avais d'ailleurs jamais discuté avec Madame que de ce qu'il fallait ou non relater dans les annales, ou de points de détail qu'elle y avait elle-même consignés et qui exigeaient certains éclaircissements.

Elle a derechef ausculté le Hurleur tout en prêtant l'oreille à mon laïus. « Raconte-moi toute l'affaire, m'a-t-elle proposé. J'ai toujours eu l'impression qu'il y avait anguille sous roche. »

Ah ouais ? Elle et tous ceux qui sont assez malins pour ne pas manger du bran !

Toubib s'est dirigé vers l'entrée et a passé la tête dehors. Puis l'a brusquement rentrée. « Hé ! Pourquoi ne nous as-tu pas dit qu'il avait cessé de pleuvoir ? Je vais peut-être obtenir de ces empotés qu'ils se remuent un peu le cul. » Il est ressorti. J'ai eu pitié de lui. Il me semblait encore plus vanné que moi.

« Je le lui ai raconté, ai-je lancé.

— Il n'écoute pas toujours. Parle-moi des Nyueng Bao. »

Je me suis exécuté. Elle m'a posé quelques questions pointues. Je lui ai retourné quelquefois la politesse, lorsque nous abordions un aspect dont je tenais à être informé.

« J'aimerais avoir aussi quelques lumières sur tes rêves, m'a-t-elle annoncé.

— Ils sont différents des vôtres. Je pense.

— Je sais. Mais c'est l'amplitude de cette divergence qui risque d'être significative. »

Nous avons longuement discuté. Mais pas assez pour m'interdire de crapahuter jusqu'à la Porte d'Ombre avec ce fichu étendard.

25

Nous manquions de chevaux. La plupart de ceux que nous n'avions pas encore mangés avaient été tués par les ombres la nuit précédente. Et nous servaient présentement de repas. J'ai fini par emprunter sa monture à Madame. Toubib n'a pas soufflé mot. A quoi bon ? Je lui revaudrais ça un de ces quatre.

Thai Dei chevauchait derrière moi. L'étalon de Madame, qui ne trimbalait habituellement que ses cinquante et quelques kilos, plus une armure à l'occasion, me reluquait d'un œil noir par-dessus son encolure. « C'est l'affaire de quelques pas. Parole », ai-je promis au bestiau.

La vieille division et quelques soldats de Madame avaient établi leur bivouac au pied de la Porte d'Ombre. La tension était palpable à notre arrivée. Nombre de visages étaient tout sauf amicaux. Ceux, en particulier, des hommes qui avaient rejoint les rangs de la Compagnie en s'imaginant que leurs chances de survie s'accroissaient avec nous. Le crépuscule n'allait pas tarder à tomber, néanmoins, de sorte que nul n'était enclin à la belligérance.

J'ai préféré leur cacher la raison de la présence de l'étendard.

Le bruit s'est vite répandu. Nos frères de la Compagnie sortaient de leur trou pour sentir le vent. Je suis tombé sur des gars que je n'avais pas vus depuis des mois. Sinon, pour certains d'entre eux, depuis que nous avions quitté Taglios.

Sindawe et Isi ont pointé le museau. Ils devaient se douter qu'il se préparait un truc important puisque j'étais sorti de mon terrier. Je comprenais parfaitement par quel biais ils en étaient venus à se faire une idée aussi bizarre. Ma mission m'avait contraint à longuement m'attarder auprès de Fumée.

Ochiba est apparu. Lui et les deux autres Nars occupaient les postes de commandement au pied de la Porte d'Ombre. Tous les autres hauts gradés tagliens avaient déserté, honorant leurs obligations envers leur prince.

J'avais le pressentiment qu'ils regretteraient bientôt d'avoir opté pour la solution « honorable ». S'ils ne l'avaient déjà fait la nuit précédente.

Sindawe s'est emparé des rênes de l'étalon. Nous avons démonté, Thai Dei et moi. Tous guettaient mes premiers mots. Je me suis contenté de hausser les épaules et d'écarter mon pantalon de la plaie cuisante de ma cuisse. La chevauchée n'avait en rien amélioré la situation. Exactement comme je l'avais prédit. « Ne me demandez pas ce que je fais là. Le Vieux m'a ordonné de venir. Et me voilà. Ce qu'il mijote reste son secret.

— Y a rien de neuf, s'est écrié Gros Baquet. S'il commençait à se répandre, personne n'y croirait. »

J'ai regardé autour de moi. Le terrain était encore plus dur qu'en amont. Et plus sec. A telle enseigne que la majorité des abris avaient été édifiés en surface. Le campement aurait fait honte à Misère et Sordide. J'ai aperçu des enseignes et des fanions de bataillons qui, un an plus tôt, étaient renommés pour leur éclat et leur haute tenue. « Le moral est si bas que ça ? ai-je demandé.

— Encore plus.

— A ce que j'ai appris, la nouvelle division aurait souffert de beaucoup moins de pertes que les autres, cette nuit.

— Tu es dans le métier pratiquement depuis l'enfance, porte-étendard. Tu es bien placé pour savoir que le moral n'a rien à voir avec la réalité des faits. La conception qu'on s'en fait est plus cruciale. »

Absolument. Les gens ne s'intéressent qu'à ce qu'ils croient bon, mauvais ou neutre. Ils refusent de s'embrouiller les idées en s'embarrassant de la réalité.

« Nous ne devrions peut-être pas l'annoncer à ces gars, ai-je fait, mais je pense qu'il compte reprendre la route incessamment. »

Baquet a balayé d'un regard noir la pente inhospitalière. « Tu te fous de ma gueule ?

— Quand il a dit où il comptait nous mener, tu n'as pas voulu le croire. Il n'a jamais dissimulé à personne que nous allions rentrer au Khatovar. C'est ce à quoi nous nous employons depuis que nous avons quitté les Tumulus. » Depuis une bonne moitié de ma vie, me semblait-il. Avant même que Baquet ne s'enrôle.

« M'étonnerait que tu trouves ici un seul gus réellement persuadé qu'on arrivera jusque-là », a fait remarquer Isi d'un ton maussade. Et il appartenait à la Compagnie depuis moins longtemps que Baquet.

Il n'exagérait nullement. A part le Vieux, personne, à mon avis, ne croyait en l'existence du Khatovar. Les autres n'accompagnaient le mouvement que parce qu'ils n'avaient nulle part où aller et rien de mieux à faire que de suivre l'étendard. Chaque nouvelle journée était un don du ciel pour ainsi dire, et peu importait que la longue nuit nous rattrapât un jour. « Le dernier obstacle humain est tombé cette nuit, ai-je dit. Madame a ficelé Ombrelongue comme un cadeau d'anniversaire. »

J'ai encore inspecté les alentours. Partout où je posais les yeux, des hommes s'échinaient laborieusement. Il ne s'agissait pas d'une mise en scène impromptue qui me fût spécialement destinée. Et je ne m'attirais pas tous ces regards hostiles uniquement parce que j'appartenais à l'état-major. Mon arrivée inopinée signifiait simplement encore plus d'exigences, davantage de travail et des conditions de vie toujours plus pénibles.

La lumière prenait un tour étrange. La clarté du jour s'était presque entièrement dissipée. « Qu'est-ce qu'ils fabriquent là-bas ? » ai-je demandé en montrant une équipe de travailleurs s'employant apparemment à creuser une tranchée défensive. Elle serait à peu près aussi efficace contre les ombres qu'un emplâtre sur une jambe de bois.

« Ils enterrent les morts de cette nuit, m'a répondu Baquet.

— Oh. Ecoute, tu vas rester avec moi. A moins que tu n'aies plus urgent sur le feu. Les autres, vous pouvez retourner vaquer à vos affaires quelles qu'elles soient.

— Isi et moi serions de bien meilleurs guides, porte-étendard, a avancé Sindawe. Nous ne faisons pas grand-chose dans la mesure où nous assumons le commandement. » Avec une expression si sincère que j'ai failli y croire.

Je me suis avancé jusqu'à la fosse commune.

Ils creusaient une tranchée parce que c'était le moyen le plus efficace d'ensevelir des cadavres dans un terrain gelé. Je me suis agenouillé et j'ai passé les doigts sur les mottes qu'ils venaient de briser. En dépit de la pluie abondante de tout à l'heure, le terrain sous-jacent était sec à quelques centimètres de la surface.

« Il n'a pas beaucoup plu ici ? ai-je demandé.

— Il a surtout fait froid », a répondu Isi.

J'ai entrepris de gravir la pente derrière la Porte d'Ombre. Au-delà, le sol devenait de plus en plus stérile. Il y avait bien une certaine végétation, mais aussi rabougrie que celle d'un désert.

Les cadavres qu'enfouissaient les soldats portaient le sceau de la mort infligée par les ombres : ils étaient fanés et flétris, et leur peau noircie arborait des nuances sombres. Leur bouche béait, figée en un rictus évoquant le hurlement. Les corps étaient recroquevillés. Impossible de les redresser.

Des corbeaux tournoyaient au-dessus, mais les soldats les repoussaient.

J'ai de nouveau tâté la terre dure puis inspecté la pente du regard. La roche elle-même évoquait la boue durcie : de fines couches sédimentaires, lentement rongées par l'érosion. « Il ne doit pas beaucoup pleuvoir ici non plus, j'imagine. On verrait davantage de ravines et de traces de ruissellement. » Je me suis demandé si l'érosion pouvait creuser des voies permettant aux ombres d'échapper à la Porte d'Ombre. Non, de toute évidence. Le monde serait envahi depuis longtemps.

Je n'avais jamais trouvé aucune archive remontant à une époque antérieure à la Porte d'Ombre. Si elle était plus ancienne que la mémoire des hommes, elle n'avait toutefois jamais réussi à trouver sa place, du moins sous un aspect identifiable, dans aucune religion indigène. Sauf peut-être dans cette expression idiomatique peu usitée mais commune à de nombreuses langues méridionales, « pierre scintillante », qui semblait désigner une sorte de possession inexplicable, une démence ténébreuse, une folie furieuse et démoniaque aggravée de stupidité congénitale. Un de ces sujets dont les Tagliens refusaient de discuter avec les étrangers, si opiniâtrement qu'on les pressât de questions.

Jusqu'à l'ascension des Maîtres d'Ombres, on ne rencontrait que de rares allusions historiques au territoire s'étendant au-delà de Kiaulune, sauf à mentionner qu'il était étroitement relié à l'apparition des compagnies franches de Khatovar, voilà plus de quatre siècles.

Bien qu'irréligieux moi-même, je me suis prosterné mentalement pour réciter une brève prière des morts gunnie, avant de m'aventurer un peu plus haut sur la colline pour observer de plus près la source de tous nos emmerdements. Thai Dei m'a adressé un sourire radieux. J'avais dû faire ce qu'il fallait.

26

« Aide-moi à planter ce machin », ai-je dit à Thai Dei en installant l'étendard au pied de la colline, à quelques mètres d'une équipe de soldats en plein travail. Thai Dei a empilé des cailloux autour du pied de la lance jusqu'à ce qu'elle tînt debout toute seule. Puis nous sommes montés un peu plus haut.

Jadis, une authentique forteresse s'élevait à cet emplacement, avec ses fortifications et son portail. Je n'avais pas réussi à la voir lors de mes incursions dans le monde spectral. Il n'en restait plus que quelques talus herbeux signalant ses fondations. Tout s'était effondré depuis une éternité. Mais les pierres elles-mêmes n'avaient été emportées que très récemment, lorsque les plus hardis de nos soldats en avaient embarqué quelques-unes, du côté le moins périlleux, pour consolider leurs abris. Ce qui laissait entendre que, si pathétiques qu'ils fussent lorsqu'on évoquait les horreurs rôdant dans le passé, ils n'étaient pas moins les plus intrépides des héros comparés à ceux qui vivaient autrefois à proximité.

Cette pensée m'a incité à me demander comment une peur pouvait perdurer si longtemps sans rien perdre de son empire. Puis si Kina n'y serait pas pour quelque chose. Ses incubes s'étaient peut-être insinués dans les rêves de tous ceux qui avaient entendu prononcer le nom de Khatovar.

En ce cas, comment se faisait-il que je ne me pissais pas dessus ?

J'étais peut-être trop borné pour m'effrayer de ce qui le méritait vraiment.

La pierre qui avait servi à l'édification de la forteresse n'était pas celle du pays. Mais une manière de grès grisâtre qui non seulement était introuvable sur cette colline mais ne ressemblait à rien de connu. Pas plus, d'ailleurs, qu'à celle importée par Ombrelongue pour bâtir Belvédère.

Je me suis retourné vers la citadelle. Le soleil couchant se glissait déjà sous les nuages, incendiant le flanc sud de Belvédère. Le seul qu'eût achevé Ombrelongue. Les enseignes et sceaux métalliques arborés par la muraille flamboyaient, claironnant une puissance inégalée en dépit de la prostration de leur bâtisseur. « Très impressionnant ! ai-je dit.

— Mais ça nous fait une belle jambe, ici », a fait observer Isi. Baquet en a convenu d'un lugubre hochement de tête. Sindawe, ai-je remarqué, s'était évanoui dans la nature, sans doute retourné vaquer à ses occupations d'avant mon arrivée.

« Que font ces types ? » Les soldats s'employaient à baliser la pente de marques tracées à la poussière de craie de couleur, tout en rehaussant des marques antérieures identiques, à demi effacées par la pluie.

« Ils déterminent les limites de la Porte. Chaque couleur a une signification. Je ne les connais pas toutes. J'ai cru comprendre qu'elles luiraient dans la nuit de leur teinte spécifique, une fois stimulées par la proximité des boules de feu. Elles définissent visiblement des zones de risque et le niveau de danger prévisible de chacune.

— C'est effectivement ce qu'ils font ? » ai-je demandé à Baquet.

Il a haussé les épaules. « A peu de chose près. »

J'ai poussé un grognement et je me suis approché des travailleurs. J'ai aussitôt senti une espèce de vibration ou de bourdonnement me pénétrer en profondeur. Ça s'est très vite accentué. « Qui est le spécialiste ici ? » me suis-je enquis.

Un petit bonhomme crasseux a redressé l'échine, furieux d'être interrompu dans son travail. En dépit de sa petite taille et du fait qu'il dirigeait une équipe de travailleurs gunnis, c'était un Shadar. Sa barbe rivalisait de longueur avec celle de ses coreligionnaires de deux mètres et plus. Il n'appartenait pas à la Compagnie. J'avais maintes fois constaté que nos frères assermentés cherchaient tous à se distinguer des autres par un colifichet – d'ordinaire une version assez grossière de la tête de mort crachant le feu que nous avions reprise vingt ans plus tôt de Volesprit. Peut-être s'imaginaient-ils qu'elle les protégerait de ce qui franchirait la Porte d'Ombre.

« En quoi puis-je t'instruire, porte-étendard ? »

Oh, mais cet homme regorgeait de talent. Sans se départir d'un seul pouce de son droit absolu de propriété, il me laissait entendre qu'il était avide de me renseigner... dès que je me serais plié en deux en m'empoignant les chevilles, bien entendu.

« J'aimerais savoir ce que vous avez exactement défini avec votre dispositif. Plus particulièrement où se trouve la Porte proprement dite, si vous le savez, et l'emplacement de ses points faibles.

— Vous voulez savoir par où les ombres s'infiltrent ?

— Cet homme bafouillerait-il, boule de poils ? » a questionné Baquet.

J'ai fait un geste d'apaisement. « Du calme. Oui. Par où elles passent.

— Partout entre ces deux éclaboussures jaunes. » Le petit Shadar a fusillé Baquet du regard. « La zone rouge correspond probablement à leur porte d'entrée originelle.

— Merci. Je ne vous dérangerai plus.

— Les miracles ne cesseront-ils donc jamais ? » a marmotté le Shadar alors que je recommençais à arpenter le terrain. Baquet a vaguement songé à lui remonter les bretelles puis décidé que ça n'en valait pas la peine. Pas pour l'instant. Mais il y aurait un après, dès que j'aurais tourné le dos.

A quelques encablures de la Porte d'Ombre et à son pied, on apercevait des torchères et les vestiges des brasiers qui avaient servi à produire de la lumière la nuit précédente. Ainsi que des bunkers de facture grossière où les soldats s'étaient étendus en attendant les ombres, uniquement protégés par des chandelles repoussoirs et leur adresse au bambou. On avait fait édifier deux tours branlantes de trois mètres de haut pour autoriser les tirs plongeants.

Je me suis enfoncé au cœur du bourdonnement jusqu'à ce qu'il devînt intolérable, à savoir au ras de la ligne de poussière de craie rouge. De là, je distinguais les vestiges de la porte effondrée. Elle devait être à l'époque d'une taille considérable. Assez large pour que quatre hommes la franchissent de front. Rien ne permettait pourtant d'affirmer qu'elle avait été entourée de fossés, de douves ou d'un dispositif équivalent. Et les douves sont le plus ancien moyen de défense qui soit. Elles existent encore aujourd'hui au pied de toute muraille qui ne constitue pas, comme les remparts de Belvédère ou de Dejagore, une monstruosité d'ingénierie.

On pouvait en déduire que ses bâtisseurs oubliés ne s'inquiétaient pas d'éventuelles menaces en provenance de la plaine.

De puissants sortilèges pesaient encore sur la Porte d'Ombre. On les sentait dès qu'on s'efforçait trop ardemment de les franchir.

Je n'ai pas tenté le diable.

« Pourquoi cette route est-elle toujours en assez bon état alors que tout le reste a presque entièrement disparu ? » ai-je hasardé. Plus l'antique voie remontait la pente, plus elle semblait préservée.

Personne n'a donné son avis. Il y avait de fortes chances pour qu'ils s'en foutent éperdument. Déjà assez pénible de devoir se trouver sur place.

J'ai dévalé la côte jusqu'à l'étendard. Il semblait avoir pris vaguement vie, d'une certaine façon. J'ai ressenti là encore une espèce de vibration. Qui semblait prendre naissance dans la pointe de la lance, corroborant les théories de Toubib sur la Lance de la Passion.

Thai Dei, Baquet et Isi éprouvaient la même sensation mais ignoraient de quoi il retournait. « Je vais déplacer l'étendard, ai-je annoncé à Thai Dei. Et le planter là où toute ombre surgissant de la Porte devra fatalement le voir en premier. Qu'elles sachent que nous sommes de retour. Ce soir, ça devrait être moins sanglant, ai-je ajouté pour Isi. Madame pense pouvoir contrôler Ombrelongue. Elle pourrait même réussir à sceller hermétiquement la Porte avant la nuit. » Ce dont je doutais fort, car le soir approchait à grands pas.

Le soulagement qu'affichait le visage d'Isi touchait au comique.

Deux soldats avaient partiellement surpris mes paroles et s'éparpillaient déjà pour répandre une rumeur qui, à n'en pas douter, ne manquerait pas de s'amplifier à mesure qu'elle passerait de bouche en bouche. « J'ai hâte de voir jusqu'à quel point elle sera déformée en nous revenant à l'oreille », a grommelé Baquet, lisant dans mes pensées.

Hum ! Nous ne tenions pas trop à ce que le moindre soldat taglien resté fidèle au Prahbrindrah Drah fût trop assuré de son impunité. « J'ai dit *pourrait*, ai-je précisé. Et même si elle la fermait plus hermétiquement que vulve de pucelle, il n'en resterait pas moins qu'un plein tombereau d'ombres sont sorties la nuit dernière et se planquent encore sous les roches et ailleurs, attendant le coucher du soleil. » *Les ténèbres viennent toujours.* « Nous ne sommes pas encore sortis de l'auberge. Loin s'en faut. »

J'avais veillé à bien me faire entendre, là aussi.

Je vous apprendrai à redouter les ténèbres. Qui avait dit cela, déjà ? Le premier époux de la Dame, peut-être, avant mon époque. Sûrement quelqu'un, en tout cas, qui avait retenu à sa manière la leçon des antiques annales.

« Nous allons devoir affronter cela chaque nuit pendant longtemps, ai-je ajouté.

— Nous allons vraiment grimper là-haut ? » s'est enquis Baquet en montrant du doigt alors que personne hormis Thai Dei ne pouvait l'entendre. Il n'y voyait certainement pas un secret important ou se serait exprimé dans une langue inconnue du Nyueng Bao.

« Peut-être. Mais je ne sais pas quand exactement. Le Vieux n'arrête pas de me parler de moissons si nous ne voulons pas nous éreinter à fourrager. » Tout en parlant, je me demandais quel pouvait bien être le rayon d'influence de l'étendard. Avec l'aide de Thai Dei, je l'ai replanté à une distance de la Porte d'Ombre équivalant à la moitié, estimée à l'emporte-pièce, de ce rayon, soit au beau milieu de l'ancienne route. Puis je suis redescendu et j'ai convaincu deux Vehdnas de nous céder leur bunker situé en première ligne. C'est à peine s'ils ont discuté.

Le cheval de Madame me suivait partout depuis le début ; il se tenait à l'écart mais n'en perdait pas une miette. « Mille mercis, lui ai-je dit. Tu peux retourner maintenant voir ta maîtresse. » Je traite toujours le mien en égal. Oignez ces bestiaux et ils feront n'importe quoi pour vous. Jusqu'à amener quelqu'un à Taglios au grand galop. Ou l'en ramener.

L'étalon ne s'est pas plus rebiffé que les soldats vehdnas. Il a dégagé au petit trot.

Je me suis demandé ce que fichait Roupille.

Il n'avait pas pu aller bien loin. Il n'y avait pas si longtemps que tout tournait en eau de boudin.

27

Les bandes tracées à la craie délimitaient des champs de tir permettant aux soldats de viser les ombres avec une plus grande efficacité. Mais, si elle luisait effectivement, la poussière de craie ne les révélait qu'imparfaitement.

Madame m'avait confié quelques outils ainsi que des instructions sur leur mode d'emploi. J'étais censé résister à la tentation d'emprunter aucun raccourci.

Une foule de soldats s'attroupaient. Les Tagliens étaient sidérés de voir qu'un homme qui n'était ni prêtre ni sorcier savait lire. Je me faisais l'effet d'un monstre.

En gros, les instructions de Madame consistaient à me faire disposer des bandes de cuir en demi-cercle autour du passage le plus dangereux, là où s'était tenue la porte originelle. D'autres lanières en tombaient comme des rayons.

Tout le dispositif devait donc être installé de cette façon précise, sans jamais tenir compte de la présence de l'étendard. Si Madame avait conscience de sa spécificité, elle n'en laissait rien voir.

J'ai inspecté l'intérieur du bunker dont nous avions pris possession. Il mesurait à peine un mètre du sol au plafond et pouvait héberger quatre hommes et un fagot de bambous. Ça puait. Personne n'était sorti de nuit, si pressant que fût le besoin. En tant qu'abri, il était tout juste supérieur à la station assise sous la pluie.

« Lorsqu'une ombre croisera une de ces lanières de cuir, ai-je déclaré à ceux qui m'observaient, une étincelle en jaillira, de sorte que nous serons non seulement informés de sa présence, mais aussi de ses déplacements. Tant que nous garderons notre sang-froid, nous pourrons les dégommer sans gaspiller aucune boule de feu. »

La situation était pour le moins morose. Si la nuit de la veille se répétait, peu de ces hommes verraient se lever le soleil.

« Pas franchement un matelas douillet, ai-je lancé à Thai Dei en tapotant le sol. Pourquoi ne te reposerais-tu pas un moment ? » Quoi qu'il pût se passer, il me faudrait dormir plus tard si je voulais fureter. A condition que ça fonctionne encore…

J'ai rampé au-dehors et je me suis installé sur un confortable moellon de l'ancienne muraille pour étudier le toit de mon nouveau foyer. Il avait été confectionné avec une tente confisquée aux hommes de l'Ombre. Tout autour de moi, j'apercevais une véritable fortune en butin prélevé sur l'ennemi. Dire que dans un mois nous serions peut-être aussi raides et perclus de maladies qu'en brisant le siège de Dejagore.

Le gros avantage que nous détenions à présent sur nos ennemis, c'est que nous étions toujours là. Nous pouvions encore prétendre au titre d'armée quand il ne leur restait pour tout potage que la clique de Mogaba.

Comment réagirait-il en apprenant la débâcle d'Ombrelongue ?

« Quand on parle de débâcle… » De très mauvaises nouvelles m'arrivaient droit dessus.

Oncle Doj était planté au bas de la pente, là où la route conduisant vers le sud abandonnait toute prétention pour se muer en un chemin de terre défoncé, et fixait la Porte d'Ombre. Quelques instants plus tard à peine, il aurait fait trop sombre pour le distinguer. Mère Gota progressait toujours à une cinquantaine de mètres derrière lui, en pestant d'une voix si forte que je parvenais à saisir des bribes de ses récriminations depuis mon poste d'observation. Tous deux se coltinaient des paquets, ce qui laissait entendre qu'ils comptaient de nouveau emménager avec moi. Ils étaient devenus d'authentiques squatters professionnels.

J'ai balancé une pierre à un corbeau. Le geste manquait de conviction et l'oiseau ne s'est guère décarcassé non plus pour dégager le plancher. Il s'est contenté d'esquiver. Le crépuscule s'épaississait et l'on ne voyait plus beaucoup de ces volatiles, quand bien même ils n'avaient pas franchement pullulé dans la journée, au plus fort de leur nombre. Bizarre. Rien ne permettait d'expliquer l'absence inusitée de leurs nuées. Personne à ma connaissance n'avait entrepris de les rôtir. Peut-être étaient-ils tous repartis soigner leur maman chérie.

J'étais assis près de l'entrée du bunker. « Thai Dei... comment se fait-il que ta mère et oncle Doj se pointent dans le secteur ? »

Thai Dei a passé la tête dehors, jeté un œil au pied de la longue pente et marmonné en nyueng bao quelques paroles saumâtres avant de retourner se coucher. A croire qu'il n'avait aucun respect pour ses aînés. Il n'a pas répondu à ma question.

J'ai vérifié la présence de l'amulette que je n'avais pas rendue à Toubib. Puis la hauteur de ma chandelle repoussoir. Nous devrions être en sécurité.

Du moins l'espérais-je.

« Ne vous fiez jamais aux sorciers », a dit un jour quelqu'un de bien plus mariole que moi.

J'ai fermé les yeux et attendu.

« Tu ne connaîtrais pas deux lascars du nom de Branlant et Galène, Murgen, par hasard ? »

J'ai ouvert les yeux. « Rudy. Sale enfoiré. D'où sors-tu ? Ça fait bien six mois qu'on ne s'est pas vus. Comment tu te portes, bordel ?

— De quoi ? Ça fait si longtemps que j'ai oublié. Mais j'ai encore mes quatre membres et je respire toujours.

— Ça fait de toi un gagnant au jeu de la guerre. Ouais. Je me souviens de Branlant. Un Jaicuri. Tous ceux qu'il connaissait sont morts au siège de Dejagore. Il nous a juste collé aux basques après qu'on est sortis de la ville. Un maçon de profession. Il était avec nous quand on a coincé les Félons au bois du Malheur.

— C'est bien lui. Il a pas mal éclaboussé aussi à Charandraprash.

— Et l'autre ? Galène ? Ça ne me dit rien.

— Un ex-homme de l'Ombre. Un prisonnier de guerre qui s'est d'abord acquitté de basses besognes avant de devenir graduellement l'un des nôtres. Il n'a prêté serment que le mois dernier, je crois. »

Je connaissais déjà la réponse, mais je devais poser la question. « Eh bien ? Qu'en est-il ?

— Ils n'ont pas survécu à la nuit dernière. Il fallait que tu le saches. Vu que tu consignes tous ces fourbis dans tes annales.

— Merci. Mais je ne sais pas trop si je dois prendre ça bien ou mal.

— Quoi ?

— Une fois sur deux, quand vous daignez encore m'adresser la parole, les gars, c'est qu'un lascar s'est fait trouer la peau. Et vous venez me trouver ensuite parce que vous tenez à ce que je ne les oublie pas.

— Tire-toi de l'état-major, Murgen. Reviens sur le terrain. Cesse d'être comme *eux*, redeviens l'un des nôtres. »

Vérole ! Visiblement, j'étais passé de la main-d'œuvre à la maîtrise sans même m'en apercevoir. « T'as peut-être raison. Mais on peut s'attendre à quelques bouleversements, maintenant que les Maîtres d'Ombres sont empaquetés. Je tâcherai de m'en souvenir. »

Rudy le Rouge m'a répondu par un grognement. Il n'avait pas l'air convaincu. Il est retourné à son poste toutefois, satisfait du devoir accompli.

Je me suis recroquevillé sur moi-même en frissonnant. Un vent glacé soufflait du plateau. Sans doute le fruit de mon imagination, mais il m'a semblé flairer dans cette brise des relents de la puanteur de Kina. Il me rappelait ce zef incessant qui balayait la plaine des ossements. Il faisait faseyer l'étendard. J'ai vaguement songé à empiler des cailloux à son pied, mais je n'en ai pas trouvé l'énergie.

J'ai également rêvé d'un bon feu bien chaud, mais, de côté-ci de Belvédère et après la nuit d'hier, le bois se faisait rare. On ne se servait plus des réserves que pour la cuisine. Encore qu'il ne restât plus grand-chose à cuire à part des racines amères.

Vous apprendrez à vivre sans lumière. Ça aussi, c'était dans une des plus vieilles annales.

Une paire de bottes s'est dressée sous mes yeux. Oncle Doj. Je m'en doutais, vu que mère Gota arrivait au pied de la pente, pantelante et gémissante. Avec ses jambes en fer à cheval et sa démarche, elle ne pouvait le rattraper que s'il l'attendait.

« Oncle, ai-je fait sans relever les yeux. A quoi dois-je ce douteux plaisir, après tous ces mois d'absence ?

— Tu devrais planter ton étendard plus près, soldat de l'obscur. A portée de ta main à chaque instant. Sinon, tu risques de le perdre.

— Je ne pense pas. Mais un loyaliste du Prahbrindrah Drah, bon sang, même le plus minable, par exemple un sorcier qui s'imaginerait garder secret son talent, n'importe qui, pourrait bien tenter le sort. Et terminer dans cette fosse commune avant d'avoir compris ce qui l'a mordu. » Je déconnais, mais il ne s'en rendait pas compte. Je ne l'avais jamais fait par le passé. « Il reconnaît les bons des mauvais. »

Mère Gota remontait poussivement la pente. Elle portait un fardeau aussi gros qu'elle : tout ce qu'elle avait pu récupérer dans notre ancien gîte et les ruines de Kiaulune. Dont un fagot de petit bois.

J'ai préféré ne pas me montrer complètement rébarbatif. Du moins tant que durerait le bois. Il existe en ce monde de pires cuisiniers que mère Gota. Son fils et son gendre préférés, entre autres.

Oncle Doj, appartenant tout à la fois au sexe mâle et à ce qui passe chez les Nyueng Bao pour une haute caste, ne portait que Bâton de Cendre et un paquet tout à fait insignifiant.

Mère Gota a déposé son chargement, s'est laissée tomber à quatre pattes et a entrepris d'entrer en rampant dans le bunker. Lorsqu'elle a croisé mon regard, je n'ai pu réprimer un sourire. Elle s'est mise à marmotter des jurons manifestement adressés au sort malencontreux qui se permettait de déclencher un séisme à un moment aussi inopportun.

La terre avait tremblé. Qu'un-Œil en entendrait parler pendant les siècles qui lui restaient à vivre.

« Laissons Thai Dei se reposer, ai-je suggéré. La nuit sera encore longue. » Pendant que je me faufilais dehors, oncle Doj a zyeuté le petit tube de bambou que j'avais glissé dans ma ceinture, contre mes reins.

Le vent glacé forcissait. L'étoffe de l'étendard fouettait l'air en claquant.

Oncle Doj a contemplé la pente qui s'obscurcissait et reluqué le bunker, puis m'a regardé d'un œil noir, comme s'il nourrissait soudain de sérieuses réserves sur la lubie qui lui avait fait quitter le marais. « On est parfois forcé de vivre ainsi quand on fait ce boulot », ai-je déclaré. Mère Gota est ressortie à plat ventre sans cesser de marmotter, articulant à haute voix ce qu'oncle Doj pensait tout bas. « C'est vous qui vous êtes invités ici », leur ai-je rappelé.

Oncle Doj a ouvert la bouche mais refoulé son désir d'ergoter. Il s'est installé de l'autre côté de l'entrée du bunker, Bâton de Cendre sur les genoux. Gota a entrepris d'inspecter les parages et de ramasser des cailloux. Nos voisins n'ont pas protesté, encore que les pierres fussent en passe de devenir le seul signe extérieur de richesse dans ce trou du cul du monde.

J'ai refermé les yeux. Tout bas, juste pour emmerder la galerie, j'ai sifflоté un petit air que Sarie fredonnait quand elle était contente.

Les ténèbres sont venues comme à leur habitude.

28

Ils m'ont laissé dormir. Et j'ai bel et bien dormi, malgré le froid, le vent, les odeurs de cuisine et mes propres ronflements. Dès que la nuit est complètement tombée, j'ai largué les amarres et quitté lentement mon corps. L'espace d'un instant, je suis resté comme une loque prise dans un vent spectral. Je ne faisais aucun effort pour m'éloigner, pas plus que pour rester sur place. Le retour d'oncle Doj, avec toute sa kyrielle de rappels malheureux, ne m'inspirait qu'une puissante léthargie.

En mon for intérieur, j'espérais seulement que cette brise m'entraînerait vers le nord. J'ai paresseusement survolé des montagnes et des étendues sauvages après avoir dépassé toutes les villes conquises. J'ai trouvé Roupille sur la route conduisant de Taglios à Dejagore. Il savait qu'il ne risquait rien s'il continuait de se déplacer. Nul agent de la Radisha n'était en mesure de rattraper à la course le destrier qu'il chevauchait.

Sa fuite avait plongé la Radisha dans un profond désarroi. Il était crucial, pour le bien de la conspiration, que *tous* nos frères de la Compagnie fussent tués ou capturés. Si un seul en réchappait, ce fléau sévirait de nouveau. A l'instar de Narayan Singh, elle savait que les ténèbres viennent toujours. Elle en avait déjà été témoin après le désastre de Dejagore.

Elle était terrifiée. Persuadée que l'avènement de l'année des Crânes succéderait infailliblement et immédiatement au moindre échec de son grand plan. Elle avait beaucoup à dire sur Volesprit, et rien de très favorable. Pour se débarrasser définitivement d'une alliée redoutée, elle devrait peut-être faire cause commune avec plus redoutable encore.

Elle n'avait rien oublié des ruses ni des cajoleries dont avait usé Volesprit quelques années plus tôt. Elle la savait foutrement plus imprévisible qu'aucune catastrophe naturelle.

Les dernières secousses avaient été ressenties jusqu'à Taglios, mais la ville n'avait souffert d'aucun dommage. Certains croyaient que ces séismes étaient la preuve que les dieux – ou quelque autre force toute-puissante – voyaient d'un mauvais œil les tracas infligés à la Compagnie noire.

Toubib avait si fréquemment fait allusion aux représailles exercées par la Compagnie à l'encontre de ceux qui la trahissaient que d'aucuns se préparaient déjà à une tornade vengeresse. C'était encore une fois le fruit de cette terreur qu'inspirait le nom de la Compagnie, terreur que nul ne voulait ou peut-être ne pouvait expliquer.

S'était-elle tout bonnement insinuée dans les cœurs sans aucun fondement, spontanément jaillie de quelque source obscure ? Se pouvait-il qu'il s'agît d'une bonne vieille ruse de Kina ? J'allais impérativement devoir fourrer mon nez dans ces vieilles annales, toujours planquées dans cette pièce où... Oh-ho.

La Radisha avait dépêché des gardes et des soldats chargés de rechercher méthodiquement Fumée. Les sortilèges de confusion de Qu'un-Œil ne résisteraient pas longtemps à une fouille aussi systématique et déterminée. Ils étaient incapables d'égarer continuellement tous les sens d'un grand nombre d'hommes.

Elle ne pouvait s'attendre à le retrouver en vie. Elle souhaitait simplement savoir ce qu'il était advenu de lui. Mais je n'avais pas envie qu'elle se mît à farfouiller partout. Elle risquait de trouver mes bouquins.

Crétin que je suis ! J'aurais dû demander à Roupille de les embarquer pendant qu'il était sur place. Si seulement j'avais eu la vue moins courte et quelque peu planifié mon affaire, j'aurais pu l'inviter à faire d'une pierre deux coups. Voire plusieurs. J'allais devoir sérieusement me mettre à réfléchir dans ce sens. Nous n'avions plus le temps de tergiverser.

La Radisha s'était claquemurée avec les prêtres les plus influents. Chaque fois que je visitais Taglios, le clergé semblait gagner de l'ascendant sur elle, tandis que les riches négociants et entrepreneurs, dont un grand nombre devaient leur fortune à l'existence et aux exploits de la Compagnie, tombaient de plus en plus en disgrâce. Sauf lorsqu'il s'agissait de prêtres assez roublards pour avoir profité de leur situation, lors de la levée des armées tagliennes, pour en tirer des avantages mercantiles. Il ne serait pas inintéressant de voir jusqu'à quel point la nouvelle classe possédante parviendrait à se départir de ses anciens modes de pensée à mesure que grandirait le péril ecclésiastique. Y aurait-il un seul Taglien de souche pourvu d'assez de couilles au cul pour réagir ?

Les efforts déployés par la Radisha pour nous baiser l'avaient conduite à partager la couche d'hommes qu'elle méprisait et à rompre avec des gens dont elle partageait les idées.

Cette réunion-ci m'avait tout l'air d'un autre bras de fer. Les prêtres exigeaient de nouvelles concessions de l'Etat en échange du soutien des clergés.

Il crevait les yeux que la Radisha félicitait intérieurement Madame d'avoir eu l'excellente idée de massacrer nombre de leurs prédécesseurs.

J'étais d'humeur espiègle. Je me suis posté juste derrière l'oreille de la Femme. « Bouh ! »

Elle a sursauté. Puis s'est reculée et a scruté le vide derrière elle, le visage blême. Un silence de mort s'est abattu sur la salle. Les prêtres semblaient un tantinet perturbés. Ils avaient dû ressentir quelque chose également. De noires étincelles de terreur les traversaient. J'ai risqué un rire maléfique. Lui aussi a partiellement fait mouche. J'ai senti se répandre une terreur noire dans la pièce.

La Radisha a frissonné comme si la température avait brusquement chuté, quasi hivernale.

Autour de Taglios, on en était déjà à la saison des semailles.

« L'eau dort », ai-je chuchoté à son oreille. Elle n'a pas tout saisi mais n'en avait nullement besoin pour sentir croître sa terreur.

C'était un dicton de chez moi : « L'eau peut dormir, mais l'ennemi ne dort jamais. »

Sarie dormait lorsque je suis arrivé au temple de Ghanghesha. La chiche lumière qui s'infiltrait dans sa chambre était tout juste suffisante pour me révéler sa présence. J'ai tergiversé un instant, jouissant de sa proximité. Je ne l'ai pas dérangée. Elle avait besoin de tout son sommeil.

J'étais quant à moi immunisé contre ce fléau.

Pourquoi cette lumière, au fait ?

Les prêtres avaient disposé deux lanternes de part et d'autre de sa porte. L'épisode de l'autre nuit avait dû les alarmer.

J'allais devoir faire preuve de volonté et renoncer à pointer le museau hors du monde spectral.

Etait-ce une bonne idée, d'ailleurs ? Tenais-je vraiment à ce que toute la racaille du cru sache qu'il se passait quelque chose ? Rien de mal à les effrayer, certes ! Loin de là ! Mais, d'un autre côté, ils prendraient des mesures pour dissimuler leurs forfaits.

J'ai fait le tour du temple, en quête de preuves d'une modification flagrante de leur comportement. Je n'ai rien trouvé d'anormal, sinon que les acolytes se livrant aux rituels nocturnes m'ont paru extraordinairement nerveux. Je suis retourné voleter au-dessus de ma douce.

Dieux qu'elle était belle ! Vérole ! Il me serait de plus en plus difficile de réprimer ma désapprobation auprès de mère Gota et d'oncle Doj. Le moment était peut-être venu de soulever certaines questions. Ils se trouvaient à mille lieues de chez eux. Ne sauraient pas où se cacher.

Sarie a ouvert les yeux. Ma colère s'est dissipée. Une demi-seconde plus tard, elle me regardait droit dans les yeux en souriant de son merveilleux sourire. Le riz et le poisson doivent être bénéfiques pour les dents parce que les siennes étaient les plus blanches et les plus parfaites qu'il m'eût été donné de voir.

« Tu es là, Murgen ? Je te sens tout proche.

— Je suis là », ai-je murmuré à son oreille, mais sans aucune trace de la méchanceté que j'avais déployée pour la Radisha. Sarie n'a peut-être pas saisi une seule de mes paroles, mais elle a au moins compris que je lui avais répondu.

« Tu me manques beaucoup, Murgen. J'ai l'impression de ne plus appartenir à mon peuple. »

Parce qu'ils te l'interdisent. Grand-mère Hong Tray ne s'était pas attardée en ce monde pour assister aux conséquences de ses marmonnements sibyllins. Grand-père Ky Dam était resté très vague sur les déclarations de Hong Tray, sans jamais prendre la peine de déterminer si elles resteraient éternellement valides.

Bien entendu, la situation présente correspondait peut-être précisément à ce que la vieille dame avait eu en tête. Elle n'avait pas laissé non plus de message écrit à mon intention.

L'élite de l'espèce des prophètes ne se trompe jamais puisqu'ils n'inscrivent rien dans la pierre.

Ces moments privilégiés avec Sarie ont pris fin sans mon assentiment. Elle a eu l'air bouleversée, comme si elle me sentait me retirer. J'ai frétillé de mon mieux, mais pas moyen de rester en place.

Quelque chose, dans le monde réel, persistait à exiger toute mon attention.

Alors que je m'éloignais en dérivant de la cellule de Sarie, plusieurs prêtres s'y sont invités. « A qui parles-tu, femme ? s'est enquis l'un deux.

— Aux esprits », a répondu ma douce en lui adressant son plus beau sourire.

29

J'ai d'abord cru que l'éclat de silex planté entre mes omoplates m'avait ramené dans le monde réel. Ce salopiot me faisait un mal de chien. Mais, alors que je m'escrimais à le chasser à tâtons, j'ai cru percevoir un mouvement vers le sud, sur fond de ciel étoilé. « Es-tu réveillé à présent, porte-étendard ? » m'a demandé une voix.

Sindawe. « Ça ne fait aucun doute. Et je faisais un rêve merveilleux.

— Dans la mesure où le Vieux tient à ce que tu veilles sur nous, tu devrais peut-être venir voir ce qui se passe. » A la différence de la majorité des Nars, Sindawe a le sens de l'humour. Dans lequel l'irrespect envers l'autorité tient une grande place, quand bien même Sindawe serait l'un de ses représentants. Il a dû faire tourner chèvre Mogaba à l'époque où ils étaient encore bons amis. A moins que Mogaba n'ait démarré sur de bonnes bases pour retourner ensuite sa veste.

Les braves bougres qui virent au vieux croûton aigri sont légion.

J'ai dû me mettre à quatre pattes pour trouver un point d'appui assez fiable pour me relever. « Raide comme une bûche, ai-je fulminé.

— Achète-toi un meilleur sommier.

— J'ai surtout besoin d'un meilleur corps. Plus jeune d'une bonne quinzaine d'années, si tu vois ce que je veux dire. Très bien. Qu'est-ce qui se passe ?

— Je me suis dit que tu aimerais peut-être voir ce qu'il advient de la Porte d'Ombre.

— Rien de bien méchant, apparemment, sinon tu ne déambulerais pas dans le noir total. » On n'avait pas allumé de feux pour la nuit. A l'exception de Sindawe, au demeurant, nul brave cœur ne vagabondait dans les ténèbres. Mais l'absence la plus notable était celle des boules de feu. De ce côté-ci de Belvédère. De l'autre, on entendait de temps en temps une explosion.

Sindawe a entrepris de gravir la côte quoique ce fût superflu. Je sentais la Lance. Elle avait l'air de se réveiller. Et je voyais aussi les étincelles provoquées par les ombres effleurant mes lanières de cuir. Ainsi qu'une sorte d'agitation empreinte de dépit derrière ces étincelles.

Je n'éprouvais aucune peur.

Auparavant, chaque fois que les ombres s'approchaient assez pour qu'on les sente, la peur naissait inéluctablement.

Les ombres gagnaient en tonicité, semblait-il. Tout comme les étincelles. Celles-ci se sont bientôt mises à crépiter et exploser. Les soldats faisaient preuve d'une admirable retenue. Pas un seul pour paniquer et arroser le flanc de la colline de boules de feu. Ils n'avaient pas peur non plus. A moins qu'ils ne fussent des guerriers suffisamment chevronnés pour se rendre compte qu'on peut parfaitement se berlurer soi-même. Surtout après une ordalie comme celle d'hier soir.

Les plus stupides et les plus fébriles devaient croupir dans la tranchée que les rescapés avaient creusée de si mauvais gré.

« Le ciel s'éclaircit », ai-je fait remarquer, sans doute pour dire quelque chose. Il était aussi limpide au-dessus du promontoire que lorsque mes pérégrinations spectrales m'avaient conduit à survoler les nuages.

« Hum. » Sindawe n'avait guère l'habitude de gaspiller sa salive en menus propos.

« Tu reconnais certaines de ces constellations ? » lui ai-je demandé. Tel n'était pas mon cas. Le firmament que je contemplais m'était totalement étranger.

« Trop d'étoiles pour distinguer un motif.

— Le Collet », a fait une voix derrière moi. J'ai tressailli. Je ne l'avais pas entendue venir. Et je ne me serais pas attendu non plus à voir ce locuteur particulier évoluer discrètement.

« Mère ? » Les étincelles émises à proximité de la Porte d'Ombre produisaient assez de clarté pour trahir la position de mère Gota. Une silhouette sombre – sans doute celle de Thai Dei – se dressait derrière elle, scrutant le ciel boréal.

« C'était dans le livre de ma mère. Dans un conte de fées que personne ne comprenait. Personne ne savait non plus d'où il provenait. Treize étoiles dessinant un nœud coulant. »

En ce qui me concernait, je ne voyais rien de tel. J'en ai fait part. Mère Gota devait être subitement propulsée dans un autre siècle, tellement ça lui ressemblait peu : elle m'a agrippé par le bras et m'a appuyé sur la tête, m'obligeant à suivre des yeux la direction indiquée par son bras tendu. « Je vois un truc évoquant vaguement une louche renversée juste au-dessus de l'horizon, ai-je fini par admettre.

— C'est ça, pauvre débile de soldat de pierre. La terre masque trois étoiles. » Elle restait très véhémente.

« Et, alors qu'il lui manque trois étoiles, tu l'as reconnue ? Et cela d'après une description sortant d'un livre pour enfants ? »

Une escarboucle particulièrement brillante explosant parmi le lacis de lanières de cuir m'a révélé que la femme me fixait en arborant une expression de profonde stupeur. En même temps que la présence d'oncle Doj derrière elle. Lequel oncle Doj affichait une moue exaspérée, qui s'est effacée dès qu'il s'est aperçu que je le voyais.

« Gota. Te voilà. Neveu. A quoi sert ce dispositif ?

— Les soldats de l'obscur ont arrêté la fuite fatale », a répondu Thai Dei, beaucoup plus près que je ne l'aurais cru.

Il s'exprimait en un nyueng bao rapide, en recourant à plusieurs mots qui m'étaient peu familiers. Je tablais sur le contexte pour en éclairer le sens.

« Je t'ai déjà prévenu de tenir ta langue... a commencé l'oncle Doj, s'adressant à mère Gota.

— C'est moi qui te préviens, imposteur ! » Il me semble en tout cas que c'est ce qu'elle voulait dire. Le mot qu'elle avait prononcé se composait d'une racine signifiant « truqueur », assortie d'un superlatif en guise de préfixe.

Le mot s'apparentait vaguement à « prêtre ». Lame en aurait fait des gorges chaudes. Ça m'a bien fait rire aussi.

Jusque-là, Gota s'était toujours contenue face à Doj. Comparé à sa manie de vilipender tous les autres. Elle l'appelait toujours « oncle », même si c'était à contrecœur. Et voilà qu'ils se chamaillaient comme de vulgaires poulets de basse-cour.

La mission spéciale dévolue à Thai Dei dans l'existence était de séparer les belligérants. Il leur a fait honte, les a réduits assez longtemps au silence pour leur permettre de comprendre qu'ils se cherchaient des poux devant tous les guerriers d'os de la planète, dont un au moins comprenait leur charabia.

Doj a réagi sur-le-champ. Il a bouclé son clapet et est allé faire un tour. « J'espère qu'un lascar un peu trop nerveux n'ira pas le dégommer dans l'obscurité », ai-je lâché. Thai Dei a marché sur ses brisées.

Gota ne l'a fermée que parce que le départ de Doj l'obligeait à faire les questions et les réponses. Elle a vaguement envisagé de s'en prendre à moi. Puis s'est rappelé que, tout en étant ce que j'étais pour sa fille, je n'en étais pas moins un guerrier d'os. En tout cas, je n'appartenais pas aux Nyueng Bao, et seuls les vers de terre sont plus méprisables.

Compte tenu de mon réveil prématuré, j'étais également d'humeur massacrante. « J'ai assez apprécié », ai-je laissé tomber.

Gota a bredouillé quelques mots en s'éloignant.

« Quelqu'un saurait quelque chose sur une constellation appelée le Collet ? me suis-je enquis dans l'obscurité totale. Ou connaîtrait des légendes s'y rapportant ? »

Personne ne savait rien. Bien entendu.

Au cours des quelques jours qui ont suivi, j'ai posé la même question à tous ceux qui croisaient mon chemin et obtenu chaque fois la même réponse négative. Narayan Singh lui-même, source d'informations toute désignée en matière de nœuds coulants, semblait n'être guère familiarisé avec cette formation d'étoiles. Il ne me l'a pas dit en autant de mots, naturellement, mais Madame est assez bien informée des traditions des Félons et celle-là ne lui évoquait rien. Pas plus qu'elle n'a été capable d'extorquer au saint vivant un renseignement utile sur ce sujet.

Le pauvre bougre semblait voué à devenir le vivant martyr Narayan Singh. La ligne de cœur de sa misérable existence n'était plus désormais que frayeur ininterrompue.

Après m'être assuré que la Porte d'Ombre tenait le coup, j'ai regagné mon bunker à grandes enjambées. L'étendard scintillait littéralement d'énergie. Il se passait ici quelque chose d'extrêmement significatif. J'allais devoir trouver Toubib. Du moins si l'intérieur de ma cuisse guérissait convenablement. Et si j'arrivais à dormir suffisamment.

Mes beaux-parents n'étaient plus un problème. Aucun n'avait regagné notre méchant petit bunker. Il était tout à moi, sol de pierre et puanteur compris.

Je n'avais pas posé la tête sur mon oreiller de pierre que je sombrais dans le sommeil.

30

Pendant un moment, j'ai seulement dormi. De fait, je suis persuadé d'avoir fait des rêves tout à fait normaux bien que je ne m'en souvienne plus. Puis, progressivement, mon esprit a de nouveau largué les amarres, d'une façon morcelée, confuse, semblant indiquer que mon corps avait du mal à lâcher prise. Je n'ai pas senti de résistance. Mais je n'allais nulle part de ma propre volonté ; je me laissais simplement porter.

Je me suis élevé en flottant. J'ai dû bander mon énergie pour y parvenir, mais je me suis retrouvé face au sud, afin de m'efforcer de localiser ce nœud coulant d'étoiles qui avait fait sortir mère Gota de ses gonds. Oui. Elles étaient là. Mais il m'a fallu encore grimper de trois cents mètres pour les apercevoir toutes, et, même de là, on ne les discernait que malaisément. Elles avaient chuté de façon spectaculaire en quelques instants.

A bien y réfléchir, je me suis demandé comment elles s'étaient élevées assez haut dans le ciel pour que je les aperçoive de la Porte d'Ombre.

Mais je n'ai pas permis à cette constatation de me perturber outre mesure. Un détail a retenu mon attention dans la plaine de pierre. L'espace d'un instant, j'ai cru y distinguer un pâle spectre lumineux là où, avant, je ne voyais qu'une grande masse ténébreuse. Y aurait-il quelque chose là-bas ?

Je ne suis pas allé voir de plus près. L'idée ne m'a même pas effleuré. Rétrospectivement, je n'en comprends pas la raison.

Comment se faisait-il que le désir ne s'en fût même pas présenté ? Pourquoi n'avais-je pas même été capable de trancher entre la perspective d'aller enquêter sur place et celle de m'en abstenir ? Je n'en sais rien. Je me suis contenté d'un *hum !* et j'ai poursuivi mon petit bonhomme de chemin.

J'ai réprimé une médiocre envie de me mettre en quête de Mogaba et Gobelin. Je verse facilement dans la nonchalance lorsque la seule tâche qui m'incombe est la réflexion. Les retrouver exigerait beaucoup trop de calculs et d'allées et venues. Sans pour autant déboucher sur un résultat positif. J'ai donc opté pour espionner plutôt Volesprit. Elle devait désormais être suffisamment rétablie pour bougonner, intriguer et se livrer peut-être à quelque activité passionnante.

A moins qu'elle ne se contentât de pioncer et de lézarder.

C'était le cas. Elle dormait comme une bienheureuse, cernée par des bois dont le moindre rameau, la moindre brindille hébergeaient des corbeaux supplémentaires. A croire que tous les corbeaux du monde s'étaient donné rendez-vous aux alentours de sa planque.

Ils avaient peu de chance de connaître la disette avant longtemps.

Ils avaient festoyé. Sous eux, le sol disparaissait déjà sous les fientes. Des ombres les sillonnaient en gémissant, les corbeaux refusant obstinément de descendre jouer avec elles.

Pareil à une ombre moi-même, je me suis faufilé en catimini dans la caverne de Volesprit. J'ai croisé les sortilèges qu'elle avait tissés pour tenir la dragée haute aux ténèbres. Ils m'ont certes résisté un instant, mais j'étais assez différent d'elles pour me frayer un chemin au travers.

Volesprit dormant ? Ça lui arrivait souvent ?

La Fille de la Nuit, elle, ne dormait pas. Et c'était une enfant très sensible. Elle m'a senti approcher. Elle s'est assise sur son lit d'aiguilles de pin détrempées. « Mère ? »

Volesprit avait le sommeil léger. Elle s'est redressée en sursaut, tous les sens aux aguets, flairant le danger. Elle portait le masque qui passait jadis pour sa marque de fabrique. Elle s'en était le plus souvent dispensée dernièrement, mais il est vrai que je l'avais rarement aperçue en public. Et jamais en chair et en os.

Elle ressemblait à Madame, mais avec des traits plus fins encore et une allure plus sensuelle. Toubib prétendait résister à ses charmes. Devant témoins, je suis tout prêt à le croire. Mais je me demande bien comment il y parvenait. Malgré toute la dévotion que je porte à Sarie, j'aurais eu à sa place les plus grandes peines du monde à ne pas flancher.

Peut-être est-ce uniquement à cause de son âge ?

La cache de Volesprit était éclairée par une lampe qui pendait au plafond de la caverne. Une proche parente de nos chandelles à repousser les ombres. Elle n'était pas très brillante mais ne laissait aucun recoin sombre où elles auraient pu se dissimuler.

« Qu'est-ce que tu viens de dire ? » Volesprit avait recouru à la voix d'un homme dont la gorge broyée ne pouvait émettre qu'un rauque chuchotis. Mais ce chuchotement était lourd de malignité ; une voix cadrant à la perfection avec l'antique, la terrifiante réputation des Dix qui étaient Asservis. Elle trahissait toute la compassion d'un reptile, toute la miséricorde d'une araignée.

La Fille de la Nuit n'a pas réagi. La présence de Volesprit ne lui faisait ni chaud ni froid..

La magicienne a gloussé comme une gamine échangeant des confidences sur les garçons avec ses copines. « Inutile de me défier. Ton entêtement n'a pas de sens. Personne ne pourra t'aider. »

Voix même du désespoir. Non moins râpeuse, mais cette fois-ci sur le ton d'un vieillard mourant du cancer et prononçant ses derniers mots :

« Tu m'appartiens et je peux faire de toi ce que je veux. Et je veux que tu me répètes ce que tu viens de dire. »

L'enfant a relevé les yeux. On n'y lisait aucun amour pour sa tata. Volesprit a éclaté de rire.

Elle pouvait parfois se montrer d'une cruauté inouïe.

Elle a fait un geste. La fillette a poussé un glapissement et s'est arquée sous la torture. Elle a réprimé ses cris pour ne pas donner ce plaisir à son bourreau, mais la douleur était si vive qu'elle ne pouvait maîtriser son corps.

« Tu croyais ta mère présente ? Tu n'as pas de mère. Ni ma sœur ni Kina. » Voix, cette fois, d'un expert-comptable rapportant les bénéfices de la semaine : « C'est moi ta mère dorénavant. Ta déesse. Ta seule raison de vivre. »

J'ai légèrement changé de place pour mieux les observer. Mon mouvement a dû faire vaciller la flamme de la lampe. A moins qu'un léger courant d'air n'eût soufflé du dehors. Quoi qu'il en soit, Volesprit s'est tue et a prêté une attention plus soutenue à son environnement.

« Il y a quelque chose ici, a-t-elle marmotté après avoir pivoté lentement sur elle-même sans mot dire pendant une bonne minute. Et tu l'as tout de suite senti. » De nouveau le gloussement de fillette. « Tout de suite. Et tu as cru qu'il s'agissait de Kina. Mais ce n'est pas elle, n'est-ce pas ? »

Sa main gauche gantée a exécuté un geste brusque ; ses doigts frétillaient trop rapidement pour que l'œil pût les suivre. La morpionne s'est effondrée, inconsciente. Volesprit s'est adossée à la paroi de la caverne et a rapproché d'elle deux sacoches de cuir en triste état. Je ne sentais aucune odeur, mais j'aurais parié qu'elle schlinguait presque aussi fort que le Hurleur. Elle était sans doute assez vaine pour s'assurer une beauté et une sensualité renversantes, mais pas pour consacrer beaucoup de temps à son hygiène intime.

Ce remugle m'aiderait sans doute à la repousser si le souvenir de Sarie n'y suffisait pas.

Elle a bien failli me surprendre. Elle ne donnait pas l'impression de faire grand-chose à part fouiller dans son bric-à-brac. Et je m'étais perdu dans mes pensées. Je ne m'en suis tiré sain et sauf que parce qu'elle avait pris l'habitude de vivre seule. Seule ou avec ses corbeaux. Elle réfléchissait tout haut : « Si c'était cette cinglée de déesse, je l'aurais sentie. Et elle aurait déjà tenté une sottise. Mais quelqu'un d'autre doit rôder alentour. Voyons qui ça peut bien être. Ma bien-aimée sœur, qui sait ? »

Ces derniers mots articulés d'une voix empreinte d'une haine féroce.

Ses mains ont jailli d'une sacoche de cuir aussi vite qu'un serpent qui frappe, mais j'avais déjà filé ; et pas vers l'entrée, fort intelligemment. La nasse de fil noir, tout sauf invisible, a sifflé à deux centimètres de moi. J'ai foncé vers la sortie dès qu'elle est retombée. J'ignorais si elle était ou non en mesure de m'attraper avec, mais je n'avais pas la moindre envie de le vérifier.

Volesprit a éclaté de rire. Et il ne s'agissait plus d'un gloussement juvénile. Mais d'une hilarité démente, à gorge déployée, aussi malfaisante qu'adulte. « Qui que tu sois, je peux te berner. Pas vrai ? »

Et comment ! C'est précisément pour cette raison que je prenais la poudre d'escampette tant que ça m'était encore permis. A l'instar de tous les Dix, elle était beaucoup plus effrayante qu'elle n'en donnait l'impression au premier abord. Sa démence ne transpirait que graduellement.

Elle a exécuté une succession de gestes mettant à contribution les cinq doigts des deux mains. Elle s'exprimait dans une de ces langues qui ont la faveur des sorciers, en l'occurrence, sans doute, sa langue maternelle. J'ai senti s'approcher une présence réellement immonde au moment précis où je m'apprêtais à glisser mon museau spectral par la faille qui me ramènerait dehors.

Une ombre s'y est insinuée en frétillant. Elle rechignait. Frissonnait. Obéissait à la volonté de Volesprit. Je ne me suis pas attardé pour découvrir ce qu'elle en attendait.

Il me suffisait de savoir que Volesprit avait découvert un moyen de manipuler les ombres. Ce qui, maintenant que le Maître d'Ombres avait un pied dans la tombe, signifiait qu'une nouvelle reine des Ténèbres allait bientôt se lever.

Elle est les ténèbres.

31

« J'avais raison ? m'a demandé Toubib.

— Pour l'étendard ?

— A quoi d'autre ferais-je allusion ? » Il avait l'air irrité. Sans doute la tension, à force de partager ses quartiers avec Madame et l'autre équipe de lunatiques, Fumée, Singh et Ombrelongue.

« Probablement. C'était palpable. Et rien ne passait. » J'étais sur les rotules. L'intérieur de ma cuisse me faisait de nouveau souffrir après ce long trajet de retour à pied. « Mais rien ne prouve que ce n'était pas dû aux tours de saltimbanques de Madame.

— Mais la Lance a bel et bien réagi, n'est-ce pas ?

— Oh, ouais. Tout le monde a ressenti quelque chose. Et quelques-uns ont sans doute fait le rapprochement avec l'étendard. » Thai était resté dehors, comme à son habitude lorsque je rendais visite au Vieux, de sorte que je ne me suis pas gêné pour narrer à celui-ci l'algarade qui avait opposé l'oncle Doj à mère Gota.

« A propos de cette constellation du Collet ?

— C'est du moins ce qui l'a déclenchée. Mais, à mon avis, ce n'était qu'un prétexte. Leur querelle prend sa source beaucoup plus profondément.

— Et c'est ce qui l'a provoquée ? » Il a souri dans sa barbe – comme moi probablement – en repensant soudain aux galipettes de Qu'un-Œil et mère Gota.

« Et où donc est passé notre petit copain le sorcier de réserve ? » ai-je demandé. Je ne l'avais pas trouvé en train de piloter Fumée alors que je m'étais attendu à ce qu'il profitât de mon absence pour chevaucher le fantôme. Madame avait fait proprement saucissonner le petit capitaine des pompiers.

Toubib a haussé les épaules. « Pas dans mes jambes. Je n'en demande pas plus. »

Sûrement en train de réparer sa distillerie clandestine, que l'équipe de sauvetage n'avait pas retrouvée dans son terrier lorsqu'elle l'avait retourné de fond en comble, davantage pour dénicher son alambic que pour chercher ce pauvre vieux Qu'un-Œil.

« J'ai fait un rêve, ai-je déclaré. A moins que je ne sois sorti tout seul dans le monde spectral. Il a tourné au cauchemar.

— Hum ?

— Volesprit a découvert un moyen de contrôler les ombres. Exactement comme notre encagé ici présent. » Mais Ombrelongue était toujours inconscient. Plus que Fumée, en tout cas, qui persistait à pousser des grognements toutes les quelques minutes.

Toubib a soupiré. « Je suis déçu, mais ça ne me surprend pas. C'était un pas qu'elle devait logiquement accomplir. Et elle a eu tout le temps d'y réfléchir.

— Tu comptes réagir ?

— N'est-ce pas déjà fait ?

— Je suis paumé, patron.

— Elle est parvenue à manipuler quelques ombres. Peu ou prou. Mais je contrôle leur source. Et je n'ai nullement besoin de la serrer de près. Même si j'en ai effectivement l'intention.

— Je ne me montrerais pas trop confiant en ce qui la concerne. On ne peut jamais savoir avec elle. Rappelle-toi comment elle nous a imposé ce démon de Crapaud.

— Je ne tiens rien pour acquis, Murgen. » Il a jeté un coup d'œil sur sa femme qui gisait à côté de Fumée, immobile.

« Mais je m'efforce d'interdire à la paranoïa de m'ôter tous mes moyens. »

Nombre de gens de ma connaissance auraient sans doute été d'un avis contraire. Mais, d'un autre côté, il avait déboulonné le Maître d'Ombres et semblait bien placé pour nous aider à survivre à la perfidie de nos alliés.

Mais Volesprit ? Je ne doutais plus désormais que Fumée avait eu entièrement raison chaque fois qu'il l'avait ramenée avec son *« Elle est les ténèbres ! »*.

52

Qu'un-Œil m'a coincé devant chez Toubib. « Son Adoration est toujours sur le coup ?

— Euh... qu'entends-tu par là ? » Les seules oreilles non initiées à proximité étaient celles de Thai Dei.

« Tu sais parfaitement ce que j'entends par là, gamin.

— Toujours.

— Vérole ! Pas moyen d'en profiter plus de dix minutes d'affilée depuis qu'elle a commencé à faire joujou. Cette satanée bonne femme doit s'inquiéter de son poids. »

J'ai mis un certain temps à saisir la coupure. Puis j'ai éclaté de rire, me rappelant à quel point je crevais de faim en rentrant. « Ça pourrait marcher. A condition qu'elle devienne complètement accro ! »

Qu'un-Œil a marmonné quelques mots puis s'est éloigné en martelant le sol du pied. Mais il n'a pas dépassé son terrier et s'est mis à farfouiller dans les décombres comme un chien cherchant à débusquer un lapin, histoire de tuer le temps en attendant son tour de chevaucher le fantôme. J'ai entrepris de vaquer à mes affaires, qui consistaient en gros à retarder le moment de retourner à la Porte d'Ombre, ce dont je n'avais aucune envie. Après avoir retourné gadoue et débris pendant une dizaine de minutes, Qu'un-Œil est revenu vers moi d'un pas toujours aussi rageur. « J'ai retrouvé hier l'autre petit merdeux de Gobelin. Pendant la nuit. Il s'apprêtait à sauter sur le poil du Prahbrindrah Drah. J'aimerais assez connaître la fin.

— Hum ! » Oui. J'espérais qu'il aurait capturé le Prince, s'il lui avait vraiment botté le cul. Tant qu'à faire, je préférais sa frangine effrayée plutôt que montée contre nous. Et, fâchée, elle le serait assurément si nous envoyions son petit frère au bûcher funéraire.

Elle n'était pas du genre à bondir dans les flammes pour s'y consumer avec lui.

« Cette canaille s'était sacrément aguerrie au moment de se retourner contre nous, a continué Qu'un-Œil. Rien ne nous garantit que le nabot pourra le cueillir.

— Tu t'inquiètes pour Gobelin ? Toi ?

— M'inquiéter ? Moi ? Jamais de la vie, vingt dieux ! Je me moque bien de ce qui peut arriver à ce merdaillon ! Mais si jamais il crève le Prahbrindrah Drah, on se retrouvera enterrés dans la bouse si profond qu'on devra se dresser sur la pointe des pieds pour voir l'horizon.

— Difficile de s'y enfoncer davantage ! Ils ne peuvent nous tuer qu'une fois. Et ils nous ont bien fait comprendre qu'ils en avaient l'intention. »

Qu'un-Œil a émis un reniflement méprisant. Jamais il n'avouerait se faire du mouron pour Gobelin, même s'il était flagrant que son absence le faisait tourner chèvre. Il n'avait plus l'occasion de se quereller avec un tiers depuis des lustres. Personne ne voulait s'amuser avec lui.

« Pourquoi ne pas jouer quelques tours à oncle Doj ? lui ai-je suggéré. Si ça te démange tellement d'enquiquiner un bonhomme capable de te rendre la monnaie de ta pièce. »

Thai Dei s'est pris subitement d'intérêt pour nos badinages. L'humeur de Qu'un-Œil ne s'est guère améliorée. « Tu crois que Madame avait raison à son sujet ? s'est-il enquis. Il n'a pas la tête de l'emploi.

— Et toi donc ? » Autant qu'un clodo dans une venelle insalubre. « Tu l'as déjà vue se tromper à cet égard ?

— Elle tient encore la forme », a grommelé Qu'un-Œil.

Thai Dei aurait bien aimé savoir de quoi nous parlions mais se rendait compte qu'il ne tirerait rien de nous sans quelques concessions. Eût-il été un bavard impénitent, il aurait pu poser n'importe quelle question sans éveiller aucun soupçon.

J'ai gloussé.

« Tu comptes y retourner ? m'a demandé Qu'un-Œil, intrigué.

— Bien obligé. Le patron l'a ordonné. »

Qu'un-Œil a scruté d'un œil noir le lointain plateau. « Foutus Tals ! Fallait qu'ils nous poignardent dans le dos. J'étais prêt à prendre ma retraite dès qu'on aurait expédié cette affaire. Mais il a fallu qu'ils sabotent mes projets. Et maintenant je dois grimper là-haut. J'y tiens à peu près comme à un tisonnier dans le fondement. Wouah ! C'est le moment ou jamais. » Il a détalé vers l'abri de Toubib.

Madame venait d'apparaître au grand jour, plus hagarde que jamais. Sans doute avait-elle chevauché le fantôme jusqu'à la limite de ses forces. Elle s'est adossée à un poteau pour adresser à voix basse quelques mots à un courrier attendant ses consignes. L'autre est aussitôt sorti du camp en trombe. Elle m'a regardé puis a froncé les sourcils comme si elle avait du mal à se souvenir de moi. C'était peut-être effectivement le cas. J'étais censé me trouver ailleurs.

J'ai finalement décidé de m'y rendre, même s'il ne s'agissait pas à proprement parler d'un lieu de villégiature pour soldats de fortune harassés.

33

Mère Gota refusait d'adresser la parole à oncle Doj. Refusait de parler à son petit garçon chéri. Mais mère Gota et le silence ont toujours fait deux. De sorte que mère Gota me parlait.

Elle était mécontente de l'orientation que prenait son existence, bien qu'elle rechignât à aborder les détails devant un soldat de l'obscur… fût-il de la famille.

Je traversais sans doute un cycle de reconstruction de mon karma. J'ai enduré ses récriminations, hochant la tête et grommelant quand il fallait, tout en consignant les derniers événements. « Vous pourriez rentrer chez vous, lui ai-je suggéré. Faire vos valises et regagner le marais. Et laisser oncle Doj concocter lui-même sa soupe à la grimace de racines amères. » Les racines étaient une découverte récente. On avait surpris des hommes de l'Ombre en déroute en train de s'en repaître. Il s'agissait d'une herbe commune dont la racine n'était pas complètement immangeable, pourvu qu'on la fît bouillir six à huit heures d'affilée avant de la moudre en une farine blanche spongieuse évoquant des flocons d'avoine réduits en sciure. On en consommait de grandes quantités, dans la mesure où on ne trouvait pas grand-chose d'autre à proximité. Toubib n'autorisait encore personne à exploiter les ressources de Belvédère.

Oncle Doj connaissait leur existence depuis beau temps. Elles constituaient pratiquement son régime exclusif depuis

Charandaprash. Où trouvait-il le loisir de rester si longtemps assis à la même place? Peut-être épluchait-il dix kilos de racines à la fois?

« Toi, guerrier de l'os, tu me pousserais à trahir mon devoir ? »

Et comment, bordel! N'importe quoi pour ne plus t'avoir dans les pattes. Mais j'ai gardé ça pour moi. « Quel devoir ? »

Elle a ouvert la bouche pour répondre, mais la traditionnelle méfiance nyueng bao a repris le dessus. De sorte qu'elle est restée bouche bée comme un poisson hors de l'eau, avant de déclarer, comme toujours lorsqu'on la poussait dans ses derniers retranchements : « Je vais chercher du bois. » En taglien plutôt qu'en nyueng bao, ce qui était assez bon pour moi du moment que je ne posais pas de questions.

« Bonne idée. »

Thai Dei est venu se poster à mes côtés pendant que je la suivais des yeux. « La Compagnie reprendra bientôt la route du Khatovar, lui ai-je annoncé. Les tiens devront décider de ce qu'ils feront ensuite. » J'ai tendu la main vers un caillou.

Il ne me semblait pas avoir fait de geste brusque, mais le corbeau était sur le qui-vive. Il s'est contenté de sauter par-dessus la pierre en m'adressant un croassement narquois pour ma peine. Les oiseaux noirs restaient assez rares, mais il s'en trouvait toujours un derrière moi et une bonne douzaine autour de l'état-major de Toubib. Volesprit faisait le gros dos mais n'avait pas pour autant cessé de nous épier.

Un Taglien proche, croyant sans doute gagner mes bonnes grâces, a braqué une tige de bambou sur le volatile. « Garde ça pour une ombre! ai-je aboyé. On n'est pas encore sortis d'affaire! » Intéressant. L'aspirant franc-tireur arborait un écusson de la Compagnie effrangé et grossièrement dessiné. Autour de moi, tous les gars armés d'une tige de bambou portaient une variante quelconque de notre emblème. La direction avait cessé de prétendre à l'équité.

Rudy le Rouge s'est dirigé vers moi et planté sous mon nez, appuyé à un javelot. Il a porté le regard vers le nord comme s'il contemplait je ne sais quoi en silence. Personne d'ailleurs ne mouftait. J'ai profité de ce répit pour griffonner quelques notes. « Tu as remarqué qu'on peut voir tous ceux qui arrivent sur nous quand la lumière est bonne ? a-t-il finalement bougonné.

— Non. » J'ai relevé les yeux.

Il avait raison. En cet instant précis, chaque pièce de métal de Belvédère nous renvoyait l'éclat du soleil. Et une grande quantité de métal remontait également la route que j'avais empruntée avec cet inutile de Qu'un-Œil... « Oh, non. De qui cette idée géniale ? »

Quelqu'un cherchait à attirer Volesprit.

« J'étais sûr que ça t'intéresserait. » Rudy a empoigné son javelot et s'est éloigné nonchalamment. Sans doute pour se chercher un trou bien profond et en refermer l'opercule derrière lui.

« Que se passe-t-il ? » a demandé Thai Dei.

J'ai haussé les épaules. « Peut-être la fin du monde, ni plus ni moins. »

Ou peut-être pas. *Quelqu'un* dans le bunker de l'état-major s'amusait sans doute à un bras de fer mental avec sa sœur cadette.

Le soleil a poursuivi sa course. L'armée en marche ne reflétait plus ses rayons. Nul, hormis Rudy, ne comprenait ce qui se passait, mais chacun semblait pressentir quelque chose. Un silence profond s'est abattu sur mon flanc de colline écarté.

Pendant un certain temps, il n'est rien arrivé. J'ai continué de prendre des notes. Regardé mère Gota rapetisser au loin. Visiblement, elle comptait aller ramasser son bois mort à dache.

Les ombres de l'après-midi s'étiraient jusqu'au pied des collines éloignées. « Les ténèbres », ai-je dit. Surtout autour de l'endroit où l'on avait vu Volesprit pour la dernière fois. Cette obscurité s'étendait…

Ma mâchoire est tombée. Pas l'ombre. Mais une nuée de noirceur. Qui s'élevait en bouillonnant des ravins et des forêts, masquant graduellement les contreforts des collines.

Les corbeaux.

Tous ceux que nous n'avions pas aperçus ces derniers jours !

L'obscurité montait vers le ciel comme la nuée ardente d'une éruption volcanique. Elle commençait à se répandre.

« Il doit y avoir là-bas tous les corbeaux du monde », ai-je marmonné. Le nuage ne cessait de grossir. Une partie semblait fondre droit sur moi.

Un éclair l'a brutalement pourfendu. Le vent s'est levé. Je commençais à ne plus savoir où j'étais ni quand, ni même ce que je faisais là. « Que se passe-t-il ? a demandé une voix. C'est quoi cette odeur ? »

Kina. Mais pas moyen de l'expliquer.

D'autres éclairs ont déchiré la nuée de corbeaux. Le plus gros de leur sombre masse se dirigeait vers moi. La puanteur de Kina est devenue insupportable. Des sons s'élevaient alentour, comme étouffés ou perçus de très loin. Mais ne trahissant aucunement une panique qui me semblait pourtant s'imposer.

L'obscurité s'est penchée pour me saisir, me prendre dans ses bras comme une mère soulevant un enfant terrifié. Le visage de Kina se dessinait dans la nuée, mais ce n'était pas elle qui s'emparait ainsi de moi. Elle semblait de nouveau courroucée. Désorientée.

Elle n'était pas seule.

Il y avait Madame, peut-être chevauchant Fumée ou par quelque autre truchement. Les éclairs étaient de toute évidence son œuvre. Elle maintenait Kina d'une ferme main de sorcière tout en tentant de fesser sa sœurette de l'autre.

Car Volesprit était là aussi. Visiblement plus amusée que troublée, bien qu'elle fût prise en tenailles entre une déesse démoniaque et une sœur toute disposée à la carboniser. Elle irait au bûcher en ricanant et en narguant les flammes. Cette femme était décidément cinglée.

L'obscurité m'a enveloppé. Englouti. Elle a bien essayé de me mastiquer, mais m'a trouvé immangeable. Et m'a recraché.

Je titubais comme un ivrogne. *Te voilà, chéri,* a fait une voix dans ma tête. *Tu m'as manqué. Tu es resté trop longtemps absent.* La lune faisait miroiter l'eau noire jonchée de cadavres qui léchait les murailles de Dejagore. J'ai cru voir une chose fendre ces eaux, avide de m'agripper et de m'attirer au plus profond de cette noirceur d'encre, parmi les ossements décharnés. J'ai jeté un coup d'œil sur ma gauche et aperçu Ky Dam, le porte-parole des Nyueng Bao depuis longtemps décédé. Hong Tray, son épouse, se tenait à ses côtés. Ils souriaient. Du doigt, la vieille dame m'a adressé un signe en quoi j'ai reconnu une bénédiction.

L'obscurité m'a avalé.

Mais je n'étais décidément pas du goût de son estomac. Elle m'a de nouveau vomi.

Je me trouvais dans un arbre. Mes yeux voyaient étrangement. Je devais faire pivoter ma tête. Sous moi, des hommes appartenant à une douzaine d'ethnies différentes s'employaient à massacrer leurs semblables. Les arbres étaient révoltés. Ils vénéraient la mort mais exécraient les effusions de sang.

J'étais dans le bois du Malheur. Dans un arbre ?

J'ai porté la main à mes yeux et les ai palpés. Des plumes noires obscurcissaient ma vision.

J'ai perdu conscience.

J'ai visité une centaine de lieux. Une centaine de lieux me sont apparus. Il m'a semblé que je traversais tous les sites et toutes les époques des quelques dernières années.

Je me suis retrouvé au-dessus de la plaine aux ossements. Les ténèbres étaient venues. Un vent noir éparpillait les os. Je tombais en feuille morte. Les corbeaux se moquaient de moi, perchés sur les arbres dépouillés. J'ai roulé sur moi-même, je me suis enfoncé dans une nuit plus profonde encore et, l'instant suivant, j'arpentais poussivement le sol en pente du tunnel où les vieillards reposaient dans leur cocon de glace filée.

Un martèlement puissant, tonitruant, résonnait sous mon crâne. C'était la souffrance incarnée, mais elle semblait délivrer un message. Je me suis efforcé de l'écouter.

Le temps s'est étiré, ralentissant le tempo de cet atroce tam-tam intérieur qui s'est mué en une voix lente et basse avant de s'accélérer de nouveau pour devenir celle de Thai Dei; il me tarabustait avec inquiétude en nyueng bao : « Porte-étendard ! Parle ! Réponds-moi ! »

J'ai bien essayé, mais mes mâchoires refusaient de s'activer. Je n'étais capable que de grognements inarticulés.

« Il va bien. » C'était oncle Doj. J'ai ouvert les yeux. Doj était agenouillé à côté de moi, les doigts posés sur ma jugulaire. « Que s'est-il passé, guerrier d'os ? »

Je me suis assis. Mes muscles étaient comme liquéfiés. J'étais moulu. Mais, apparemment, peu de temps s'était écoulé. Je lui ai retourné la question du tac au tac. « Et là-bas, que s'est-il passé ? » Les corbeaux pullulaient encore au loin, mais sans plus former de nuées.

« Où ? a demandé Thai Dei.

— Là. Où sont les corbeaux.

— Je n'en sais rien. Je n'ai rien vu d'anormal.

— Pas de nuage de ténèbres ? D'éclairs ?

— Rien vu de tel », a-t-il répondu après un bref silence.

Oncle Doj fixait pensivement l'horizon.

« Il faut que je mange un morceau. » Je me sentais aussi affaibli que si j'avais chevauché le fantôme.

L'épisode était pour le moins troublant.

34

Toubib m'avait instamment convoqué. Je suis allé le trouver. Quelques jours seulement s'étaient écoulés, mais le monde semblait avoir déjà recouvré paix et tranquillité. Les soldats avaient l'air moins hagards.

Les ombres ne constituaient plus un problème. Pour nous.

« Me voilà », ai-je annoncé au Vieux. Le garde posté devant la porte m'avait pressé d'entrer sans me faire annoncer.

« Où est ta belle-mère ?

— Bonne question. Elle est partie chercher du petit bois l'autre jour. On ne l'a pas revue depuis.

— Qu'un-Œil a disparu aussi. »

Je suis resté bouche bée. Puis j'ai été pris d'un hennissement qui a viré au fou rire. Deux secondes plus tard, j'étais plié en quatre et incapable de reprendre mon contrôle. « Ils ont fugué ? Ne me dis pas qu'ils ont fait l'école buissonnière.

— Ça ne me viendrait même pas à l'esprit. Cesse de te gondoler. On croirait un baudet en train d'accoucher. » Pure impossibilité. Il a désigné l'alcôve où il entreposait certaines personnes bien particulières. « Sers-toi de Fumée. Retrouve-les. »

J'ai fait deux pas dans cette direction, encore secoué de gloussements incoercibles. « Pourquoi moi ? Madame et toi étiez déjà sur place.

— Nous nous employons à reconstruire l'armée. Nous n'en avons pas le temps.

— Elle en a sa claque d'être accro à Fumée ?

— Il le faudra bien. Exécute-toi. Je n'ai pas non plus le temps de jacasser. » Il montrait Fumée du doigt. Il n'était pas d'humeur badine. Avait dû encore moins dormir que d'habitude.

Fumée était tout seul derrière son rideau. « Qu'est-il arrivé aux deux autres ? Vous les avez enterrés ?

— Rangés dans ce qui reste de ton terrier. On avait besoin de place. Mets-toi au boulot. »

J'ai tiré le rideau. C'était lui le patron. Rien ne l'obligeait à se montrer tout le temps aimable.

Fumée avait changé. Madame avait dû trouver le moyen de le maintenir inconscient. Il semblait plus drogué que comateux. Il puait aussi. Sévèrement. Quelqu'un avait dû couper à sa corvée. « C'est toi le médecin, tu devrais savoir qu'on doit tout tenir propre. Ce type est sale comme un peigne.

— Je te trouverai un seau. »

Je n'ai pas attendu qu'on me le répète. Je me suis mis au boulot.

Toubib avait pris les dispositions appropriées. J'ai trouvé de l'eau et du pain frais. J'ai aussitôt mangé un peu de pain. Ces hauts gradés se la coulent douce, vraiment. Je ne mangeais depuis plusieurs jours que des racines amères… et pas à ma faim, loin s'en fallait. Je ne manquerais pas de le signaler à Rudy.

« Va plutôt me chercher des saucisses », ai-je grommelé. Lorsque nous découvririons le Khatovar, peut-être cette contrée ressemblerait-elle au paradis vehdna : houris plus torrides les unes que les autres, entretenant une passion irrépressible pour les vieux boucs puants dépourvus de toute compétence professionnelle et passant le plus clair de leur temps libre à mijoter de petits plats frais. Et succulents.

« Cesse de tergiverser, a grogné Toubib un instant plus tard. Ce petit salopiaud est bien assez propre. »

Je n'étais pas spécialement pressé de sortir dans le monde spectral. « Quelqu'un devrait surveiller son régime. » Fumée me semblait aux premiers stades de la malnutrition.

Toubib m'a jeté un regard noir. Il n'en avait visiblement rien à battre. « Ton boulot te pose un problème ?

— Toujours aussi grincheux. »

C'était surtout sortir qui me posait problème. La dernière fois, me faire transbahuter de Volesprit à Kina et de Kina à la plaine des ossements m'avait flanqué une trouille noire. J'avais mis un bouchon à une réserve de frousse dont j'ignorais être l'heureux propriétaire.

Je détestais tout particulièrement me transformer en volatile. D'autant que je ne comprenais rien à cet aspect de mon rêve.

Volesprit savait désormais que je pouvais visiter le monde spectral sans passer par ses manipes. Sans doute m'avait-elle ouvert la voie. Je craignais à présent qu'elle ne m'y traque pour me faire mon affaire si jamais l'envie l'en prenait subitement. Je n'étais guère enclin à me prêter sciemment à ses tortures.

« Murgen. »

J'ai avalé ma dernière bouchée de pain et l'ai fait passer d'une gorgée d'eau. Puis, une fois bien ballonné, je me suis attelé à la tâche.

Gobelin devait subodorer qu'on le surveillait de loin. Ou tout du moins le soupçonner. Je ne l'aurais jamais trouvé si je n'avais su comment fonctionnait sa cervelle. Le roublard petit merdaillon ! Les sortilèges qu'il employait pour les dissimuler, ses hommes et lui, étaient des plus rudimentaires et pratiquement indécelables. Ils se contentaient d'inciter l'œil à se détourner de ce qui semblait n'être qu'un modeste rocher rôdaillant dans les broussailles, assez discret pour passer inaperçu même lorsqu'on s'attendait à voir quelque chose. Ses éclaireurs et lui s'étaient déployés afin de ne pas attirer l'attention sur une trop forte concentration de troupe. Il ne semblait pas se soucier de Mogaba.

Je me trompais peut-être, mais je suis parti du principe qu'en cas de désertion le premier geste de Qu'un-Œil serait de chercher Gobelin. Ils étaient déjà de vieux potes avant qu'aucun des membres actuels de la Compagnie ne soit né. A part Madame.

Une fouille brève mais résolue m'a appris qu'il n'avait pas encore rejoint Gobelin. Marauder le long de la route de Kiaulune ne m'a pas permis non plus de le loger. Il devait se planquer le jour.

Je ne sentais ni la présence de Kina ni celle de Volesprit. Reprenant un peu d'assurance, j'ai de nouveau localisé Gobelin puis ordonné à Fumée de revenir en arrière dans le temps.

Gobelin avait tendu à la clique du prince une superbe embuscade. Et, trop absorbé par d'autres activités, ne s'était pas donné la peine de tisser des sortilèges pour la dissimuler aux regards.

C'était un traquenard dans le plus pur style de la Compagnie noire. Le Prahbrindrah Drah s'est jeté dedans tête baissée au crépuscule. Il était escorté de plusieurs centaines de troupiers surclassant aisément par leur nombre les forces de Gobelin. Des flèches ont jailli des broussailles sur le côté sud de la route et frappé plusieurs Tagliens. Quelques hurlements se sont élevés. Les broussailles se sont agitées. Nouvelle volée de flèches.

Le prince n'avait pas la première idée de l'identité de son agresseur. Des partisans de l'Ombre lui paraissaient plus plausibles que la Compagnie noire. Il ne savait rien de ce que boutiquait Gobelin.

Nous avions enseigné aux Tagliens à contre-attaquer immédiatement en cas d'embuscade. Ce qu'ont effectivement fait les compagnons du prince. Mais au terme d'un bref moment de battement.

Plus de la moitié ont chargé dans les broussailles, traquant celles qui bruissaient. Certes, une bonne part de ces froufrous étaient dus aux gars de Gobelin, mais le plus gros à de petits hiboux s'efforçant apathiquement, et sans quitter le couvert, de se soustraire à une menace dont ils ignoraient tout.

Le second assaut de Gobelin, donné depuis le versant de la colline opposée, s'est révélé beaucoup plus virulent ; il mettait à contribution des protagonistes illusoires dont les Tagliens auraient dû se douter, s'ils avaient pris la peine de réfléchir, qu'ils ne pouvaient en aucun cas se trouver sur place. J'ai vu mon propre double piétiner les buissons en brandissant une épée aussi rouillée qu'ébréchée.

Deux hommes de Gobelin ont battu en retraite vers Kiaulune, accompagnés par une troupe de spectres et entraînant à leur suite la plupart des rescapés du prince. Ceux qui restaient se sont précipités à ses trousses. La lutte a été brève. Lorsque le nuage de poussière est retombé, notre ex-employeur n'était plus qu'un captif, vivant mais hors d'état de nuire. Il avait récolté une bonne douzaine de blessures.

Gobelin a disparu au loin. Eclaireurs réels et fantasmagoriques ont harcelé et mystifié les Tagliens jusqu'à l'aube, où les illusions de Gobelin se sont révélées trop manifestement illusoires.

Les Tagliens se sont vaillamment efforcés de retrouver leur prince. Ils ont joué de malchance. Peu après le lever du soleil, une rencontre brutale avec une ombre tueuse a semé la panique dans leurs rangs. Ils ont fui vers le nord, porteurs de la nouvelle de la mort plausible du prince.

J'imaginais aisément l'effet qu'elle produirait en atteignant Taglios. Si les ecclésiastiques déniaient à la Radisha le droit de régner, la capitale sombrerait inéluctablement dans le chaos et la confusion. Une guerre civile risquait de s'ensuivre. La Femme ne jouissait d'aucun soutien hors du clergé et il n'existait aucun héritier légitime au trône. La question de la succession restait en suspens depuis des années, mais on l'avait toujours repoussée à huitaine, au profit de crises plus urgentes.

Hi-hi. Elle paierait le prix de sa perfidie avant même que nous ne nous fussions retournés contre elle.

Qu'un-Œil et Gota devaient encore cheminer sur la route. Au lieu d'essayer de les y chercher, il m'a paru plus simple de revenir en arrière pour les choper au tout début de leur escapade.

Mon stratagème a fonctionné. D'une certaine façon. Lorsque Gota est allée trouver Qu'un-Œil en tête-à-tête, ils ont brièvement conféré, puis le petit sorcier a poussé un grognement, harponné un paquet dans son terrier en ruine, a rejoint Gota et s'est faufilé en douce avec elle dans les bois voisins. De toute évidence, ils avaient déjà abordé le sujet. Fait des préparatifs en vue de leur fugue.

Ils ne parlaient pas énormément, chose pour le moins difficile à croire. Qu'un-Œil n'était pas précisément renommé pour son laconisme et mère Gota était pire encore. Il se contentait d'un grognement occasionnel. Quant à Gota, lorsqu'elle daignait l'ouvrir, c'était uniquement pour se plaindre des injustices de la vie.

Une fois sous les frondaisons, un silence total a régné. Lumière et ombre oscillaient au gré des mouvements des branches et des feuilles agitées par le vent. Ils sont devenus effroyablement difficiles à pister… Oh, mais ce petit merdeux était un sorcier, pas vrai ? Et foutrement bien placé, de surcroît, pour connaître l'existence de Fumée.

Il m'a donné du fil à retordre, mais je lui ai collé aux basques jusqu'à ce que le monde spectral se mette à trembler.

Un séisme ? Encore ?

J'ai fini par comprendre. On me rappelait dans le monde réel. J'ai regagné mon corps la mort dans l'âme. « Pas trop tôt, bordel ! a fulminé le Vieux lorsque j'ai ouvert les yeux. J'étais réellement persuadé de t'avoir perdu ce coup-ci.

— Hein ? » Une espèce de croassement étranglé. J'avais la gorge parcheminée. J'ai essayé de m'emparer d'une tasse, mais je me suis aperçu que je n'avais pas la force de tendre le bras. J'étais salement lessivé. Le capitaine a dû me verser de l'eau dans la bouche.

« J'ai vraiment merdé. Je suis resté parti combien de temps ?

— Onze heures. » C'est dire à quel point Qu'un-Œil s'était décarcassé pour égarer les recherches.

« Je parie ma chemise qu'on ne peut plus le retrouver du tout après la tombée de la nuit », ai-je déclaré après avoir ingurgité un peu d'eau sucrée. J'étais un tantinet déboussolé question horaire. Après la tombée de la nuit *le jour de sa fuite*, voulais-je dire. Il était parfaitement capable de se fondre dans les ténèbres.

Et les ténèbres viennent toujours.

Toubib a gaspillé en jurons une profusion de salive.

« Je pourrais surveiller les corbeaux, ai-je suggéré. Là où ils s'amassent, c'est qu'il y a quelque chose à voir. » Sauf aux alentours de Gobelin, qui disposait de ses hiboux nains et de ses sortilèges d'égarement. A moins qu'ils ne l'épient jamais parce que Volesprit ignorait encore qu'il se trouvait lâché dans la nature. « La plupart sont trop abrutis pour se laisser berner par de la poudre de perlimpinpin de seconde main. » Ce qui aurait dû en dire long sur les gens et les corbeaux, mais je ne suis pas assez malin pour savoir quoi.

« Je vais me contenter de le porter manquant. Pour l'instant. Je ne veux surtout pas te voir y retourner, si c'est pour perdre tes repères au point d'en oublier de rentrer. »

Avoir pris l'habitude de rêver, voilà ce qui me mettait en péril. J'affrontais beaucoup moins de dangers par ce biais.

« Je vais me contenter de le porter manquant », a répété Toubib. Il s'est fendu d'un sourire lugubre. « Il reviendra. Dès qu'il aura étranglé cette bonne femme. Ce qui devrait se produire pas plus tard que tout de suite. Retourne à la Porte d'Ombre. Tiens l'étendard à l'œil et fais-moi parvenir ceux de tes écrits lisibles. »

Oulp. J'étais loin d'être prêt. Il n'avait guère paru s'y intéresser jusque-là.

« Quand reprendrons-nous la route ? Si nous la reprenons.

— Pas avant d'avoir rentré nos moissons. Sauf trop forte pression. Cinq mois au minimum. Profite du temps qu'il te reste. »

Profite du temps qu'il te reste. Comme si j'avais tant aimé traîner mes savates lorsque nous étions coincés à Dejagore. Mais tout cela lui échappait parce qu'il refusait de rater la moindre occasion de sortir s'amuser avec Volesprit.

« L'autre jour, quand tu es allé trouver Volesprit... tu avais un plan ? Tu t'attendais vraiment à un résultat ? » Je conservais encore des doutes sur la profondeur réelle de leur antagonisme.

« Demande à ma douce. C'était son plan. Elle est persuadée que si nous persistons à la harceler, Volesprit sera incapable de se concentrer suffisamment pour nous faire des misères.

— Voilà une idée de génie ! Fourgonner un nid de vipères pour qu'elles n'aient plus le temps de vous pourchasser. Pourquoi ne pas flanquer des coups de poing dans des nids de frelons et des ours en hibernation, tant que vous y êtes ?

— Retrouve Qu'un-Œil ou va travailler à tes annales. Je peux me passer d'entendre tes récriminations. J'ai déjà droit à plus que mon content de doléances à la maison.

— Tu devrais dormir un peu, ai-je fait. Tu es bien trop bougon. »

Il y a de la couleur. Une manière de vie. De la lumière. Sans lumière, il ne saurait y avoir de ténèbres.

Et de la mort aussi. Les rauques glapissements de centaines de corbeaux environnent le trône incliné.

La mort trouvera un passage. Les ténèbres se fraieront un chemin.

Les ténèbres viennent toujours.

La chose aveugle assise sur le trône a les yeux écarquillés. Nulle pupille ne luit dans ses orbites. Ses yeux sont pareils à des blancs d'œuf frits, pourtant la créature donne l'impression de voir. Elle est assurément consciente. Son visage se tourne, grimaçant de souffrance, chaque fois qu'elle décèle un espion téméraire provenant du monde réel. Elle bande sa volonté vers chaque intrus, avide de le voir atterrir. Dès qu'un oiseau chétif désobéit à ses ordres, ses traits se crispent en un rictus maléfique.

La terre frémit.

Le trône glisse d'un pied, bascule d'un autre centimètre. L'inquiétude, sur le visage du dormeur, sous-tend une souffrance sans cesse renouvelée.

La faille de la croûte terrestre s'élargit encore. La couleur gagne en vivacité. Une brise souffle des entrailles de la terre. Plus froide que le cœur d'une araignée vorace. Et porteuse d'une vapeur noire.

Le trône bouge encore d'un centimètre.

La mort trouvera un chemin.

Les dieux eux-mêmes doivent mourir.

35

Tout s'est trop bien passé trop longtemps. L'été a été idyllique. Il n'a jamais fait trop chaud. Les pluies étaient parfaites pour nos plantations. Nous étions menacés d'un climat idéal, celui-là même que les paysans appellent dans leurs prières. Nous avons d'ailleurs veillé à ce que tous ceux que nous croisions s'imaginent que nous étions responsables de ce temps sublime. Nos fourragers avaient libéré quelques bêtes de somme pour nous porter lorsque nous voyagions léger, en renonçant à l'équipement lourd qui nous suivait depuis les territoires amis. Nous disposions même de quelques moutons pour ceux qui n'étaient pas liés par les tabous gunnis relatifs à la consommation de viande.

La vieille scie est vraie : une armée se déplace sur le ventre. Ce que nous avions accompli en déployant la force taglienne aussi loin dans l'espace devait tout aux plans, aux préparatifs et au zèle de Toubib. Comme à sa psychose. Et, bien entendu, aux quatre années d'atermoiement que nous avait offertes Ombrelongue en s'abstenant totalement – et fatalement – de réagir. Le pauvre bougre! Il aurait mieux fait d'écouter Mogaba. Il ne vivrait pas aujourd'hui dans un trou à rat. On ne pouvait guère lui reprocher, sachant Kina capable de tisser des écheveaux d'illusions susceptibles d'aveugler d'aussi puissants dieux qu'elle, d'avoir été berné par la Mère des Félons.

Nous n'avions pas encore repris toute le lard perdu pendant l'hiver, mais nous nous apprêtions allègrement à sauter le pas.

Ni Volesprit, ni Mogaba, ni les loyalistes tagliens égarés, ni la population autochtone ne semblaient plus enclins à nous pourrir la vie. Nous nous entendions d'ailleurs assez bien avec cette dernière depuis quelque temps.

Après avoir enfin – sur l'insistance de Madame – dépêché un détachement d'éclaireurs chargés d'élucider les mystères de Belvédère, le Vieux s'était aperçu que la forteresse recelait plusieurs trésors. La moitié avait servi à renflouer les caisses de la Compagnie, privée de trésorerie depuis une demi-génération. Chacun de nos frères assermentés avait reçu une part égale de l'autre. Ultérieurement, Toubib avait décrété l'établissement d'un marché régulier où les autochtones pourraient apporter tout ce qu'ils avaient à vendre.

Au début, les résultats s'étaient révélés un poil décevants. Mais, dès que nous avions pu administrer la preuve que nous ne comptions voler ni assassiner personne, le commerce était devenu florissant. Les paysans sont gens d'une grande souplesse. Et réalistes. Ils voyaient mal comment notre joug aurait pu leur peser davantage que celui d'Ombrelongue. Les vieilles légendes entourant la Compagnie noire, réelles ou imaginaires, ne leur posaient aucun problème bien qu'ils vécussent beaucoup plus près du Khatovar.

Le nom même de Khatovar leur était au demeurant inconnu. Ils ne s'inquiétaient pas plus de Kina, sous aucun de ses alias. La leur était une créatrice autant qu'une destructrice, féroce, certes, mais sans commune mesure avec la profanatrice reine de la nuit. L'avènement de l'année des Crânes ne leur inspirait aucune terreur. Ils étaient incapables d'imaginer un avenir plus effroyable que leur passé.

Nul, néanmoins, ne nous accueillait en libérateurs. Nous n'étions que l'ombre qui repoussait les ténèbres.

Je me promenais de temps à autre dans le marché, escorté de Thai Dei et d'un interprète. Thai Dei était contre, persuadé que ma curiosité me conduirait à la mort, et il ne se gênait pas pour me dire que c'était une fatalité et une malédiction.

Oncle Doj nous accompagnait habituellement. Une tension assez forte s'était instaurée entre nous, même si nous persistions à feindre le contraire. Si je ne pouvais lui pardonner l'absence de Sarie, je réprimais toutefois le désir de tout lui jeter publiquement à la face. Ce qui l'exaspérait le plus en moi, c'était ma manie de demander à chaque Méridional que j'interrogeais s'il connaissait une constellation nommée le Collet.

Mais toujours sans aucun succès.

Sans cette dévastation qu'était Kiaulune, le monde aurait presque paru vivable.

Je m'y plaisais, bien que Sarie me manquât cruellement. Et je la voyais dans mes rêves. On exigeait beaucoup moins de moi ces derniers temps, quoique je fusse encore chargé de la surveillance de la Porte d'Ombre. En fait, Rudy le Rouge et Gros Baquet accomplissaient sur place la quasi-totalité du travail effectif et m'en expliquaient les ficelles à mesure. Nul n'y faisait allusion, mais on s'occupait de mon éducation au cas où je devrais assumer la relève. Je me gardais bien de rappeler à quiconque que j'avais mené la vieille équipe avec une assez louable efficacité lors de notre épreuve de Dejagore et que nous disposions d'un lieutenant nettement plus expérimenté et coriace que moi. Dès qu'on l'ouvre un peu trop, le travail tend à s'accumuler davantage.

36

J'ai jeté un coup d'œil vers la plaine un beau matin, et constaté qu'une petite armée arrivait dans ma direction : vingt-cinq bonshommes et autant de mulets chargés de paquets et de fagots de bambous. « Je n'aime pas ça, ai-je déclaré à Thai Dei. Loftus, Longinus et Clétus, tous en même temps. » Sans compter Otto et Hagop, que je n'avais pas revus depuis un bon moment. « Quand ces trois-là sont réunis, tu peux être sûr qu'il se manigance du vilain. »

Thai Dei m'a regardé comme s'il se demandait si je le croyais assez abruti pour s'imaginer qu'ils partaient en pique-nique. Il se souvenait parfaitement des trois frères pour les avoir connus à Dejagore et cernait sûrement mieux que moi leurs obsessions.

Néanmoins, ça sentait bel et bien le roussi.

Je me suis porté à leur rencontre.

« Hé ! a beuglé Clétus en agitant la main. V'là le prince ermite !

— Qu'est-ce que vous mijotez, les gars ?

— On a entendu dire que tu avais fondé ton propre royaume et on est venus admirer ses merveilles.

— M'est avis que vous êtes en train de l'envahir. C'est quoi, tout ce merdier ? » J'avais posé la question dans la langue des Cités Précieuses.

« Essais d'un nouveau joujou sur le terrain. On a déjà fait mumuse avec lui dans les caves du château.

— Heiiin ? » Serait-ce là la vraie raison qui incitait Toubib à interdire l'accès de Belvédère ? « J'espère que ça se bouffe. »

Longo est parti d'un long hennissement. « Tes papilles n'apprécieraient pas trop, Murgen. Mais ça pourrait être drôle de te laisser essayer. »

Thai Dei s'est rembruni. De nouveau sur la touche. Dommage pour lui. Il était avec la Compagnie, mais pas *de* la Compagnie. Tout comme je vivais avec les Nyueng Bao sans en être un.

« Vu vos sourires à manger de la tarte, j'en déduis qu'il s'agit probablement d'un engin farci de rouages et de leviers, accomplissant un boulot entièrement décoratif avec un coefficient de fiabilité de dix pour cent.

— O homme de peu de foi ! As-tu déjà vu grincheux plus pessimiste que ce type, Clete ?

— Il est tout bonnement imperméable à l'ingénierie.

— Je suis tout à fait perméable à l'ingénierie. C'est aux ingénieurs que je suis hermétique. Qu'est-ce que vous fabriquez ?

— Essais sur le terrain, m'a rappelé Clete. On a appliqué un zeste d'ingénierie aux lance-bouboules de feu de Madame.

— Portée, précision, puissance de frappe, Murgen, s'est emballé Loftus. Vélocité. Tous domaines dont nous avons estimé qu'ils étaient susceptibles d'amélioration. »

Absolument. Les bambous pouvaient provoquer pas mal de dommages à un lascar, mais il fallait pratiquement lui planter sa perche dans le bide pour être sûr de le blesser.

Toutes ces palabres en langue étrangère avaient incité oncle Doj à pointer le museau. Mais ça ne l'avait guère avancé. Cela dit, il ne tarderait pas à deviner de quoi il retournait.

« Tu disposes ici d'un superbe pas de tir, Murgen, a fait Longo en désignant les montagnes. Des kilomètres de *no man's land* entre des forêts de résineux. » Son bras a pivoté pour indiquer Belvédère. « Ainsi que d'un champ de tir dont la portée a été métrée avec précision de ce côté-ci. » Des hommes s'employaient déjà à y planter des pieux, des manières de balises de levé.

D'autres, plus proches, redoublaient d'efforts et s'activaient à déballer les paquets lestant les bêtes de somme. Clétus s'est emparé d'une tige de bambou. « Le bambou de base. Du modèle de ceux que Madame avait fait fabriquer avant qu'on ne mette nos petites idées sur le tapis. »

Il a tiré quelques boules de feu dans la direction approximative d'un couple de corbeaux en train de commérer. Les oiseaux se sont poilés. Les boules de feu se sont égarées au loin, tremblotantes, ont perdu de l'élan, piqué vers le sol et disparu. « Résultat, tu touches que dalle. A part les ombres. Sauf si tu t'approches assez de ce que tu comptes cramer.

— On l'a persuadée que, puisque nos troufions seraient amenés à braquer leurs bambous contre d'autres cibles, que ça lui plaise ou non, ils devraient pouvoir toucher tout ce qu'ils visent, a renchéri Longo.

— Elle a passé pas mal de temps avec les soldats, a ajouté Loftus. Elle comprend leur façon de penser.

— Elle baise depuis cinq ans avec un soldat, ai-je gouaillé. Elle devrait en avoir une petite idée. »

Clete a empoigné une tige de bambou cerclée de bandes noires. « Voilà un vrai petit bijou », a-t-il déclaré en faisant un signe de tête à ses frères, qui ont saisi chacun un bambou et l'ont pointé dans la direction générale d'un corbeau. « Allez-y », a-t-il fait.

Ils ont actionné la manivelle. Des boules de feu ont jailli. On a assisté à une explosion de plumes noires qui sont retombées en voletant, encore fumantes. D'autres boules ont volé. Peu importait, semblait-il, que les gars visent bien ou non. Les boules de feu traquaient leur cible, qui avait beau s'efforcer de filer ou d'esquiver désespérément. Exactement comme elles avaient traqué les ombres.

Clete s'est appuyé à sa perche. « Ça devrait régler le problème des espions. » Ses frères restaient sur le qui-vive. Longo a visé un petit bougre sacrément futé qui essayait de s'esbigner en faisant du rase-mottes et zigzaguait entre les rochers en effectuant des virages si serrés qu'il perdait chaque fois quelques rémiges.

Une boule de feu violet gagnait du terrain, filant à quatre fois sa vitesse.

Pouf!

« Ah, voilà au moins un tour de con que je peux apprécier ! » ai-je fait.

Tout comme Thai Dei, oncle Doj et les gars qui s'alignaient devant la Porte d'Ombre en un rang désespérément clairsemé. La mâchoire leur en tombait.

« Les dieux me patafiolent ! a rugi Rudy. Je veux un de ces pompe-merde !

— T'as un préjugé particulier contre les corbeaux ? lui ai-je demandé.

— Ça n'abat que les corbeaux ? s'est-il étonné.

— J'imagine qu'on pourrait les régler pour abattre pratiquement n'importe quoi, a affirmé Clétus. Mais plus on leur assignera de cibles spécifiques, plus il se posera de problèmes de logistique.

— Mais ce n'est pas pour cela que vous êtes ici, ai-je pressenti.

— Juste pour dégager la zone.

— On voulait un engin que des gars comme nous sauraient apprécier, a fait Longo.

— Vu qu'on n'est pas près d'enrôler de sitôt de nouvelles recrues, alors que Taglios peut en aligner autant qu'elle veut », a ajouté Loftus.

Une faction grandissante dans le Nord souhaitait ces derniers temps que Taglios prétende que la Compagnie avait mis les voiles. Lorsque nous étions passés à Taglios, nous nous dirigions vers le Khatovar. Rien désormais ne nous en bloquait plus le chemin. Nous risquions donc, pourvu que chacun se tînt tranquille et fît profil bas, de nous désintéresser de toute l'affaire pour reprendre la route.

Pendant que je m'entretenais avec les ingénieurs, Otto et Hagop avaient dressé plusieurs tables posées sur des tréteaux. On les avait ensuite équipées d'étaux et de dispositifs destinés à recevoir des outils, tous éminemment décoratifs. Des râteliers s'élevaient entre les tables. Leurs compagnons s'employaient à y empiler des tiges de bambou. « Grosse artillerie, ces salopiauds ! » me suis-je exclamé. Certains bambous mesuraient près de cinq mètres de long. D'autres faisaient dix centimètres de section.

« Grosse et brutale, a reconnu Clete. Fais gaffe où tu braques ce foutu engin ! » Un troufion essayait de viser un vol de corbeaux filant plein sud. Il se souciait comme d'une guigne des crétins qui auraient pu s'interposer entre sa cible et lui. « Nous tenions tout particulièrement à une précision et à une vélocité accrues. Un zeste supplémentaire de gouache à l'autre bout ne nuirait pas. Hagop. »

Hagop s'est emparé d'une perche striée de bandes rouges, de quatre mètres de long sur six centimètres de diamètre, et l'a serrée dans un étau. Il a collé l'œil à un bout et suivi son prolongement, puis tapoté doucement avec un maillet pour légèrement ajuster la visée.

« Ce rocher là-bas, qui ressemble un peu au chapeau de Qu'un-Œil. » Il a armé le mécanisme à ressort complexe du bambou.

Je ne trouvais pas que le rocher ressemblât spécialement à un chapeau. Il se trouvait à quatre cents mètres au bas mot. Les soldats armés de bambous standard ont lâché une bonne douzaine de boules de feu avant qu'un d'eux, jouant de bonheur, ne réussît à teindre une de ses arêtes d'une lueur jaune citron.

« Problème habituel. Quand on a la chance de toucher quelque chose, on ne cause pas de réels dommages. Sauf s'il s'agit de bonshommes. A toi, Hagop. »

Hagop a actionné son bambou. Un grésillement évoquant le bacon en train de frire s'est fait entendre. Une boule orange vif a filé vers le rocher, si vite que je n'ai pas pu la suivre des yeux. Elle l'a frappé plein pot. Un jet de feu en a jailli pendant une quinzaine de secondes. J'en ai senti la chaleur jusqu'ici.

Le rocher a légèrement changé de position et pointé sa traîne de feu vers le pied de la colline.

La boule orangée est ressortie de l'autre côté comme un comédon giclant d'un point noir.

« Chiasse ! me suis-je écrié. Et double chiasse ! Ce bâtard fait bien quatre mètres d'épaisseur !

— Une boule de feu de six centimètres de diamètre devrait percer un trou d'au moins cinq mètres dans la roche qu'on trouve aux alentours. Hagop, tu vois ce caractère argenté qui ressemble à la rune signifiant le destin ? » Il montrait Belvédère. Des milliers de caractères ornaient ses murailles. Je ne voyais pas celui dont il parlait. Hagop non plus.

« La plus haute ligne. En plein milieu de la cible. On dirait un mât portant deux fanions sur la droite, près d'un truc évoquant un petit trident.

— D'accord. »

Je l'avais trouvé aussi.

« Vas-y. Dégomme-le dès que tu te sentiras prêt. »

J'ai protesté avec véhémence. « C'est à plus de trois mille mètres ! Sinon quatre. Il aura déjà du bol s'il touche le mur.

— Prêt.

— Tire. »

Friture de bacon. Une boule orange a giclé du bambou. Elle a mis moins de trois secondes à atteindre Belvédère. J'aurais été infoutu de suivre sa trajectoire si je ne m'étais tenu derrière Hagop. Lorsqu'elle a frappé les sortilèges de protection du mur, un éclair a illuminé tout le paysage. Elle avait fait mouche. La rune visée m'a paru légèrement décolorée lorsque la lueur éblouissante s'est estompée.

« Oh, dieux ! » ai-je fait. Thai Dei et oncle Doj jacassaient. Ils n'avaient nullement besoin de comprendre notre charabia pour mesurer tout le potentiel de cette arme.

« Nous estimons qu'une boule de feu devrait parcourir une trentaine de kilomètres avant de perdre sa vélocité, a déclaré Clete. Au-delà, elle ne sera guère plus puissante qu'une boule normale et plus bonne à rien, sinon à tuer des ombres et faire des dégâts. » Il a tapoté le tube dont s'était servi Hagop. « C'était notre prototype. Il est enregistré. Ne nous reste plus qu'à tester les autres. C'est pour ça que nous sommes là. »

Hagop et Otto ont substitué à ce bambou une perche qui n'était pas encore marquée. Otto a imprimé une demi-torsion à l'extrémité arrière. Une section entière, évoquant un plateau, s'est détachée. Deux gus des ateliers de Madame ont enveloppé le plateau d'une substance ressemblant à de l'argile de potier, puis enfoncé dans l'argile une grosse bille de caoutchouc noir. Hagop a replacé le plateau dans son jouet et tripoté le mécanisme de détente avant de demander à ses ingénieurs de frères : « Satisfaits de la façon dont est disposée cette babiole ? »

Tous trois se sont accroupis. Ils se sont chamaillés. Ont joué du maillet. De nouveau argumenté. Puis tous, Otto, Hagop et les gars de l'atelier ont adopté une position précise pour regarder Belvédère.

Crépitement de bacon. Une boule orangée a fendu l'air. Mille mètres plus loin, elle s'est mise à dériver sur la gauche avant de piquer vers le sol. Elle l'a touché juste avant l'enceinte. Pendant une quinzaine de secondes, le feu a goutté dans l'air. En même temps que des éclats de pierre et des mottes de terre.

Les sept observateurs ont entrepris de collationner et consigner leurs remarques. En se disputant âprement. Ils ont retiré le plateau de la perche et regardé au travers. Nouvelles observations couchées sur le papier. Avant de passer la main à un spécialiste qui s'est servi de certains des outils ésotériques pour trifouiller l'intérieur de la tige.

Les trois frères ont enchaîné sur une troisième perche. Leurs collègues avaient droit à une douzaine de réglages par essai. Ils ont réitéré tout le processus un nombre incalculable de fois. Certaines perches mettaient dans le mille au premier coup. D'autres foiraient lamentablement. Les plus défectueuses étaient immédiatement mises au rebut. Inutile de perdre son temps avec elles. On aurait toujours l'usage d'engins moins précis pour effacer les ombres.

Lorsqu'on testait une perche une seconde fois, c'était pour mettre à l'épreuve sa régularité. Un alphabet entier de marques énigmatiques de différentes couleurs fut établi, chargé d'indiquer aux soldats leurs bizarreries spécifiques.

Otto s'exprime rarement, mais, au cours du déjeuner, il a fait observer : « Madame a réellement recouvré tous ses pouvoirs maintenant. »

Personne ou presque ne se doutait de la vérité. Et ceux qui la soupçonnaient n'était pas prêts à la croire.

« Combien de ces engins comptez-vous faire fonctionner ? » Mes troupiers avaient cessé tout travail. Ils musardaient alentour, admirant le feu d'artifice comme des galapiats montés en graine.

« On en a apporté cinquante, a répondu Clete. Nous espérons en retirer une vingtaine d'opérationnelles. Si tout se passe comme nous le voulons, nous pourrons alors nous atteler à un truc *vraiment* énorme. Purée ! Les Tals vont avoir une sacrée surprise ! »

Je n'avais aucune peine à imaginer les dommages que pouvaient infliger ces boules de feu à un homme. Mais je me doutais bien qu'il n'entrait pas dans leurs intentions de décimer des légions entières.

Et mes soupçons ont reçu leur confirmation dès le lendemain matin.

Madame est venue inspecter en personne les vingt-six pièces que les trois frères avaient jugées acceptables.

Elle semblait vidée nerveusement mais témoignait pourtant d'un certain ressort, indiquant qu'une partie au moins de son existence se déroulait sous d'heureux auspices. Le Vieux et elle trouvaient le temps de nouer d'autres rapports que ceux de capitaine à lieutenant.

J'étais ravi pour eux.

« Excellent, a-t-elle déclaré après avoir vu chaque tube écorner au moins une fois l'enceinte de Belvédère. Et qu'en est-il des armes légères réservées aux corbeaux ?

— Vous voyez des corbeaux, vous ? s'est enquis Longo. On a établi un poste de surveillance avancé. Ils n'osent même pas s'en approcher.

— Très bien. Garnissez-moi tous ces engins à fond. Je compte me livrer personnellement à un petit essai.

— On est dans les temps, m'a annoncé Hagop. On en a même six de plus que ce qu'on espérait. Et la moitié des autres sont assez précis pour qu'on s'en serve à distance rapprochée, disons deux, trois kilomètres. On va faire un foutu carnage. »
Tous les gars de l'équipe étaient aussi excités que des gosses qui viennent de recevoir un nouveau jouet. Et Madame n'était pas la moins exaltée. Elle gambadait comme si elle avait retrouvé ses quinze ans.

Les troufions ont déplacé les tables puis entrepris d'emballer les outils et de charger les fourgons.

Loftus, Longinus et Otto n'arrêtaient pas de ricaner à je ne sais quel propos.

J'ai regardé autour de moi. C'était de mauvais augure. Madame elle-même avait ce regard. Cette expression sardonique qu'affichent Gobelin et/ou Qu'un-Œil lorsqu'ils s'apprêtent à jouer un tour que nous pourrions tous regretter.

« Que personne ne bouge d'ici ! ai-je beuglé en faisant de mon mieux pour endosser le personnage du seul adulte responsable. Je ne sais pas ce que vous mijotez, mais… » C'était *mon* fief, non ?

Un groupe, dont Madame, Otto et Hagop, est passé derrière les tables. Ils ont commencé à s'envoyer des vannes tout en prenant la visée sur toute la longueur de leurs perches poids lourd, chargées à bloc.

« N'y songez même pas ! » ai-je grondé.

Mes beaux-parents rescapés s'incrustaient derrière moi sans mot dire ; ils ne comprenaient peut-être pas tout ce qui se disait, mais au moins que deux et deux font quatre. C'était limpide.

« Ne faites pas ça ! » les ai-je suppliés.

Vingt-deux tiges de bambou se sont déchargées l'une après l'autre à quelques secondes d'intervalle. Ces monstres ont tous suivi des yeux les boules de feu orangé qui filaient nord-nord-ouest, droit sur le secteur où une tornade de corbeaux s'était naguère levée dans mon imagination.

Mais, ce coup-ci, mon imagination n'y était pour rien.

La planque de Volesprit devait se trouver à près de vingt kilomètres. Les boules de feu n'ont pas mis dix secondes à l'atteindre. Sinon cinq. J'étais trop secoué pour me prétendre bon juge de l'écoulement du temps.

Feu, fumée et merde ont volé à près d'un kilomètre de haut.

Et toute l'équipe a pété les plombs. Chacun, Madame comprise, déchargeait ses boules de feu vers le ciel par rafales de quatre ou cinq. Les bois se sont mis à bouillonner dans le lointain. De mon poste d'observation, pourtant éloigné, je voyais des arbres titanesques projetés dans les airs à plus de trois cents mètres.

Certains, si je me souviens bien, étaient deux fois plus larges que je n'étais haut. Ils tournoyaient dans le ciel comme autant de faux enflammées.

Un incendie monstrueux s'est déclaré là-bas. Qui précipitait flammes et fumerolles vers le firmament tel un volcan courroucé.

Un tas de corbeaux ont péri ce jour-là.

Ce jour-là, à mon avis, Volesprit n'a pas dû trouver une seule bonne raison de rigoler.

37

Les affaires humaines se plient à une profusion de rituels. Le Vieux m'a demandé de faire des lectures tirées des annales, comme il le faisait lui-même au bon vieux temps. Il croyait dur comme fer que chaque homme devait connaître sa place exacte dans la longue histoire de notre Compagnie. En outre, la plupart des vétérans étaient chargés d'enseigner le taglien à ceux qui l'ignoraient encore. Toubib souhaitait que tous nos frères eussent au moins une langue en commun. Il me semblait parfois que nous parlions autant de langues indigènes que nous étions d'hommes. Je n'ai souvenance d'aucune autre période dans les annales où la Compagnie se fût montrée aussi polyglotte qu'elle l'était aujourd'hui.

On m'avait chargé d'un autre fardeau : garder la forme en arquant tous les quelques jours jusqu'au QG pour y assister à une réunion de l'état-major.

J'ai été réveillé par un bouquet délicieux. J'ai passé la tête hors de notre bunker maintes fois amélioré. « Qu'est-ce que tu cuisines ? ai-je demandé à Thai Dei.

— Oncle Doj a tué un cochon sauvage cette nuit. On aura du porc rôti au menu.

— J'espère que je pourrai le garder.

— Il ne sera pas prêt avant des heures. Tu m'as demandé de te rappeler que tu avais une réunion d'état-major ce matin, non ?

— Chiasse ! » Et elle était censément importante. Pas question d'arriver en retard. « Garde-m'en un morceau, en ce cas. » J'ai traîné ma viande hors du bunker et me suis livré à tous les préparatifs matinaux qui m'étaient permis. Nous n'étions pas du genre à consacrer de longues heures à prendre des bains ni nous soigner la barbe ou la coiffure. Mais il faut bien s'éclabousser la figure et se curer les dents de temps en temps, ne serait-ce que pour avoir l'impression de continuer à vivre.

Je me suis demandé ce qu'il adviendrait de nos dents, précisément, si Qu'un-Œil ne rentrait pas au bercail. Les menus sortilèges qu'il leur jetait pour les protéger devaient être renouvelés tous les deux ans. Et des bataillons entiers de nouvelles recrues n'y avaient jamais encore été exposés.

Thai Dei ne m'a gardé que dalle. Il a ôté le cochon du feu et m'a emboîté le pas. Pas moyen de semer ce lascar !

Je continuais de marcher à pied. Roupille ne m'avait toujours pas ramené ma monture. Il n'était d'ailleurs pas rentré non plus, alors qu'il en aurait eu amplement le temps. Il avait tout bonnement disparu en franchissant les montagnes. Nulle quête, ni sur site ni dans le monde spectral, ne m'avait permis de retrouver sa trace. Je craignais le pire.

Deux corbeaux futés me filaient le train, se glissant de buisson en rocher et de rocher en tas de ruines. Eux exceptés, rien n'indiquait que Volesprit fût toujours de ce monde ou qu'elle s'intéressât encore à nous, en dépit du saccage de son habitat. Elle prenait tout son temps.

On pouvait au moins lui reconnaître cette qualité. Cette fille était peut-être timbrée, mais jamais elle ne perdait patience. Elle ne se laissait pas guider par son tempérament.

Madame prétendait qu'elle n'avait échappé au tir de barrage que parce qu'elle s'était envolée vers le nord sur le tapis du Hurleur, pour aller comploter avec la Radisha.

J'avais ordre de ne pas surveiller Volesprit. De me carapater sitôt que je sentais sa présence. Même chose en ce qui concernait Kina. Fumée nous était devenu pratiquement inutile, et moi une ressource trop précieuse pour qu'on lui fît courir des risques.

Parfait !

J'ai jeté un regard en arrière avant d'entreprendre l'escalade du versant opposé. Oncle Doj nous filait, comme c'était fréquemment le cas. A sa posture, on le sentait prêt à tout. Toujours une main posée sur le pommeau de Bâton de Cendre.

Thai Dei et moi avions repris l'entraînement avec lui, vaille que vaille. Il refusait d'expliquer ce qui se passait dans sa tête. Il se contenait de frapper d'estoc et de taille, nous contraignant à parer ou à souffrir de douloureuses ecchymoses.

Il désespérait de me voir acquérir un jour ce qu'il estimait une efficacité minimale en matière de maniement de l'espadon. Il ne faisait pas la différence entre un guerrier combattant en loup solitaire et un soldat intégré dans une compagnie de militaires s'entraidant mutuellement. Ou le feignait tout du moins.

Il s'attendait à des ennuis, ça ne faisait pas un pli. Mais c'était trop compliqué à expliquer.

J'avais suffisamment crapahuté avec Toubib ; j'aurais dû m'y être habitué.

« Nous sommes des champignons, ai-je rappelé à Thai Dei.

— Hein ?

— Cantonnés dans le noir ? Nourris au crottin de cheval ? »

On aurait pu croire qu'il s'en serait souvenu. Mais il ne daignait même pas essayer. A l'instar de la plupart des Nyueng Bao rattachés à la Compagnie. « Laisse tomber. »

Oncle Doj a tenté de s'inviter à la réunion. Deux gardes aux yeux féroces lui ont bloqué le passage. Il a préféré rôder dans le coin avec d'autres Nyueng Bao. Ça ne lui était jamais arrivé. Il avait l'air de chercher Jojo, l'ex-garde du corps de Qu'un-Œil. Jojo n'était pas d'un tempérament grégaire, même avec d'autres Nyueng Bao.

Je me suis faufilé dans l'antre du Vieux.

Une véritable cohorte y était rassemblée. N'attendant plus que moi, apparemment.

« Commençons, a fait Toubib. Tout d'abord, les renseignements les plus récents. Mogaba a bel et bien signé avec la Radisha. Il s'efforce de lever une armée quelque part au sud de Dejagore. Les rapports ne précisent pas où mais signalent en revanche que ses hommes ont entrepris d'expulser les autochtones de leurs fermes les plus rentables, dans l'espoir de parvenir à l'autosuffisance. Les dirigeants de Taglios n'ont pas encore décidé de ce qu'ils comptaient faire. On penche, dirait-on, pour tirer une croix sur la Compagnie. »

Le capitaine s'est gardé de révéler ses sources. Certaines de ses informations provenaient de Madame ou de moi, de nos rêves ou de l'époque où Fumée n'était pas encore inutile et où nous chevauchions le fantôme.

« A ce qu'il paraît, a-t-il ajouté, Mogaba ne crache pas sur le soutien de petites unités auxiliaires levées par des sectes religieuses qui ont gardé une dent contre nous ou certains de nos amis. »

Lame a ricané.

38

Le silence s'éternisait. J'ai trouvé une chope cabossée, vestige de la splendeur de Kiaulune, et je me suis servi du thé d'une théière infusant devant l'âtre rudimentaire de Toubib. J'ai fait mine d'apprécier.

« Clete, a demandé Toubib. Où en sommes-nous de l'agriculture ? » Il n'y a que dans la Compagnie noire qu'on peut confier la responsabilité des moissons à un type du génie.

« Rien de bien nouveau, a-t-il répondu. Des récoltes exceptionnelles qui menacent de mûrir avant la date prévue par les indigènes. On pourrait facilement trouver pire que de s'établir ici. »

Clete et ses frères formaient le noyau dur d'une faction bien décidée à s'enraciner sur place. Ils estimaient que leurs nouvelles armes décourageraient leurs ennemis les plus résolus. Mais leurs démarches restaient discrètes.

Pendant une éternité, la Compagnie avait pataugé dans des bourbiers infernaux. Nous étions désormais à la tête d'une riche province et d'une superbe forteresse, tandis que nos plus mortels ennemis se trouvaient à des milliers de kilomètres et peu désireux sans doute de nous agresser de sitôt.

Je n'ai pas prêté l'oreille aux divergences d'opinion consécutives à certaine hypothèse suggérant que, si nos récoltes rendaient si bien, c'était que les dieux nous aimaient. De fait, je ne l'ai dressée que lorsque Longinus a entrepris de nous expliquer que nous n'avions plus à craindre personne.

« Si effectivement la Radisha a bradé la moitié de son pouvoir pour conserver sa position, ça signifie que les ecclésiastiques tiennent en réalité les rênes. En dépit de la trouille que nous leur inspirons et de la haine qu'ils vouent à Lame, je les vois mal se coltiner une nouvelle armée digne de ce nom. Le prix qu'elle leur coûterait et la menace qu'elle représenterait pour leur pouvoir… »

J'avais déjà entendu tout cela : les prêtres ne permettraient pas à la Radisha de se lancer à nos trousses.

Je n'en croyais pas un mot. Pour moi, il essayait de se rassurer. Mais il faut dire que je chevauchais le fantôme : que je pouvais tout voir et me rendre où bon me chantait. Me fourvoyer eût exigé de ma part des efforts plus soutenus.

« Tu te trompes, Longo, l'ai-je coupé. Nous aurons bientôt de la visite. Bien plus tôt que vous ne le souhaiteriez tous. » J'avais soudain toute l'attention du Vieux. « J'ai fait un rêve. »

Tout le monde ou presque savait que j'avais des visions. Mais tant le procédé lui-même que leur fiabilité restaient mon secret. Pour éviter de perturber ceux qui risquaient de s'inquiéter pour moi, je mettais tout sur le dos de ces accès qui m'avaient frappé durant le siège.

Madame a fait claquer sa langue, tic aussi récent qu'exaspérant dont elle n'était pas consciente. Toubib et elle semblaient en passe de devenir les grands-parents de toute la troupe. Le sérail avait désespérément besoin de sang frais. « Peux-tu me parler de ton rêve, Murgen ? a-t-elle demandé. Ou devrons-nous attendre la fin de ce volume des annales ? » Elle m'en voulait d'avoir récemment entrepris de nouvelles corrections du sien. Certaines recrues de la dernière classe d'engagés avaient assisté aux événements de l'époque. Nul n'en gardait le même souvenir qu'elle.

« Le hic, comme l'a dit le patron, c'est que notre vieux copain Mogaba n'est plus au chômage. »

Murmure général.

Se seraient-ils imaginé que le Vieux blaguait ?

« Mes rêves ne m'apprennent pas grand-chose. Je n'ai aucune prise sur eux. Je me retrouve parfois propulsé dans le passé, mais je reste incapable de choisir ma destination pour découvrir *a posteriori* pourquoi tel ou tel événement s'est produit. Je dois, comme tout le monde, attendre que nos amis qui se trouvaient sur place m'en fassent le compte rendu. Nous avons des amis dans le Nord, qui nous fournissent des renseignements fiables. Dès que cela m'est possible, je vais m'informer auprès d'eux. »

Nous ne nous servions plus de Fumée. Il aspirait à sortir du coma. De toute manière, il n'était plus réellement dans le coma. Madame avait dû se battre pour l'utiliser. Elle avait aussi profité de certaines occasions qui s'étaient offertes à elle par la suite.

« Mais Volesprit, ai-je poursuivi, a dû contacter Mogaba à un moment donné et le recommander à la Radisha. Je suis prêt à parier que la Femme ne l'a engagé que pour éviter de froisser Volesprit. Mogaba a d'ores et déjà promis aux prêtres de leur livrer Madame et Lame. » Des primes considérables sur leur tête avaient été offertes dès que la Radisha s'était retournée contre la Compagnie.

Mogaba ne laissait jamais l'échec saper sa confiance en soi.

« Je pourrais prendre les devants, a proposé Lame. Ce serait assez marrant de les bazarder et de regarder frétiller les survivants…

— Non. » Toubib n'était pas d'humeur à tolérer les envolées fantasmatiques. « Je sais déjà lequel bazarderait l'autre si tu t'avisais de danser avec Mogaba. Sindawe. Dis-moi tout.

— Première fois que j'en entends parler. Il faut que j'y réfléchisse, capitaine.

— Pense tout haut.

— Mogaba est seul. » Par là, Sindawe entendait que Mogaba n'avait plus aucun Nar dans ses rangs. Tous ceux qui l'avaient suivi lorsqu'il avait déserté la Compagnie étaient morts. « Son équilibre mental est sans doute plus éprouvé que jamais. Il doit être obsédé par le désir de t'anéantir, toi personnellement, parce que tu lui as volé ce qui lui revenait de droit. »

Toubib a grogné, pas franchement surpris. « Murgen. Combien de temps avant que nous ne l'ayons dans les pattes ? Nous avons mis quatre ans pour en arriver là et nous sommes encore en état d'affronter la disette. En outre, nous ne serions pas aussi heureux aujourd'hui si la Radisha ne nous avait pas trompés et nous était restée fidèle. Nous avons perdu moins d'hommes au combat que je ne l'escomptais. Et moins encore de maladie. »

Il a passé sous silence le fait que nous étions arrivés à la morte-saison, époque où, normalement, il était quasiment impensable de déplacer une armée.

« A propos de nombre... a fait Baquet. Les derniers gars qui souhaitaient rentrer chez eux sont repartis depuis longtemps. »

Madame a enfoncé une porte ouverte : « Mogaba n'aura pas comme nous à entraîner ses hommes. Il peut en lever que nous aurons déjà aguerris pour lui.

— Qu'est-ce que la Femme attend exactement de lui ? m'a demandé le Vieux.

— Les prêtres pensent qu'il devrait se contenter du maintien de l'ordre dans les territoires que nous occupions. Certains s'excitent beaucoup à l'idée d'y déclencher un massacre. Mais la Femme souhaite simplement nous contenir au sud des montagnes. » J'ai gloussé. « Il fera à son service le même boulot que pour Ombrelongue, en somme. Sauf qu'il devra boucher la bouteille par son autre bout.

— Mogaba viendra un jour ou l'autre, a affirmé Isi. Comme l'a prédit Sindawe. »

Toubib a poussé un autre grognement.

« S'il se pointe en été et n'apporte pas la moitié d'un tombereau de chevrons, de cerfs-volants, de bambous...

— Il pourrait demander aux paysans de transporter son matos, a raillé Longo. Avant de les bouffer... »

Sindawe, Ochiba et Isi lui ont coulé un regard torve.

« Restons sérieux, a fait Toubib. De nombreux changements se sont produits à Taglios. Grâce aux sortilèges qui pèsent sur Murgen, nous avons eu vent de certains d'entre eux. »

Tout le monde attendait qu'il en dît davantage. Il s'en est abstenu. « Volesprit reste une épine dans notre pied », a fait enfin observer Madame.

Absolument. Elle n'avait pas riposté au tir de barrage de Madame. Pas encore. Je n'étais pas censé l'espionner, mais je savais qu'elle rôdait dans les parages. Elle s'abritait derrière un paravent d'illusions et se déplaçait énormément. J'étais persuadé qu'elle n'avait pas renoncé à nous pourrir la vie.

Nul n'a fait allusion à l'enfant. Je savais qu'elle avait survécu, secourue non pas par la Kina qu'elle appelait de ses vœux éplorés, mais bel et bien par Volesprit, au prix de joyeux persiflages. Madame et Toubib avaient endurci leur cœur. C'était compréhensible. Ils n'avaient guère eu plus de contacts avec elle qu'avec un gosse inconnu né le même jour à l'autre bout du monde.

Mais pas question d'aborder le sujet. J'étais censé éviter Volesprit jusqu'à nouvel ordre. Toute la patience dont le Vieux pouvait faire preuve à l'égard de mes initiatives personnelles était épuisée.

La perte de Roupille n'était toujours pas pardonnée.

« Qu'en est-il de ta belle-mère, Murgen? s'est enquis Toubib. De Gobelin et de Qu'un-Œil? »

Que répondre? « Toujours portés manquants. » Il ne pouvait me le reprocher. Pas encore, tout du moins. Il finirait par trouver le joint.

Notre ultime contact avec eux datait du jour où les éclaireurs de Gobelin avaient déboulé avec le Prahbrindrah Drah menottes aux poignets et Lisa Bowalk feulant dans sa cage sur une charrette. Pas un mot sur ce que boutiquait Gobelin ni sur les raisons qui l'y poussaient. Sa désertion, à mon avis, ne faisait nullement partie intégrante du grand plan du Vieux. Le petit sorcier à face d'emplâtre rôdait quelque part dans la nature, jouant son propre jeu.

Je n'avais plus très souvent l'occasion de me mettre à sa recherche. Mes rêves étaient beaucoup moins fréquents. Lorsque d'aventure ils survenaient, je rendais visite à Sarie. A elle et à mon fils, cette larve baveuse d'une beauté renversante qu'elle avait surnommée Tobo, refusant de lui choisir en mon absence – sans qu'on pût en débattre ni décider en tête-à-tête de celui qu'il porterait, et en quel honneur – un véritable prénom.

Elle était résolue à me retrouver, encore que les secteurs les plus écartés du marais devaient désormais avoir eu vent de la rupture du contrat liant la Radisha à la Compagnie noire. Ce qui risquait d'accroître les dangers qu'elle encourrait en quittant le temple. Presque tous les Nyueng Bao ayant récemment déserté les marais avaient été associés, de près ou de loin, à la Compagnie noire.

Les gardiens de Sarie restaient sur le qui-vive. Ils s'attendaient à ce qu'elle tentât quelque chose, maintenant qu'elle n'était plus aussi grosse qu'un grenier à blé. Intelligente comme elle l'était, elle recourait à des tactiques de guérilla le temps de recouvrer des forces. Pas un jour ne passait sans qu'elle rendît un peu plus misérable, par un moyen ou un autre, l'existence de la canaille ecclésiastique. C'était chose aisée. Elle se contentait de singer sa mère. Le moment venu, les prêtres n'envisageraient sans doute qu'avec un médiocre enthousiasme de se lancer à ses trousses.

Toubib scrutait Madame. Il attendait qu'elle ajoutât quelques mots sur sa sœur. Les autres étaient dans le même cas. Volesprit pesait lourdement dans tous nos esprits. Sa chance ne cessait de croître. Et la liste de ses rancœurs de s'allonger.

Pourtant, nous ne pouvions guère attenter davantage à notre propre cause, pas vrai ? Le pire qu'elle pût nous faire, c'était nous tuer. Je me trompe ?

Bordel, en nous enrôlant dans la Compagnie, nous nous condamnons tous à la peine capitale !

« Plusieurs soldats ont été portés manquants au cours des deux dernières nuits, a fait observer Madame. Quelques-uns ont dû déserter. Mais pas tous. » Elle a fait un signe. Isi et Ochiba, prévenus, ont apporté un paquet et l'ont déposé sur le sol de terre à la vue de tous.

Je me suis abstenu de faire observer au Vieux qu'en emménageant *intra muros* nous jouirions de véritables parquets et de meubles dignes de ce nom.

« Il se pourrait que ce soit légèrement faisandé », a déclaré Madame.

Oh-ho !

Isi et Ochiba ont déroulé les bandelettes du cadavre. Aussi flétri qu'une vieille momie, il schlinguait moins que je ne m'y attendais. Sa bouche béait, comme figée en un interminable hurlement. Il semblait avoir souffert de nombreuses lacérations avant sa mort.

Sans doute se les était-il infligées lui-même dans son agonie. « Tué par une ombre », ai-je laissé tomber. Futilement.

Toubib m'a lorgné. J'ai haussé les épaules. « Aucune n'a pu se faufiler pendant que je montais la garde. » J'en avais la certitude. C'eût déclenché un véritable charivari.

« Elles sont donc sous son contrôle, a-t-il répondu. C'est *elle*. Elle aura utilisé les laissées-pour-compte d'Ombrelongue. »

Volesprit était le nouveau Maître d'Ombres. Elle peaufinait sans doute ses talents.

« Nous ne pouvons strictement rien contre ce genre d'agression, sauf nous abstenir de sortir seuls et nous munir toujours d'un bambou... Qu'est-ce qui lui prend ? »

Le « lui » en question faisait référence à l'annaliste de la Compagnie, qui s'était mis brusquement à émettre des bruits incongrus. Il ruait des quatre fers et tentait visiblement d'avaler sa langue. C'est du moins ce qu'on m'a raconté plus tard. A un moment donné, j'ai totalement perdu le contact avec mon corps. Telle la mouche qui n'aurait pas vu arriver la tapette.

J'ai survolé un bon moment la plaine aux ossements et, durant cette éternité, il m'a semblé me répandre par tout ce sinistre paysage. Un corbeau blanc m'a raillé. Puis j'ai *été* ce corbeau. Je m'en suis finalement sorti, mais je n'ai pas suivi mon parcours habituel. Je n'ai pas vu tous ces vieillards grincheux qui m'incendiaient depuis leur cocon de glace filée. J'ai dû traverser à tire-d'aile de lourdes tentures de ténèbres pour remonter jusqu'à l'époque, lugubre et merveilleuse, de mes premières rencontres avec ma Sarie puis, encore avant, jusqu'au jour où j'avais croisé mon propre fantôme et visité en sa compagnie la ville assiégée. Aucun des mots qu'émettait mon bec invisible n'était mien, mais la démente qui les forgeait semblait ne prêter aucune attention à ce qui se passait ni même contrôler directement les événements. Pauvre de moi ! J'étais comme un papillon de nuit pris dans une rafale de vent inattendue. Le martèlement désespéré de mes ailes n'avait aucune incidence sur cette bourrasque féroce, indifférente à ma présence.

J'ai vu beaucoup de morts et de désespoir. Je n'ai rien appris de neuf ni rien vu que je n'eusse déjà vu, ni qui eût une relation plus étroite avec mon passé.

Volesprit m'avait peut-être uniquement poussé du coude au passage parce qu'elle s'ennuyait, ou elle n'était même pas consciente de m'avoir bousculé. Peu importait. Je ne pouvais exercer de représailles. Je ne pouvais que battre des ailes comme un malheureux enfoiré, en espérant survivre au prochain ouragan.

Les ténèbres sont venues.

39

Je me suis réveillé dans l'alcôve où l'on entreposait naguère Fumée. Il faisait noir. Je n'avais aucune idée de la durée de mon absence. Une chose au moins était sûre : la réunion était terminée. Je n'entendais plus rien.

J'ai tenté poussivement de m'en extraire et découvert que j'étais extrêmement affaibli. Mes jambes m'ont trahi quand j'ai essayé de me relever. J'ai basculé en avant, à travers la tenture masquant l'alcôve.

J'ai soudain entendu comme un trottinement de souris. J'ai redressé la tête. Le peu de clarté subsistant dans la pièce a suffi à me révéler le rongeur.

Thai Dei s'employait à rempiler des paperasses tout en feignant l'innocence. Plausible. Il ne savait pas lire. « Te voilà. Je m'inquiétais. » Il m'a aidé à me lever. « Que t'est-il arrivé ? »

Mes genoux flageolaient. « J'ai eu un accès comme ceux qui me prenaient à Dejagore et à Taglios.

— Pourquoi ont-ils… ? Ils sont tous sortis en masse voilà plusieurs heures. Même les gardes ont décampé.

— Quelle heure est-il ? » La réunion avait commencé dès potron-minet.

« Le soleil se couche dans une heure.

— Merde ! Un jour entier de fichu, alors ! » Thai Dei me soutenait. Je ne l'ai pas repoussé. J'ai cherché de quoi manger des yeux. Manger me faisait un bien fou lorsque j'avais longtemps chevauché Fumée.

Ce n'était pas pareil. Du moins le mouton froid, brûlé et coriace ne m'a-t-il pas fait le même effet. Mais je n'avais rien de mieux sous la main.

Il me fallait quelque chose d'alcoolisé. Quelques rares amateurs étaient sortis du rang pour briguer la place de Qu'un-Œil. Les plus illustres étant Saule Cygne et Cordy Mather, restés dans les parages alors qu'ils étaient libres de regagner le Nord. Cordy ne brûlait plus exactement de la même ardeur pour la Radisha. Mais le fruit de leur industrie n'était guère savoureux. En outre, dans la mesure où nous faisions tous mine d'observer le règlement, j'allais devoir, si je voulais m'en procurer, passer par plusieurs intermédiaires.

Mais, sur le tard, j'ai eu comme une intuition de la planque où Qu'un-Œil aurait pu dissimuler son matériel de distillation. Mon ancien terrier comportait un petit cagibi renforcé où je serrais les annales et quelques articles privés. Il avait survécu sans dommage à plusieurs désastres. Mère Gota avait aidé à le rebâtir.

Nous sommes sortis de la tanière de Toubib. Une véritable escalade, rouspétant et les jambes branlantes. « Si seulement il décidait de s'installer dans cette putain de forteresse, bordel ! » Les expériences avaient pris fin, mais la troupe vivait toujours à la dure, éparpillée dans les collines. « Où sont-ils tous passés ? » Je ne voyais pas âme qui vive à proximité, du moins avant les ruines de Kiaulune. J'ai ressenti comme un pincement au cœur de frayeur. Avais-je réellement regagné le monde quitté lors de ma crise ? N'étais-je pas plutôt prisonnier d'une nouvelle strate de mon rêve ?

« Ils sont tous partis. Même les gardes. » Thai Dei rabâchait sa constatation comme s'il s'adressait à un sourd doublé d'un demeuré. « Sinon, je n'aurais pas pu entrer dans l'abri du Libérateur. »

Ça faisait un moment qu'on n'avait pas donné ce titre au Vieux. « Oncle Doj les a suivis pour les tenir à l'œil ? »

Thai Dei n'a pas répondu.

Je me suis dirigé vers mon ancien gîte. « Comparé au bunker de la Porte d'Ombre, celui-ci est un vrai palace. »

Madame et le Vieux avaient fait de ma demeure une prison. L'entrée de service que nous avions ménagée à flanc de colline pour mère Gota et oncle Doj donnait désormais sur un champ de manœuvres clôturé de javelots confisqués à l'ennemi. Lisa Bowalk y reposait dans une cage, le museau posé sur les pattes antérieures, exposée aux intempéries et douloureusement résignée. Quant au Prahbrindrah Drah, il faisait les cent pas en s'efforçant d'éviter tout à la fois les pointes de lance scintillantes et les griffes du transformeur. Il semblait prendre son mal en patience et considérer sa présente situation comme un déboire temporaire.

Ni Ombrelongue ni le Hurleur ni Narayan Singh n'étaient dehors. L'absence du dernier n'avait rien de surprenant. On le punissait s'il s'aventurait au grand jour. Mais l'ex-Maître d'Ombres n'était pas dans ce cas et il exécrait l'obscurité régnant à l'intérieur. Il redoutait ce qui pouvait y rôder.

Le pauvre bougre avait perdu toute son assurance. Il passait le plus clair de son temps à frissonner et à se balancer en marmonnant dans sa barbe. Il maigrissait, chose à peine croyable.

La puanteur était effroyable. Ces gens n'avaient plus aucun ami. Ils vivaient comme des animaux, sinon pire, dans le plus cruel des zoos ou la plus cruelle des pâtures. On encourageait les passants à tourmenter Ombrelongue et le saint vivant des Félons.

Le Hurleur n'avait pas mérité cette place privilégiée en tête de la liste noire de Madame. On le traitait certes avec indifférence, mais on le nourrissait des reliefs les plus appétissants.

Fumée devait également se trouver à l'intérieur. Le prince et lui avaient droit à plus de considération. Bowalk était tout juste nourrie… Sinon, on ignorait sa présence, pourvu qu'elle se comportât sagement.

Un panneau que seuls pouvaient déchiffrer quelques heureux élus clamait que le Prahbrindrah Drah était un honorable invité. Quelqu'un avait dû bien rigoler.

« Une bonne tempête balaierait cette puanteur », ai-je déclaré. J'ai contemplé le ciel. Nous n'en serions pas soulagés de sitôt.

Thai Dei a grogné. Et levé la main.

Quelque chose se préparait. Il s'est dressé sur la pointe des pieds, les narines palpitantes. Sa tête pivotait par saccades comme s'il s'efforçait de tendre l'oreille.

Je me suis pétrifié. C'était son boulot. Son domaine d'expertise.

Je l'entendais moi aussi, à présent. Un grattement provenant de l'intérieur du terrier. Les mois avaient passé et je ne comprenais toujours pas clairement pourquoi Ombrelongue et Singh étaient encore de ce monde. S'ils persistaient ainsi à chier dans la colle, Toubib et Madame ne tarderaient pas à regretter de n'avoir pas disposé d'eux plus tôt.

Madame croyait qu'ils pourraient encore nous être utiles. Un de ces quatre. Quelque part. A quelque chose.

« Mieux vaut en avoir le cœur net », ai-je dit. Sans grand enthousiasme. Ce genre de truc annonce inéluctablement des ennuis. « Qu'est-il advenu d'oncle Doj ? » S'il arrivait quelque chose, il ne serait pas de trop. Je ne portais qu'une petite canne de bambou chargée de trois boules de feu.

Thai Dei s'est dirigé vers le tas de bois de l'état-major – à présent alimenté par les paysans avec qui sous-traitait la Compagnie – et a choisi un rameau long d'un bon mètre, pourvu d'un nœud robuste à une extrémité. Il m'a fait signe d'avancer.

Je me suis laissé glisser à terre et j'ai tiré d'un coup sec la porte de mon ancien gîte.

Narayan Singh, le saint vivant des Félons, titubait dans la pénombre. Il était resté assez longtemps enfermé. Son teint, normalement basané, avait pris la couleur malsaine d'un asticot. Madame ne se contentait donc pas, finalement, de le cloîtrer, baignant dans son jus. Elle pouvait se montrer subtile quand ça lui chantait. Le problème, c'est qu'elle ne le souhaitait pas souvent.

Thai Dei lui a matraqué la cafetière.

Pauvre vieux Narayan. Son existence prenait bien vilaine tournure depuis quelque temps. Et ce fils de pute avait mérité chaque seconde de ses souffrances. J'aurais parié que sa déesse se tenait les côtes en pensant à lui.

Une bonne moitié de ses tortures devraient encore attendre, sachant que Madame prendrait un jour le temps de lui consacrer quelques attentions bien spéciales, personnalisées et dénuées de toute affection.

« Soyons très prudents », ai-je déclaré à Thai Dei.

Il a poussé un grognement. Il arborait le typique visage de marbre des Nyueng Bao. Il n'avait pas oublié To Tan.

« N'y songe même pas, Thai Dei. Madame te ferait rôtir à petit feu. En outre, il doit s'en trouver d'autres à l'intérieur. Tous bien pires que Singh. »

Je faisais allusion à de pires « problèmes », mais il n'en a rien été. Ombrelongue et le Hurleur étaient tous deux entravés et bâillonnés de fer. Ombrelongue n'avait pas mangé à sa faim depuis sa capture. Il faut croire que sorcier affamé, c'est sorcier docile. Les deux hommes, noirs de crasse, avaient à peine eu la force de se traîner à la lumière lorsque Narayan – croyaient-ils – leur avait ouvert la voie.

Mais les privations elles-mêmes n'avaient pas réussi à les dompter totalement. Il faudrait que je m'en souvienne.

« On était censé fermer hermétiquement la porte du chenil, a fait remarquer Thai Dei.

— Personne ne s'en est donné la peine, on dirait. Tiens-les à l'œil. Sans rien casser. Ni personne. Je reviens tout de suite. »

Il a encore émis un grognement. De profond désappointement.

« On aura notre tour », lui ai-je promis.

Fumée était encore dedans. Il avait eu si longtemps mauvaise mine qu'on voyait mal comment son état aurait pu se dégrader davantage. Ses vêtements s'étaient décomposés sur lui en loques putrides. Il était enchaîné. Une des chaînes se perdait dans le noir.

Ses collègues aussi avaient été entravés. Les nôtres avaient au moins eu cette présence d'esprit avant de se carapater les dieux savaient où. Ces fripouilles avaient pourtant réussi à se libérer. Je me suis demandé jusqu'où ils auraient traîné Fumée s'ils avaient trouvé le temps et l'énergie de se faire la belle.

Les regarder regagner un monde qui avait changé du tout au tout pendant leurs petites vacances aurait pu être divertissant.

J'ai enjambé le petit sorcier, déniché une lampe et je l'ai allumée. Tout se trouvait à peu près dans l'état où nous l'avions laissé, à part puanteur et chantier. Un châle en lambeaux, propriété de Ky Gota, gisait encore sur une chaise à trois pattes réquisitionnée à Kiaulune une éternité plus tôt. Rien ne laissait entendre que nos prisonniers avaient passé une seule minute dans cette partie du terrier.

En suivant la chaîne de Fumée, j'ai découvert qu'un côté avait été muré. Mais les charpentiers avaient saboté le travail en utilisant des poutres de récupération qui n'avaient pas résisté à de patientes admonestations.

Je me suis faufilé dans l'orifice.

La puanteur était encore plus effroyable de l'autre côté. J'ai déjà vu des soues plus propres.

Les détenus n'avaient pas exploré très consciencieusement leur prison. Ils n'avaient pas trouvé mon petit cagibi. Mais un autre avait découvert son existence et décidé d'en profiter.

Tant le matériel de distillation que le produit fini de Qu'un-Œil, soi-disant disparus, étaient entreposés dans ce trou, avec ce qui ressemblait fort à une accumulation de trésors glanés dans la cité en ruines. Mère Gota s'était allègrement adonnée à la collecte de détritus pendant ses randonnées nocturnes.

J'ai tiré une jarre à moi et fait sauter son bouchon. Vérole ! Que ce breuvage puait ! Un casse-pattes de bouilleur de cru... J'en ai bu une longue rasade... puis j'ai laissé couler mes larmes. Le goût était plus saumâtre encore que l'odeur.

Au terme d'une seconde gorgée à se cautériser les papilles, j'ai brandi bien haut ma lampe en m'efforçant d'éclairer peu ou prou l'espace derrière l'amoncellement. J'y avais laissé moi aussi quelques trésors en dépôt, mais rien d'assez précieux, en tout cas, pour mériter d'être trimballé jusqu'à la Porte d'Ombre. Je ne me souvenais pas de tout.

« Oh ! Qu'est-ce que c'est que ça ? » J'ai faufilé un bras à travers le monceau de bimbeloterie.

En refermant les doigts sur un lambeau de jute effrangé, j'ai bousculé du coude une pile de bouteilles de terre cuite couchées sur le flanc. Qu'un-Œil avait sans doute envisagé naguère de revenir leur faire une petite visite, car même l'ignare que je suis sait qu'on ne laisse pas très longtemps des bouteilles de bière bouchées à l'horizontale.

Ce simple coup de coude a suffi à les heurter l'une contre l'autre, puis à répandre la totalité de leur contenu sur ma personne et par tout le terrier. J'ai harponné une bouteille débordant de mousse écumante et j'en ai englouti une gorgée. Pas mauvais, bien qu'un poil éventé.

« Je vais bien ! ai-je hurlé en réponse à la question de Thai Dei qui m'était parvenue du dehors. J'ai trouvé le trésor de Qu'un-Œil. » Et plutôt deux fois qu'une, me suis-je rendu compte. L'objet enveloppé de jute n'était autre que ce merveilleux javelot à bazarder les sorciers, sculpté pendant notre incarcération dans Dejagore. A elles seules, les incrustations d'or et d'argent représentaient une petite fortune.

Nouvelle preuve que le petit sorcier n'avait pas eu l'intention de s'absenter éternellement. Il ignorait que j'étais au courant, mais il avait continué à travailler en secret sur son javelot, l'améliorant sans cesse pour en faire son chef-d'œuvre.

« Et ça, c'est quoi ? » Le jute recelait un autre objet en dehors du javelot. Ce merdaillon aurait-il concocté des imitations de ses propres œuvres d'art ?

Non. C'était un arc. Avec ses flèches. Je ne l'ai pas reconnue immédiatement, ne l'ayant pas vue depuis des années, mais c'était bel et bien l'arme que Madame avait offerte à Toubib du temps où elle était encore la Dame. J'étais persuadé que le patron l'avait perdue depuis belle lurette.

Toubib avait toujours un autre secret à cacher.

Cette réflexion m'a incité à me demander s'il ne serait pas pour quelque chose dans la désertion de Qu'un-Œil.

J'ai ramassé arc, javelot et toutes les bouteilles de terre cuite que je pouvais me coltiner. Je pourrais toujours demander plus tard à Thai Dei d'aller chercher d'autres bières et…

Je ne pouvais porter à la fois ma lampe et mon fardeau. J'avais vécu ici. Pas besoin d'une lampe pour retrouver mon chemin. De plus, une lueur crépusculaire s'infiltrait toujours par l'entrée.

L'alcool commençait à faire effet. « Je n'aurais pas parié sur tes chances, chef », ai-je dit à Fumée en l'enjambant.

Il a ouvert les yeux.

J'ai sauté en l'air. Ça faisait bien cinq ou six ans… Et il n'avait pas l'air d'humeur particulièrement aimable.

Je me suis subitement rendu compte que je n'avais qu'une envie : sortir et céder à mon inclination pour la bière.

Thai Dei m'a débarrassé d'une partie de mes paquets. Je ne sais trop comment, une bouteille de bière est restée collée à sa main. J'ai constaté que les gens confiés à sa garde étaient toujours en bonne santé, bien que Narayan Singh fût affublé de quelques bleus supplémentaires, tous de fraîche date.

« Où diable sont-ils donc tous passés ? ai-je encore grommelé. J'ai à faire, moi. Mais nous ne pouvons tout de même pas partir en laissant la bride sur le cou à ces zèbres. Ils risqueraient de fomenter quelque méfait. » Ombrelongue, le Hurleur et Singh ne retourneraient pas de leur plein gré en captivité, c'était flagrant.

J'ai encore sifflé une copieuse rasade.

Ce silence commençait sérieusement à m'inquiéter. Il pouvait fort bien signaler une nouvelle tentative, aussi peu géniale que la première, pour subjuguer Volesprit. Comme si elle n'avait pas déjà suffisamment de choses à nous reprocher !

J'avais vu le terrain qui avait enduré le tir de barrage de Madame. Il ne ressemblait plus en rien à ce qu'il était d'ordinaire au printemps. Des rochers gros comme des maisons étaient percés de trous de part en part. La plupart des arbres renversés avaient brûlé. Il y a avait eu des éboulements et des effondrements. A certains endroits, la roche semblait s'être liquéfiée, fondue comme une chandelle de cire. La caverne de Volesprit demeurait introuvable.

Les seuls cadavres découverts alentour étaient ceux des corbeaux. Rien ne prouvait que Volesprit ni sa prisonnière eussent souffert d'un bien grave inconfort.

Les corbeaux survivants rauquaient, narquois, parmi les rochers torturés.

40

Thai Dei a grogné. Ces temps-ci, il était carrément volubile, allant jusqu'à prononcer deux phrases complètes en l'espace d'une heure. Mais en l'occurrence les mots étaient superflus. Il s'est contenté de faire passer sa bière dans l'autre main et de pointer du doigt les ténèbres qui s'opacifiaient.

Les disparus nous revenaient en masse, en provenance de la direction approximative du sinistre infligé à Volesprit. Pourquoi avaient-ils donné l'assaut aux contreforts ? Parce que le Vieux s'était rendu compte que ma crise n'avait pu être provoquée que par cette racaille de frangine de Madame ?

Non. Il ne se serait pas dérangé pour une raison aussi triviale. Mais, en revanche, il se serait volontiers donné toute cette peine rien que pour cueillir Roupille.

« Où l'avez-vous trouvé ? » ai-je demandé à Rutilant qui conduisait la mule tirant le travois auquel était sanglé Roupille. Il crevait les yeux que le gosse en avait vu des vertes et des pas mûres. Il avait perdu du poids. Il n'était guère plus pimpant que Narayan Singh. Dont j'ai d'ailleurs parlé au Vieux dès que je l'ai eu repéré. « Une chance qu'on se soit pointés à cet instant précis. On les a réduits à l'impuissance. Mais tu dois absolument prendre une décision. Sinon, ils risquent un jour ou l'autre de nous en faire baver. D'où sort Roupille ?

— Une patrouille l'a repéré dans les collines, non loin du chantier de Madame. Il ne savait plus qui il était. »

J'ai grogné. J'ai inspecté soigneusement le gosse du regard au passage. « Il a fallu tout ce peuple pour l'alpaguer ?

— Pour le traquer, oui ! Tu vas bien maintenant ? Que s'est-il passé ?

— J'ai eu une de mes crises. Comme celles de Dejagore. »

Il s'est rembruni, a lancé des ordres à droite et à gauche. Quelques soldats se sont égaillés pour aller reprendre une corvée qu'ils n'auraient pas dû abandonner.

« Tu savais que Qu'un-Œil détenait ton arc ?

— Mon arc ? Quel arc ?

— Celui que t'a offert Madame.

— Non. Je l'ignorais. Mais je lui ai peut-être demandé de me le garder à un moment donné. Quelque chose comme ça. Je ne l'ai pas vu depuis si longtemps qu'il m'était sorti de la tête. »

Il a froncé les narines. « Qu'as-tu trouvé d'autre ? » Je puais encore la bière.

« Toutes sortes de trésors. Et des indices tendant à prouver que Qu'un-Œil n'a nullement l'intention de rester éternellement absent. »

Toubib a grogné. Il faisait déjà trop noir pour déchiffrer son expression. Etait-il agacé parce que j'avais levé un lièvre ? Ou bien réfléchissait-il aux diverses éventualités ?

« J'ai peine à croire que le seul fait de retrouver Roupille ait pu causer une telle effervescence.

— Madame espérait capturer aussi Volesprit, la croyant sonnée.

— Mais nous savions déjà qu'elle se portait bien. Elle nous envoyait des ombres. Me cherchait des crosses. » Peut-être me chatouillait-elle uniquement parce que je m'étais trouvé là quand sa grande sœur lui avait tiré les couettes.

« Nous ne le savions pas. Nous le soupçonnions. A supposer que Roupille ait été son prisonnier et se soit échappé, alors elle ne maîtrisait plus rien. Il n'est pas une seule bonne âme ici qui n'aimerait ajouter Volesprit à notre petite ménagerie.

En outre, il restait une chance infime que… que la fillette… »

Ouais. Ils auraient pu trouver l'occasion de récupérer leur mouflette. Pendant que personne ne regardait. « Où est Madame ?

— Toujours là-bas. » Au ton, j'ai compris que j'avais épuisé mon quota de questions sur le sujet.

« Roupille a dit quelque chose d'utile ?

— Il n'a rien dit du tout. Il n'a pas l'air complètement redescendu.

— Exactement ce qu'il fallait à cette armée ! Un paumé de plus !

— Ta trouvaille chez Qu'un-Œil me rappelle quelque chose. Serais-tu tombé récemment sur un des conjurés prodigues ?

— Je ne rêve plus tant que ça, patron. Quand ça m'arrive, c'est toujours en temps réel. Après la tombée de la nuit, autrement dit. Quand ils se cachent le plus efficacement. Et ils doivent fatalement se cacher s'ils sont encore dans cette partie du monde. Je ne trouve même plus de traces de feu de camp.

— Qu'un-Œil sait sans doute qui le cherche et par quel moyen, a ruminé Toubib. A dire vrai, Murgen, ils ne me manquent pas beaucoup ces jours-ci. Sans vouloir me donner de coups de pied dans les chevilles, les séparer a été un trait de génie. Je n'aurais jamais survécu aux deux dernières années en bossant vingt-quatre heures sur vingt-quatre avec eux constamment dans les jambes en train de se chamailler.

— Tu veux dire que, s'ils s'étaient retrouvés, on aurait déjà eu droit à des incendies de forêt et à des avalanches, histoire de marquer le coup ?

— On continue de s'appuyer des tremblements de terre.

— Je m'inquiète pour eux, patron. A cause du javelot.

— Du javelot ? Quel javelot ?

— Le noir. Je viens de vous dire que je l'avais trouvé. Celui que Qu'un-Œil à fabriqué à Dejagore. Il ne l'avait pas emporté. Mais il n'est pas revenu le prendre.

— Et ?

— Il aurait dû. En recourant si nécessaire à un sortilège de dissimulation. Il a une grande importance à ses yeux. Il ne s'en vante pas, mais il voit en lui son chef-d'œuvre. Il ne le jetterait jamais au rebut… même s'il lui fallait zigzaguer mille fois à travers toute la Compagnie pour nous échapper.

— Tu prétends bien qu'il va rentrer, non ?

— J'ai seulement dit qu'à mon avis il envisageait de rentrer. Il n'était peut-être pas à cent pour cent sérieux en faisant l'école buissonnière. Ce ne serait pas la première fois qu'un homme mènerait une femme en bateau. »

Toubib m'a regardé comme s'il essayait de deviner ce qui se passait réellement dans ma tête. Puis il a haussé les épaules et répondu : « Il se pourrait. Ah, les hommes ! Amène-moi Roupille dans l'abri. Etends-le sur la table d'auscultation et laisse-le là.

— Excellente idée. On saura exactement quels mauvais traitements lui ont été infligés. »

Toubib a grogné. « Reste dehors, toi, a-t-il ordonné à Thai Dei qui n'avait pas quitté ses prisonniers, sa main armée d'une bière planquée derrière le dos. Suis-moi, Murgen. » Comme si Thai Dei avait besoin qu'on lui rappelle que le Vieux ne souhaitait pas le voir entrer chez lui. « Jamadar Subadir. Veille à ce que ces prisonniers soient bouclés comme il se doit. Et assure-toi que nos autres invités n'ont pas dépassé les bornes.

— Le prince n'a rigoureusement rien tenté », ai-je protesté. Le Prahbrindrah Drah ne devait pas subir l'humiliation des fers. Nos Tagliens ne l'auraient pas toléré.

J'ai surpris du coin de l'œil l'oncle Doj en train d'épier, les bras croisés, l'éventuelle apparition d'ombres. Je me suis demandé ce qui le poussait à rester en notre compagnie. Narayan Singh ? Peu crédible. Dès que je pensais à lui, cette insistance chatouillait ma paranoïa et faisait grimper son niveau en flèche.

Toubib, évidemment, faisait preuve dans le soupçon d'une constance bien supérieure à la mienne.

Nous sommes descendus dans l'abri du Vieux.

« Ça ira, a-t-il dit aux porteurs de Roupille. Le porte-étendard et moi allons nous charger de lui. Minute, Rutilant. J'aimerais que tu supervises les gars à qui j'ai ordonné de s'occuper des prisonniers. Nous n'avons pas suffisamment envisagé une trahison dans nos rangs.

— Je dois surveiller quelque chose en particulier? s'est enquis Rutilant.

— Ouvre l'œil, c'est tout. » Toubib s'est tourné vers moi. « J'abonde dans ton sens. On va devoir noyer toute la portée.

— Mais Madame compte les utiliser.

— L'épargne abrite du besoin. Qu'elle dit. Je ne cesse de me persuader qu'elle est censément plus futée et expérimentée que moi. Déshabillons-le. Commence par ce bout. »

Roupille était réveillé mais ne semblait guère se passionner pour la conversation. Ni pour rien d'autre au demeurant. « Où est mon cheval, Roupille? » lui ai-je demandé.

Toubib a ricané. « Bonne question, Murgen. Tu devrais peut-être te mettre à sa recherche. A moins que tu n'aies envie de regagner le Khatovar à pied. »

J'ai posé plusieurs questions à Roupille. Il n'a répondu à aucune. Ses yeux suivaient nos mouvements, mais je n'aurais su dire s'il comprenait.

« On pourrait se servir de Fumée pour remonter sa piste dans le temps et découvrir où il s'est rendu et comment il s'est débrouillé pour perdre sa monture », a suggéré Toubib.

J'ai répondu par un grognement. On pouvait aussi demander à Madame de sonner le petit merdeux d'un sortilège bien pugnace, histoire de le rendre au moins quelque temps fonctionnel. Le plus ardu serait sans doute de la convaincre de ne pas le monopoliser. « Il était complètement réveillé tout à l'heure. Fumée. Tu devrais t'assurer qu'elle le sait. »

Toubib s'est mis à palper et sonder Roupille. « Pas mal d'ecchymoses. Il a dû se faire sacrément tabasser. » Roupille se laissait faire sans un mot, sans une grimace.

« S'il se trouvait dans la caverne de Volesprit... J'ai assisté à tout le spectacle d'une distance de vingt kilomètres. C'était...

— J'en ai assez vu. » Quelque chose le tracassait. Il avait cette expression que prennent les gens qui ont une mauvaise nouvelle à vous annoncer et ne sont pas certains d'en avoir moralement le droit. Ce qui ne manquait pas de m'inquiéter. Toubib se gênait rarement pour engueuler le monde. A part sa régulière. « J'ai rattrapé mon retard dans la lecture de tes annales, Murgen. »

Oh-oh.

« Et je dois t'avouer, à mon grand regret, qu'elles ne me plaisent pas beaucoup.

— Autant que je me souvienne, il n'était pas question que j'écrive sous ta dictée.

— C'est vrai. Et je n'en ai pas l'intention. C'est ton boulot. Fais-le. Je dis simplement que ce que j'ai lu ne me plaît guère. Même si tu t'es amélioré d'une certaine façon. Tu as déjà vu ce type nu ?

— Non. Pourquoi ? J'aurais dû ? » J'avais l'impression qu'il me gardait un chien de sa chienne à propos de mes annales. Dans la mesure où il faisait partie des trois personnes tout au plus qui les liraient de mon vivant, il me semblait que je me devais d'épouser plus étroitement les exigences de mon lectorat. Ou du moins de faire semblant. Il pouvait difficilement me virer. A moins de vouloir récupérer son emploi. Le seul postulant gisait sous nos yeux, encore inexpérimenté, non déniaisé, à poil et fort probablement fou comme un jambon. « Qu'est-ce que j'ai fait de mal, alors ?

— Tu pourrais peut-être commencer par te départir un peu de ta politesse. Reluque-moi ton copain. Qu'est-ce qui lui manque ? »

Roupille n'était pas un garçon.

J'en ai oublié les annales. « Que j'sois pendu !

— Tu l'ignorais ?

— M'en suis jamais douté. Je le trouvais un peu chétif et maigrelet, bien sûr... mais il l'a toujours été. Il sortait à peine de ses langes quand il nous est tombé dessus à Dejagore. Je lui donnais dans les treize ans. Il n'était pas aussi sain qu'aujourd'hui. Je me souviens que Baquet a balancé un de ses oncles par-dessus la muraille pour le punir de l'avoir violé. » Je continuais imperturbablement de parler de Roupille au masculin parce qu'il m'était difficile de voir en lui autre chose, en dépit de l'aveuglante lacune que j'avais sous les yeux.

« Bon soldat ? »

Il savait. « Le meilleur qui soit. Il contrebalance toujours sa petite taille et son manque de vigueur par sa cervelle. » Talent que Toubib appréciait tout particulièrement.

« Bon, on va donc se contenter d'oublier ce qu'on a vu. Ne montre même pas à Roupille que tu es au courant. » Il a repris son examen.

Ce n'était pas la première fois qu'une femme se travestissait pour s'enrôler dans la Compagnie. Les annales contenaient plusieurs épisodes similaires où l'on avait fait sur quelques-uns de nos frères de stupéfiantes découvertes, d'ordinaire après leur mort au combat ou ailleurs.

Néanmoins... le savoir risquait d'être embarrassant.

« Ce que je n'aime pas dans tes annales, c'est qu'elles parlent plus de toi que de la Compagnie.

— Quoi ? » Je ne pigeais pas.

« Tu ramènes tout à toi, je veux dire. A l'exception de quelques chapitres repris des comptes rendus de Madame, de Baquet, de Qu'un-Œil ou d'un autre, tu ne consignes strictement rien qui n'ait directement trait à toi ou à ce que tu as vu de tes yeux. Tu es trop imbu de toi-même. Qu'est-ce qu'on en a à foutre, de tes cauchemars récurrents ? Et, excepté pour Dejagore, tes descriptions sont la plupart du temps assez faiblardes. Si je ne me trouvais pas moi-même sur place, j'aurais le plus grand mal à me dépeindre cette région du monde. »

Ma première réaction, bien évidemment, a été de défendre mon bébé, de le soustraire au couteau du boucher. Mais j'ai opté pour boucler mon clapet. On n'a rien à gagner à ergoter avec les critiques. Autant apprendre aux gorets à chanter ; les résultats sont nettement plus satisfaisants. Et l'on s'y fait moins d'ulcères.

Chacun doit se fier à sa muse. Fût-elle affligée d'un pied-bot ou sujette à d'imprévisibles crises de haut mal.

Il me semble que le Vieux lui-même a dit quelque chose d'approchant à une ou deux reprises, au fil des ans.

Je n'y ai pas fait allusion.

« Tu pourrais peut-être aussi t'efforcer d'écrire plus parcimonieusement.

— Parcimonieusement ?

— Tu as… parfois tendance à t'étendre nettement plus qu'il n'est nécessaire.

— Je tâcherai de m'en souvenir. Tu crois qu'on devrait la couvrir ? »

Il crevait les yeux qu'il aurait pu en dire bien plus long sur mes annales, mais que le sujet le mettait mal à l'aise. Il m'a su gré d'en changer. « Oui. Elle ne témoigne d'aucun dommage physique permanent. Madame a entreposé de vieilles affaires à elle dans ce coffre noir. Elles seront sans doute un peu trop grandes pour elle, mais…

— Je croyais que nous ne devions pas lui laisser voir que nous la savions du beau sexe…

— Quand as-tu vu Madame en robe pour la dernière fois ?

— Je m'incline. » J'ai ouvert le coffre. « N'empêche que ça ne laissait planer aucun doute. »

Toubib a grogné. Il examinait très soigneusement sa patiente, les sourcils froncés.

« Autre sujet d'apaisement ? » me suis-je enquis.

Sourire sans joie. « Peut-être. Tu comprendras un jour. »

J'ai choisi quelques vêtements. « Ce n'est pas ce que j'espérais entendre, patron. » A l'époque où Sarie et moi vivions encore ensemble et en dépit de tour l'amour que je lui portais, j'éprouvais toujours un pincement au cœur en me souvenant qu'elle était la fille de Ky Gota.

Il a gloussé. « Enfile-lui un pantalon avant que ma douce ne fasse irruption. »

Nous avons fini juste à temps. Madame est entrée, d'humeur exécrable. « Rien trouvé d'intéressant. Comment va-t-il?

— Moulu, famélique et victime d'une intense exposition aux intempéries. Sinon, il se porte plutôt bien. Physiquement.

— Mais mentalement absent ? » Madame a scruté le gosse. Les yeux de Roupille étaient vitreux.

« Dans le coma les yeux grands ouverts, a grommelé Toubib.

— A propos de dormeurs… suis-je intervenu. Notre pompier en chef préféré était complètement réveillé tout à l'heure. Et à en juger par le regard qu'il m'a jeté, il se sent ici comme chez lui. »

J'aurais juré que la mâchoire de Roupille s'était crispée. Mais la lampe m'avait peut-être joué un tour.

« Déplaisant, a fait Madame. Et moi qui m'attendais à passer la soirée à traînailler à la maison.

— Qu'allons-nous faire de Roupille ? »

Le capitaine avait une réponse toute prête : « Tu vas le ramener chez toi. Et t'employer à lui enseigner le boulot. » L'espace d'un instant, un nuage est passé sur son visage, comme si toutes les perspectives étaient sombres et porteuses de désespoir.

« Je ne peux pas… » Installer une fille dans mon bunker ?

« Oh que si. » Puisque Roupille n'était jamais qu'un de nos gars, pas vrai ? « Et tiens-moi informé de ses progrès. »

Madame n'est pas rentrée qu'il commence tout de go à me mettre la pression. Qu'est-ce que vous dites de ça ? « Lève ton cul, ai-je ordonné à Roupille. On va chez moi. Faut qu'on découvre ce que tu as fait de mon cheval. »

Roupille n'a pas répondu.

Nous avons fini par l'y traîner sur une litière, Thai Dei et moi, avec tous les trésors que nous avions exhumés. Bien avant que nous n'atteignions l'autre côté, je vouerai sans doute à Roupille une bien moindre affection.

En passant devant le chenil qui servait de geôle, nous avons entendu le transformeur feuler et gronder. Elle nous a lancé un rugissant défi de panthère quand nous nous sommes approchés. « Oh, va te faire dorer ! » l'ai-je invectivée. Roupille commençait à sacrément peser.

Le grand félin a ululé et tenté d'insinuer les griffes entre les cruels javelots qui l'emprisonnaient. « Elle devrait peut-être boire un coup ou deux, ai-je dit à Thai Dei.

— A moins qu'elle n'entre dans sa période de rut. »

41

Les étoiles étaient visibles. Le feu de camp brasillait doucement. Thai Dei, quelques poteaux et moi tétions languissamment la bière de Qu'un-Œil, les dents du fond baignant encore dans le cochon rôti. J'ai balancé un os dans le feu. Il s'est mis à crépiter. « Ça, c'est la vie ! a tonné Baquet en ponctuant son exclamation d'un rot sonore.

— A condition d'aimer camper, ai-je fait remarquer. Si j'avais le choix, j'aimerais autant vivre comme à Taglios. Sans tout le turbin que je me tartinais, évidemment.

— Quel turbin ? Je ne t'ai pas vu lever le petit doigt.

— Je devais garder sa bonne humeur à Sarie.

— Te gêne pas, remue le couteau dans la plaie, tête de nœud !

— Ce mec ronfle toujours autant ? » s'est enquis Rudy.

Il faisait allusion à Thai Dei qui ronflaguait à qui mieux mieux, vautré contre le mur extérieur du bunker et complètement déglingué. Il en avait mis à gauche une méchante quantité. Les autres Nyueng Bao l'évitaient.

« Seulement quand il s'est donné du bon temps.

— C'est la première fois, hein ?

— A ma connaissance. Mais je n'étais pas là le soir de ses noces.

— Toi qui as l'oreille du Vieux, pourquoi ne lui roucoulerais-tu pas quelques mots doux à notre sujet pour qu'il nous laisse franchir la montagne ?

— Pourquoi je ferais une chose pareille ?

— Parce que, dès qu'on débarquera au Khatovar, ce sera bel et bien terminé : bagarres, pérégrinations, tout le tremblement. » Courte pause. « Pas vrai ? »

Je n'en savais strictement rien. « Aucune idée. Mon savoir s'arrête environ à six pas d'ici, un peu plus haut sur la pente.

— Je croyais que tout était inscrit dans les vieux bouquins ? »

C'était le cas. Mais je n'avais pas les bons sous la main. J'ai coulé un regard vers Thai Dei. Apparemment, il avait fait le bon choix. « Les gars, j'ai suffisamment rigolé. » J'ai déplié mes genoux perclus, je me suis levé et dirigé vers mon page. « Ne me réveille que si une ombre réussit à s'infiltrer, ai-je déclaré à Thai Dei en l'enjambant. Et veille à laisser à l'oncle sa part de cochon. »

Une chance que le toit du bunker fût assez bas pour me permettre d'y entrer à quatre pattes, si fait que je n'ai pas eu à tomber plus bas.

J'ai d'abord trébuché sur Roupille puis sur le javelot de Qu'un-Œil, dont j'avais totalement oublié que je l'avais rapporté et traîné au beau milieu du sol de pierre, ce qui était pourtant bel et bien le cas.

J'ai réussi à m'affaler sur ma paillasse sans m'estropier.

Je sais que j'ai voyagé en rêve, mais je ne me rappelle plus où je suis allé. J'ai de vagues réminiscences de Sarie et d'une aussi fugace qu'anodine rencontre avec Volesprit, qui ne m'a pas paru moins empressée que moi à m'éviter. Je me suis réveillé avec la migraine, une soif d'enfer, un besoin urgent de filer aux latrines et une humeur de chien.

« Oh, arrête un peu de nous bassiner, vieil escroc ! » ai-je lancé à oncle Doj en me glissant hors du taudis. Il promettait l'enfer nyueng bao à un Thai Dei parfaitement indifférent, recourant à tous les slogans creux et vides de sens qu'on peut déblatérer quand un bonhomme se lâche et se met minable. « Bordel, il fait beau dehors. Lève ton cul, Thai Dei. Bois un peu d'eau, vérole ! » J'en ai mis un peu de côté pour moi. J'étais légèrement verdâtre. S'il ne pleuvait pas bientôt, j'allais être contraint de m'en faire livrer.

« Porte-étendard.

— Hein ? » Je me suis soudain retrouvé pris en sandwich entre Isi et Ochiba. « Vous sortez de terre maintenant, les gars ?

— On t'attendait, a répondu Isi.

— Tes copains s'obstinent à protéger ton sommeil », a ajouté Oshiba.

Leurs façons n'en étaient pas moins quelque peu scandaleuses. « Tant mieux pour eux. Quelles nouvelles ? » De toute évidence, ils n'étaient pas allés crapahuter pour l'exercice.

Isi parlait certes mieux qu'Oshiba le dialecte des Cités Joyaux, mais pas couramment pour autant. Néanmoins, il a saisi l'allusion. « Le capitaine et le lieutenant tenaient à te faire savoir que le prisonnier Fumée a péri.

— Péri ? Péri comme dans "mort" ?

— Aussi mort qu'une pierre », a lancé Oshiba.

Je me souvenais encore de certaines pierres passablement frétillantes, rencontrées longtemps avant que ces deux emplâtres ne se joignent à nous. Je n'y ai pas fait allusion. Tout le monde se fout de la plaine de la Peur, de nos jours.

« Assassiné », a précisé Isi, certain que ce détail m'avait échappé.

J'en suis resté bouche bée. « Venez un peu par là qu'on discute », ai-je suggéré. Je me suis emparé d'un bambou à dézinguer les corbeaux et je les ai conduits un peu plus haut, hors de portée d'ouïe. « Donnez-moi plus de détails. » L'arme s'est révélée superflue. Les oiseaux noirs n'étaient pas de sortie.

« On lui a tranché la gorge », a déclaré Isi.

Comment est-ce que ça avait pu se produire ? « Comment est-ce que ça a pu se produire ? Il aurait fallu escalader Singh,

Ombrelongue et le Hurleur… Il n'était pas sorti du chenil, au moins ? » Je serais sans doute tombé de moins haut s'il avait trépassé dans l'abri de Toubib.

« Il était enfermé.

— J'imagine qu'on n'a pas alpagué le coupable. » Dans tout autre meurtre sournois, le premier suspect qui me serait venu à l'esprit eût été Narayan Singh ou un sous-fifre de sa confrérie. Mais les Félons ne versent pas le sang. Et Narayan Singh moins encore, même en cas de légitime défense.

« Non.

— Connaît-on au moins son identité ?

— Non.

— J'y vais. » Je suis retourné dans le camp. « Rutilant ! Rudy ! L'Epate ! Clou ! Baquet ! » Je beuglais, et mes officiers et sergents ont réagi comme s'ils s'imaginaient que nous allions incessamment pâtir de la visite impromptue de Mogaba et de l'entière armée taglienne. J'étais assourdissant. Ma gueule de bois imprimait à tout mon univers les nuances inflexibles du noir et du blanc.

« Désolé, ai-je hypocritement déclaré. Ce n'est pas aussi grave que j'ai pu le laisser croire. Juste un petit obstacle aisément surmontable. Je dois aller voir Toubib. Haussez d'un cran le niveau d'alerte générale. Ordonnez-leur d'arrêter les parties de tonk jusqu'à ce qu'ils aient fourbi leur équipement. » J'ai bu un autre litre d'eau puis j'en ai renversé autant par terre en guise de libation aux esprits chtoniens. « Ochiba. Isi. On y va. »

Thai Dei s'est affranchi d'une secousse de l'emprise de la gravité et a empoigné une perche de bambou dont il s'est servi comme d'une canne. Il m'a suivi en titubant, s'efforçant opiniâtrement de rester à ma hauteur.

Cet homme ne se détermine qu'en fonction de critères impitoyables, ne tenant aucun compte de ses désirs, inclinations et aversions personnels, ni même de la souffrance qu'il endure.

Oncle Doj a annulé la représentation du Mère Gota Show, rectifié sa tenue, touché la poignée de Bâton de Cendre pour vérifier que son épée ne l'avait pas trahi puis nous a poussivement emboîté le pas. Il me semblait bien vieux et fatigué, ce matin.

« Tu n'avais pas besoin de te déplacer jusqu'ici », a grommelé Toubib. Lui aussi semblait bien usé et bien las. « Tu ne peux rigoureusement rien y faire.

— Je connaissais Fumée mieux que personne. Je me suis dit que peut-être…

— Pur gaspillage de temps. A moins d'avoir été suffisamment intime avec lui pour ressusciter son fantôme. »

Je me suis posé la question. « Ça n'a pas de sens.

— Bien sûr que si. Certaines personnes ne tiennent visiblement pas à ce qu'on continue à les espionner. »

J'ai ouvert la bouche pour protester, assurer que Fumée était toujours resté un grand secret, puis je me suis abstenu. Le Vieux n'avait pas envie d'ergoter. « Qu'en disent les autres ? » ai-je plutôt demandé.

On avait sûrement procédé à des interrogatoires, sans doute assez vigoureux.

« Personne n'a rien vu. Personne ne sait rien. Mais je crois que le Hurleur a sa petite idée. Et qu'il craint que quelqu'un s'en aperçoive et s'en prenne à lui.

— En ce cas, il serait bien plus avisé de s'ouvrir à nous de ce qu'il peut savoir. » On ne pourrait rien extorquer à ce merdeux sous la torture. Il était plus vieux que Madame et hurlait déjà de douleur avant même qu'elle ne le rencontre.

« C'est bien ce que lui a dit Madame. Il soupèse les conséquences.

— Ce pourrait être l'occasion d'en faire un allié ?

— Comme je viens de te le dire, Murgen, tu n'avais pas besoin de venir. Nous sommes presque aussi futés que toi.

Nous mettrons simplement un peu plus de temps à élucider cette énigme, voilà tout.

— Assurément. Tu as entendu Bowalk faire du chambard hier soir ?

— Le transformeur ? Non. De quoi veux-tu parler ?

— Elle a pété une courroie quand nous sommes passés devant sa cage, Thai Dei et moi.

— Ça lui arrive parfois. Madame pense que son côté bestial prend le dessus. Elle essaie peut-être d'attirer un jules. »

Oncle Doj, avais-je remarqué, s'était dirigé de son propre chef vers la cage peu après notre arrivée, dès qu'il avait eu échangé quelques mots avec Jojo. Il n'entendait rien.

« Thai Dei a dit aussi que ça y ressemblait fort.

— Il n'est peut-être pas aussi con qu'il en a l'air. » Tout en parlant, le Vieux concentrait toute son attention sur l'oncle Doj. Je n'étais plus très sûr de ce qu'il entendait par là. « Comment se porte notre enfant trouvé ?

— Roupille ? Il roupille.

— Ici, on brûle les comédiens comme du petit bois.

— Quoi ? J'ai émis une affirmation, me semble-t-il. Le gosse dort. Il mange, pourvu qu'on lui mette la graille en main et qu'on lui montre comment s'y prendre. Il a les yeux vides, mais il dort la plupart du temps.

— D'accord. Rentre. Mets-toi au travail. Tâche de gamberger en futur grimpeur. Je ne sais pas si ce sont mes nerfs, une prémonition ou des fourmis dans mes jambes, mais je me sens d'humeur de plus en plus voyageuse, qu'on nous y pousse ou non.

— La Radisha sera ravie.

— J'en doute. Toute cette parano sur la Compagnie n'est pas sortie du néant. Sans doute n'a-t-elle pas marché aussi ardemment que Fumée dans la combine, mais elle a tout de même marché et elle y croit encore. Je ne pense pas que l'informateur qui lui a fourgué ces salades ait cessé d'exister. Ni qu'elle se fie réellement à Volesprit quand celle-ci lui affirme qu'elle pourra la soustraire sans vaseline ni dommage à son pacte infernal. » Il faisait allusion à Kina. Ces derniers temps, la sagesse populaire attribuait à Kina la responsabilité d'avoir inspiré aux Tagliens et à leurs dirigeants leur terreur de la Compagnie. Nous les soupçonnions également de méditer de ne pas tenir leur promesse de nous aider à gagner le Khatovar une fois le Maître d'Ombres vaincu.

L'hypothèse Kina était certes séduisante, mais je pouvais lui opposer au moins un argument. Si la Mère de toutes les Tromperies était résolue à déclencher l'avènement de l'année des Crânes, pourquoi exclurait-elle la Compagnie ? Verrait-elle dans les Maîtres d'Ombres un outil mieux adapté pour obtenir le niveau requis de chaos ?

J'ai haussé les épaules. « J'ai l'impression que nous sommes indésirables ici, ai-je confié à Thai Dei.

— Par l'enfer ! » a mugi Toubib.

Le transformeur venait d'essayer de griffer l'oncle Doj. Celui-ci l'a piqué de la pointe de son épée, jusqu'à ce qu'elle daignât s'apaiser.

« Rêve pour moi, Murgen, m'a lancé Toubib alors que j'entreprenais de dévaler la colline. Pour l'heure, je me sens aussi aveugle que vulnérable. Je dois savoir ce qui se passe là-bas. »

42

Il se passait quelque chose. Tous ceux que nous croisions sur le trajet de retour voulaient savoir de quoi il retournait. Il ne s'agissait nullement d'une rumeur contagieuse. Personne n'avait rien entendu qui défrayât la chronique. Mais il faut dire que tous les gars avaient les nerfs en pelote. Moi-même je le ressentais. Tout me faisait l'effet d'être un mauvais présage ; mais de quoi ? Nul ne le savait. En pénétrant dans le village sordide qui s'était élevé au pied de la Porte d'Ombre, j'ai remarqué que la plupart de mes hommes fourbissaient armes et équipement, juste au cas où. J'ai pris note mentalement de profiter de leurs nerfs délabrés pour les fustiger et les inciter à adopter une tenue plus présentable.

Le moment était venu d'élire quelques brèles dépenaillées pour en faire de vrais frères d'armes.

En additionnant soldats, officiers et suiveurs de l'armée, cent mille Tagliens au bas mot avaient participé à la dernière croisade menée par Toubib contre le Maître d'Ombres. Je ne m'étais guère attardé là-dessus jusque-là, mais la majorité étaient passés de vie à trépas, tantôt morts au combat, tantôt – et le plus souvent – emportés par la maladie, les accidents et la dureté de la vie en campagne. Toutes ces avanies, alliées aux Tagliens, avaient aussi décimé plus d'hommes encore dans le camp de l'Ombre. Ce conflit engendrait une catastrophe humanitaire dépassant de loin le pire des séismes qui avaient secoué la région.

La maladie reste un problème. Toujours.

Le hic, c'est que gloire et distractions brillaient fichtrement par leur absence. Les quelques milliers d'hommes qui nous restaient, souvent estropiés à vie d'une façon ou d'une autre, étaient d'une espèce passablement nerveuse. Ils voyaient partout des signes et des présages.

A l'instar de la plupart de ceux qui s'engagent dans la carrière de mercenaire, ils n'étaient guère appréciés de la société dont ils étaient issus. Pour nombre d'entre eux, aucune famille ne les attendait au pays. Sans doute étaient-ils légèrement tourneboulés. Sans doute fuyaient-ils tous quelque chose, qui la loi, qui des ennemis, qui son épouse ou son percepteur. Pour les générations précédentes, l'idée que la Compagnie était tout à la fois une patrie et une famille avait assez bien porté ses fruits, mais jamais son effectif n'avait excédé à l'époque plus de quelques centaines d'hommes. Jamais assez important, en fait, pour que tous ses membres ne se reconnussent point entre eux.

Je me suis rendu compte qu'en dépit de mes protestations je n'avais jamais fait moi-même tout ce qu'il fallait pour maintenir notre cohésion. L'absence de pression extérieure m'avait incité au laxisme.

La paranoïa est un devoir. D'autant plus que l'époque vous paraît propice et prospère.

Les gars étaient fébriles. Il n'était que temps de les reprendre en main.

« Une lecture tirée du premier livre de Toubib », ai-je annoncé à mon auditoire. J'étais un tantinet effaré. Ils étaient au moins six cents. Même les moins ingambes et les plus estropiés étaient venus. « A l'époque, la Compagnie servait les syndics de Béryl… » Cette lecture serait assurément édifiante. A moins qu'Otto et Hagop ne se pointent, la période que j'avais choisie appartenait à un passé révolu, néanmoins assez proche pour que les hommes sachent que les vétérans ayant participé à ces événements marchaient encore parmi eux. Que leurs prédécesseurs avaient déjà affronté, à l'occasion, certains des ennemis rangés aujourd'hui contre eux. Que l'emblème ornant leur écusson avait été adopté par la Compagnie à cette époque. Il constituait une passerelle commode entre présent et passé, un lien aussi pertinent que facile à appréhender. Un portail qui – si je parvenais à le leur faire franchir – les conduirait à se convaincre de leur appartenance à un corps d'élite, un corps ayant survécu à toutes les épreuves pendant plus de quatre siècles.

On ne m'a pas acclamé. Je me suis montré assez passionné pour que les plus cyniques de mon auditoire se doutent que mes paroles cachaient un sous-entendu.

Je leur ai servi mon discours et ma lecture depuis le toit du bunker. Roupille était assis dehors, près de l'entrée, et témoignait d'autant d'animation qu'une gargouille. Je me suis demandé si un peu d'entraînement forcé ne l'aiderait pas à se remettre d'aplomb.

Les éclats de voix de Baquet, engagé dans une copieuse engueulade avec Thai Dei, m'ont tiré du sommeil. « Qu'est-ce qui se passe ? ai-je beuglé.

— Ramène ta fraise, Murgen ! »

J'ai traversé le sol rocheux en rampant et je me suis retrouvé sous un firmament brillamment illuminé.

Pas besoin de me mettre les points sur les *i*. Les feux d'artifice parlaient d'eux-mêmes.

L'atelier d'armement de Madame était en flammes. Des boules de feu ont commencé à voler. La situation s'est vite dégradée. Des incendies se sont déclarés dans la forêt, les ruines de Kiaulune et les baraques des campements, de l'autre côté de la route. Quelques boules se sont même abattues dans mon voisinage, mais mes gars ont eu la présence d'esprit de les esquiver.

« Pas question d'aller là-bas, ai-je déclaré.

— D'autres n'ont pas le trac », a fait remarquer Baquet. Un scintillement m'a révélé oncle Doj s'éloignant en claudiquant, Bâton de Cendre à la main, et les contours de sa silhouette irisés par un chatoiement multicolore.

« Thai Dei ! ai-je beuglé. Qu'est-ce qu'il fabrique, bordel ?

— J'en sais rien. »

De l'autre côté de la route, le tumulte était tel que nous ne discernions qu'un rugissement général, mélange de cris de panique et de hurlements.

« Chiasse et double chiasse, a fait une voix. Vous y croyez, vous ?

— Je n'irai pas là-bas », ai-je répété.

Le feu d'artifice continuait. Les trajectoires des boules de feu zébraient le ciel étoilé. Une perche se déchargeait parfois d'un seul coup, projetant dans les ténèbres un torrent de féroces points lumineux. L'atelier de Madame était presque entièrement enterré, mais la terre ne suffisait pas à confiner cette dévastation.

L'espace de quelques minutes, la nuit s'est dissoute dans un embrasement général.

Derrière moi, le brouillard obscur qui noyait régulièrement la Porte d'Ombre du crépuscule à l'aube a entrepris de remonter la colline en ondoyant, accrochant des lambeaux de ténèbres aux ravines et aux ornières les plus profondes. Les ombres n'appréciaient guère ce qui se passait.

Moi non plus. « Je n'irai pas là-bas, me suis-je de nouveau exclamé.

— Quelqu'un s'imagine peut-être encore que Murgen ira là-bas ? » a chambré un petit mariole.

Tête de nœud !

J'ai tenu le coup quelques heures. J'ai même réussi à dormir un peu.

43

Le sol cramait encore.

La terre s'était effondrée sous l'atelier de Madame, de toute évidence lorsque le matériau des boules avait brûlé en si grande quantité qu'elle-même n'avait pu résister à la température. Le terreau embrasé luisait de couleurs diverses. De petites flammèches jaillissaient aléatoirement au ras du sol comme à la surface du soufre enflammé. Une odeur sulfureuse stagnait encore, mais ce n'était plus qu'un souvenir du passage des boules de feu.

La clarté permettait à peine de déambuler. De sorte que le contrecoup du désastre était d'autant plus impressionnant visuellement.

Des centaines de soldats et des dizaines d'hommes de l'Ombre recrutés à la hâte transportaient de l'eau dans le moindre récipient disponible. L'eau n'éteignait pas ces foyers en les étouffant mais en les refroidissant.

Une colonne de vapeur s'élevait dans le ciel plusieurs centaines de mètres au-dessus de nos têtes.

« Je crois que je vais me foutre en rogne. »

J'ai jeté un coup d'œil derrière moi. Le Vieux s'est avancé à ma hauteur. « Ça ne nous a pas fait le plus grand bien, ai-je convenu.

— Ce serait moins moche qu'il n'y paraît si nous n'avions pas perdu autant des ouvriers qui fabriquent les perches. Celles qui étaient parées au combat avaient été entreposées ailleurs.

Madame ne tenait pas à mettre tous ses œufs dans le même panier.

— Une fille prévoyante. C'est un accident ?

— Non. Les rescapés nous ont appris que les lampes ont commencé à s'éteindre là-dessous puis des gens se sont mis à hurler. Compte tenu de leurs récits, je mettrais ma main au feu que des ombres se sont introduites dans la place. Précédant de peu quelque chose ou quelqu'un qu'on distinguait mal. Elle a profité de la confusion pour déclencher la réaction en chaîne qui a provoqué l'explosion.

— Volesprit ?

— Je le parierais. Elle commence vraiment à me prendre la tête. »

J'ai grogné. Elle commence ? Maintenant seulement ? En ce cas, il était plus patient que je ne l'aurais cru possible.

Quelqu'un a meuglé mon nom. J'ai repéré un petit groupe assemblé au pied de la colline. « Mon public me réclame, ai-je grommelé. Je me demande quelle infâme surprise il me réserve ce coup-ci. » Infâme ? Le mot ne décrivait que faiblement le spectacle éparpillé autour de la zone d'effondrement : les cadavres mutilés, disloqués, démembrés et pratiquement cuits à point pullulaient. Il ne s'agissait pas de soldats la plupart du temps. Certes, les ouvriers de Madame avaient été alertés, mais les plus nombreux n'avaient pas pu décamper à temps. « Où est Madame ? ai-je demandé à Toubib qui m'avait emboîté le pas.

— Elle essaie d'épingler Volesprit. Dans l'espoir de riposter avant qu'elle ait repris des forces et que ses chevilles se soient dégonflées.

— Pure perte de temps.

— Probablement. Tu as rêvé cette nuit ?

— Non. Je me suis tourné et retourné sur ma paillasse en essayant de me persuader que je devais absolument me rendre ici.

— Je t'aurais envoyé chercher plus tard. »

J'ai très vite compris pourquoi.

Il a le premier repéré le corps.

Oncle Doj était vautré sur le dos au milieu des autres. Une boule de feu lui avait brûlé l'épaule, une autre avait flambé une partie de ses cheveux. Ceux qui lui restaient étaient presque tous devenus blancs. Il grimaçait. Son œil droit, fermé, était tuméfié et enseveli sous une épaisse croûte de sang coagulé. Le gauche était ouvert et fixait le ciel. Bâton de Cendre gisait en travers de son torse. Il l'empoignait encore à deux mains. Sa lame perpétuellement affûtée était décolorée, comme si elle avait servi à tisonner un feu jusqu'à ce que la trempe en fût lessivée. Quant à ses vêtements, ils donnaient l'impression d'avoir été criblés d'escarbilles après sa chute.

Une petite plume blanche était collée par le sang à sa joue.

Il a frissonné. Un bruit évoquant un pet géant lui a échappé. Thai Dei, qui se tenait à côté de moi, pétrifié, a plongé à terre.

« Reculez, vous autres, a ordonné Toubib aux hommes. Faites-nous de la place. Va me chercher ma trousse, Murgen. Je vais voir ce que je peux faire. »

J'ai filé. A ma plus grande stupéfaction, Thai s'est relevé d'un bond pour me suivre. Non sans aboyer au passage des ordres aux autres Nyueng Bao. Oncle Doj serait veillé par les siens.

J'ai plongé dans l'abri de Toubib, trouvé sa sacoche et refait irruption à la lumière du jour. « L'aspect de l'oncle ne t'a rien évoqué ?

— Il s'est rendu seul dans la mangrove. » Expression idiomatique nyueng bao, dérivée de l'histoire du chasseur imprudent qui avait pourchassé un cochon sauvage jusque dans la mangrove et s'y était retrouvé nez à nez avec un tigre.

J'ai laissé tomber la trousse de Toubib à ses pieds. Il m'a remercié d'un grognement puis s'est fendu d'un grondement pour intimider les Nyueng Bao qui s'attroupaient autour de nous. Dix minutes ne s'étaient pas écoulées, mais tous ceux qui suivaient la vieille équipe semblaient venus voir ce qui se passait. Thai Dei a marmotté quelques mots acariâtres à l'attention de certains. Le litige portait apparemment sur le fait qu'ils manquaient à leur devoir en s'éloignant de ceux qu'ils devaient protéger. La conception que se font les Nyueng Bao de la dette est si puissante qu'ils se sont aussitôt égaillés.

Les Nyueng Bao parlent fort peu. Je comprenais parfaitement tout ce qu'ils se disaient. Mais ça ne m'apprenait rien.

Thai Dei s'est agenouillé à la gauche d'oncle Doj et le Vieux à sa droite. Toubib lui a tendu un linge humide. « Tiens. Eponge-lui le visage, que je voie quels dommages exacts il a subis. » La clarté n'était pas assez forte pour qu'on vît le sang séché et les suintements qui souillaient la figure du blessé.

Pendant notre absence, Toubib avait réquisitionné plusieurs seaux d'eau et découpé le vêtement d'oncle Doj. Il se concentrait sur son épaule endommagée d'où s'écoulait encore un filet de sang. Le cuir chevelu de Doj s'était visiblement cautérisé tout seul.

L'oncle a encore frissonné. Il voyait, car il a relevé l'œil vers Thai Dei, l'a reconnu, a tenté de lever la main et s'est emparé à grand-peine de son coude droit. « Les Mille Voix, a-t-il soufflé. Ecoute les Mille Voix.

— Repose-toi, mon oncle.

— Tu dois… Il me reste peu de temps. Les Mille Voix sont parmi nous. Je l'ai frappée, espérant lui reprendre la Clé, mais mon coup n'a pas été fatal. » Ça semblait le stupéfier.

Toubib m'a lancé un coup de sabord, m'intimant silencieusement d'écouter plus attentivement, car il était flagrant que l'oncle laissait échapper des informations cruciales. J'ai hoché la tête : non seulement j'écoutais et je gravais ces mots dans ma mémoire, mais je lisais aussi sur les lèvres de Doj pour m'assurer qu'il disait effectivement ce que je croyais entendre.

La plupart des Nyueng Bao avaient regagné leur poste. Mais Jojo n'avait plus personne à protéger. Son mannequin avait mis les voiles. Lui était resté. Il s'est avancé d'un pas. « Ta langue te trahit, oncle ! »

C'est du moins ce qu'il comptait dire. Il n'avait pas ouvert la bouche que Toubib faisait signe à Otto et Hagop, qui rôdaient alentour tels des anges gardiens cherchant des mécréants à éblouir. Ils ont pris Jojo en sandwich, ont plaqué leurs paumes sur sa bouche et l'ont emporté au loin en prenant soin d'agir assez discrètement pour que toute l'opération passe inaperçue.

Oncle Doj se croyait mourant. Il s'efforçait de charger Thai Dei d'une mission sacrée. « Retrouve-la avant qu'elle ne se rétablisse. Tue-la pendant qu'elle est encore vulnérable. Brûle son corps et éparpille ses cendres. Jette-les au vent. »

Thai Dei ne voulait pas de cette mission. « Je ne suis pas l'homme qu'il te faut, oncle Doj. J'ai déjà un devoir à remplir. Garde tes forces. Et tiens ta langue. » Il était conscient que j'écoutais.

L'oncle a reporté le regard sur moi. Lui aussi le savait désormais. Mais il restait persuadé que la camarde le lorgnait pardessus mon épaule. Il a repris la parole.

Ce qu'il disait n'était pas dénué de sens. A condition de traduire « Mille Voix » par Volesprit. C'était un sobriquet qui lui allait bien… dans la mesure où elle n'avait pas pris la peine de se présenter.

Hélas, ni l'oncle Doj ni Thai Dei n'échangeaient de commentaires explicites, du genre « comme tu sais », qui m'auraient permis de remplir les blancs à partir de ces indices. J'avais l'impression que cette « Mille Voix » avait dérobé un objet aux Nyueng Bao. Quelque chose qu'oncle Doj nommait la Clé. Mais la clé de quoi ? Ça ne transparaissait pas de leur conversation. Thai Dei n'avait pas besoin d'explications.

La quête de cet objet pouvait sans doute rendre compte de l'insistance avec laquelle oncle Doj évitait la Compagnie. De même que de ses éclipses, tant de cette nuit que toutes celles survenues depuis Charandraprash. D'autres indices m'étaient sans doute passés sous le nez entre-temps, mais j'avais été trop obtus pour les voir ou en garder souvenance.

Oncle Doj s'affaiblissait. Ce qui, pour un homme d'une telle force physique et mentale, semblait lui donner raison : peut-être ne lui restait-il effectivement que peu de temps à vivre. J'ai cédé à la tentation et laissé la bride sur le cou à ma mesquinerie innée. Je me suis assis à croupetons, adoptant une posture aussi nyueng bao que possible. « N'y a-t-il rien que vous aimeriez me demander de répéter à Sahra lorsqu'elle arrivera ? »

Son unique œil valide s'est rivé dans le mien. Il a tiqué quand Thai Dei a arraché la grosse croûte qui voilait l'autre, mais son regard est resté ferme.

« Je le sais depuis longtemps. Je sais aussi que j'ai un fils. Et je ne parviens pas à trouver le pardon en moi.

— Ses blessures sont plus nombreuses que je ne le croyais, a laissé tomber Toubib. Ce bras-ci est brisé. Et il a peut-être aussi une jambe cassée.

— Il est tombé sur Volesprit, lui ai-je expliqué. Sans doute quand elle s'enfuyait. Peut-être l'a-t-il quelque peu entaillée.

— Ça expliquerait l'état de son épée. Et le fait qu'il est encore en assez bonne santé. C'était quoi, tous ces bavardages ? » Nous nous exprimions à voix basse, bien entendu, et dans le dialecte des Cités Joyaux.

« Il est persuadé qu'il va passer l'arme à gauche. Et il essaie de transmettre à Thai Dei une espèce de mission. A mon avis, Volesprit a dû séjourner dans les marais entre le moment où nous avons rompu le siège de Dejagore et celui où j'habitais chez mes beaux-parents à Taglios. Elle a dû dérober aux Nyueng Bao un objet essentiel – une sorte de sceptre, apparemment considéré par leur culte comme une sainte relique – que l'oncle était chargé de lui reprendre.

— Il n'est pas sorti de l'auberge, en tout cas, m'a déclaré Toubib. C'est toutefois moins grave qu'il n'y paraît. Une bonne moitié de ce sang n'est pas le sien. Si nous parvenons à enrayer l'infection, il s'en tirera. Mais il n'est pas nécessaire de lui en faire part. Laissons-le parler. »

Je suis revenu au nyueng bao. « Mon capitaine regrette que ton peuple ne se soit pas comporté avec nous de façon parfaitement franche, Thai Dei. Néanmoins, en l'honneur de Sahra et parce que j'en ai exprimé le désir en tant que membre de la famille, il fera de son mieux pour faciliter le passage d'oncle Doj dans le *cao gnum.* » Le *cao gnum* désignant soit un lieu soit un état qu'on ne pourrait mieux décrire que comme le dépôt central des âmes de l'univers. Je n'avais aucune certitude à ce sujet, car les Nyueng Bao refusaient de parler de leurs croyances religieuses. Quoi qu'il en soit, c'est dans le *cao gnum* que les âmes attendent de revenir au monde si elles n'ont pas suffisamment accumulé de bon karma pour échapper à la Roue de la Vie. Les Gunnis donnent le nom de Swegah à un concept similaire qui, pour eux, peut désigner plusieurs lieux à la fois, dont le paradis et l'enfer, où chaque âme bénéficiera d'un séjour de plus ou moins longue durée au regard de la liste de ses bonnes et mauvaises actions.

Mes observations mettaient à rude épreuve l'honneur et la loyauté de Thai Dei. Il s'est fâché. « Trop d'irrespect, mon frère.

— Alors explique-moi pourquoi je devrais mieux le traiter qu'un casse-couilles de cousin au second degré.

— Ton ignorance te protège, m'a-t-il prévenu. Fais-moi une faveur.

— Demande.

— N'en rajoute pas. »

Je me doutais déjà peu ou prou que j'en avais trop dit, de sorte que je n'ai eu aucun mal à exaucer son vœu. « C'est d'accord. »

Au cours du quart d'heure suivant, l'oncle Doj a encore marmonné à plusieurs reprises à l'oreille de Thai Dei. C'était du pur délire. Rien de ce qu'il a dit ne contribuait à nous éclairer davantage. Puis il a sombré dans l'inconscience, car Toubib lui avait administré une drogue contre la douleur. Je me suis bien gardé de rassurer Thai Dei sur son réveil. Qu'il s'émerveille donc un peu de la médecine magique du Vieux ! Et qu'il endosse un petit surcroît d'obligations à notre égard.

Oncle Doj dans les choux et incapable de nous résister, nous avons pu panser ses plaies et réduire ses fractures. La chair n'était pas profondément abrasée. Les boules de feu avaient fait du bon boulot en matière de cautérisation.

Il devrait néanmoins arborer dorénavant de nouvelles cicatrices.

Peut-être ne récupérerait-il jamais non plus l'usage entier de son côté droit. Son bras était brisé en trois endroits. Dont une fracture compliquée. Son tibia droit était également fracturé une douzaine de centimètres sous le genou.

Thai Dei n'a pas eu la présence d'esprit de nous demander pourquoi nous nous escrimions à réduire les fractures d'un agonisant.

Il était ailleurs. Dans un autre monde. Il communiait avec son âme ou le truc qui faisait de lui ce qu'il était : Thai Dei.

« Je me suis élevé contre le projet d'éloigner Sahra, m'a-t-il déclaré au bout d'un moment. Mais ma voix n'a pas pesé dans la balance. » Il ne me regardait pas. A son langage corporel, j'ai compris que nous ne reviendrions plus jamais là-dessus.

44

Le lendemain matin, j'ai prudemment discuté avec plusieurs Gunnis de la mythologie nyueng bao. Ils ne m'ont guère secouru. Je me suis heurté à un mur de mépris. Si les Gunnis avaient eu la moindre notion de ce concept, ils auraient classé les Nyueng Bao parmi les hérétiques. Ils ne l'ont pas fait. La société taglienne est résolument pluraliste en ce qui concerne la religion. Aucun de ceux à qui je me suis adressé n'avait la première idée de ce qu'était la Clé. Je soupçonnais d'ailleurs qu'il ne s'agissait pas d'une relique religieuse, même si j'en avais assez entendu pour comprendre qu'elle faisait partie des trésors inestimables dissimulés dans le temple où était enfermée Sahra.

Je me suis demandé quelle pouvait bien être la corrélation. S'il en existait une.

« Je commence à être trop moulu pour me taper cette trotte », ai-je déclaré à Thai Dei alors que nous traversions la vallée, nous pliant à la sommation de notre commandant suprême. Non loin, des hommes de l'Ombre volontaires aidaient, en contrepartie d'une part de la récolte, à engranger un grain apparenté à l'orge. Toubib pressentait que les autochtones seraient bien moins montés contre nous si nous les aidions à s'en sortir. J'avais, moi, l'impression que leurs propres récoltes n'étaient pas si médiocres et que nous ferions bien mieux d'emmagasiner nos surplus dans Belvédère. Un jour viendrait où nous aurions besoin du moindre boisseau de réserve, aussi sûr que l'hiver succède à l'été.

Le Vieux persistait à dire que, trop cruellement marqué par mon passé, je ne parviendrais jamais à surmonter Dejagore. Peut-être avait-il raison. Nous sommes tous le fruit, aigre ou exquis, de notre passé.

Thai Dei n'a pas répondu tout de suite. Il se montrait ce matin plus taciturne que jamais. « Tu savais que l'oncle ne mourait pas, a-t-il fini par m'accuser au bout de près de deux kilomètres.

— Ouaip.

— Tu voulais le manipuler.

— Ouaip. Alors dis-moi… c'est quoi, la Clé ?

— Un objet qu'on aurait dû détruire depuis longtemps. »

Ai-je bien dit qu'il refusait de l'ouvrir ? Je l'ai regardé pour vérifier que je me trouvais bien en compagnie de mon copain de plusieurs années. « Puissant gri-gri, pas vrai ? »

Le contexte l'a éclairé sur le sens de ce mot. « Gros problèmes. Toutes ces prophéties, tous ces ustensiles et instruments de prédiction n'apportent que des ennuis.

— La Clé n'a aucun rapport avec la prophétie de Hong Tray, au moins ? » Je n'avais pas encore réussi à établir le sens de cette prophétie, bien que j'en fusse partie prenante et marié à l'une de ses protagonistes. Sahra prétendait toujours ne rien en savoir, en se réfugiant derrière sa condition de femme.

Thai Dei avait recouvré son aplomb et son noyau dur de silence. Il a refusé d'en dire plus.

« Vous parliez de moi ? ai-je demandé en entrant chez Toubib pour y être accueilli par un silence subit et des regards entendus.

— Peut-être », a répondu Madame. Elle me lorgnait d'un œil spéculateur, se demandant de toute évidence ce qui me passait par la tête ces derniers temps.

Otto, Hagop et deux autres vieux de la vieille se trouvaient déjà sur place. Ainsi qu'Isi et Sindawe. De nombreux officiers tagliens de haut rang brillaient comme Lame par leur absence. Nous ne l'avions pas beaucoup vu dernièrement, bien que Madame et lui eussent travaillé des années la main dans la main. Les marées de la confiance semblaient connaître un fameux jusant.

« Quoi de neuf ?

— Tes hommes sont prêts ?

— Plutôt mûrs, en fait. Une autre bonne explosion comme celle de la nuit dernière pourrait les inciter à affûter leurs lames.

— Pas trace de Volesprit ?

— Non. A mon avis, oncle Doj l'a salement esquintée et elle doit être en train de lécher ses plaies. » Je n'avais pas vu un seul corbeau depuis le retour de Roupille. Et on viendra vous parler de mauvais présages.

« Thai Dei reste aussi peu loquace ?

— Oui. Tu n'as pas dit…

— Je pars en reconnaissance dans la plaine…

— Je croyais…

— C'est le moment ou jamais. Volesprit est affaiblie. Je sais qu'elle guérit vite. Nous disposerons tout au plus d'une semaine avant qu'elle n'ait retrouvé assez de forces pour nous faire des misères. Il faut absolument saisir l'occasion au vol. En formant un détachement équilibré et bien équipé, nous pourrions, à condition de forcer l'allure, progresser sur près de cent cinquante kilomètres avant de rebrousser chemin. Ce qui nous permettrait de nous faire une idée assez précise de ce qui nous guette. »

Cette perspective ne me plaisait guère, mais je n'ai pas ergoté. C'était Madame le lieutenant. A elle d'exposer au capitaine les failles éventuelles de son raisonnement. Elle n'a rien dit. J'en ai déduit qu'ils avaient clos le débat.

« Je songe à une cinquantaine d'hommes pour la première incursion, a poursuivi Toubib. Tous les vétérans qui nous ont suivis jusqu'ici pour rentrer au Khatovar. Plus nos meilleures nouvelles recrues. Tous volontaires. » Les nouvelles recrues désireuses de gagner le Khatovar n'étaient pas légion. Les vieilles terreurs exerçaient encore sur elles un certain empire, bien qu'elles appartinssent désormais à la Compagnie.

« Que se passe-t-il à Taglios ? » m'a demandé Toubib.

J'ai haussé les épaules. « Je ne fais de rêves qu'ordinaires ces temps-ci. De fait, j'ai à peine dormi ces deux dernières nuits. Roupille n'arrête pas de marmotter. J'essaie bien de lui parler, mais il n'a pas l'air de m'entendre.

— On va le prendre avec nous. Une bonne marche forcée pourrait le sortir de sa léthargie. »

J'ai soupiré. « Quand ?

— Dès qu'on aura tout organisé. Volesprit se porte déjà mieux. »

Nouveau soupir. « Je commençais à me faire à l'existence sédentaire. Et à l'idée de m'établir pour de bon quelque part. » Pour y attendre ma femme. Voire me porter à sa rencontre si je parvenais à obtenir de Roupille qu'il m'explique ce qu'il avait fait de mon cheval.

Toubib s'est raclé la gorge. Ce fils de pute ressemblait de plus en plus à mon grand-père. « Tu sais ce que ça signifie, porte-étendard ?

— J'ai l'affreux pressentiment qu'un pauvre couillon du nom de Murgen va encore se retrouver à l'avant-garde.

— Sans Qu'un-Œil ni Gobelin pour protéger tes arrières.

— Chiasse ! Ouais. » Mais mes arrières étaient dorénavant protégés. Maintenant et à jamais. « Je vois un petit problème, chef. Les Nyueng Bao vont insister pour nous coller tous ceux qui nous filent le train depuis Dejagore.

— J'y compte bien. Chaque lascar qui escaladera cette montagne fera un Taglien de plus dont je n'aurai pas à me soucier qu'il reste derrière moi, susceptible à tout instant de me nouer un de ces foulards en soie autour du cou.

— Hein ? On n'a pas eu le moindre pépin avec ces fripouilles depuis l'hiver dernier. Il n'en reste plus un seul.

— Tu jouerais ta vie là-dessus ? Je compte bien emmener le saint vivant et tous nos autres petits potes.

— Pour quoi faire ?

— Pour n'être en butte à aucune mauvaise surprise dès que nous aurons le dos tourné. Tu tiens à voir le Hurleur ou Ombrelongue lâchés dans la nature alors qu'il n'y aura plus personne ici pour les rattraper ? Ou le Prahbrindrah Drah rôdailler de nouveau ? Ou cette saleté de panthère ?

— Non. Mais si je tenais les rênes, on se contenterait de les tuer et de les brûler. Avant de mélanger ce qui restera de viable pour le balancer dans six fleuves différents. Au bas mot. »

Madame m'a jeté un regard qui, quelques années plus tôt, m'aurait fait caguer dans mes chausses. Elle ne me faisait plus si peur.

Toubib a ignoré mon conseil. « Une fois là-haut, dès qu'on aura vu à quoi ça ressemble, je ferai peut-être établir des camps pour y installer progressivement tout le populo.

— Je ne me sens pas prêt à ça, chef.

— Pas prêt ? C'est ce vers quoi nous tendons depuis dix ans.

— Entre cheminer sur la route et arriver à destination, il y a une putain de grosse différence, chef. Va donc le leur demander, au camp… tu verras que chaque gars te répondra qu'il est tout content d'être sur la route du Khatovar. Mais je parie que tu n'obtiendras pas la même réponse si tu leur parles de franchir la ligne d'arrivée. »

Toubib, à mon avis, n'avait jamais compris que *personne* ne témoignait du même enthousiasme que lui pour notre quête.

« Que dois-je faire ? me suis-je enquis.

— Emballe tes affaires et tiens-toi prêt. Et tâche de remettre vite fait ton protégé en état, parce que je compte bien le voir crapahuter avec nous comme tout le monde. »

Il y avait comme un sous-entendu dans ces propos... Un sous-entendu qui m'excluait... et n'était peut-être pas sans corrélation avec le silence qui s'était instauré à mon entrée.

« Si je comprends bien, je ferais pas mal d'aller boucler mes valises et de me préparer ? »

Le Vieux m'a regardé sortir d'un œil furibond mais n'a pas levé le petit doigt pour m'en empêcher.

Il se passait quelque chose.

« Encore un aller-retour pour rien, ai-je appris à Thai Dei. Mais, celui-là, c'était vraiment le pompon. » La moutarde me montait au nez. On était en train de me manipuler.

45

« Je n'en ai pas la première foutue idée », ai-je répondu à Rudy. Pour la troisième fois. « Si ça te déplaît, va retrouver Qu'un-Œil et Gobelin. Où qu'ils soient.

— J'aurais jamais imaginé qu'on puisse réellement le faire.

— Personne à part le Vieux. Moi non plus. Mais il a dit qu'on se tirait. C'est comme ça que ça se passe.

— Jamais dit que je refusais d'y aller », a grommelé Rudy, davantage pour sa gouverne que pour moi. Il est allé incendier ses sergents. Il allait devoir décider de qui il laisserait aux commandes pendant notre absence.

J'étais moi-même en train d'y réfléchir. Dès mon retour de chez le Vieux, j'avais demandé qu'on me fît des suggestions. Nous devions en apprendre plus long sur nos recrues du Sud. Toubib ne voulait laisser ni les Nars ni personne de la vieille équipe derrière lui.

Ochiba, Sindawe et Isi étaient les seuls Nars survivants.

Baquet est venu me trouver. Pratiquement parlant, il me servait d'assistant ; abattait le plus gros de la besogne. Je ne m'en mêlais pas tant qu'il ne prenait pas une décision risquant de monter le capitaine contre moi. « Tu lui as vraiment serré les noix, à Rudy, m'a-t-il déclaré.

— Ce type me fait tourner en bourrique. Qu'est-ce que tu me veux ? » Rudy n'était pas le seul à me courir sur le haricot. Roupille commençait à se montrer encore plus casse-couilles. Quant à Thai Dei, il me faisait sérieusement tartir, tout ça parce que je n'avais pas daigné rendre visite à l'oncle Doj à notre dernière traversée de la vallée.

« Eh, Murgen… c'est normal d'avoir la trouille. Mais tu n'es pas obligé de nous pourrir la vie à tous parce que tu te sens mal dans tes pompes. »

J'ai commencé à aboyer, puis je me suis rendu compte que ça ne l'empêcherait pas d'avoir raison. J'ai empoigné un caillou et je l'ai projeté le plus loin possible, comme si ma frousse allait s'envoler avec. Il s'est écrasé au milieu des rochers. Une demi-douzaine de corbeaux ont pris leur essor en m'injuriant dans leur langue maternelle. « Chiasse !

— Pas très bon signe, a convenu Baquet. Un bout de temps qu'on ne les revoyait plus. Tu veux qu'on les chasse ?

— Ils étaient trop loin pour entendre. Mais fais inspecter le secteur. » J'ai observé le soleil. Plus que quelques heures avant la tombée de la nuit. J'avais tout le temps d'effectuer la reconnaissance du terrain exigée avant d'envoyer là-haut un plus fort contingent.

Baquet avait dépêché quelques gars au site des corbeaux. L'un d'eux brandissait d'une main, tout en se bouchant le nez de l'autre, ce qui devait de son vivant ressembler à un écureuil de terre. « Peut-être ne nous espionnaient-ils pas, après tout ? a fait Baquet.

— Tout est possible. Mais certaines choses plus plausibles que d'autres. Thai Dei. Je sais que tu nourris des idées bien précises sur la dette que tu as envers moi, mais tu n'as pas besoin de prendre des risques uniquement parce que je le fais. »

Le Nyueng Bao attendait patiemment, accroupi non loin, son épée au fourreau en travers de son dos, petit bonhomme dépenaillé d'aspect totalement inoffensif. Il m'a regardé dans le blanc des yeux et a poussé son sempiternel grognement « Vas-y ! Explique ! ».

« Je compte franchir la Porte d'Ombre. Attends. Tout se passera bien. J'ai la clé. La Lance. Tant qu'elle reste en ma possession, je devrais m'en tirer. » Du moins si Toubib avait bien mis dans le mille.

Je me serais senti autrement rassuré si j'avais pu consulter les premières annales.

Thai Dei s'est remis poussivement sur pied, comme si ses genoux le faisaient souffrir et m'a signifié « allons-y » d'un geste.

« Ecoute... Tu n'es pas obligé. »

Il a réitéré son signe.

Discutailler ne me mènerait nulle part. Son entêtement surpassait de loin l'entêtement humain ordinaire. D'au moins deux coudées. D'une au minimum pour tout Nyueng Bao. Quant à ma femme...

J'ai empoigné la hampe de l'étendard et entrepris de virer à coups de pied les rochers qui s'entassaient à sa base. Il se dressait là depuis six mois, imperturbable, se fondant peu à peu dans le paysage, à tel point qu'on n'y prêtait presque plus attention.

« Minute ! a fait Baquet. Sers-toi de ton caberlot, Murgen. Tu ne peux pas te contenter de foncer dans le tas en serrant les dents. Emporte quelques bambous. Une gourde. Une miche de pain et du bœuf séché. Et laisse-moi au moins poster quelques gars pour couvrir tes arrières.

— D'accord. Tu as raison. » Cette affaire m'ébranlait et m'effrayait bien plus que je ne le croyais.

J'ai laissé Baquet prendre la direction des opérations. Il n'aurait pas à traverser la Porte d'Ombre, de sorte qu'il gardait son sang-froid et toute sa tête.

Le porte-étendard est toujours le premier à essuyer le feu de l'ennemi dans quelque engagement de la Compagnie que ce soit.

J'étais monté plus haut qu'aucun de nous jusque-là. L'étendard frémissait entre mes mains. Je me suis appuyé à sa hampe et j'ai scruté les ruines en m'efforçant de déterminer l'itinéraire à suivre. Baquet se tenait derrière moi, à quelques pas, et transmettait mes instructions à Rudy qui postait ses observateurs. Je ne tenais pas à disparaître hors de vue, fût-ce une seule seconde. Si d'aventure ces étrons me bectaient, les copains devraient savoir dans quelles circonstances et pourquoi.

« Dès que tu te sentiras prêt », ai-je grogné. J'avais le net pressentiment que je ne ressentirais plus une telle trouille avant longtemps.

« T'es paré, a-t-il gueulé. Accroche-toi une corde au cul et va jouer les héros. »

Jouer les héros ! Pas vraiment mon ambition première. Je lui ai fait le V de la victoire à deux mains puis j'ai agrippé l'étendard avant qu'il ait eu le temps de basculer. « Rendez-vous en enfer, mange-merde ! » J'ai entrepris de gravir la colline.

Thai Dei s'est chargé d'un fagot de bambous et m'a emboîté le pas. Il parvenait mieux que moi à dissimuler sa trouille, mais, comme moi, il leur avait permis de nouer une corde à sa taille. Au cas où il faudrait le haler à travers la Porte.

L'étendard vibrait quasiment dans ma main.

Je sais à quel instant précis j'ai franchi la ligne. J'ai eu l'impression de tomber à pic dans une mare glacée qui n'aurait été que ménisque. Le froid m'a transpercé, parcouru, puis est passé derrière moi ; n'empêche que je me trouvais quelque part où il régnait éternellement. On aurait pu faire frire des œufs sur les rochers, mais il faisait un froid de canard.

Je n'ai effectué que quelques pas avant de m'arrêter. J'ai attendu. Les minutes s'égrenaient. Le froid persistait. J'ai contemplé le sommet de la pente. Et la route s'est faite progressivement plus distincte : une mince ligne noire couleur d'anthracite poli remontait en sinuant la colline, comme la piste d'un serpent encore assez sobre et lucide pour ne pas s'égarer dans les solitudes désolées. J'ai encore patienté un moment.

Rien ne m'a sauté dessus. Nulle ombre pour s'entortiller autour de mes jambes.

L'étendard semblait ici chez lui. Il tirait sur ma main comme s'il cherchait à m'entraîner vers le sommet.

« Vous m'avez tous dans le collimateur ? ai-je beuglé à Baquet.

— Et on tient ferme la corde, mon pote. » Sa réponse et son rire résonnaient comme s'ils me parvenaient à travers un long tunnel métallique.

« Je t'en garde une en réserve, Baquet. » J'ai encore fait trois pas. Thai Dei traînait les patins derrière moi. Il manquait visiblement d'enthousiasme.

Rien ne s'est produit. Encore quelques pas. La route qui escaladait la colline miroitait, longue bande de pure noirceur vitrifiée m'invitant à pousser de l'avant. La peur refluait. Rapidement.

Thai Dei a dit quelques mots que je n'ai pas saisis.

La corde s'est tendue, m'arrêtant net.

Sans m'en rendre compte, j'étais monté beaucoup plus haut et parvenu au bout de ma cordée. Baquet a tiré dessus. « Suffit pour l'instant, Murgen. »

Ouais. J'étais allé bien plus loin que je n'en avais eu l'intention au départ. Mais, apparemment, il n'y avait rien à craindre... Baquet a imprimé une nouvelle traction à la corde.

J'ai reculé à contrecœur. Thai Dei a encore prononcé quelques mots. J'ai regardé derrière moi. Et compris ce qu'il me voulait.

Il désignait le nord.

Le monde extérieur chatoyait comme si nous l'observions à travers un rideau d'air surchauffé.

« Laisse tomber, Murgen ! a mugi Baquet. On aimerait bien te voir rentré et la route de la Porte hermétiquement scellée avant la tombée de la nuit. » Il a encore tiré sèchement sur mon câble.

Il devenait nerveux.

J'ai franchi la ligne dans l'autre sens, toujours aussi réticent. Cette fois, c'était comme sortir de l'hiver pour entrer directement en été.

Thai Dei a soupiré. Il était ravi. La colline n'exerçait sur lui aucune séduction.

Mon univers avait changé. De façon infinitésimale. Je voyais encore le mince trait de pinceau de ténèbres laquées dévaler en serpentant ce qui était jadis une route. La terre et les éboulis la masquaient certes en partie, mais, pour qui avait l'œil, il en subsistait un vestige évident.

Je me suis senti un autre homme une fois la ligne franchie.

« Tu vas bien ? m'a demandé Rudy. Tu as l'air étrange.

— C'est là-bas que c'est étrange. Pareil mais différent.

— Hein ?

— Impossible de l'expliquer. C'est l'impression qu'on ressent. Tu comprendras quand tu y seras monté. »

Baquet nous a rejoints ; il continuait d'enrouler la corde. « Tu vas bien ? T'as la tronche d'un mec qu'a vu un fantôme !

— C'est vraiment bizarre, de l'autre côté.

— Bizarre ? De quelle façon ? Tu n'as rien fait de bien étrange. A part oublier qui tu étais peut-être. Et ton partenaire n'a rien fait de tel. Il s'est contenté de rester planté là, tout frissonnant.

— Ça en fait partie. Sauf que ce n'est pas vraiment un froid physique. Plutôt celui qu'on devrait rencontrer dans le cœur d'un prêtre, comme dirait Lame. »

Je devais avoir l'air intrigué. « Tu essaies de me dire qu'il faut y aller pour comprendre, a conclu Baquet.

— Ce type est bête à pleurer, mais il peut parfois t'en remontrer, ai-je confié à Thai Dei. T'as tout compris, Baquet. Rajoute ici de la poussière de craie plus fraîche. Assure-toi que ces lanières sont bien tendues et tous les pièges à ombres fin prêts. Et je veux un surcroît de…

— Du calme, m'a coupé Rudy. Tu as déjà réglé tout ça. Souviens-toi. » Les soldats, d'ores et déjà à pied d'œuvre, travaillaient à renforcer nos protections. Je m'étais inquiété pour rien.

« Pour être franc, ça flanquait la trouille. Il me faudra un bon moment pour m'en remettre. Tu as un messager prêt à partir ? Je vais pondre un rapport vite fait pour le Vieux. Puis je ramperai dans mon bunker pour fraterniser avec ma dernière cruche de la potion de Qu'un-Œil. » J'avais réquisitionné en douce une cruche du plus puissant distillat du petit sorcier, en cas d'urgence médicale.

Si ça n'en était pas une…

46

L'élixir de Qu'un-Œil n'a pas dissipé ma peur à proprement parler, mais il l'a brièvement battue en brèche. C'était une frousse étonnante. Pas de celles qui vous paralysent ni même assez sévère pour fausser le jugement, mais constamment présente et diffuse, sans pourtant peu à peu vous engourdir comme celle qui vous prend sur un champ de bataille lorsque personne ne surgit pour essayer de vous sabrer d'un grand coup de lame d'acier ébréché. Je n'aimais pas ça. Elle me rongeait le moral.

J'ai jeté un regard noir à Roupille. « Tu comptes bientôt te montrer utile à autre chose qu'à transformer la bouffe en merde ? »

Roupille se contentait de rester assis au crépuscule sur l'ex-paillasse de mère Gota, à fixer le néant. Non seulement il ne parvenait pas à redescendre du royaume enchanté qui avait capté son esprit, mais c'est à peine s'il réussissait encore à remuer. Il ne faisait pratiquement rien et le moindre geste semblait le faire formidablement souffrir. S'il continuait à manquer ainsi d'exercice, il lui faudrait espérer qu'un de ses camarades de la Compagnie l'aimerait assez pour le porter à dos.

Je l'aimais plus que personne, Baquet mis à part, mais pas assez pour m'appuyer cette corvée. On se reverra au retour, p'tit gars.

Nous ne sommes pas du genre « marche ou crève ». Vraiment pas. Nous tâchons de prendre soin des nôtres. Il n'empêche qu'on ne peut écarter l'appréhension que chacun œuvre avant tout à préserver sa propre personne. Les précédents ne manquent pas où l'on a mis un terme aux souffrances d'un de nos frères devenu un fardeau trop encombrant ou dangereux pour le reste de la Compagnie.

Roupille n'a pas réagi. Comme d'habitude. Je me suis retourné sur ma paillasse. J'ai essayé d'oublier qu'il me faudrait demain gravir à nouveau la montagne. Ma bloblote s'aggravait encore quand j'y pensais.

Je sentais la présence de Volesprit non loin. L'obscurité était pourtant totale. Pas moyen de la trouver. Peut-être devais-je à ma seule bonne fortune qu'elle ne s'intéressât pas à moi. Cela dit, pour l'heure, elle ne s'intéressait pas à grand-chose.

Je chevauchais le fantôme. J'en étais conscient. Mais je ne disposais d'aucun point de repère dans ces ténèbres. Je ne trouvais pas mon chemin, où que j'aille.

Je me suis laissé dériver.

Progressivement je me suis aperçu que je n'étais pas seul.

Quelqu'un m'observait. Ou quelque chose.

Cette vigilance s'est encore accrue quand j'en ai pris conscience. Les ténèbres qui m'entouraient restaient tout aussi opaques, mais je parvenais désormais à les percer d'une autre façon.

Yeux rougeoyants, crocs, peau d'ébène encore plus sombre que la nuit qui me cernait, si sombre qu'elle semblait scintiller négativement… Kina. La Destructrice. La Reine de l'Illusion. La Mère… Pas exactement le mal incarné – les hommes de l'Ombre persistent à prétendre qu'un de ses avatars est créateur –, mais assurément bien assez puissante, si d'aventure elle s'intéressait à moi, pour me faire chier dans mon froc.

C'était le cas. Ses yeux cramoisis ont carrément transpercé de part en part mon âme spectrale. Sa vaste gueule immonde s'est comme recroquevillée sur elle-même, ridée telle une vieille pomme, jusqu'à ce qu'il n'en restât plus qu'un point rubis. Ce point se déplaçait. Au même instant, j'ai éprouvé le sentiment grandissant qu'on cherchait à me mettre en garde.

Kina ? Cherchant à communiquer ? Avec moi ? Elle avait pourtant ses propres envoyés dans le monde réel.

Mais était-ce bien vrai ?

Narayan Singh était prisonnier. La Fille de la Nuit également captive, à moins qu'elle ne fût morte. Elle ne s'était guère signalée à notre attention ces derniers temps. Et Madame avait depuis longtemps fait acte d'indépendance. Elle n'était plus désormais qu'une sorte de mystagogue parasitaire.

Peut-être restais-je la seule personne, en ce monde comme dans l'autre, que pouvait contacter la déesse.

J'ai suivi le point rouge. Il m'a conduit à la plaine aux ossements. J'ai déployé mes ailes pour freiner et me suis posé sur la branche d'un arbre dépouillé. Des cadavres gisaient éparpillés parmi les ossements, cette fois-ci. Pas entièrement décomposés. J'ai repris mon essor et je les ai survolés en rase-mottes. Des scarabées s'égaillaient, effarouchés par mon ombre. Jusque-là, je n'avais vu de vivant en ce lieu que quelques corbeaux.

Une tour de ténèbres se dressait à l'horizon, une colonne de nuages noire et grouillante d'éclairs bourdonnants couleur de sang. J'ai lourdement battu des ailes et me suis dirigé vers elle. Ça me semblait indiqué.

L'espace d'un instant, le nuage a dévoilé une maléfique trogne de vampire et une multitude de bras. Tendus vers moi comme pour m'accueillir.

Un moment désorienté, je me suis ressaisi puis retrouvé en train de survoler en planant un territoire où ne scintillaient que quelques étincelles signalant un habitat humain. J'ai incliné la tête. Je jouissais d'une vision très aiguisée, même de nuit. Mais je n'ai réussi à me repérer qu'en descendant assez bas pour distinguer les contours des fortifications de Belvédère, masquant les étoiles boréales.

Je me trouvais tout au plus à une trentaine de mètres du sol invisible quand la terre s'est mise à bouillonner et essaimer mille grains lumineux. L'air m'a giflé et retourné sur le dos. Puis le rugissement s'est fait entendre.

Je me trouvais là en chair et en os. Non pas sous la forme d'un corbeau imaginaire. J'étais l'oiseau blanc lui-même.

Je me suis redressé juste à temps pour voir filer une nuée de boules de feu dans ma direction. Je les ai esquivées.

J'étais au cœur de la nuit de la veille.

Je suis descendu plus bas, là où les rochers et d'autres reliefs pouvaient m'abriter de la grêle sans cesse plus drue de boules de feu. Je me souvenais encore des dégâts qu'elles infligeaient aux rochers – si du moins elles appartenaient au nouveau modèle amélioré. Et j'ai bénéficié de plusieurs occasions d'y assister de très près, comme un malheureux pékin de l'autre bord. Chaque fois que je me trouvais un chouette perchoir… *zou!* Frit comme un lardon!

Les gens que j'apercevais cavalaient en tous sens, comme pris d'un enthousiasme frénétique. Les plus nombreux étaient encore trop près ou n'avaient pas trouvé assez vite leurs marques. Certains n'avaient même pas eu le temps de s'extraire du sous-sol. La terre se chargeait du sale boulot en crépitant.

L'éclat irisé de l'acier en mouvement a capté mon œil.

Quelqu'un allait dans la mauvaise direction.

Oncle Doj s'était précipité sur le théâtre de la catastrophe dès qu'elle s'était déclarée. S'il s'agissait effectivement de lui, le vieux birbe n'avait pas lambiné. Il était peut-être plus fringant qu'il ne le laissait voir. J'ai battu des ailes pour prendre de la hauteur, puis plané vers les reflets miroitants de Bâton de Cendre.

Le corbeau qui s'envole pour la première fois est fichtrement empoté.

C'était bien l'oncle. Et il ne s'est guère montré très empressé de jouir de ma compagnie. Bâton de Cendre a frappé comme la foudre. Doj avait plus d'allonge que dans mes souvenirs d'entraînement. Il a bien failli m'avoir. Seuls les réflexes du corbeau m'ont sauvé. Il a esquivé avant même que l'idée ne m'en vienne.

Je suis passé derrière lui et j'ai laissé les incendies me révéler sa position, en prenant garde de rester hors de sa portée. Dès qu'il a eu découvert un emplacement où s'agenouiller pour observer le spectacle, je me suis trouvé un rocher modestement proéminent pour m'y percher et observer l'observateur, non sans maudire l'humaine engeance qui avait consumé tous les arbres et autres postes surélevés.

L'oncle s'est attardé un instant, le temps de reprendre son souffle et d'administrer la preuve de l'admirable rapidité de ses propres réflexes en esquivant quelques boules de feu juste avant que la terre ne s'ouvre pour laisser émerger une colonne de lumière vert bouteille. Les boules de feu glissaient sur elle. La couleur en était si foncée que nul, à mon avis, n'aurait pu mieux que moi voir au travers. Elle se dirigeait droit sur moi. Ce qui signifiait qu'elle allait frôler l'oncle Doj.

Dès qu'il a eu quitté la fosse, le bouclier vert s'est dissipé et la créature qu'il abritait en a émergé. Une chance pour moi, j'étais un oiseau ! Et ce veinard d'oncle Doj était trop vieux. Sinon, à force de baver comme des obsédés, nous nous serions l'un et l'autre étouffés dans notre propre salive. C'était une femme sublime, dont nulle étoffe ne cachait la modestie.

Volesprit.

En dépit de ma condition de volatile, j'ai pu pleinement apprécier l'éternité qui s'était écoulée depuis la dernière fois où j'avais vu ma femme.

Volesprit s'est mise à chatoyer, non pour tisser un autre bouclier mais pour changer d'apparence. Dans le feu de l'action, son attention était distraite et elle ne s'est pas inquiétée de son entourage. Elle n'a donc pas repéré l'oncle Doj, qui s'était fondu dans la nuit aussi prestement qu'un Félon. J'ai reconnu silhouette et visage au moment précis où Doj, arrivant derrière Volesprit, abattait Bâton de Cendre avec une vigueur qui aurait dû la fendre en deux jusqu'au sternum.

Elle était rapide. Elle a essayé d'esquiver tout en projetant une manière de sortilège de défense. L'air a grondé. Elle a hurlé et basculé en avant ; sans doute n'était-elle pas morte, seulement grièvement blessée. L'oncle a bondi pour l'achever. Bâton de Cendre a jeté un éclair. Le sang a giclé. Volesprit sautillait ici et là. Tout comme oncle Doj. La déveine s'en est mêlée. Au beau milieu de l'holocauste, une perche de bambou s'est mise à crépiter. Deux boules de feu ont méchamment cueilli le bretteur. Volesprit l'a un peu bousculé pendant qu'il accusait le coup, mais elle n'avait plus la force de l'achever. Quoi qu'il en soit, des gens réagissaient déjà au vacarme, même si plusieurs heures s'écouleraient encore avant qu'on ne retrouvât le corps de l'oncle.

Volesprit s'est traînée à l'écart et servie de son pouvoir amoindri pour endiguer l'hémorragie et changer d'apparence. Le temps de retrouver les vêtements qu'elle avait dissimulés, elle était devenue Roupille. Ce qui expliquait son actuelle catatonie. Tant qu'il passerait pour dingue, on ne risquerait pas de l'examiner d'assez près pour se rendre compte qu'il ne s'agissait pas de mon prodigue d'assistant.

J'étais suprêmement fumace. Où était passé le gosse ? Le vrai ?

Je suis redescendu et me suis posé sur la poitrine de l'oncle. Il étouffait dans son sang. J'ai joué du bec, picoré, piqué, tiré, et je l'ai forcé à tourner la tête de côté. Puis je me suis lancé aux trousses de Volesprit.

Elle avait disparu.

Je n'ai trouvé aucune trace d'elle. Mais je savais déjà où la mèneraient ses pas. Roupille serait dans mon bunker le lendemain matin au réveil, sans qu'on se fût aperçu de son absence, tandis que je croirais avoir vécu une nuit d'insomnie.

Je connaissais également à présent le destin de Fumée. Cette légère crispation de la joue de Roupille dont j'avais été témoin, c'était Volesprit prenant conscience qu'on pouvait percer à jour son stratagème en remontant sa piste avec l'aide du fantôme.

Mais je connaissais moi aussi son secret désormais. Kina était peut-être une ennemie autrement redoutable que ne l'avait soupçonné Volesprit. Peut-être avait-elle même le sens de l'humour. User d'un corbeau pour dépister la maîtresse de tous les corbeaux !

Je me suis posé sur le toit de mon bunker. Sous moi, Thai Dei ronflait et soupirait aussi fort que le soir où nous avions dévasté la cache de Qu'un-Œil. Quelqu'un d'autre faisait un boucan d'enfer. Dans la mesure où Roupille dormait dehors, je me suis persuadé qu'il ne pouvait s'agir que de moi. Sahra avait raison en m'accusant de ronfler comme un ours affamé.

J'avais toujours refusé de la croire. Jusque-là.

Difficile de s'imaginer que nous avions pu trouver le sommeil après toute cette excitation de l'autre côté de la route. Volesprit avait dû nous envoyer un charme somnifère…

J'avais le vague pressentiment que la vision de mon propre corps endormi me mettrait mal à l'aise, de sorte que j'ai résisté à la tentation de descendre jusqu'au ras du sol pour jeter un coup d'œil par la porte d'entrée.

Roupille a brusquement émergé de l'obscurité.

Pour une fille aussi malmenée et tailladée, Volesprit se déplaçait comme une gazelle. Nul être humain ordinaire en bonne santé ne pouvait courir si gracieusement. Un zeste de sorcellerie peut-être ?

Je m'étais demandé comment j'allais m'extraire de ce fichu corbeau blanc. L'approche fulgurante de Volesprit a été le déclencheur. Le corbeau s'est envolé. Je suis resté derrière à observer, flottant entre ciel et terre. Et, tandis que Volesprit ralentissait, peu à peu consciente de ses blessures, j'ai pris de la hauteur et me suis éloigné dans une direction qu'on ne pouvait mieux désigner que par « demain ». Elle n'a pas senti ma présence, bien qu'elle eût contribué elle-même à me faciliter la tâche de larguer mes amarres.

Il s'agissait donc de la nuit où j'étais parti. Et tout le monde, moi compris, ronflait dans le bunker. J'étais donc parfaitement libre de sillonner encore un peu le monde spectral.

47

Sahra avait le sommeil agité. Tobo reposait à côté d'elle, une menotte posée sur son sein nu dont il tétait de temps en temps le mamelon. Je suis resté un bon moment à les observer. Ma tension se relâche toujours devant ce spectacle.

Mais quelle espèce de timbré faisais-je donc ? C'était précisément tout ce à quoi j'aspirais, le lieu même où je rêvais d'être… N'empêche que dans quelques heures je hisserais de nouveau ma vieille carcasse moulue au sommet de cette montagne. Et je persisterais à l'escalader, même si ça devait me tuer.

Pourquoi ?

J'allais le faire. J'en avais la certitude. Mais j'ignorais ce qui m'y contraignait.

J'ai tendu vers Tobo une main ectoplasmique. L'espace d'une seconde, il m'a semblé sentir sa chaleur. Il a gigoté comme s'il faisait un cauchemar. J'ai retiré ma main et caressé la tête de Sarie.

Elle a souri.

« Murgen. J'étais certaine d'avoir senti ta présence. Ça fait si longtemps. » Elle susurrait. Je me suis bercé de sa douce voix en regrettant de ne pouvoir lui répondre. Elle a décollé Tobo de son sein et s'est levée, nue jusqu'à la taille, pour exécuter un petit pas de danse qui m'a amèrement rappelé le temps perdu. Elle retrouvait déjà sa silhouette. Elle m'a décoché un sourire moqueur en me regardant droit dans les yeux. Peut-être était-elle réellement une sorcière, après tout ? « Tobo est assez grand pour voyager, maintenant. Le festival du Dragon d'eau aura lieu bientôt. Je profiterai de la confusion pour leur fausser compagnie. J'ai déjà fait tous mes préparatifs. »

Ma femme. Intelligente, sûre d'elle, compétente. Je me suis demandé ce que j'avais bien pu faire pour mériter cela, à part taquiner l'imagination de sa mère-grand.

Sarie dansait. Et moi je bavais. Tobo s'est mis à couiner. Il devait sentir ma présence plus aisément que Sarie. Je lui faisais peur.

« Si seulement tu étais là... » a-t-elle soupiré tout en me fixant droit dans le blanc de mon œil invisible pour me jeter un regard encore plus lascif. Elle a haussé les épaules. « Mais ce ne sera plus très long. » Elle a pris notre fils dans ses bras pour le bercer. Il s'est immédiatement emparé d'un de ses tétins avec une moue de satisfaction béate.

Je vois très bien ce que tu veux dire, fiston.

Les yeux de Tobo se sont écarquillés. Celui que je voyais par-dessus l'épaule de Sarie me dévisageait. Il a lâché son sein, pris une profonde inspiration et laissé échapper un hurlement sonore. Ce môme avait de sacrés poumons.

Un prêtre s'est invité presque instantanément. « Que se passe-t-il ? Pourquoi l'enfant hurle-t-il ? A qui s'adressaient tes murmures ?

— Sortez, lui a ordonné Sahra. Vous n'avez pas le droit d'entrer ici. »

Le prêtre a eu le plus grand mal à détacher le regard de ses seins. Il a bredouillé de vagues excuses aussi peu sincères que crédibles.

« Le bébé a des gaz ce soir, a aboyé Sarie. Il digère mal. Et c'est à lui que je m'adresse. Ça me permet au moins d'avoir de temps en temps une conversation sensée. »

Ça, c'est une bonne femme ! Refile donc à ce pauvre moutard une bonne dose d'huile de foie de morue ou de je ne sais quelle poudre au goût ignoble. Pour lui apprendre à beugler quand son vieux se pointe !

Je me suis laissé dériver et j'ai fait de mon mieux pour plaquer un baiser au creux de la nuque de Sarie avant mon départ. Je suis parti aussi heureux qu'on peut l'être dans de telles conditions. Je savais que mon enfant et mon épouse m'aimaient et se portaient bien. Nombre d'hommes de la Compagnie n'ont aucune nouvelle de leur famille... même si bien souvent, à la vérité, ils ne s'en soucient guère. Sans quoi ils auraient probablement détalé avec les loyalistes tagliens dès qu'on les avait autorisés à rentrer chez eux.

Le reste du marais était plongé dans le silence et l'obscurité. On pouvait s'y attendre à cette heure de la nuit. J'ai retrouvé le chemin de Taglios en dépit du ciel chargé et de la lune absente.

La saison des pluies viendrait bientôt.

J'ai erré plusieurs heures dans le palais et les temples les plus importants, mais je n'ai pas appris grand-chose. Sans Fumée, j'étais confiné au temps présent et l'heure était trop tardive pour que quiconque s'agite ou magouille, hormis les prêtres servant les dieux nocturnes. Et ceux-là ne complotaient pas ; ils s'adonnaient aux préparatifs d'une fête nocturne mineure.

J'allais peut-être devoir me coucher plus tôt dans la soirée, à l'heure où les gens sont encore debout et conspirent, si je comptais chevaucher le fantôme à des fins plus utiles. Je n'ai strictement rien découvert de neuf nulle part, sinon l'évidence limpide que les persécutions exercées contre les alliés et amis de la Compagnie s'étaient répandues dans tous les territoires retombés par nos soins sous domination taglienne. Persécution moins virulente, sans doute, que celle infligée par nous aux Félons. Nos amis y survivaient. Ils y perdaient surtout leur situation. Dans quelques rares cas de conflit personnel, certains se retrouvaient en cellule. Manifestement, la Radisha répugnait à recourir au meurtre.

Cela dit, toutes mes présomptions étaient fondées sur des preuves éparses recueillies après minuit.

Je n'ai pas pu trouver Mogaba. Pas plus que nos sorciers disparus. Rien d'étonnant. Je ne me suis pas acharné dans ma traque. En revanche, j'ai consacré beaucoup d'énergie à tenter de localiser la fillette de Toubib.

Où qu'elle fût, elle devait se trouver seule. C'était peut-être ma chance.

En même temps, du coin de l'œil, je cherchais des indices susceptibles de me renseigner sur ce qu'il était advenu du vrai Roupille.

Je suis rentré bredouille dans les deux cas. Par contre, j'ai relevé quelques détails tendant à prouver que ma cécité n'était pas totalement accidentelle.

Je dérivais au-dessus d'un certain versant de montagne dont je savais qu'il se trouvait à quelques kilomètres à peine de l'ancienne caverne de Volesprit. J'avais la quasi-certitude qu'elle ne s'était pas beaucoup éloignée, bien qu'elle disposât du tapis du Hurleur. J'ai sillonné un secteur de petits ravins obscurs, profonds et encaissés. Je les ai tous explorés de bas en haut en voletant, me fiant à leurs parois pour me guider, persuadé que la gamine – ou quelqu'un d'autre – serait aisément discernable grâce à la clarté ou la chaleur d'un feu. Je voyais mal comment elle aurait pu s'en passer.

Je n'ai pas repéré de brasier. Mais j'ai retrouvé mon cheval. Il me semble. Je l'ai dépassé en trombe et ne l'ai que fugacement entraperçu, partagé entre l'impression qu'il était inexplicablement prisonnier et celle qu'il avait senti ma présence au passage et tenté de réagir en conséquence. Mais, lorsque j'ai fait volte-face, il n'y avait plus rien à voir. De fait, en l'espace d'une seconde, tout ce recoin du monde m'a paru se transformer en un désert sensoriel.

J'étais déjà tombé sur Kina une première fois au cours de cette incursion. Je n'étais peut-être plus seul à présent, surtout si je me rapprochais en quelque façon de la Fille de la Nuit.

Le secteur m'était connu. J'en parlerais à Toubib. Il y enverrait des soldats s'il le jugeait utile.

Volesprit ne se mettrait pas en travers de notre route.

En dernier lieu, je suis allé prendre des nouvelles d'oncle Doj, là où les gardes du corps nyueng bao montaient la faction. Il était encore inconscient mais vivant. J'en ai déduit qu'on lui avait administré des drogues pour son propre bien, le temps qu'il se rétablît. Quelle que fût la mission dont on l'avait chargé, il ne saurait la mener à bien dans l'immédiat.

J'ai regagné mon corps douillet et ma paillasse inconfortable.

Les gars m'ont laissé dormir comme un jour férié. Le soleil était déjà haut dans le ciel quand je suis sorti en rampant de mon bunker, pour ensuite passer devant le double de Roupille vautré près de l'entrée, les yeux vitreux.

48

Je venais tout juste de terminer le gruau de mon petit-déjeuner quand Toubib s'est pointé. « Tu es entré là-bas hier ? Comment c'était ?

— Juste sur quelques pas. Avec Thai Dei. Il a insisté pour m'accompagner. On s'était noué une corde au cul. On s'est assis pour admirer le panorama de l'autre côté de la route. » Je tournais le dos à Roupille. Je ne tenais pas à ce qu'il lise sur mes lèvres. Je gesticulais comme si je parlais d'autre chose, tout en rapportant mes nouvelles à voix basse.

Toubib a gloussé. « Tiens, tiens. Voilà qui ne manque pas d'intérêt. On va se contenter d'entrer dans son jeu. Je n'en ferai pas part à Madame. Mais je dois te dire une chose : tout le monde sauf toi s'en doutait déjà.

— Chiasse ! Ça explique pourquoi vous vous comportiez tous en authentiques trouducs. Vous aviez peur que je me trahisse. Quels sont les projets pour aujourd'hui ?

— On va tâter la route jusqu'au sommet. Je viendrai avec toi. Epargne-moi tes commentaires jusqu'à ce qu'on soit sur l'autre versant.

— Excellente idée. » J'ai laissé à mariner pour plus tard. « Tu as mangé ? »

Il a jeté un coup d'œil à ma cantine en fer-blanc cabossée. « Vous vivez comme des rois par ici, dirait-on ?

— Parfaitement exact. Rien que du nanan pour l'élite de la légion.

— Je passe la main. Pour cette fois. » Il a lorgné le sommet de la montagne en soupirant. « Qu'un-Œil avait bien raison. Je me fais trop vieux pour ces conneries.

— Ce n'est pas si ardu. » C'était la vérité. Quand je parle de montagne à propos de cette côte, ce n'est qu'une métaphore. On pouvait sans trop se fouler rendre carrossable la route aux fourgons, et l'orée du plateau ne surplombait jamais la Porte d'Ombre que de quelque trois cents mètres. Sinon moins.

« Quand tu seras prêt, fais-le-moi savoir. » Le Vieux se massait le genou droit. Il s'est aperçu que je l'avais remarqué. « Un peu de rhumatismes. Mais je n'en souffre qu'en marchant. »

Achète un cheval. J'ai gardé ma pensée pour moi. « Quel âge as-tu réellement ?

— On n'a jamais que l'âge qu'on croit avoir, a-t-il répondu en assortissant sa réflexion d'une grimace amère. Madame me rend ma jeunesse. »

Je me suis demandé si ça n'exprimait pas une parcelle de vérité. Elle avait effectivement le don de le maintenir en forme, mince, frais et dispos.

« Attrape l'étendard et allons-y.

— Tu veux qu'on prenne deux, trois gars ? Juste au cas où ?

— Ton lascar nous suivra. Qu'on veuille ou non de lui. Nommes-en deux autres. Rudy et Baquet feront l'affaire.

— Tu comptes monter à cheval ? » Il était arrivé sur son grand étalon. « Je m'étais toujours figuré que tu grimperais là-haut en grande tenue. Avec toute la panoplie d'Endeuilleur.

— La prochaine fois. Filons. » Il s'énervait.

J'ai hélé Rudy et Baquet. Ils ont aussitôt rappliqué comme s'ils rôdaient déjà dans les parages, attendant qu'on les convoque. Leur ombre nyueng bao leur filait le train. Toute la petite troupe était parée au départ.

« A ce qu'il semble, c'est moi qui vais devoir prendre la tête du défilé », ai-je laissé tomber. J'étais ravi que les gars fissent preuve d'un peu d'initiative.

Je suis retourné en rampant dans mon bunker, non sans remarquer au passage que Thai Dei, lui aussi, était prêt à gravir la montagne.

Il ne m'a fallu qu'un moment pour rassembler charqui, avoine grillée et cantine. « Ne t'éloigne pas, l'ami, ai-je lancé à Roupille en passant. Je serai de retour pour le dîner. » Du moins si les dieux et les démons d'ici-bas y consentaient.

J'ai empoigné l'étendard. Nous avons franchi la limite l'un après l'autre. La vibration m'a paru moins spectaculaire cette fois-ci. Thai Dei semblait aussi moins affecté. Mais les autres sont devenus blêmes et passablement fébriles. Le froid était moins intense. Je frissonnais.

Au bout d'un moment, la route de jais poli s'est ouverte devant moi, parfaitement distincte, remontant la pente en serpentant. « Vous voyez la route ? » J'ai baissé la pointe de la lance jusqu'à ce que le fer touchât ce fil noir. J'ignore ce qui m'y a poussé.

Une vibration m'a parcouru, dix fois plus puissante que celle émanant de la Porte d'Ombre. J'ai suffoqué. Frémi. Si je n'ai pas bafouillé, l'écume aux lèvres.

« Qu'est-ce qui te prend ? » m'a demandé Toubib.

Je lui ai fourré de force l'étendard dans la main. « Contente-toi de m'imiter. » Je me suis écarté de quelques pas. J'ai contemplé la route et je me suis rendu compte que je ne la voyais plus du même œil. Je voyais toujours la même vieille pente poussiéreuse et désolée, zébrée d'un fil noir brillant, mais également le fantôme de ce à quoi elle devait ressembler une éternité plus tôt, lorsqu'elle était encore neuve et que la pente, certes presque aussi stérile, n'offrait pas cet aspect d'abandon.

Des spectres humains s'y mouvaient aussi, plus intangibles encore que la route, la pente et les fortifications restées intactes qui nous entouraient.

Toubib a réagi exactement comme moi. Mais il devait disposer d'une ou deux informations supplémentaires. Dès qu'il a eu repris ses esprits, il a refilé l'étendard à Baquet en lui demandant de réitérer le procédé.

La Lance est passée de main en main, de Baquet à Rudy et de Rudy à Thai Dei. Celui-ci a gambergé une bonne minute avant de poursuivre son chemin. Il n'a obtempéré que lorsque le Vieux lui a lancé : « Si tu ne traverses pas, tu n'arriveras jamais jusqu'en haut. » Thai Dei n'y tenait pas plus, mais il n'avait pas le choix. Il se retrouvait piégé, tant par son propre caractère que – l'ai-je soupçonné – par la mission que lui avait confiée oncle Doj.

Il n'avait pas franchi la Porte que les autres Nyueng Bao lui emboîtaient le pas. « Ça ne signifie pas pour autant que vous êtes enrôlés dans la Compagnie, les gars ! leur a lancé Toubib.

— Et si on s'attaquait à la montagne, maintenant qu'on a réglé ce problème ? » ai-je proposé un instant plus tard. J'ai repris la Lance en main, en vaillant petit porte-étendard que je suis, et j'ai entamé la grimpette.

Ça faisait un bien fou de rentrer chez soi.

Hein ?

J'ai coulé un regard vers les autres. Aucun ne donnait l'impression d'avoir du mal à garder le contact avec la réalité. Peut-être s'agissait-il d'une autre facette de ma propension à sombrer dans les cauchemars et les rêves éveillés.

Thai Dei me collait aux basques. Il avait l'air dans ses petits souliers ce matin. Il avait tiré l'épée au clair, prêt à ferrailler.

Le ruban noir s'élargissait à mesure qu'il montait, et il semblait également gagner en profondeur. Quoique toujours aussi plane, sa surface paraissait présenter un aspect concave. Dure et froide au toucher, elle donnait toutefois l'impression d'être souple et molle sous la semelle.

La pente s'est faite un tantinet plus escarpée. Je soufflais et je haletais. Puis notre progression est devenue plus aisée, la route moins érodée par le temps. L'horizon a cessé de reculer dès que je cherchais à le situer.

« Stop ! » a crié Toubib.

Je me suis arrêté tout net. J'ai regardé derrière moi. Le Vieux se trouvait encore à une centaine de mètres. Thai Dei lui-même peinait à tenir la distance.

J'ai porté le regard sur le versant opposé de la vallée. J'étais déjà assez haut pour dominer l'ensemble de Belvédère, à l'exception du chicot ébréché de la tour de cristal d'Ombrelongue. Des hommes s'activaient dans la forteresse, petits points noirs vibrionnants. Il s'agissait de drilles de Madame, qui la suivaient pour la plupart depuis la grande débâcle essuyée par la Compagnie devant Dejagore. J'en ai conclu que le capitaine avait enfin conçu un projet pour la vieille citadelle de pierre.

Toubib soufflait comme un bœuf lorsqu'il m'a rattrapé. « J'ai vraiment perdu la forme, vieux !

— C'est toi qui as décidé cette randonnée. Ça fera fondre ta bedaine. » Il était loin d'être gras. Pas encore. Mais il n'avait sauté aucun repas récemment. « Tu vois distinctement la route ? » Histoire de m'assurer que je ne souffrais pas d'hallucinations les yeux ouverts. Je ne suis plus bien sûr de la place que j'occupe dans la réalité objective et, d'ailleurs, je ne suis pas loin de penser qu'une telle chose n'existe pas. Tout n'est peut-être que rêves à l'intérieur d'autres rêves, illusions d'âmes s'abîmant pour l'éternité dans je ne sais quel Swegah, où quelques-unes s'entrechoquent de temps en temps pour communier ensuite dans le même fantasme. Ou presque le même.

Je ne sais pas si vous avez remarqué, mais personne ne voit jamais exactement la même chose.

« Le sentier noir ? Je ne me rappelle pas avoir rien lu à ce sujet dans les annales.

— Nous n'avons rien lu qui ait été écrit par un témoin oculaire de l'époque. Par quelqu'un qui n'en soit séparé au moins par deux générations. Mais, en ce temps-là, la Compagnie avait bien d'autres soucis. »

Il a grogné.

J'ai réuni tout le monde pour m'assurer que nous partagions bien tous la même illusion. Les Nyueng Bao eux-mêmes ont admis que nous suivions un ruban de ténèbres. Ça ne les enchantait guère. Ils avaient peur mais l'acceptaient. L'univers tout entier était effrayant hors de cet habitat naturel de l'homme qu'est le marais.

« Tout le monde a repris son souffle ? On continue. » J'avais réellement envie d'atteindre cette plaine. J'ai tenté de me remémorer l'aspect qu'elle offrait de nuit, vue d'assez haut dans le ciel, mais le panorama avait été pour le moins obscur. Je me suis demandé ce qui pouvait bien la relier à Kina. S'agissait-il de celle où la déesse avait livré le grand combat dont parlait la légende ? Puis je me suis demandé pourquoi tous les Tagliens refusaient d'en parler et, dès qu'on y faisait allusion, s'éloignaient en secouant la tête et en marmonnant « Pierre scintillante ». Et comment cette locution avait bien pu, dans cette langue, prendre le sens de « folie ». D'autant, nous le savions désormais, que la terreur inspirée aux Tagliens par la Compagnie et l'avènement de l'année des Crânes leur avait été instillée artificiellement.

Nous étions presque arrivés en haut de la côte, et je cherchais désespérément mon souffle, fixant obstinément des yeux un point situé à un mètre en amont de ce long guide noir avant d'accomplir péniblement le pas suivant pour l'atteindre, quand le sol sous mes pieds a brusquement cessé de me suggérer que je devais continuer à grimper. J'ai titubé, recouvré l'équilibre, réprimé le désir de foncer droit devant moi et attendu que les autres m'eussent rejoint.

Tout en patientant, je scrutais la plaine des yeux.

« Pierre scintillante » était le terme idoine. Le sentier noir de jais se muait à présent en une large route parfaitement préservée et doucement incurvée, s'enfonçant dans une région plantée de hauts piliers rectangulaires qui scintillaient au soleil, comme incrustés de centaines de pièces d'or polies. De part et d'autre, la plaine était formée de basalte lisse et gris sans aucune trace de vieillissement. Rien n'y vivait, rien n'y poussait. Pas le moindre lichen. Ni mouche ni fourmi. Le site était d'une propreté surnaturelle. Ni poussière ni terre ni feuilles mortes.

Le soleil matinal faisait étinceler les piliers, mais des nuages nous arrivaient de l'ouest. Le ciel serait bientôt couvert. Et il pleuvrait sans doute avant la nuit.

« Attends, Murgen ! a beuglé Toubib. Puteborgne, si tu n'arrêtes pas immédiatement de foncer droit devant toi, je te cloue les pieds au sol ! »

J'ai regardé mes pieds. Ils avaient recommencé à s'activer. J'ai fait halte. Tous mes compagnons se trouvaient encore à une centaine de mètres derrière moi, à la lisière du plateau. Sauf Thai Dei. Mon beauf formait comme un récif isolé entre le reste du peloton et moi, simultanément entraîné de l'avant par ses obligations et freiné par sa réticence à longer la route noire.

« Ramène ton cul ici ! a beuglé Toubib. A quoi tu joues, bordel ? A gagner une espèce de course au bout du monde ? »

J'ai fait machine arrière. C'était exactement comme de progresser contre le vent. La vibration de l'étendard a paru s'altérer pour devenir presque plaintive. « Garde ce machin un moment, capitaine, lui ai-je dit en le retrouvant. Il va finir par m'emporter. »

Il l'a ressenti sur-le-champ. Sans doute est-il plus fort que moi, car il a planté le foutu javelot en terre et repris son chemin. « Tu as amené de quoi écrire ?

— Oui.

— Même un crayon ? » Il me rappelait une certaine occasion où j'avais tout bien préparé mais oublié d'apporter une plume.

« Je suis paré, patron. Tant que ce vent ne me balaie pas.

— Tu as encore peur ?

— Hein ?

— Tu disais avoir peur sans arrêt après ton premier retour. »

J'ai froncé les sourcils. Je n'éprouvais aucune frayeur. Pour l'heure. « Là-bas, je suppose. Ici, je vais très bien. » J'ai contemplé le monde derrière moi. De notre poste d'observation, nous n'en distinguions que les montagnes par-delà la large vallée hébergeant Belvédère et les ruines de Kiaulune. Non seulement un ondoiement de chaleur miroitant semblait s'interposer entre elles et nous, mais encore une sorte de halo. Le monde semblait très loin. J'en ai fait part à Toubib.

« Je ne vois rien, a-t-il répliqué. On perçoit toujours une brume au-dessus de la forêt en été. Sauf quand il a plu. »

J'ai haussé les épaules. Depuis quelques jours, il me semblait moins pénible d'être différent des autres. J'avais trop longtemps souffert de diverses incarnations bizarres. « Tu comptes remonter cette route ? » Elle s'étirait devant nos yeux comme une invite engageante.

« Pas aujourd'hui. C'est quoi, ça ?

— Quoi donc ? » Je ne voyais que les pierres levées. Largement espacées, elles n'avaient pas l'air disposées selon un ordre particulier.

« Au-delà des colonnes. » Il pointait le doigt. « Suis la route des yeux. Quand tu ne la distingueras plus, remonte un peu le regard au niveau du faîte des pierres. Tu devrais la voir. Tes yeux sont plus jeunes que les miens. »

J'ai vu quelque chose effectivement. Un truc dressé. Imposant.

« On dirait une forteresse », a fait Thai Dei. Le Vieux et moi ne nous étions pas exprimés en une langue secrète. Ses compagnons ont acquiescé d'un grognement. Rudy et Baquet semblaient à peine émus.

« Je te crois sur parole », ai-je affirmé. Je me suis rappelé avoir aperçu une espèce de clarté dans cette direction lors d'une de mes incursions dans le monde spectral. « Tu crois qu'il s'agit du Khatovar ?

— Difficile à dire d'ici. Mais, s'il s'agit bien d'une forteresse et seulement de cela, elle risque aussi de nous causer une putain de grosse déception. »

Ouais. A condition de s'attendre à franchir les portes du paradis au bout du chemin. Personne à ma connaissance n'était victime de ce mirage. Sauf lui.

« A quelle distance à ton avis, Thai Dei ? » s'est enquis Toubib.

Le Nyueng Bao a haussé les épaules. « Quelques lieues. Ou plusieurs journées de marche. »

Ourgh. Voilà qui me fournissait une bonne occasion de méditer à ce que signifierait une nuit entière passée dans cette plaine, derrière la Porte d'Ombre et dans la contrée d'où provenaient les voraces petites copines du Maître d'Ombres.

« Ça ira pour aujourd'hui, a fait le Vieux. On reviendra préparer la grande expédition. »

Il suffisait de penser aux ombres, me suis-je aperçu, pour m'aider à résister à l'appel de la route noire.

J'ai fait une pause à l'orée du plateau avant de redescendre jeter un dernier coup d'œil aux piliers scintillants.

Une forme d'immortalité.

« Quoi ?

— Tu disais quelque chose ? » m'a demandé Toubib. Il me devançait déjà d'une cinquantaine de mètres.

« Non. Je pensais tout haut. Je crois. »

49

Le Vieux n'a pas dormi sur place. Madame, Otto, Hagop, Cygne, Mather, Lame, les Nars, Clete, Longo, Loftus, lui et tous ceux de la vieille équipe remontaient déjà la route de la Porte d'Ombre, escortés de leurs gardes du corps et de certains des plus fidèles suiveurs de Madame, quand je me suis traîné hors de mon lit. Il faisait encore noir, assez pour que leurs éclaireurs brandissent des torches. « Cet enfoiré tient vraiment à prendre une longueur d'avance. »

Thai Dei, déjà debout, faisait bouillir de l'eau pour préparer le gruau du petit-déjeuner. Il a jeté un regard vers le pied de la colline et poussé un grognement.

Gros Baquet s'est levé en titubant, a étouffé un bâillement et s'est frotté les yeux du revers de la main. « Le Vieux est déjà là ?

— Ce mange-merde a l'air pressé, dirait-on. Tout est prêt ?

— Fin prêt. Je vais vider Rutilant et Sifflote de leur pageot.

— Sifflote ? Qu'est-ce qu'il fiche ici ?

— Il est arrivé pendant la nuit. Il s'est levé de bonne heure pour venir ici, se doutant qu'il ne pourrait suivre l'allure du Vieux. L'avait pas envie de se retrouver en queue de peloton.

— Le vieux débris a des couilles au cul », ai-je reconnu. Je l'avais de nouveau sous-estimé. J'avais plus ou moins décidé, sans aucune preuve tangible, qu'il avait avalé son bulletin de naissance durant l'été. J'aurais dû faire preuve d'un peu plus de jugeote. Il agonisait depuis qu'il avait pris le train en marche, sept ans plus tôt. Chaque jour qui passait semblait son dernier, celui où il cracherait enfin ses poumons, mais une force le poussait à continuer. « Où est Rudy le Rouge ?

— Je l'ai envoyé inspecter le périmètre de sécurité.

— Encore, hein ? » Ce foutu périmètre avait été inspecté, contrôlé et vérifié plus de cinq cents fois depuis que j'étais aux commandes. Un mode de fonctionnement purement militaire : ne jamais se fier qu'à la situation présente. Le temps ronge implacablement les plus sûrs dispositifs, les préparatifs les plus minutieux.

« Tous les hommes sont à pied d'œuvre ?

— J'ai déjà dit que tout était fin prêt. » Baquet a jeté un œil dans la casserole de Thai Dei. « Ça m'a tout l'air succulent, mon pote. »

Thai Dei n'a aucun sens de l'humour et il est parfaitement incapable de reconnaître un persiflage. Il a hoché la tête. « Un zeste de sel, une pincée de sucre. Une poignée de larves de *laloc* ou de lanières de singe séché devrait encore améliorer le goût.

— Des larves de la loque ? »

Je ne me serais jamais risqué à poser la question.

« On les trouve dans les vieilles souches vermoulues. Dans le marais, on abat des arbres pour les élever.

— Nerveux ? » ai-je demandé.

Thai Dei m'a jeté un de ses regards noirs : comment pouvais-je supposer qu'une seule chose en ce monde pût l'incommoder ?

« Tu jacasses autant qu'un vol de corbeaux. »

Il a grogné, admettant le fait. Puis il est redevenu lui-même.

« Des larves de scarabées, ai-je grommelé. Seuls les Nyueng Bao pouvaient avoir l'idée d'en élever.

— Quel mal y a-t-il à ça ? s'est enquis Baquet. Tu les fais revenir dans le beurre frit avec quelques champignons émincés… Ah ! la partie va commencer. »

Toubib et Madame finissaient de gravir la pente. Je les distinguais maintenant assez nettement pour constater qu'ils avaient endossé respectivement Endeuilleur et Ote-la-Vie, avec tous leurs sortilèges de pure frime activés, grésillant et crépitant à l'envi. Ils montaient les étalons géants des écuries de la Tour de Charme. Les sabots de ces titans faisaient jaillir des étincelles du sol. Leurs naseaux soufflaient des volutes qui, dans la froidure du petit matin, faisaient l'effet de n'être pas de banale vapeur d'eau. Trompettes, cymbales et tambours semblaient de rigueur, mais ni Madame ni Toubib n'avaient jamais marché dans ce genre de mascarade. Tous deux, à l'exemple des autres hommes hormis les prisonniers, se coltinaient un petit arsenal de perches de bambou.

Le Hurleur était enfermé dans une petite cage de bois à roulettes, tirée par un attelage de deux chèvres noires. Madame et lui avaient dû parvenir à un compromis car, les barreaux mis à part, on n'avait pris aucune autre mesure de précaution visible. Cela dit, il était entouré d'une demi-douzaine de soldats en mesure de l'ensevelir sous un déluge de boules de feu avant qu'il n'ait eu le temps de jeter aucun épouvantable sortilège.

Ombrelongue bénéficiait d'un traitement similaire, mais Madame et lui n'avaient dû signer aucun pacte de non-agression. Sa bouche et ses doigts étaient cousus. S'il souhaitait jeter un sort, il ne lui restait plus qu'à frétiller des oreilles. Mais, encore une fois, les soldats passablement nerveux marchant à ses côtés l'auraient rôti avant même qu'un seul de ses lobes eût frémi.

Si les gars étaient si fébriles, il ne le devait qu'à son propre comportement. Il ne cessait de lacérer les barreaux de sa cage et des cris incohérents s'échappaient de ses lèvres scellées.

Ombrelongue n'avait nullement envie d'escalader la montagne.

Le Prahbrindrah Drah jouissait d'un meilleur traitement. Il était flanqué de Saule Cygne et Cordy Mather en leur qualité de gardes royaux, tandis que Hagop, Otto, les frangins ingénieurs et les gardes du corps nyueng bao cheminant derrière chacun dessinaient un ample losange autour des trois prisonniers. Longinus et Loftus devisaient avec le prince comme si cette expédition n'avait rien de particulièrement remarquable.

J'admirais le Prahbrindrah Drah. C'était un brave homme, solide et franc du collier. Dommage qu'on ne pût l'autoriser à regagner ses pénates. Après toutes ces années passées sur le terrain, il avait acquis assez de volonté, d'assurance et d'expérience pour tenir tête à sa sœur et s'emparer des rênes du pouvoir ; il s'était trempé le caractère et en savait assez long pour résister aux pressions de ces coquins de prêtres prévaricateurs.

La panthère qui naguère avait été une femme occupait un habitacle tenant plus du cercueil que de la cage. Elle ne pouvait s'y étirer. De sorte qu'il lui était impossible de donner la pleine mesure de sa musculature puissante. Elle devait se contenter de rester allongée, ivre de rage contenue.

Le capitaine ne prenait pas de risques. Il avait été témoin, bien des années plus tôt, des prouesses dont était capable le forvalaka.

Tous nos ennemis sans exception partageraient notre aventure. Et notre sort... A moins qu'ils ne préfèrent nous avertir d'une menace éventuelle.

Alerté par la réflexion de Baquet relative à « la partie qui allait commencer », Rudy a dévalé la pente à la rencontre du capitaine. Je n'ai pas regardé derrière moi. Je savais d'ores et déjà ce qu'il entendait par là : sorti du bunker, Roupille était de nouveau vautré contre le mur. Exactement ce que nous espérions !

Rudy allait prier le Vieux d'ordonner à sa troupe de déclencher un hourvari au moment de pénétrer dans le bidonville sur lequel je régnais.

Un des lieutenants tagliens préférés de Baquet – affublé du sobriquet de Lhopal Pete pour le distinguer d'un sergent que tout le monde surnommait Khusavir Pete (les deux « Pete » étant le phonème central du nom à onze syllabes d'un dieu gunni) – est venu annoncer à son supérieur qu'il aurait besoin de faire monter davantage d'eau si les hommes devaient réellement s'appuyer tout le nettoyage dont je voulais qu'ils se chargent pendant que j'explorerais le terrain au-delà de la Porte d'Ombre. « Attends que ce ramassis d'aristos dégénérés soient arrivés là-haut. Je ne voudrais pas que nos gars se fassent piétiner.

— Oui, chef. » Lhopal Pete a rassemblé son équipe de manœuvres et l'a conduite derrière mon bunker, où ils resteraient planqués, dégageant la route, jusqu'à ce que Toubib, à son arrivée, ait déclenché un vacarme assez fort pour couvrir l'approche du petit groupe chargé de prendre Roupille par surprise.

J'ai enfourné une première cuillerée de gruau. « T'as raison, Thai Dei. Ni les larves ni les scarabées ne feraient de tort à cette graille. Passe-m'en un bol pour Roupille. »

Je le lui ai apporté en personne. « Tiens, petit. »

Il s'est contenté de fixer le vide. Je lui ai placé le bol sous le nez. « Tu serais bien inspiré de te rétablir suffisamment pour t'alimenter toi-même, petit. J'suis pas d'humeur à te donner la becquée. » J'ai jeté un regard derrière moi pour voir si Toubib se rapprochait. Il faisait désormais assez jour pour rendre les torches superflues.

Quelques minutes plus tard, il se trouvait assez près pour que le vacarme fût audible. J'ai laissé tomber la cuillère en bois sur les genoux de Roupille, je lui ai agrippé les poignets et rabattu les bras le long du corps. Les gars sont sortis de derrière le bunker. Le premier a empoigné Roupille par les cheveux et lui a rejeté la tête en arrière pendant qu'un autre lui enfonçait une loque crasseuse dans la bouche.

Volesprit s'est débattue. Mais l'effet de surprise était total. Elle n'avait aucune chance. « Emballé, c'est pesé, ai-je annoncé au Vieux lorsqu'il a arrêté sa monture devant nous.

— Tu as utilisé toutes les cordes dont tu disposais ? »

Volesprit semblait avoir été victime d'un excès d'exaltation.

« Pas voulu prendre de risques, patron. Dommage que tu n'aies pas apporté une autre de ces cages.

— Ça lui aurait mis la puce à l'oreille, tu ne crois pas? Même si j'avais été au courant de vos projets. »

Madame s'est arrêtée juste derrière Volesprit. Elle portait encore son casque d'Ote-la-Vie. Pas moyen de savoir ce qu'elle pensait. Elle n'a pas prononcé un mot, s'est contentée de fixer sa sœur, cette sœur qui lui avait causé tant de problèmes pendant si longtemps.

Volesprit avait conservé l'apparence de Roupille. Elle n'était pas métamorphe de naissance, de sorte que la transformation lui était sans doute malaisée. Mais je ne tablais pas trop là-dessus. Elle avait suffisamment changé d'aspect par le passé.

« Elle va rester ainsi tant qu'elle sera ficelée ? » ai-je demandé.

Madame n'a pas répondu. Elle continuait de fixer sa cadette.

« Parce que je n'aimerais pas qu'elle tourne à la gélatine et s'enfuie en dégoulinant pendant que j'aurais le dos tourné. M'est avis qu'il vaudrait mieux l'enfermer dans une grande jarre. Du moins si j'en avais une sous la main. Et qu'elle ait un bouchon hermétique.

— Je ne pense pas qu'elle puisse tenter quoi que ce soit bâillonnée et les mains liées, a déclaré Toubib.

— Tu veux qu'on lui tranche les doigts ?

— Elle se tiendra sage. Dorénavant. Pas vrai ? »

Volesprit n'a pas répondu.

Elle avait surmonté sa stupeur. Je la sentais déjà calculatrice, tout comme je sentais pointer les prémisses d'un certain amusement.

« L'un des génies présents aurait-il la première idée de ce qu'on va en faire maintenant qu'on l'a capturée ? » a demandé Baquet.

Je me suis fendu d'une réponse brillante. Quelque chose comme : « Hein ?

— Comme l'a dit Murgen, vous auriez dû apporter une cage. Ou bien devrons-nous nous contenter de la faire marcher à nos côtés ? »

L'humeur du Vieux s'est assombrie. « Fabriquez-lui une litière. Elle a toujours voulu être traitée en reine. On peut même lui offrir ses propres gardes royaux. Cygne ! Mather ! Vous allez porter la petite dame, les gars.

— Oh, va te faire lanlaire ! a grogné Cygne.

— Du calme, Cygne, l'a apaisé Cordy.

— Que veux-tu qu'il me fasse, Cordy ? Me traîner au Khatovar ? »

Madame a tiré sur ses rênes. Son destrier a volté pour faire face à Cygne et Cordy. « D'accord, d'accord », a acquiescé Cygne au bout d'un moment. Dix minutes plus tard, il se coltinait l'extrémité la plus basse d'une litière. Il ne cessait de maugréer mais se trouvait assez loin de moi pour que je n'eusse pas à supporter ses récriminations. Hagop les a autorisés à se faire remplacer à tour de rôle tous les quelques kilomètres.

J'ai franchi le premier la Porte d'Ombre, Toubib sur les talons. « Arrête-toi là, m'a-t-il ordonné au bout d'une quinzaine de pas. J'aimerais tenter une expérience. Abaisse la Lance vers la route noire. » Il a démonté pendant que je m'exécutais, dégrafé de sa cape l'insigne en argent de la Compagnie, l'a présenté quelques instants à la Lance, puis s'est agenouillé et l'a plaqué au ruban noir. Ses genoux craquaient. Il soufflait et renâclait.

« A quoi t'attends-tu ? ai-je demandé.

— Je ne sais pas trop. Madame a dit qu'on ne risquait rien d'essayer. »

Ainsi, les ombres tueuses pouvaient vous choisir dans la foule ? A moins que ce ne fût l'inverse. On pouvait se fier à l'intuition de Madame. Elle était déjà de ce monde avant que la Compagnie originelle ne dévale ce versant de la montagne.

« Reste ici jusqu'à ce que tout le monde soit passé, m'a demandé Toubib. Veille à ce que tous les insignes soient bénis. Et tâche de ne pas t'oublier. »

Madame est descendue de sa monture et a suivi l'exemple du Vieux. Puis elle est remontée en selle et a poursuivi son chemin vers le sommet derrière Toubib, en file indienne.

Tous ont défilé devant moi, un par un, homme après homme, animal après animal. Les gars de la Compagnie me jetaient des regards intrigués et tous les autres me lorgnaient d'un œil torve. J'ai cherché le Vieux des yeux. « Si tu veux, tu peux toucher le fer de la Lance puis cet emplacement au sol, ai-je dit à Thai Dei en nyueng bao. Les autres aussi. »

Il a mûrement réfléchi. « J'aimerais que l'oncle soit présent pour prendre une décision.

— Quel mal ça peut bien te faire ? Et tu bénéficieras peut-être d'une sorte de protection. Inutile de t'imaginer pour autant que tu seras lié à jamais au sort de la Compagnie. »

Il a encore médité, se demandant sans doute si nous ne le pompions pas à blanc, puis a crié quelques mots aux autres Nyueng Bao. Il leur a fait former le cercle, leur a expliqué qu'ils avaient le choix et qu'accepter cette bénédiction pouvait leur fournir une forme de protection à la nuit tombée.

Nombre d'entre eux n'appréciaient guère cette idée.

Rutilant nous a dépassés, menant un chapelet de bœufs trop lourdement chargés mais d'une patience incommensurable. « Tu vas aussi bénir les bestiaux ? » Le ton était sarcastique, mais je me suis malgré tout demandé si ça n'en vaudrait pas la peine. Les ombres s'en prenaient rarement aux animaux à l'extérieur… pourvu que des proies humaines fussent disponibles. Mais nous avions quitté ce monde.

Les Nyueng Bao palabraient âprement, mais à voix si basse que je ne saisissais pas le premier mot. Thai Dei a fini par perdre patience. « Que chacun fasse comme il voudra. » Il s'est approché de la Lance à grandes enjambées, a plaqué les paumes contre sa pointe puis s'est laissé tomber à genoux, le temps de frapper la piste noire, avant de se relever pour revenir prendre sa place à mes côtés.

Je m'attendais d'un instant à l'autre à entendre le Vieux pousser des beuglements, mais il n'a même pas daigné se retourner.

Le Hurleur est passé en ferraillant. Il a tendu la main vers la Lance, mais je l'ai soulevée. « Passe ton chemin. Réservé aux seuls amis de la Compagnie. » J'ai adoubé du fer de la Lance le sommet du crâne de toutes les chèvres noires. Ombrelongue s'est présenté. Le Maître d'Ombres semblait tétanisé. Ses yeux fixaient l'infini. J'avais déjà vu ce regard, mais uniquement chez des gars ayant un peu trop paniqué au feu.

Cinquante personnes ne forment sans doute pas une bien grosse foule mais, quand on y ajoute tous les animaux et l'attirail nécessaire à un long périple, ça finit par faire un sacré défilé. Madame et le Vieux étaient quasiment parvenus au sommet quand l'arrière-garde s'est pointée devant moi, sous la forme de Rudy et Baquet. « Tu veux que j'embrasse aussi cet engin ? m'a demandé Rudy.

— Si ça te paraît utile.

— Je serais prêt à lui faire une branlette si ça me permettait de survivre aux trois, quatre prochaines nuits.

— Je te tiendrai au courant. Je dois repartir en tête. » Entre-temps, tous les Nyueng Bao avaient pris leur décision dans un sens ou dans l'autre et réagi face à l'étendard en fonction de leur choix respectif.

Je me suis exécuté à mon tour avec l'aide de Rudy.

Toubib s'est arrêté à l'approche du sommet, mais pas pour me permettre de le rattraper. Ce bon vieux Murgen passerait certes en tête à un moment donné et se ferait défoncer le crâne avant tout le monde, mais seulement parce que le capitaine devait attendre que ses troufions eussent terminé de ravauder la route pour la rendre carrossable aux chariots et aux fourgons. « Pardon, pardon, me suis-je excusé en jouant poussivement des coudes entre les frères ingénieurs. Tâchez de soigner le boulot pour ne pas devoir vous l'appuyer une seconde fois au retour. »

Un tas de gens restaient plantés là à bayer aux corneilles. Construire une route n'était pas de leur ressort et ils ne se ressentaient pas d'apprendre si tardivement le métier. « On a peut-être été bien inspirés de trimballer ce brancard, après tout », m'a déclaré Cygne. Mather trimait, lui. Cordy Mather est un brave type. Je me suis demandé s'il manquait beaucoup à la Radisha et si elle avait consacré des masses de temps à tenter de comprendre pourquoi il ne lui était pas revenu.

Pas pour sauver la mise du Prahbrindrah Drah, en tout cas. A mon humble avis.

Mais mon avis n'a jamais importé, de toute façon.

Volesprit était réveillée et sur le qui-vive. Elle m'a regardé droit dans les yeux. Elle m'aurait sûrement souri si elle avait eu l'usage de sa bouche. « Rends-moi Roupille », lui ai-je lancé. Elle n'a pas répondu. Elle s'est contentée de rester étendue là, les yeux pétillants.

« As-tu envoyé quelqu'un explorer les environs pour retrouver mon cheval ? ai-je demandé au Vieux dès que je l'ai eu rattrapé et retrouvé mon souffle.

— Toute une section. Elle est partie en même temps que nous. » Il a inspecté du regard le bas de la route. « Pourquoi mettent-ils si longtemps ?

— Rien que des généraux et pas un seul troufion. » J'ai remarqué que Madame avait fait faire volte-face à son destrier et contemplait le panorama depuis notre nouveau poste d'observation. Des soldats étaient déjà au travail dans Belvédère. Des fumerolles montaient des popotes éparpillées un peu partout. A l'extrême ouest, le plus gros appartenait aux hommes de l'Ombre, qui réintégraient doucettement leur défroque de péquenot. Le ciel était plombé. Je me suis demandé s'il allait pleuvoir.

« C'est quoi, ça ? a demandé Toubib.

— C'est quoi, quoi ?

— Là en bas. Sur la route qui mène à notre camp.

— Tu as de meilleurs yeux que... Oh, je vois. » Un petit nuage de poussière. Quelqu'un – sinon plusieurs bonshommes – se dirigeait vers mon campement. Ils étaient encore trop loin pour qu'on les distinguât nettement. Ils avaient l'air pressés.

Des chariots se sont ébranlés. Clete, Longo et Loftus se congratulaient mutuellement d'une voix sonore. Les chèvres bêlaient. Les bœufs mugissaient leur bovine complainte. Les hommes juraient. La colonne a repris la route avec force craquements et grincements.

« Prends la tête, porte-étendard, m'a ordonné Toubib. Et n'oublie pas que ces chèvres courent moins vite que toi. » Il s'est coiffé de son casque. Les sortilèges de son armure ont crépité.

Je me suis mis en marche, l'étendard brandi. Je sentais déjà qu'il commencerait à me peser bien avant la fin de cette aventure.

Mon paquetage était déjà suffisamment lourd à lui tout seul. J'ai tortillé des épaules pour essayer de rajuster plus confortablement la position de ses sangles.

J'ai posé un premier pied dans la plaine, puis le second sur la route. En amont, les pierres levées scintillaient toujours bien que le soleil fût caché par les nuages.

La terre a tremblé au moment précis où Toubib et Madame marchaient sur mes brisées. Je me suis laissé tomber sur un genou, mais la secousse n'avait pas été bien méchante ; à peine perceptible, de fait. « La première depuis un bout de temps, ai-je déclaré à Thai Dei. Elle m'a pris de court. »

Madame et le Vieux ne semblaient guère inquiets ; j'en ai conclu qu'il n'y avait pas lieu non plus pour moi de l'être.

50

Dès que tout le monde a été engagé dans la plaine, le voyage s'est poursuivi dans le plus grand silence. Nous étions tous trop à cran pour parler. Toutefois, au bout d'un ou deux kilomètres, Madame a déclaré : « Préviens-les de ne pas quitter la route. Tant qu'on restera dessus, rien ne pourra nous atteindre. »

Toubib a levé la main pour ordonner une halte. J'ai laissé tomber le bout non ferré de la Lance sur la route. Vérole, ce foutu machin s'alourdissait à chaque pas ! Le Vieux a fait passer le message de Madame jusqu'en queue de colonne. Il ne lui posait aucune question. S'efforçait de ne pas la distraire. Ce qui laissait entendre qu'elle se concentrait intensément.

Peu après avoir repris notre marche, nous avons atteint un point où la route s'élargissait en un vaste cercle. Un campement, en ai-je déduit. Madame, lors d'une de ses rares remarques, a confirmé mon intuition. Celui qui avait créé cette plaine en connaissait les périls.

Il était presque midi lorsque nous avons enfin atteint une pierre levée suffisamment proche de la route pour nous permettre de l'examiner. Les scintillements étaient produits par des caractères métalliques incrustés dans la roche. Certes, il s'agissait bel et bien de symboles, mais que personne n'était en mesure de lire, ni moi ni aucun autre.

C'est une forme d'immortalité.

J'ai sursauté.

« Ce lieu vibre d'une formidable énergie, a fait observer Madame.

— Sans blague ? »

Le sol a encore frémi, guère plus fort que la fois d'avant, mais bien assez pour nous rendre tous anxieux. Ces secousses étaient peut-être les signes avant-coureurs de tremblements de terre plus violents. J'ai toutefois remarqué qu'aucun pilier de pierre n'avait été renversé par les séismes des années précédentes.

Toubib n'a prêté que peu d'intérêt à la pierre. Il continuait de regarder droit devant lui. Il apparaissait désormais clairement qu'un édifice massif se dressait au-delà de la forêt de piliers. D'une envergure évoquant peu ou prou celle de Belvédère.

Le Vieux nous a fait presser l'allure toute la journée sans se ménager lui-même. Il m'avait relayé à l'étendard, le bout de sa hampe calé dans l'étrier. Il faisait halte de temps à autre sur un des cercles espacés d'une dizaine de kilomètres. Et ce uniquement parce que Madame insistait. Il aurait préféré pousser de l'avant. Mais notre colonne s'égrenait à présent sur des kilomètres, et les bêtes, plus encore que les hommes, avaient besoin de se reposer et de s'abreuver.

J'ai observé les nuages en me demandant s'il allait pleuvoir et s'il nous serait possible de recueillir un peu d'eau de pluie. Nous en avions emporté de grandes quantités, mais les animaux en consommaient énormément, et j'avais le pressentiment que nous ressentirions les affres de la soif bien avant d'éprouver la moindre fringale.

Le capitaine a ôté son casque et les pièces les plus encombrantes de sa cuirasse. Il s'intéressait moins à son Endeuilleur que Madame à son armure. Elle a néanmoins consenti à se soulager elle aussi de son casque par souci de confort puis a secoué sa crinière. Toubib fixait le lointain. « Ce lieu t'évoque-t-il quelque chose ? lui a-t-il demandé.

— Il en émane une formidable énergie.

— Il en émane une formidable énergie, a grommelé Toubib. Cette femme commence à rabâcher.

— Serait-ce la tanière de Kina ? me suis-je enquis. Ou Khatovar ? Ou bien les deux ? Sinon ni l'un ni l'autre ?

— Je te dirai ça à notre arrivée.

— Laisse-moi le tenir, m'a proposé Rudy en me prenant l'étendard, qu'il a planté dans le sol avant de s'appuyer dessus.

— Où diable étais-tu passé pendant les cent derniers kilomètres ?

— Cent ? Ton imagination pète plus haut que ton cul.

— A force de trimballer ce machin, j'ai eu l'impression d'en avoir parcouru cinq cents. »

Rudy a gloussé. « Je parie que tu n'en as même pas fait quinze. » Il se marrait. A mes dépens. « Après tous les allers-retours que tu t'es appuyés pour lécher les bottes du Vieux, j'aurais cru que tu tiendrais la forme.

— J'suis pas d'humeur, Rudy. » Je souhaitais garder le Vieux et Madame à l'œil ; ils s'étaient écartés après l'irruption de Rudy et je voulais entendre ce qu'ils se disaient.

« Te laisse pas entamer par ce que je raconte, fiston. Je songe tout simplement à la nuit merveilleuse qui nous attend. » Derrière nous, les Nyueng Bao avaient formé le cercle et palabraient, discutant précisément de cette éventualité. Un tas de bambous pointaient déjà le museau. Rutilant avait demandé à une équipe d'ériger une popote collective légèrement surélevée par rapport à la plaine. Madame semblait penser que la route n'apprécierait pas qu'on la brûle. Elle avait laissé entendre, pendant notre marche forcée, qu'elle était peut-être animée d'une vie propre.

J'aurais aimé pouvoir lire dans ses pensées. Depuis l'instant où nous nous étions engagés dans cette plaine, elle était totalement concentrée. Ses spéculations seraient certainement édifiantes. Et elle était justement en train d'en faire part au Vieux pendant que Rudy me tenait la jambe.

« Une minute ! a fait Toubib, s'adressant à Rutilant. Continue les préparatifs, mais n'allume pas de feu. On mangera froid si possible. »

Chiasse ! Nous mangions mal depuis notre départ de Taglios, mais eau plate et charqui, c'était pire que tout.

« Rudy. Tu n'as rien à faire ?

— Si, capitaine.

— Alors montre-moi ce que tu sais faire. » Toubib nous a tourné le dos et s'est de nouveau penché vers Madame tout en scrutant l'horizon à travers la forêt de pierres levées. J'aurais parié qu'il s'efforçait de rabattre leur caquet à ses doutes. Là-bas, sous ses yeux, se dressait peut-être l'apogée de nombreuses années d'enfer dont le point de départ – il m'arrivait parfois de le soupçonner – trouvait sa source dans le caprice momentané d'un homme sans aucune idée de ce qu'il ferait ensuite, mais incapable de revenir publiquement sur ses décisions.

J'ai entrepris de déambuler le long du périmètre de sécurité du campement. Où que je me tinsse, le décor était identique. Le même sempiternel paysage, surmonté d'un ciel plombé rendant plus malaisée encore l'orientation.

« Porte-étendard ? Tu vas bien ?

— Sindawe. Désolé. Je devais être plus absorbé dans mes pensées que je ne le croyais. Je ne t'ai pas entendu arriver.

— C'est l'effet que produit ce lieu, hein ? » J'ai eu l'impression que son teint aurait pris une pâleur spectrale s'il en avait été capable. « Il y a une chose que tu devrais venir voir.

— D'accord. » Je l'ai suivi à travers la cohue d'hommes et d'animaux qui tous s'efforçaient d'établir le campement sans se bousculer, se pousser hors du cercle ou endommager la route.

« Là », m'a expliqué Sindawe en me montrant le point où la route s'éloignait du cercle vers le sud ; je n'en ai eu l'assurance qu'en distinguant dans cette direction des pans de l'énorme édifice.

« Un trou? » Je ne voyais rien d'autre. Un trou dans la route, large de quatre centimètres, profond de trente et des poussières. Peut-être plus. La clarté n'était pas assez forte pour en distinguer le fond.

« Oui. Un trou. Peut-être mon imagination ou un sursaut de ma foi vacillante, mais il me semble que l'emplacement serait idéal pour planter l'étendard.

— En effet. » Etais-je déjà passé devant? Y avait-il un trou? Pas moyen de m'en souvenir. Toujours est-il que cette occasion de me débarrasser quelque temps de cette foutue perche ne manquait pas d'attrait. Et qu'elle gagnait encore en séduction à mesure que je fixais ce trou.

J'ai laissé tomber le bout de la hampe dedans. Elle s'est enfoncée d'une cinquantaine de centimètres. « Parfait, ai-je marmotté. Et il est aussi parfaitement adapté. Pourvu que le Vieux n'ait pas une idée derrière la tête. » Je me suis étiré. Je n'avais pas porté l'étendard toute la journée, mais nul ne l'avait trimballé aussi longtemps que moi.

Sindawe a poussé un grognement. Il avait l'air inquiet.

Je l'ai ressentie aussi. Une autre secousse. « J'espère qu'elle n'annonce pas un plus fort séisme. »

J'ai lorgné la base de la Lance. La route la maintenait fermement. Mais lorsque je l'avais enfilée, il restait un bon centimètre de jeu.

J'ai tenté de la dégager.

Pas mèche.

Elle ne vibrait plus.

« Chiasse ! »

Sindawe a essayé de l'arracher. Il a arrêté les frais avant de se choper une hernie.

« Pas de problème, ai-je ronchonné. Je la scierai tout bonnement, s'il le faut. Demain. »

J'ai cherché le Vieux et sa femme du regard. Ils se tenaient encore épaule contre épaule, fixant le sud et n'échangeant plus dorénavant qu'une rare parole. Même privés de leur casque, ils offraient toujours un aspect passablement effroyable.

Thai Dei s'est matérialisé pour m'expliquer qu'il avait préparé notre campement et notre repas. Il arborait une expression si impavide que j'ai tout de suite compris qu'il était furieux : je baguenaudais alentour et prenais du bon temps pendant qu'il se crevait la paillasse à la maison.

« Si tu perdais ta saucisse et te laissais pousser des mamelles, on pourrait peut-être convoler. »

Une nouvelle secousse de faible intensité a ébranlé la pierre sous nos pieds. « "Et la terre tremble quand ils marchent", ai-je murmuré.

— Quoi ?

— Un extrait d'une histoire que je lisais quand j'étais petit. A propos d'anciens dieux appelés les Titans. Je méditais à ce que j'étais devenu depuis. » Et peut-être étions-nous des géants…

51

J'étais conscient de rêver, car la lune était pleine et le ciel sans nuages. Mais une sorte de brume devait s'interposer entre le monde et moi, puisque la lune formait le centre exact d'un nuage lumineux dérivant dans le ciel sans jamais s'élever au firmament comme dans le paysage de mon enfance. Sa clarté bleuâtre, spectrale, trahissait la présence des ombres qui rôdaient inlassablement à l'orée du cercle, déferlant par centaines, se bousculant et se chevauchant. J'entendais Ombrelongue gémir inlassablement, mais ses plaintes semblaient me parvenir d'une distance de plus de deux mille kilomètres.

Une grande ombre se pressait contre la lisière du cercle, non loin de mon poste d'observation. Quelque chose lui interdisait d'y pénétrer. Elle se plaquait contre sa surface invisible. Je me suis rappelé la fois où j'en avais frôlé une en chevauchant le fantôme.

J'ai recommencé à éprouver, par bribes, la peur qui s'était dissipée depuis que j'avais posé le pied sur cette plaine.

Cette ombre particulière semblait obsédée par ma personne. Je lui ai tourné le dos et je me suis efforcé de l'oublier.

J'ai relevé les yeux. Des silhouettes vaguement ichtyoïdes oscillaient d'avant en arrière sur fond de clair de lune. Le genre de spectacle dont doit jouir un tourteau au fond de la mer.

J'ignore s'il s'agissait d'un véritable rêve. C'était l'impression qu'il me donnait. Auquel cas les ombres ne devraient plus tarder à crever la surface.

Les bancs d'ombres ont brusquement fusé au loin, comme obéissant à la même volonté.

La lune avait dépassé son zénith. C'était peut-être l'explication.

A moins que les créatures apparues sur la route noire et provenant de la même direction que nous les aient effrayées. Elles étaient d'apparence humaine des pieds à la taille. Ainsi que leur flanc droit. Mais le gauche et la tête étaient masqués par des écharpes taillées dans une matière évoquant des écailles de poisson en cuivre poli. Au nombre de trois, elles avaient l'air de spectres puissants.

Ma copine la grande ombre ne s'était pas enfuie avec ses congénères. Je commençais à ressentir ce qu'elle éprouvait, comme la première fois.

Elle était terrifiée.

J'ai eu le fulgurant aperçu d'un lieu de torture où psalmodiaient des prêtres, de souffrance au-delà de la souffrance.

Je me suis relevé de ma paillasse pour aller me poster face aux spectres, au pied de l'étendard. Ils avaient laissé retomber leurs écharpes, dévoilant leurs faces.

J'ignore pourquoi, mais telle est la pensée qui m'a traversé l'esprit : *Vous êtes vraiment trop vilains, tas d'enfoirés. Barrez-vous de ma route, bordel! Et cessez de troubler mon sommeil.* Il m'a semblé qu'ils devaient, s'ils étaient conformes à la légende et tout le tralala, ressembler aux Dix qui étaient Asservis de la Dame : rois démons ou sorciers réduits en esclavage par un pouvoir supérieur au leur, plus ténébreux encore. *Poursuivez votre chemin. Tirez-vous. Vous êtes morts. Restez-le.* J'ai empoigné la Lance, l'ai sentie reprendre vie dans ma main ectoplasmique. *Partez.*

Trois masques bestiaux immondes se sont légèrement inclinés vers la route. Du moins ai-je cru qu'il s'agissait de masques. Je l'espère, en tout cas. Rien d'aussi laid ne devrait avoir le droit de sortir du berceau.

Ils ont croisé les mains devant eux. Ont entrepris de battre en retraite. Sans qu'on voie bouger leurs pieds.

Etrange.

Ils se sont brusquement évanouis dans le néant après avoir rapetissé au loin.

J'ai arpenté le périmètre du cercle. Les ombres revenaient. Ma copine épousait tous mes mouvements, toujours pressée contre la barrière invisible. Je pressentais son immense voracité.

J'ai eu la surprise de découvrir quatre routes s'éloignant du cercle selon les quatre azimuts de la rose des vents.

Comment se faisait-il que les deux embranchements oriental et occidental fussent invisibles dans le monde réel ?

Le rugissement du transformeur m'est parvenu jusque dans le monde spectral. Les chèvres et les bœufs ont protesté. Les hommes de faction, déjà terrifiés à caguer dans leurs chausses par le spectacle des ombres s'efforçant de trouver une brèche dans la barrière, ont agoni d'injures les bêtes. « Qu'est-ce que c'est que ce foutoir ? » a mugi quelqu'un en montrant l'étendard du doigt. La pénombre interdisait de le distinguer nettement. Je me suis précipité dans sa direction.

Un corbeau blanc, visiblement assoupi, était perché sur sa traverse. Ce qui a naturellement soulevé aussitôt une bonne centaine de questions.

S'agissait-il d'un autre moi-même m'épiant depuis un proche avenir ? Le volatile était-il une créature de Kina ? De Volesprit ? Comment, de nuit, était-il arrivé jusqu'ici du monde en deçà de la Porte d'Ombre ? J'avais vu des ombres gigantesques tournoyer au-dessus de nos têtes... mais je ne voyais plus rien de tel à présent lorsque je fixais la lune. De fait, cette pleine lune intempestive avait disparu. Je n'en distinguais plus qu'un mince croissant, guère plus épais qu'une rognure d'ongle, juste au-dessus de l'horizon.

Encore des questions.

La panthère a de nouveau rugi, de douloureuse surprise cette fois-ci. On lui faisait payer le réveil des bêtes.

Je suis passé près du bivouac de Toubib et Madame. Lui ronflait. Elle était complètement réveillée. Elle m'a plus ou moins senti passer et m'a suivi des yeux sans grande précision. Je l'ai semée au bout de quelques pas. Je me suis faufilé entre les cages. Ombrelongue aussi était réveillé. Il sanglotait sans bruit en sucrant les fraises. Il n'était plus que l'ombre, à mon avis, du dément et terrifiant sorcier de naguère.

Le Hurleur ne dormait pas lui non plus. J'ai brusquement pris conscience qu'on ne l'entendait guère, ces derniers temps.

Il a bien tenté de pousser un de ses féroces glapissements pendant que je le regardais, mais rien n'est venu.

Que diable Madame lui avait-elle fait ?

Mais je voulais avant tout observer Volesprit. Et elle n'était pas moins réveillée. Je serais déjà devenu dingue à sa place, ainsi ficelé et bâillonné ; mais elle n'en paraissait pas moins d'une folle gaieté, comme en ses meilleurs jours. Elle m'a deviné aussi aisément que sa sœur et son regard m'a suivi, pétillant d'ironie, comme s'il dissimulait quelque savoir caché. J'ai eu le sentiment que si elle l'avait assez ardemment désiré, elle aurait pu se glisser de son corps et me pourchasser.

Non. C'était uniquement ce qu'elle voulait me faire croire. Elle persistait à jouer avec mon esprit, en dépit de sa situation.

Cela m'a perturbé au moins autant que son assurance affichée. Elle n'était nullement terrifiée. Pas même inquiète.

Le capitaine et le lieutenant devaient en être informés.

Je me suis laissé dériver en bordure du cercle, en me demandant si je devais rendre visite à Sarie ou m'atteler à l'une des nombreuses tâches auxquelles je me livre quand je chevauche le fantôme. J'avais surtout envie de dormir. Mon ombre attitrée s'est écrasée contre la barrière invisible. Il en émanait un soupçon d'émotion. Mais je n'aurais su dire si elle souhaitait me parler ou me dévorer. J'éprouvais la même impression que si j'avais pris conscience de la présence d'un mendiant qui aurait obstinément refusé de me lâcher la jambe.

J'ai croisé un Nyueng Bao fébrile qui se déplaçait à pas de loup, à quatre pattes, l'épée au clair. Notre quête éprouve davantage les hommes des marais que les rares Tagliens qui nous accompagnent, en dépit de toute l'épouvante que leur inspire traditionnellement le mot Khatovar.

L'insomnie était une avanie généreusement partagée. J'ai fait une courte pause pour prêter l'oreille aux murmures de Lame, Saule Cygne et Mather. Nul signe apparent de sédition dans leurs propos. Fidèle à lui-même, Cygne narrait des histoires de fantômes. J'aimerais pouvoir m'étendre plus longuement sur ce type. C'est *quelqu'un.*

Le Prahbrindrah Drah ne dormait pas non plus ; il se trouvait parmi eux, certes, mais pas avec eux ; ne participait en rien à la conversation.

Je me suis approché du corbeau. Il m'a senti. Il a poussé un faible croassement, ouvert brièvement un œil rougeoyant et s'est rendormi. Mais, lorsque j'ai de nouveau envisagé d'éprouver la résistance de la barrière, il a émis un croassement suraigu.

Sans trop savoir par quel biais ce message se frayait un chemin jusqu'à mon entendement, j'ai compris qu'il s'efforçait avec insistance de m'expliquer que je devais absolument limiter mes pérégrinations à un survol de la plaine.

Mes ailes étaient bien présentes et en état de fonctionner, mais j'ai préféré ne pas m'en servir et poursuivi mon exploration du camp. Nul fantôme ne m'épiait plus, sur aucune des quatre routes. Celles de l'Est et de l'Ouest semblaient s'effilocher tandis que celle du Nord, presque engageante, restait solide et d'allure amicale. Ma copine l'ombre ne pouvait non plus m'y atteindre. Les routes étaient protégées.

J'ai piqué plein nord. Sans trop savoir dans quel but précis, à part que j'envisageais vaguement d'aller revoir Sarie.

Mon corps m'a happé et ramené en arrière bien avant que je ne sois parvenu à destination.

Mais, avant de repartir, j'ai bel et bien découvert un détail intriguant juste devant la Porte d'Ombre.

52

Au matin, Toubib s'est montré d'une humeur joviale tout à fait outrecuidante. Il rayonnait. Madame, elle, affichait un petit sourire réservé. Ils avaient dû trouver le moyen de partager quelques instants d'intimité. « A quoi doit-on cette mine lugubre ? m'a-t-il demandé.

— Pas dormi de la nuit.

— Nerveux ? » La moitié des gus se plaignaient de n'avoir pas fermé l'œil.

« Chevauché le fantôme.

— Ah. Et tu as sûrement vu des choses intéressantes, ou tu ne serais pas d'humeur aussi exécrable. »

Je lui ai fait part de tout sauf du corbeau blanc. Mettant en revanche l'accent sur la bonne humeur de Volesprit, bien trop enjouée à mon sens pour une personne dans sa situation. « Elle complote un méfait.

— Elle complotait déjà au berceau, a fait observer Madame. Elle manipulait les gens avant même de savoir parler. Inutile de te faire du mauvais sang.

— Tu as mangé ? » m'a demandé Toubib.

J'ai hoché la tête.

« Alors réveillons-les et décampons.

— Patiente un peu, le temps que je te fournisse, tirée de ma petite randonnée nocturne, une ultime bonne raison de pavoiser. Ces gens qu'on a vus cavaler vers mon campement, hier, en escaladant la colline. Devine de qui il s'agit. Si tu songes à quelqu'un d'autre que Gobelin, Qu'un-Œil et Gota, tu te fourres le doigt dans l'œil. Je ne peux plus remonter le temps pour vérifier, mais je suis prêt à parier qu'ils espéraient nous rejoindre avant qu'on franchisse la Porte d'Ombre. »

Il a perdu son sourire. « Tu as entendu quelque chose ?

— Des ronflements. Ils roupillaient. Gobelin a bien marmonné quelques mots, mais pas dans une langue que je comprends.

— La route est ouverte, a fait remarquer Madame. On pourrait les envoyer chercher.

— Pas bien commode, a objecté Toubib. Nous serions contraints d'attendre le retour de notre émissaire. Et nous y épuiserions en vain nos provisions.

— On pourrait tous revenir sur nos pas. »

Ni le Vieux ni moi n'avons réagi, mais ça se passait de commentaire. De toute façon, elle ne parlait pas sérieusement. Se contentait d'énumérer des solutions.

Il faisait désormais assez jour pour qu'on vît les plus proches pierres levées. Les caractères qui les émaillaient scintillaient déjà. Ils s'en étaient abstenus de nuit. Je me suis demandé comment ils y parvenaient à présent, dans cette lumière encore pauvre.

« Je suis inquiet, ai-je déclaré à Toubib.

— Moi aussi. Mais il faut faire des choix. Crois-tu vraiment que nous devrions annuler cette expédition parce que nos égarés sont sortis de leur trou ? Et toi ? » (S'adressant à Madame.)

« Non. Ils seront toujours là au retour. »

J'espérais que sa confiance serait justifiée. Notre absence au camp ouvrait la voie à tous les méfaits.

« Allons leur remuer les fesses, a lancé Toubib. Empoigne ta perche et prends la tête, porte-étendard. »

Lorsque j'ai tenté de soulever l'étendard, il est venu comme si rien ne l'avait jamais emprisonné.

La citadelle sise en amont semblait reculer à mesure que nous avancions. C'est bien pour cette raison que je hais les grands espaces. On peut les traverser des jours durant sans que le décor change d'un iota.

L'humeur de Toubib s'assombrissait graduellement. Il avait l'air de plus en plus pressé d'arriver. Dans le courant de l'après-midi, alors qu'il me relayait à l'étendard, il s'est mis à nous devancer. « Vous ne devriez pas le freiner ? ai-je demandé à Madame.

— Quoi ? » Elle n'avait rien remarqué tant elle s'absorbait profondément dans son univers intérieur.

« Lui. » J'ai pointé le Vieux.

Elle a piqué des deux.

J'ai continué de cheminer cahin-caha. Peut-être même ai-je un tantinet ralenti. Nul besoin de prendre la tête maintenant que l'étendard n'était plus entre mes mains. De fait, plus le temps passait, plus le monde que j'abandonnais derrière moi gagnait en séduction ; le ciel s'obscurcissait, mais la plaine demeurait en tout point identique à elle-même. Les seules couleurs visibles étaient celles de notre petite troupe... sauf à classer comme telles les lettres mordorées des piliers.

Madame a rattrapé le Vieux. Je n'ai pas saisi ce qu'ils se disaient, mais je la soupçonne de s'être montrée assez tranchante. Il s'est tourné vers moi pour me regarder, comprenant à présent ce qui me poussait inéluctablement à filer en tête lorsque je tenais l'étendard.

Il a continué de me regarder jusqu'à ce que je l'aie rattrapé. « Tu veux reprendre ce truc, maintenant ?

— Je ne me suis pas encore remis de l'avoir porté avant. Il suffit que tu te concentres. »

Il a grogné. Et le cercle que nous avons trouvé sur la route peu après a eu l'honneur de nous servir de bivouac pour la nuit.

Nous n'avions pas terminé de nous installer que les gars commençaient à s'amasser à l'entrée de la route du Sud pour observer la forteresse. Et il s'agissait bel et bien d'une forteresse, bien qu'en partie écroulée. Toutes les spéculations portaient sur la même question : l'atteindrions-nous dans la journée du lendemain ou, sinon, le Vieux déciderait-il de rebrousser chemin ? Nulle raison de se montrer très optimiste à cet égard. Si près du but, il poursuivrait inéluctablement de l'avant, ne s'inquiétant de la disette que le moment venu.

Cette fois-ci, nous avons allumé les feux collectifs et apprécié un bon repas chaud. Nous avions tous grand besoin d'un remontant.

Nous disposerions désormais de viande fraîche, puisqu'il n'était plus question de nourrir et d'abreuver des animaux qui ne produisaient aucun travail utile.

Ce monde est dur pour le bétail.

« Existe-t-il quelque part dans la mythologie des informations sur cette citadelle ? ai-je demandé à Thai Dei.

— Non. Pas de manière identifiable, en tout cas.

— Tu es sûr ? Tes copains m'ont pourtant l'air de mal la tolérer.

— Ils supportent tout difficilement, en particulier cette plaine. Ils savent que ce lieu ne devrait pas exister. Que rien ici n'est naturel.

— Sans blague ?

— Il faudrait un millénaire à une nation entière pour bâtir une aussi vaste forteresse. Un édifice de cette dimension ne peut qu'être néfaste.

— Je ne saisis pas.

— Seul un être d'une malfaisance inouïe serait assez déterminé dans son dessein et insoucieux du coût pour créer quelque chose d'aussi foncièrement inutile. Songe à ce sorcier démoniaque d'Ombrelongue. Il a sacrifié à sa forteresse une entière génération. Et, au regard de cette plaine, c'est du pipi de chat. »

Il marquait un point.

Je me suis dirigé vers la barrière et j'ai fixé les innombrables pierres levées scintillantes.

Un vol d'oiseaux noirs a brusquement surgi de la pénombre au-dessus de notre campement. J'ai tressailli. Tous les autres m'ont imité. La nuée de corbeaux a pivoté, est repassée devant le soleil et s'est envolée vers le nord. Sauf un.

Ils observaient un étrange silence. Nul croassement ne se faisait entendre dans leur sillage.

Le retardataire s'est perché sur une colonne, à mi-chemin de nous et de la forteresse. Il a tourné un instant en rond, étiré ses ailes puis s'est posé pour nous observer.

Phtaoum! Une boule de feu a jailli, visant l'oiseau. Elle l'a manqué. Elle ne sortait pas d'un bambou conçu pour cet usage précis.

J'ai bondi, empoigné Sifflote par l'épaule et l'ai pratiquement renversé cul par-dessus tête. Mais trop tard pour l'empêcher de lâcher un second missile.

Celui-ci a percuté et ébréché le sommet du pilier où était perché le corbeau, avant de ricocher légèrement vers la gauche tandis que sa trajectoire s'inclinait vers le ciel. Il a cueilli de plein fouet le volatile qui battait des ailes en s'égosillant. Explosion de plumes noires.

La terre a tremblé.

Violemment, ce coup-ci. Je me suis affalé par terre. La plupart des autres ont subi le même sort. Les animaux bêlaient et mugissaient. Les Nyueng Bao jacassaient entre eux. Tout autour de nous, la plaine semblait miroiter et vaciller.

Madame est remontée vers nous à grands pas, en apparence imperturbable. Un équilibre parfait! Mais elle a flanqué au vieux Sifflote un coup de pied si magistral qu'il a basculé à la renverse. « Espèce d'imbécile! Tu aurais pu nous faire tous tuer! » Elle a plaqué les mains à ses hanches et étudié le pilier écorné. Elle n'avait franchement pas l'air d'une femme convaincue de l'imminence de son décès. Elle s'est retournée brusquement. « Tâchez de maîtriser ces bêtes ! a-t-elle hurlé. Et ne les laissez sortir du cercle sous aucun prétexte ! »

Un bœuf s'est ainsi transformé en repas du soir parce qu'il était résolu à prendre la poudre d'escampette. Les gens suivaient les ordres de Madame au pied de la lettre.

La plaine s'est soulevée une dernière fois, puis un silence total s'est instauré. Pendant quelques secondes, on n'a plus entendu un seul bruit. Rien ne bougeait.

« Regardez ! » a fait une voix, rompant net le silence.

Une partie de la forteresse a donné l'impression de se répandre. Le nuage de poussière a occulté le théâtre du désastre puis, quelques longues minutes plus tard, un grondement éloigné est parvenu jusqu'à nous.

« Merde ! C'est moi qu'a fait ça ? » a toussé Sifflote.

53

Madame était tout à son affaire. Elle aboyait des ordres. Des hommes se précipitaient, en quête des articles, apparemment sans aucun rapport entre eux, de sa liste de commissions.

J'ai longé le périmètre à pas lents en cherchant à comprendre où elle voulait en venir. Hormis le nuage de poussière qui retombait au loin, ce site ne se distinguait en rien du précédent. En arrivant à l'entrée de la route du Sud, j'ai découvert un trou n'attendant que le porte-étendard.

J'en ai profité.

Je suis allé retrouver Madame et, par-dessus son épaule, je l'ai regardée concocter une poudre couleur de rouille qui, prise dans un petit remous paresseux, tourbillonnait devant ses yeux. Elle a contemplé ce remous quelques secondes puis l'a envoyé s'écraser contre l'invisible bouclier nous abritant de la plaine. La poussière s'est comportée comme un fluide en le touchant et s'est mise à ruisseler vers le pied de la barrière, la révélant ainsi clairement.

De même qu'elle nous révélait, tout aussi limpidement qu'une mort imminente, les trous qu'y avaient percés les boules de feu de Sifflote. Et le soleil pesait déjà sur l'horizon.

Sifflote s'est attiré quelques regards de travers. Sa toux a empiré, mais nul ne lui a témoigné la moindre commisération.

Madame tenait son monde trop occupé pour que ça tournât au vinaigre.

Le vol de corbeaux est revenu pour un second passage, en ricanant cette fois-ci tout du long. Ils ont décrit un cercle autour du camp puis filé pour de bon vers le nord.

La façon dont Madame s'y est prise pour réparer les trous fatals n'avait rien de bien spectaculaire. Elle n'a recouru à aucun sortilège époustouflant. Elle s'est contentée de prendre la vieille vareuse de cuir dépenaillée de Sifflote, d'y découper des lanières, de les rouler en boule et de boucher les trous. Cela fait, elle les a colmatés à l'aide d'un sortilège mineur.

Elle-même n'était pas persuadée du bien-fondé de sa réparation. Elle a harponné Sifflote par l'épaule et l'a entraîné vers un point précis, face à la barrière endommagée. « Juste ici. Ne bouge pas. De la nuit. Si jamais quelque chose s'infiltre, tes cris nous alerteront. » *Vlam !* Elle l'a flanqué à terre.

Mieux vaut ne pas la monter contre soi.

En regagnant l'emplacement où Thai Dei avait établi notre bivouac, j'ai surpris, marmottant des prières, des hommes qui se comportaient très rarement comme si les dieux n'étaient pas des bêtes nuisibles.

La Compagnie a ce petit travers : la religion y brille par son absence. Pour la plupart d'entre nous, toute la spiritualité du monde réside dans une lame. Oncle Doj a entièrement raison à ce sujet. Cela dit, son approche personnelle est fichtrement trop mystique.

La Lance de la Passion a peut-être été jadis un dieu tutélaire, mais le temps s'est chargé d'effacer cette notion des mémoires. Les annales dissimulées à Taglios recèleraient probablement des informations.

Nous sommes un ramassis de sans-dieu. Nous sommes de l'espèce qui les ignore… Sans doute dans l'espoir inconscient qu'ils nous retourneront la politesse.

En ce qui concernait Kina, de toute évidence, le subterfuge faisait long feu. Il n'opérait déjà pas avant que nous ayons eu vent de son existence. Encore aujourd'hui, la moitié de nos gars n'y croient pas. Peu importe au demeurant qu'ils ne croient pas en Kina. Kina, elle, croit en nous.

La viande fraîche a remonté de façon flagrante le moral des troupes. Mais la tombée de la nuit l'a de nouveau ratatiné. Je n'étais guère pressé moi-même d'affronter les ténèbres. « Je viens tout juste de comprendre un truc, mon frère », ai-je déclaré à Thai Dei.

Il a grogné.

« Les événements les plus importants de mon existence se sont toujours produits de nuit. Je suis né autour de minuit. »

Il a poussé un nouveau grognement mais m'a considéré cette fois avec une certaine curiosité non dénuée d'étonnement.

« Quoi ? Ça fait partie de la prophétie de Hong Tray, quelque chose comme ça ?

— Non. Mais ça en dit peut-être long sur les étoiles qui gouvernent ta vie. »

Oh, dieux ! Ainsi, ils se fiaient aussi à l'astrologie ? Comment se faisait-il que je n'en aie jamais entendu parler ? « J'ai eu une dure journée. Je vais rentrer. » J'aurais peut-être la chance de voir ma Sarie cette nuit.

54

Les étoiles. J'en ai vu quelques-unes. Après m'être assoupi, je suis sorti de mon corps et passé dans le même monde blafard que la nuit de la veille ; je me suis retrouvé ici même, dans ce cercle au beau milieu de la plaine, tandis que mon ombre attitrée rôdait, visqueuse, autour de la barrière et que des dizaines de ses congénères tentaient de s'infiltrer par les trous ménagés par Sifflote. Le vieux bougre, toujours assis là où Madame l'avait planté, observait ce spectacle en tremblant de tous ses membres.

Les étoiles qui me sont apparues scintillaient au-dessus de la masse colossale de la forteresse effondrée, dessinant la constellation qui avait naguère constitué l'enjeu de certaine querelle avec mère Gota. La constellation au grand complet. Je me suis demandé pourquoi je n'y avais pas prêté attention la nuit précédente. Et pourquoi je la remarquais aujourd'hui. Le ciel était censément plombé.

Vision et pensée doivent être en grande partie sélectives. Ce qui en soi mérite réflexion.

Une lueur semblait clignoter au sud. A moins qu'il s'agît d'une étoile piégée entre les créneaux d'une fortification. Quoi qu'il en fût, elle s'est éteinte. Et quand j'ai gagné l'entrée de la route du Sud, envisageant plus ou moins de foncer bille en tête, j'ai découvert que le passage était bloqué, non seulement par les fantômes que j'avais aperçus la veille, mais aussi par des dizaines d'autres dont je discernais vaguement les silhouettes au-delà. Ils étaient sensiblement plus vigoureux aujourd'hui et, quand je leur en ai donné l'ordre, ont refusé de déguerpir. Pas immédiatement, en tout cas. Ils gesticulaient et s'efforçaient sans doute d'articuler des paroles derrière l'ignoble mufle de leur morion. J'étais persuadé qu'ils essayaient de communiquer. Mais quoi ? Ça restait obscur.

Sans doute une mise en garde.

Je n'ai pas emprunté la route du Sud.

J'ai clopiné le long du périmètre. Les routes d'Est et d'Ouest étaient ouvertes. Je me suis aventuré à chaque fois sur quelques mètres, téméraire que je suis ! Elles sont restées suffisamment tangibles, mais je ne tenais pas à ce qu'elles s'évanouissent pendant mon escapade. Je suis revenu vers nos gars, puis j'ai mis cap au nord. Pour voir ce qui se passait dans le monde extérieur.

Autour de Belvédère, ça roupillait ferme. Jusqu'à quelques sentinelles qui somnolaient. J'ai pris mentalement note des noms de celles que je reconnaissais.

J'ai trouvé Qu'un-Œil et Gobelin en train de ronfler dans mon bunker. Gota était réveillée, mais ses yeux restaient fermés et elle marmonnait au-dessus d'un châle de prière évoquant vaguement ceux qu'utilisent certains cultes gunnis. Mais le sien était replié sur ses genoux et elle le caressait du bout des doigts comme si elle lisait au toucher. Elle marmottait continuellement en nyueng bao, mais j'ai été incapable de saisir ses paroles, même en me rapprochant.

Elle a sursauté, comme flairant ma présence, et a férocement balayé la pièce du regard. Les croyances nyueng bao sont encore empreintes de certains vestiges d'un culte des ancêtres. A leurs yeux, les fantômes sont bel et bien réels. Gota s'est mise à poser des questions à un interlocuteur invisible.

Elle semblait me prendre pour l'esprit de Hong Tray, sa mère, ou de Cao Khi, son grand-père, que la tradition orale de sa famille, si je me fiais aux récits de Sarie, donnait pour un nécromant. Lorsqu'on y faisait allusion, c'était toujours d'un air embarrassé. L'arbre généalogique de chaque famille comporte ainsi un rameau rabougri et néfaste. Le nécromancien capable de ressusciter sa propre ombre en constituerait une branche particulièrement monstrueuse.

Je n'y ai guère prêté attention. Je cherchais surtout à savoir ce qu'ils avaient fait d'oncle Doj. Ils avaient dû le ramener au camp et s'employaient certainement à activer sa guérison.

Je ne l'ai pas trouvé. Mais j'ai découvert un panneau portant ce message grossièrement griffonné au charbon de bois sur un fragment de planche vermoulue, de la main malhabile de Qu'un-Œil :

C'EST UN TRAQUENARD, GAMIN.

Oh, dieux !

Je crevais d'envie de secouer le merdaillon pour lui demander ce qu'il voulait dire. J'ai essayé. Peut-être lui ai-je inspiré des cauchemars. Il a grogné et s'est retourné. Sans plus. J'écumais.

Et si c'était vrai ?

Comment était-ce possible ? Et qui nous l'aurait tendu ?

Volesprit ? Ce qui expliquerait sa liesse. Kina ? La déesse n'aspirait-elle pas à nous lâcher la bride dans la nature ? A nous voir ravager le monde, le menacer de l'avènement de l'année des Crânes ? N'avait-elle pas déjà interféré dans la partie pour s'assurer que nous continuions d'y remplir notre rôle ?

Et n'était-ce pas Kina elle-même qui avait instillé dans les cerveaux d'une nation entière une crainte aussi irrationnelle qu'irrépressible de la Compagnie noire ?

J'étais décontenancé. J'ai encore essayé de réveiller Qu'un-Œil. Sans plus de succès. Je suis ressorti à toute allure, toujours fulminant, et j'ai mis le cap au sud. Pour foncer tête baissée dans un mur de puanteur si épais que j'ai reculé.

Kina. Toute proche.

J'ai eu la vision fugace d'une peau noire d'ébène luisante, d'un poitrail aux nombreuses mamelles, d'une demi-douzaine de membres brassant l'air comme les pattes d'un scarabée retourné. Et la vague impression m'a étreint qu'elle s'efforçait de se hisser à travers le voile séparant le monde spectral du sien. Elle semblait éperonnée par le désir de délivrer un message crucial. A moins qu'elle n'eût tout bonnement l'intention de me sauter sur le poil pour me dévorer tout cru.

Je n'ai pas eu le fin mot de l'affaire. Pas question de m'incruster. Elle m'inspirait trop de terreur. J'ai déguerpi. Sans aucun plan, pensée ni arrière-pensée. Ni quoi ni qu'est-ce. J'ai tout simplement mis les voiles, paniqué, et le plus vite possible.

Je me suis retrouvé dans les montagnes au nord de Kiaulune, fuyant la plaine à tire-d'aile, tournant le dos, pour me carapater, à une destination inconnue. De là, les étoiles du Collet m'étaient invisibles. Je n'en voyais d'ailleurs aucune. Les nuages me les cachaient. Je me suis retourné pour voir où j'allais. Les étincelles de feux de camp, sur ma gauche, ont retenu mon attention. J'ai orienté mon vol dans ce sens. Il ne pouvait s'agir que d'êtres humains. La fréquentation d'humains était la bienvenue.

Il s'agissait de la clique que Toubib avait dépêchée à la recherche de mon cheval. J'ai reconnu nombre de ces hommes fébriles. La peur était une présence tangible et vivante dans ce camp. Je me suis faufilé parmi eux, j'ai essayé de puiser chaleur et réconfort à leur contact tout en ceignant mes reins en perspective d'une nouvelle tentative pour me réincarner. Nul n'a senti ma présence.

Dès que je me suis senti prêt, j'ai quitté le cercle de lumière et repris lentement la direction du Sud en m'efforçant de flairer Kina avant qu'elle ne me flaire. Allait-elle encore tenter de me piéger ?

Qui le saura jamais ? Je suis tombé avant sur oncle Doj.

En fait, c'est lui qui m'est tombé dessus. Il espionnait le camp, presque aussi discret que moi. Pas mal pour un vieux croûton couvert de plaies qui aurait dû être alité.

J'ai décidé de découvrir ce qu'il manigançait. Un excellent prétexte pour ne pas m'élancer dans l'immédiat vers la gueule du démon.

Sans doute serait-elle plus séduisante sans ses colliers de pénis tranchés et de crânes de nourrissons.

L'oncle errait à la lisière du campement, assez près pour distinguer tout ce qui s'y passait mais suffisamment loin pour n'être pas repéré par les sentinelles ; à moins de faire un raffut d'enfer en trébuchant dans une crevasse. Au bout de quelques minutes, j'ai eu la conviction qu'il cherchait simplement à voir ce que fabriquaient les gars et que ce campement n'était pas son souci premier. Il a poursuivi son chemin vers le nord en rampant dans le noir.

Je l'ai filé.

Il a sorti un objet de sa musette. Il en émanait une lueur ténue, moins intense encore que celle d'une luciole, qu'il ne cessait de consulter du regard. J'ai essayé de m'approcher assez pour voir de quoi il retournait, mais, quoi que je fisse, il persistait à me montrer le dos. Comme s'il se sentait confusément observé sans en être véritablement conscient.

A mesure que nous laissions le campement derrière nous, les ténèbres s'épaississaient. Mais nous n'étions pas seuls dans cette obscurité. De loin en loin, je flairais la présence de Kina, mais pas à proximité Pour une déesse, elle ne donnait pas l'impression d'être vraiment omnisciente. A moins qu'elle ne me cherchât point.

Si elle se trouvait effectivement dans les montagnes, elle ne pouvait m'interdire l'accès à mon corps. Mais je ne la redoutais plus. Et l'oncle avait accéléré le pas, résolu à atteindre rapidement sa destination, quelle qu'elle fût. Qu'est-ce qui pouvait bien l'amener ici dans son état ?

J'en ai vite eu le cœur net. Il voulait profiter de ce que Volesprit était occupée.

Il a trouvé ce que les éclaireurs de Toubib n'avaient pas su voir, sans doute grâce à l'objet qu'il tenait à la main. La cachette n'avait rien d'évident, car elle était masquée par un voile d'illusion.

Le tout premier indice a été le grognement d'un animal de bonne taille. Une seconde plus tard, je reconnaissais mon cheval. Et lui aussi m'a reconnu, alors que j'étais invisible et que nous ne nous étions pas revus depuis près d'un an.

La bête était plus douée qu'oncle Doj, lequel a cru l'animal ravi de le voir.

L'oncle, toutefois, était plus à l'écoute du monde réel que moi. Bâton de Cendre a sauté dans sa main tandis qu'il réagissait à un nouvel élément avant même que j'eusse rien pressenti, sinon un vibrion de ténèbres dans le noir. J'ai pensé « ombre » mais n'ai strictement rien senti du froid qui annonce leur proximité.

Nous n'étions pas seuls.

J'ai voleté alentour pour essayer de découvrir le rôdeur.

Au lieu de cela, j'ai trouvé Roupille. Et la Fille de la Nuit. Ils étaient enchaînés à un arbre par une cheville, disposant chacun de trois mètres de mou, d'une cruche d'eau presque vide et d'une réserve de pain dur pratiquement réduite en miettes. Volesprit comptait revenir rapidement. Roupille était éveillé, mais il avait l'air drogué. La fillette était trop petite pour briser sa chaîne. Visiblement, Roupille n'avait même pas été capable de reprendre assez ses esprits pour essayer.

J'ai perçu un bruit étranglé derrière moi. Puis un fracas de métal heurtant la pierre. Un objet volumineux a atterri dans les broussailles.

J'ai trouvé Doj à genoux et Bâton de Cendre séparé de ses doigts par cinquante centimètres. Il portait la main gauche à sa gorge et se cramponnait à un lambeau d'étoffe noire. Il pouvait s'estimer heureux. Peu d'hommes avaient survécu à ce genre d'agression.

Une vie entière consacrée à aiguiser ses réflexes pouvait y suffire.

Il y avait un Etrangleur dans le noir. Et je ne pouvais rien faire pour lui venir en aide.

La main gauche de Doj s'est abattue et il s'est emparé de Bâton de Cendre de la droite. Ses blessures le contraignaient certes à se tenir tranquille, mais, une fois son épée récupérée, nul ne pourrait mettre prématurément fin à sa légende.

Je suis allé voir si je pouvais interdire à la déveine de Roupille de s'aggraver. Je l'ai trouvé sur le qui-vive et terrifié, mais indemne. Et prêt à se battre. Il était seul.

La Fille de la Nuit avait disparu.

J'ai inspecté les environs. L'enfant et le Félon s'étaient proprement envolés. Je n'ai pas ressenti le besoin de les traquer. Pas maintenant. Mais cette mission ne tarderait pas à venir en tête de la longue liste de mes nombreuses tâches.

J'avais l'intuition que cette affaire ne relevait pas du plan de Volesprit. La petite dame avait dû se laisser berner. Kina était peut-être lente, mais elle ne désarmait jamais.

En dépit de mon peu d'impact sur le monde réel, j'ai décidé de rester sur place jusqu'à ce que Doj eût recouvré ses esprits et Roupille sa sérénité. Roupille s'est remis le premier. Dès qu'il s'est senti en sécurité, il est allé pisser. Il ignorait que l'oncle et moi étions dans les parages.

Eh bien ! Ainsi Volesprit savait parfaitement ce qu'elle faisait en interprétant le rôle de Roupille sous les traits d'une fille menue se faisant passer pour un garçon. Roupille était très douée pour rouler son monde.

J'allais devoir en causer avec Baquet. Il avait certainement quelques lueurs.

J'ai flairé une bouffée de l'odeur de Kina. Elle se rapprochait de plus en plus.

Roupille a tressailli, remonté son pantalon puis dardé des regards terrifiés alentour. Elle aussi sentait la déesse. Elle s'est concentrée puis lentement retournée pour tenter de localiser l'origine de son désarroi. Mais la présence s'est rapidement évanouie. Kina n'avait plus rien à faire ici.

Roupille a cessé de pivoter sur elle-même en se retrouvant face à moi. Elle a sursauté. Son menton s'est légèrement porté en avant, comme le font parfois les gens devant un spectacle inattendu. Elle a plissé les yeux. « Murgen ? T'es un fantôme, quelque chose comme ça ? T'es mort ? »

J'ai essayé de répondre « non », mais elle ne m'entendait pas, de sorte que j'ai secoué la tête.

« La rumeur était donc vraie. Tu peux quitter ton corps. »

J'ai hoché la tête, surpris de voir la gosse prendre l'affaire si calmement. Une chose est sûre : les gens réussissent toujours à vous surprendre.

Si Roupille me voyait, c'est donc que j'arrivais à communiquer à une certaine distance. Même s'il ne pouvait pas m'entendre. Du moment qu'il se souvenait du langage des sourds-muets qu'il avait censément étudié. Mais, autant que je me rappelais, il avait du mal à progresser… *Elle*, Murgen. Elle.

Je n'avais pas pu me faire à cette idée la première fois.

J'ai recouru au langage des signes sans trop savoir si elle était ou non capable de suivre. Si ça se trouvait, je n'étais à ses yeux qu'un gros globule d'ectoplasme chatoyant exhalant l'odeur de Murgen.

Inutilement. Au moment où je me lançais, oncle Doj a déboulé, attiré par la voix de Roupille. Il traînait péniblement les pieds. « Du calme, jeune homme, l'a-t-il apaisée. Tu dois te souvenir de moi. Je suis un parent du porte-étendard. Je te cherchais. » Tous les sens de Doj étaient aux aguets, autant qu'il est possible à l'être humain. A tel point qu'il devait m'entendre respirer. « Tu as crié le nom du porte-étendard. Pourquoi ?

— Je n'en sais rien. J'étais enchaîné. Un homme est venu. Il a emporté l'enfant qui se trouvait avec moi. J'étais terrifié. Le porte-étendard est mon ami et mon mentor. »

Rusée, la gosse ! Et armée jusqu'aux dents, avec ça, d'une salubre dose de méfiance bien digne de la Compagnie.

Quant à moi, j'étais armé jusqu'aux dents d'une pleine charretée de nouvelles qu'ils auraient bien besoin d'apprendre, là-bas dans la plaine. Je devais filer. Roupille ne risquerait rien avec Doj. J'ai fait le signe « cheval ». Roupille a hoché la tête la troisième fois. J'espérais qu'il s'agissait bien de sa réponse.

« Tu étais prisonnier de celle qui conduit les corbeaux ? » s'est enquis Doj. La seconde partie de la phrase avait été dite en nyueng bao, comme s'il agissait d'un autre nom de Volesprit, pareil à « Mille Voix », mais Roupille a parfaitement saisi. Futée, cette petite ! J'avais dû déteindre sur elle du temps où elle traînait dans mes pattes.

« Oui.

— Aurait-elle oublié quelque chose ? Où se cachait-elle dans les parages ? » Doj a libéré Roupille, mais il crevait les yeux que sa délivrance était le dernier de ses soucis. Son comportement ne faisait que confirmer mon hypothèse selon laquelle Volesprit et les Nyueng Bao se seraient bel et bien heurtés de plein fouet.

J'ai entrepris de m'éloigner. « Dans une caverne, a répondu Roupille. Par là-bas. Mais nous n'y sommes pas restés longtemps. » Elle a sifflé une mélodie sur quatre notes. Mon cheval a répondu en piaffant. Il ne pouvait la rejoindre, bien entendu, puisqu'il était lui aussi prisonnier.

J'ai filé vers la plaine.

55

Kina me cherchait. Moi ou autre chose. Je la flairais très vite partout où j'allais sans toutefois qu'elle se rapprochât. Mais, si je ne constituais pas sa proie, de qui pouvait-il bien s'agir ?

J'ai réprimé l'envie pressante de me précipiter chez Sarie, en me persuadant qu'il valait mieux patienter jusqu'à ce que la diablesse eût disparu. Mais la part la plus rationnelle de mon cerveau me soufflait – fort logiquement – que Kina attendait depuis une éternité. Elle ne perdrait pas patience du jour au lendemain.

Que me voulait-elle ?

Je devais réintégrer mon corps. La déesse me terrifiait beaucoup moins dès que je n'errais plus parmi les fantômes.

Si seulement Thai Dei pouvait me réveiller... Quand on me rappelait à moi, mon esprit n'était pas contraint, me semblait-il, de parcourir toute la distance le séparant de mon corps.

J'ai déambulé en tapinois dans le campement au pied de la Porte d'Ombre. Dieux ! Quelle crasse ! Des conquérants triomphants devraient tout de même mener une existence plus huppée.

Qu'un-Œil se réveillait doucement. Gota aussi. Un autre petit-déj' infernal allait être perpétré.

Il faisait jour. Et je chevauchais encore le fantôme. Ça ne m'était plus arrivé depuis la perte de Fumée. Je commençais à m'en croire incapable de jour.

Qu'un-Œil a paru flairer du louche. Il est devenu nerveux, irritable. Ce qui, finalement, ne le changeait pas beaucoup. Puis Gobelin s'est assis dans son lit et a menacé de le transformer en lézard s'il n'arrêtait pas sur l'heure de pester. Gobelin avait mal vieilli pendant cette campagne, et Qu'un-Œil n'a pas manqué d'y faire allusion, sans doute pour la millième fois. Ils ont commencé à se chamailler. Mère Gota ne répugnait pas à mettre son grain de sel à l'occasion. Au cours de son interminable philippique, Qu'un-Œil a trouvé le moyen de vilipender le reste de la Compagnie, coupable à ses yeux de n'avoir pas attendu son retour pour entreprendre l'escalade de la montagne.

« Ils devaient se douter que je reviendrais. Ils savent très bien que je ne peux pas rester longtemps absent. Ils ne sont partis que pour me faire enrager. C'est la faute de cette foutue bonne femme. Ou du gamin. Ils croient me punir. J'ai bien envie de leur faire faux bond. Ça leur apprendrait. Ils vont salement me regretter. »

Du Qu'un-Œil tout craché ! Un authentique pacsif quintessentiel d'absurdités paradoxales.

S'il avait su combien il avait peu manqué à la plupart d'entre nous, il en aurait eu le cœur brisé. Bon, bien sûr, nous n'avions traversé que de rares mauvaises passes où sa présence nous aurait servi. Qu'un-Œil – tout comme son pote Gobelin – est d'une médiocre utilité en temps de paix.

Je me suis brusquement aperçu que la puanteur de Kina nous environnait. Elle s'était répandue si lentement que je n'en avais pas pris conscience. J'ai giclé à travers la Porte d'Ombre en me lamentant, craignant d'avoir loupé un épisode intéressant. Quand Qu'un-Œil s'avise d'ouvrir son clapet, il le referme rarement avant d'avoir entièrement vidé son sac.

J'ai remonté la route du Sud aussi vite que je l'ai pu. De jour, j'avais l'impression de lambiner. Peut-être étais-je moins rapide quand le soleil brillait. De fait, plus il montait dans le ciel, plus il me semblait patauger. Et plus je me laissais aisément distraire.

J'ai remarqué que chaque cercle présentait encore les vestiges de portes donnant sur les routes d'est et d'ouest. Je me suis empêtré dans un écheveau d'énigmes et de spéculations oiseuses, tant sur la raison première de leur existence que sur la forme du dédale enchevêtré qu'elles dessineraient dans la plaine. S'il n'existait qu'un unique portail menant à l'extérieur et une seule destination à gagner... Les pierres levées ? Les piliers. Bien sûr !

Les routes latérales servaient à atteindre chaque pierre. Mais dans quel dessein ? Ça restait un mystère.

Je me suis brusquement rendu compte qu'à force de m'égarer dans la brousse de mes pensées je faisais du surplace depuis un bon moment.

Je me suis assis. J'ai braqué autour de moi un regard féroce. « Où est Narayan Singh ? » ai-je demandé. J'étais seul avec Thai Dei. Rien ne laissait entendre que le cercle eût reçu de nouvelles visites. Où était passé tout le cirque ?

« Tu es réveillé », a déclaré Thai Dei. Les gens peuvent réellement sortir des inepties lorsque, pris de court, ils enfoncent des portes ouvertes.

« Où sont-ils tous ?

— Tu refusais de te réveiller. Ils sont partis sans toi. » Sans lui, autrement dit. « Le Libérateur a dit qu'il passerait te reprendre. Il avait l'air perturbé.

— Je ne le lui reproche pas. Moi aussi. Aide-moi à me lever. » Mes genoux flageolaient. Mais ça n'a pas duré. « Manger ? » ai-je coassé.

Chevaucher le fantôme seul brûle moins d'énergie qu'avec Fumée, mais je n'en étais pas moins vidé.

« Ils ont tout emporté. Ou presque. J'ai réussi à en subtiliser une petite quantité. »

Sa « petite quantité » était considérable si l'on s'en tenait aux critères nyueng bao. Ces gens vivaient de deux grains de riz et d'une tête de poisson pourrie par jour.

« Pour l'eau, ils se sont montrés plus généreux », a-t-il reconnu. Il m'a tendu deux gourdes pleines. « Il a plu, m'a-t-il expliqué.

— Quoi ? ai-je marmotté, la bouche pleine. Quand ? » Là où je me trouvais, je n'avais pas pris conscience du temps qu'il faisait.

« Il a plu. Toute l'eau donnait l'impression de ruisseler vers le cercle pour s'y recueillir. Sans endommager la barrière protectrice. On va les attendre ici ? » Plein d'espoir.

« Non. Je dois immédiatement voir le capitaine. »

Thai Dei a poussé un de ses grognements si expressifs. Il me trouvait mal inspiré.

A deux, nous pouvions couvrir du terrain plus vite que le détachement. Deux heures plus tard, nous distinguions déjà un petit groupe dans le lointain. « Qu'est-ce qu'ils fabriquent, bordel ? » Thai Dei avait meilleure vue que moi.

« On dirait qu'ils se passent des objets de main en main. »

C'était effectivement le cas, comme nous avons pu le constater en nous rapprochant. Un homme se tenait debout, les jambes écartées, à cheval sur je ne sais quoi. Il a pris une chèvre – pas franchement consentante – des mains de celui qui le précédait et l'a transmise au suivant. C'était apparemment la dernière du lot. Le dernier de la file – le plus proche de nous – a franchi le fossé d'un bond tandis que le premier des trois aidait le second à rétablir son équilibre.

J'ai crié et fait signe de la main. Quelqu'un m'a retourné la politesse, mais personne ne nous a attendus.

« Ce foutoir est gigantesque ! » me suis-je exclamé. Je parlais de la forteresse. Elle semblait grossir à chaque pas maintenant que nous étions tout près. Elle était construite d'une pierre basaltique noirâtre, plus sombre que celle de la plaine environnante. Et exigeait d'amples réparations. « Pas à l'épreuve des séismes », ai-je fait remarquer.

Thai Dei a grogné. Il redevenait nerveux.

« C'est là qu'ils ont traversé. » La plaine était fendue de part en part par une faille. Aussi loin que portât le regard. Elle ne semblait s'évaser nulle part, mais nos gars l'avaient franchie là où elle était la moins large. Un mètre tout au plus. Ils avaient même réussi à faire passer les chariots et les fourgons.

Un peu plus loin, une section de la forteresse s'était effondrée et abîmée dans la crevasse. La pierre semblait éboulée de fraîche date et j'en ai déduit qu'il s'agissait de l'effondrement dont nous avions été témoins. On apercevait également les traces d'éboulis plus anciens. Au pif, j'ai estimé que le plus vieux devait dater du séisme que nous avions ressenti jusqu'à Taglios.

Thai Dei et moi étions trop vieux pour courir, sauf lorsque nous y étions contraints. Mais nous n'avons pas perdu de temps. Nous avons enjambé la fissure avant que les gars aux chèvres n'aient disparu derrière l'arrondi de la muraille. J'en avais reconnu deux : Rutilant et Sifflote. Sifflote allait s'appuyer la corvée de chiottes pendant un bout de temps.

Je soufflais et haletais, mais je pressais le pas. Mon paquetage semblait s'alourdir à chaque seconde. « On a gagné de l'altitude, à ton avis ? ai-je demandé, pantelant. Depuis l'escalade ? »

Thai Dei a poussé un grognement affirmatif. Sans rien ajouter d'autre. Il n'était pas moins essoufflé.

J'ai jeté un coup d'œil derrière moi. A croire que je voyais davantage de la plaine d'ici que de la route.

« Les secousses auraient-elles brisé les barrières de protection de la route ? » s'est demandé Thai. Il devait se poser la question depuis un bon moment.

J'y ai réfléchi en marchant. « Impossible. Les ombres nous auraient déjà sauté à la gorge. » On sentait encore sous les pieds la surface de la route, mais elle devenait moins flagrante. Je me suis demandé si la forteresse entière était comprise dans la protection et, en ce cas, jusqu'à quel point elle serait élastique. J'étais encore vivant, mais il semblait peu plausible qu'elle pût s'écrouler davantage sans endommager la barrière à tel ou tel endroit.

Une fois la crevasse franchie, nous nous sommes bientôt retrouvés au pied des murailles titanesques. J'ai passé brièvement les doigts sur la pierre noire. « Hein ? » Elle s'effritait. « On dirait du grès. »

Thai Dei a poussé un grognement, de dénégation cette fois, suivi d'un autre, inquisiteur. « Plutôt une ribambelle de petits cristaux minuscules. Mais pas du grès. »

La pierre avait souffert d'une maladie. D'une maladie surnaturelle. Cette pierre peut survivre à tout. Eternellement. Comme celle de la plaine, au demeurant.

« Je subodore de la sorcellerie, a marmonné Thai Dei.

— Quel flair, mon frère ! »

Les gars que nous suivions n'étaient pas moins pressés que nous ; ils épousaient eux aussi étroitement la courbure de la muraille, filant le train à ceux qui les précédaient. Ils refusaient toujours de nous attendre, mais nous gagnions progressivement du terrain.

Nous avons contourné un éperon du mur et découvert derrière nombre d'animaux et une grande partie du matériel, entassés dans un recoin d'ombre, face à ce qui était sans doute jadis le portail principal. J'ai relevé les yeux. Les bâtisseurs avaient intelligemment fait courir la seule approche protégée là où elle pouvait être bombardée à l'envi sur une grande distance. Je me suis demandé si j'aurais pu écraser le forvalaka de là-haut, à condition d'y monter avec un rocher suffisamment lourd. La panthère noire était d'humeur massacrante. Elle feulait, râlait et mordillait les barreaux de sa cage. On l'ignorait complètement en raison de son comportement détestable.

Je me suis aussi demandé si nous ne ferions pas mieux de l'abandonner derrière nous en repartant. Les ombres trouveraient un passage.

Les autres animaux avaient été laissés à l'abandon sans autre surveillance que la leur.

Sifflote et Rutilant, qui n'avaient plus que vingt mètres d'avance sur nous, étaient en train de se faufiler à travers le portail. La herse, brisée et gauchie, ne tenait plus que par le seul et immense gond inférieur. Une large fissure de la maçonnerie suggérait que les séismes étaient également responsables de cette avanie.

Un vaste espace s'ouvrait juste derrière le portail. La plupart des fortifications présentent son équivalent. On y entasse normalement les gens que la citadelle doit abriter. Une foule de nos gars s'y amassaient. Le débat portait sur l'éventualité d'abattre ou non le grand portail pour permettre au bétail et aux fourgons d'y pénétrer. Parallèlement, une autre discussion faisait rage parmi les Nyueng Bao : devaient-ils, oui ou non, s'aventurer plus avant dans la place forte avec la Compagnie ?

« Merde ! Je te croyais mort ! s'est exclamé Saule Cygne en m'apercevant. Je pensais même qu'on récupérerait le macchabée au retour. Du moins s'il ne puait pas trop.

— Très attentionné de ta part. Où est le Vieux ? » Mather et Lame, ai-je noté, ne se trouvaient pas dans la grande cour intérieure. J'ai regardé autour de moi.

Toutes les parois verticales étaient constituées du même basalte en décomposition. La forteresse intérieure était d'une telle vastitude que j'aurais été frappé de stupeur si je n'avais pas connu Belvédère et le palais de Taglios. Elle tenait encore debout, certes, mais n'en était pas moins balafrée de cent fissures. Des milliers de moellons, grands et petits, s'étaient abattus de la façade et s'empilaient au pied de la muraille.

« Ils sont entrés. Voilà environ dix minutes. On devrait pouvoir les rattraper rapidement. » Cygne a considéré les marches menant à l'étroite porte de la forteresse intérieure en faisant la grimace. Je le soupçonnais d'avoir, comme à son habitude, supplié le capitaine de lui épargner la corvée, avant de changer d'avis.

Thai Dei clopinait derrière moi; chacun de ses pas pesants sonnait comme une accusation. Le voyant m'emboîter le pas, plusieurs Nyueng Bao se sont écartés du petit groupe de chicaniers pour le suivre.

La porte ressemblait à un voile de ténèbres. Elle m'a fait la même impression au toucher quand je l'ai franchie. Celle, tout du moins, d'un voile de ténèbres tel que je pouvais l'imaginer.

A l'intérieur, la clarté était chiche. La lumière semblait suinter d'invisibles crevasses nous surplombant, pour perdre ensuite tout son éclat, comme vidée de toute vie, avant d'arriver jusqu'à moi. « Bousculez pas, derrière ! » ai-je glapi. Les cousins de Thai Dei me poussaient en avant à mesure qu'ils passaient la porte. « Et taisez-vous. J'essaie d'écouter. » Des sons nous parvenaient de quelque part. Ils se réverbéraient toutefois contre les murs d'un grand espace vide, interdisant toute localisation.

« J'avais raison dès le début, a marmonné Saule Cygne. Je n'ai rien à faire ici. » Et il avait assurément raison, comme il m'a été donné de le vérifier peu après.

« Silence. » Quelques instants plus tard, je me dirigeais vers l'endroit d'où semblaient provenir les voix.

56

J'entendais Madame, Toubib, Baquet, Hagop, Otto, Longo et Clete, tous jovialement engagés dans une assez triviale discussion. Pas le moindre crâne d'œuf dans la bande. En les rejoignant, j'ai découvert toute la vieille équipe, agglutinée tel un méchant ramassis de fripouilles. Ils avaient même amené le Hurleur, Ombrelongue et Volesprit. On avait sorti le Hurleur et le Maître d'Ombres de leurs cages. Ombrelongue était sous la tutelle de Lame et de Cordy Mather. Le Hurleur semblait alerte, mais Ombrelongue ne valait guère mieux qu'un légume. On avait confié au Prahbrindrah Drah la tâche d'aider et de surveiller le petit sorcier.

Peu importait. Je me suis approché de l'emplacement où le Vieux et Madame, accroupis, lorgnaient à travers une crevasse du mur quelque chose qui, selon moi, n'avait jamais été destiné à l'œil humain. Toubib s'est retourné pour voir qui lui faisait de l'ombre.

« Où est Narayan Singh ? me suis-je enquis.

— Il est… » Son visage a affiché une sorte de stupeur interdite. Difficile néanmoins de déchiffrer son expression. Toute l'équipe n'avait emporté qu'une unique torche pour s'éclairer. Longinus la brandissait et il se tenait à une bonne vingtaine de mètres. N'empêche que je distinguais assez nettement les traits de Toubib pour me rendre compte qu'il donnait brusquement l'impression d'avoir reçu sur le crâne un coup de manche de cognée.

Je me suis tourné vers Madame. « Vous pouvez me le dire, vous ? Où est Narayan Singh ? Ce n'était pas l'un de vos petits captifs favoris ? » Et un lascar qui serait passé depuis longtemps de vie à trépas si un crétin du nom de Murgen avait tenu les commandes.

Madame s'est contentée de me fixer. J'ai eu l'impression qu'elle mourait d'envie de recoiffer son casque d'Ote-la-Vie pour me flanquer un grand coup de pied dans la tempe. Mais elle est restée ferme. Elle continuait de refréner ses instincts.

« J'avais oublié jusqu'à son existence, a admis Toubib. Comment est-ce possible ? »

Madame a repris la balle au bond : « Que s'est-il passé ? Que manigance Singh ? »

J'ai énuméré sur mes doigts : « Il s'est échappé. Il a agressé l'oncle Doj. Avec un rumel noir. Il a découvert la planque de Volesprit et libéré la Fille de la Nuit. Ils sont en cavale et complotent probablement déjà pour se remettre en selle. »

Les doigts de Madame ont exploré sa ceinture puis palpé une manche gauche inexistante. Rien, lorsqu'elle portait une armure, ne lui permettait de dissimuler un foulard d'Etrangleur. La stupéfaction qu'elle affichait conférait à son visage une indicible niaiserie. Chose qui ne lui arrivait jamais.

Volesprit, bien qu'elle se tînt encore plus loin que Longo et sa torche, m'avait parfaitement entendu. Elle a laissé échapper un cri inarticulé, trahissant sans doute sa fureur, et s'est mise à se convulser sur sa litière. Pour une fille ligotée et bâillonnée depuis trois jours, elle avait l'air en très grande forme.

« La Mère des Félons a manœuvré avec célérité, dirait-on », ai-je laissé tomber. Je devrais apprendre à la boucler de temps en temps, m'est avis. Toubib était si fumace qu'il en tremblait.

Madame a mieux supporté le choc. Au terme d'un long soupir excédé ne visant personne en particulier, elle s'est de nouveau accroupie pour coller son œil à la fissure. Je me suis penché. Une lueur rougeoyante, presque imperceptible, émanait de la crevasse. « Il est marqué maintenant, a-t-elle dit. On pourra le retrouver. Je m'en occuperai dès notre retour au camp. Et je te demanderai ton avis cette fois. » Elle a soudain secoué violemment la tête comme pour s'éclaircir les idées. « Elle est vraiment insidieuse. Je n'aurais jamais imaginé qu'elle puisse me faire ça à moi. Venez. » Elle s'est faufilée par la crevasse.

« Tiens. Prends ça. » Baquet m'a fourré l'étendard dans les pattes. J'avais comme qui dirait feint d'ignorer qu'il le trimballait. « Où étais-tu passé, au fait ?

— Panne d'oreiller. »

Toubib est entré derrière Madame. Deux autres envisageaient de les suivre. Mais personne ne semblant très pressé, j'ai passé le fer de la lance dans le trou et épousé le mouvement.

Toubib avait rencontré quelques difficultés. Eu égard à sa grande taille. Les miennes n'avaient rien à leur envier : je m'insinuais dans cette fissure armé d'une longue perche.

Thai Dei a agrippé l'étendard par-derrière au moment précis où Toubib en empoignait la pointe. Le premier poussait à hue tandis que l'autre tirait à dia, et je me suis retrouvé coincé au mitan. J'ai poussé une beuglante, extrait mon fondement de l'orifice et repris le contrôle de l'étendard. Ce n'est qu'ensuite que j'ai saisi l'occasion de regarder autour de moi.

Il faisait drôlement noir là-dedans. A part la lueur qui s'infiltrait par une faille du plancher, à plus d'un kilomètre…

La mort est éternité. L'éternité est pierre.

« La pierre est silence », a dit Madame.

C'est une forme d'immortalité.

La terre a frémi. Le crissement strident de la pierre contre la pierre s'est fait entendre en amont. Une masse ténébreuse palpitait au-dessus de la lueur rougeoyante.

Les hommes qui émergeaient derrière nous de la fissure nous ont forcés à avancer. Longo s'est enfin pointé avec la torche. Celle-ci n'a guère contribué à dissiper l'obscurité, mais nous voyions au moins, à présent, où nous mettions les pieds. « Qu'un-Œil prétend qu'on va tomber dans un traquenard, patron. » J'ai entrepris de leur faire le récit, à Madame et lui, de ma dernière sortie nocturne dans le monde spectral.

« De qui, ce traquenard ? m'a demandé Toubib au bout d'un moment de réflexion. C'est peut-être crucial.

— Je n'ai pas eu l'occasion d'en discuter avec l'autre merdaillon.

— De ma sœur, a fait Madame. Ordonne aux hommes de me l'amener. Je vais cesser de m'écouter et commencer à suivre ton avis. Elle pourra rester ici quand nous repartirons. »

J'ai hoché la tête comme si ce projet m'enthousiasmait. Loin de moi l'idée de lui rappeler qu'elle avait déjà tué Volesprit.

Toubib a arqué un sourcil à mon intention mais n'a pas pipé mot. Il se devait de maintenir la paix.

« Fais-les tous entrer », a ordonné Madame. Il lui arrive parfois d'outrepasser son rôle de simple lieutenant.

Ils ont pas mal bousculé Volesprit pour lui faire franchir la fissure. Mais cette garce n'en continuait pas moins de sourire imperturbablement derrière son bâillon. Exaspérant. C'était probablement, au demeurant, le but visé. En bonne logique, elle aurait dû mourir de faim et de soif, être couverte d'escarres et totalement abattue. Peu d'hommes avaient les tripes de la surveiller quand on l'autorisait à manger ou se soulager. D'ordinaire, la tâche était dévolue à Cygne, à Mather ou au prince… du moins lorsque quelqu'un se donnait la peine de se souvenir de son existence. Lame, toutefois, ne voulait absolument pas avoir affaire à elle. Il la haïssait parce que Madame la haïssait, me semblait-il, et son respect pour Madame frisait quasiment l'obsession.

Volesprit a jeté à ce brave vieux Murgen un regard noir lourd de promesses, que ça lui plaise ou non.

« Commencez d'explorer », a aboyé Madame. Elle s'était accroupie au-dessus de Volesprit mais regardait Toubib. « Te voilà rendu ! Qu'est-ce que tu comptes faire ? » Il crevait les yeux qu'elle souffrait d'une de ses sautes d'humeur.

Je savais que Toubib aurait aimé lui répondre que nous n'étions pas encore au Khatovar, en soulignant que nous n'avions pas parcouru la moitié de la planète en nous frayant un chemin à travers l'enfer à grands coups d'épée dans le seul dessein de découvrir un tas de vieilles pierres pratiquement en ruine. Mais il ne pouvait s'en targuer puisqu'il ignorait tout de la vérité.

Il n'a pas répondu.

Toubib devenait chaque jour plus taciturne.

Madame a grommelé *in petto*, agrippé le menton de Volesprit et forcé sa sœur à la regarder dans les yeux. « Tu n'as rien à nous dire, chérie ? Quelque petit secret sur ce domaine, que tu nous confierais en échange de notre promesse de ne pas t'abandonner ici après notre départ ? »

Volesprit m'a fait un clin d'œil. Madame n'avait aucune chance.

Il m'a semblé qu'elle avait envie de mettre les voiles sur-le-champ en envoyant au diable tous ces atermoiements – chargés de contenter tout le monde – autour d'un amas de cailloux.

Volesprit était vraiment de très mauvaise humeur. Madame aussi. Kina pouvait se féliciter d'être d'essence divine !

Volesprit souriait tant et plus mais ne consentait à rien. Elle ne s'y résoudrait jamais, fût-ce pour sauver son cul. Je m'y attendais. Les Dix qui étaient Asservis n'étaient vulnérables qu'à travers leurs obsessions.

« Meeerde ! » Le mot a résonné dans les ténèbres. « C'est quoi, bordel ? Capitaine ! Murgen ! Faut que vous voyiez ça ! »

Toubib a haussé les épaules et hoché la tête. Peu lui importait de quoi il retournait. C'était un prétexte idéal pour échapper quelques instants à sa bourgeoise.

Je me suis éloigné en traînant les patins sur un parquet dont seules mes semelles sentaient la présence, Toubib sur les talons.

Il marmottait comme un vieux gâteux en secouant la tête et se demandant ce qu'il foutait là. Rien à voir avec la destination qu'il essayait de gagner depuis trente ans. C'était une farce cruelle. Un cauchemar inspiré par… par les dieux savaient qui. Il ne pouvait en aucun cas s'agir du berceau des compagnies franches de Khatovar. Il n'y avait strictement rien ici.

Je sentais grandir son désespoir. Et je savais déjà qu'il continuerait de s'approfondir, de plus en plus noir. Pour ensuite, dès qu'il se serait persuadé qu'il n'en était arrivé là que pour s'être laissé dévoyer, prendre selon toute vraisemblance une autre tournure. Je voyais déjà l'avenir ; nul besoin d'entrailles de mouton. Peu de temps après notre retour à Kiaulune, il déciderait que nous ne nous étions fourvoyés que parce que nous avions entrepris notre périple avant d'avoir consulté les premières annales. Et que nous devions donc nous en emparer. Entreprise qui risquait fort de déclencher le bain de sang nécessaire à Kina pour son avènement de l'année des Crânes.

Elle est les ténèbres. Rien de plus vrai.

J'étais entouré de femelles, humaines, divines ou semidivines, qui toutes pouvaient se draper de cette cape de noirceur. Mais, pour l'heure, cette colossale et sinistre bonne vieille Kina semblait avoir sérieusement refermé ses multiples serres sur ce titre envié.

« Yah ! » Le Vieux m'a agrippé l'épaule, m'arrêtant net dans mes rêvasseries alors que j'allais piquer une tête dans un abîme sans fond. La lueur écarlate diffuse en émanait. Tout comme l'écharpe de brume. Mais cette béance n'a retenu qu'un instant notre regard, car toute notre attention se concentrait sur la cause du récent tumulte.

Je jouissais désormais d'une vision plus nette de ce qui avait palpité juste après que le dernier tremblement de terre nous eut taquinés. « Des torches ! ai-je beuglé. Faites-moi un peu de lumière ici. Allumez des torches ! » Les trois frères disposaient encore d'une chiée de torches, mais ils jouaient la frugalité.

« C'est un putain de trône en bois, et vachement maous. » Ce que je parvenais difficilement à préciser, c'est qu'un putain de corps humanoïde vachement maous était cloué par des poignards d'argent à ce putain de trône en bois. Trône et corps étaient suspendus au-dessus de l'abîme et cruellement détourés par la lumière sanglante. Il me fallait absolument des torches pour mieux distinguer le corps. Il me semblait qu'il avait les yeux ouverts et je refusais d'en accepter l'augure.

« C'est quoi, bordel ? a demandé une voix. Un géant ? »

Thai Dei, qui rôdait comme toujours dans mon ombre, a prononcé une brève phrase en nyueng bao. Je n'y ai strictement rien compris hormis le titre « guerrier d'os ». « Qu'est-ce que tu viens de dire ?

— C'est peut-être le golem Shivetya, soldat de pierre. »

Pourquoi remettait-il ces vieilles sornettes sur le tapis ? Justement maintenant ?

« Shivetya ? » Je savais ce qu'était un golem. Un homme artificiel, habituellement pétri dans l'argile. Dans de nombreuses mythologies, nous descendons tous d'un tel micmac divin.

« Un mythe gunni, soldat de l'obscur. Khadi, ou Kina, dans sa jeunesse, guerroyait contre tous. Elle a tellement affaibli les Seigneurs de Lumière que ceux des Ténèbres ont cru y voir une occasion de les vaincre et dépêché une armée de démons pour les attaquer. Le combat prenant très mauvaise tournure pour les Seigneurs de Lumière, le dieu Fretinyahl, que l'on prétend parfois père de Kina, aurait imploré son aide. Elle y a consenti, mais pour des raisons toutes personnelles. Lors de la bataille finale dans la plaine de pierre, Khadi a gagné en taille et en puissance chaque fois qu'elle dévorait un démon. »

J'étais assez ferré en mythologie pour en savoir au moins autant. Entre autres variantes. Certains témoins oculaires affirmaient que Kina avait été spécialement créée pour livrer l'ultime grande bataille contre l'armée de démons des Seigneurs des Ténèbres. Selon d'autres, elle aurait été engendrée par le diable Ranashya, qui aurait pris l'apparence de Fretinyahl et serait parvenu à ses fins avec Mata, l'un des avatars de la déesse mère dans le mythe gunni. D'autres encore, toutefois, persistaient à dire de Kina qu'elle ne trouvait nullement son origine dans la mythologie gunni, mais qu'elle était une puissante intruse, à la présence si terrifiante qu'on ne pouvait que l'accepter, bien qu'elle fût la plupart du temps ignorée.

Le récit source était assez simpliste : des dieux réduits au désespoir se résolvent à combattre le mal par le mal et voient finalement leur épée se retourner contre eux pour leur trancher les doigts. Le créateur ou père de Kina réussit finalement à l'endormir par la ruse et à l'emprisonner jusqu'à ce que ses adorateurs puissent la réveiller par l'avènement de l'année des Crânes. L'année des Crânes viendrait irrémédiablement. Rien ne pourrait l'empêcher. Quoique Kina fût assoupie et recluse, une minuscule volute de son essence s'était échappée et hantait le monde, rémanente, pour guider ceux qui apporteraient la fin de cette ère. A charge de revanche, les actes des hommes justes et bons pouvaient la retarder indéfiniment.

« Lorsqu'ils eurent enfin compris qu'ils s'étaient condamnés eux-mêmes, les Seigneurs de Lumière ordonnèrent à Fretinhyal de créer un démon pétri dans l'argile et de lui donner vie grâce à une parcelle de son âme, afin qu'il n'échappe jamais à son emprise. On baptisa ce golem Shivetya, ce qui signifie “immortel”. Shivetya est censé garder le portail de la chambre où Kina repose pour l'éternité. Je n'ai jamais entendu dire qu'il ait été cloué sur place, mais les dieux eux-mêmes peuvent se montrer cruels et impitoyables, guerrier d'os.

— Sans blague ? Et remballe tes conneries de “guerrier d'os”. Je n'aimais déjà pas beaucoup ça de la part de Gota et de Doj, et je ne suis pas sûr de l'apprécier de ta part. » J'ai regardé Toubib. « Tu as suivi toute l'histoire ? Tu avais déjà entendu un truc pareil ?

— En partie. Un vieil ami à moi, un érudit de Taglios, m'a effectivement appris que la signification exacte du mot "Khatovar" s'était perdue, mais que certaines similitudes avec le dialecte moderne suggéraient quelque chose dans le genre de "l'endroit où s'est rendue Khadi", sinon tout simplement "la porte de Khadi".

— Et c'est là que tu voulais nous conduire malgré tout ? » Se pouvait-il que nous eussions crapahuté dans le monde réel à la poursuite du cœur ténébreux d'un mythe méridional ? Je m'y refusais. Ce que je voulais, c'était m'acheminer vers mon éden personnel. Nous étions censés gagner le paradis terrestre.

Toubib ne m'a pas répondu.

« Dis-m'en plus », ai-je lancé à la cantonade. Une ribambelle de torches brûlaient désormais. Le plus gros de la troupe s'alignait derrière le Vieux et moi. Le surcroît de lumière ne m'éblouissait pas au point de m'interdire de voir ce que je n'avais pas envie de voir. La chose clouée au trône avait bel et bien les yeux ouverts.

Elle ne bougeait pas, au moins. « Chiasse ! a fait Longinus. C'est juste une saleté d'idole. Pas de quoi flanquer les jetons. »

J'ai avancé d'un pouce en abaissant l'étendard de manière à pouvoir m'en servir comme d'une lance. Rien ne me permettait de dire que ça m'avancerait en rien contre un demi-dieu au rancart.

Toubib m'a suivi.

Nous avons franchi la moitié de la distance nous séparant du trône. Les frangins ingénieurs nous collaient aux semelles, une torche à la main. Tous les autres paraissaient beaucoup moins enclins à examiner la créature de près. Rien ne suggérait qu'il pût s'agir d'autre chose que d'une simple sculpture. De plus près, elle semblait même d'une facture assez grossière.

Nous avons encore franchi la moitié de la distance. Je commençais d'inhaler les vapeurs subtiles montant de la faille. Glacées, elles puaient la vieille mort.

L'espace d'un instant, j'ai eu l'impression d'être chez moi.

C'est une forme d'immortalité.

J'ai sursauté et regardé autour de moi. Seule Madame semblait avoir entendu quelque chose.

En reportant les yeux sur le trône basculé, j'ai vu la salle telle qu'elle devait se présenter mille ans plus tôt. Ou davantage. Lorsqu'une clique de prêtres cruels façonnait les premières ombres à partir de prisonniers de guerre. Ça n'a duré qu'une seconde, mais ce bref délai a suffi à me faire comprendre que ce lieu avait jadis été, bien avant la naissance des douze compagnies franches, le théâtre d'horreurs sans nom.

« Arrête-toi là », m'a soufflé Toubib.

J'ai pilé. Son ton était pressant. « Quoi ?

— Regarde à tes pieds. »

Je me suis exécuté. Les restes desséchés d'un corbeau gisaient sous nos yeux. Sa seule posture a suffi à me glacer de terreur jusqu'à la moelle des os. « Une ombre. Nous ne sommes pas en sécurité.

— Il nous reste l'étendard. » N'empêche qu'il n'avait pas l'air rassuré.

De la pointe du pied, j'ai balancé l'oiseau mort dans l'abîme dont l'orée ne se trouvait qu'à quelques pas. Peine perdue ! Quelques gars avaient déjà vu le cadavre. Et compris ce qu'il signifiait.

En ce qui me concernait, j'avais pigé bien davantage : sa présence ici ne signifiait pas seulement que les ombres rôdaient dans cette partie de la forteresse... mais encore que Volesprit la connaissait... Et aussi...

Un rire dément a éclaté près de la crevasse par où nous étions entrés. Celui de Volesprit. Madame a pivoté sur elle-même : des sortilèges prenaient déjà naissance autour d'elle.

57

La terre a tremblé.

Une secousse violente. La pire depuis que nous étions dans la plaine. Sinon depuis celle, terrifiante, qui avait anéanti des cités entières et fait des milliers de morts avant que nous quittions Taglios. Projeté à terre, j'ai commencé à glisser vers l'abîme. Toubib m'a agrippé juste à temps et Madame s'est cramponnée à lui. Tous les autres s'étaient aussi effondrés. Volesprit s'est arrêtée net de ricaner. Les torches lâchées par les hommes s'éparpillaient un peu partout. Elles ne trouveraient ici aucun aliment combustible.

Quelque chose tombait du ciel. De petites billes de verre ou des grêlons translucides. Certains explosaient en touchant le sol, d'autres rebondissaient. Ils semblaient n'avoir aucun rapport avec ce qui se passait. Au début.

Le trône du golem a bougé : il a encore basculé en avant, pratiquement cul par-dessus tête, à une haleine de souris de plonger dans l'abîme rougeoyant.

Il y a eu un monstrueux éclair blanc. Qui m'a temporairement aveuglé. Pendant que je mordais la poussière, Volesprit injuriait quelqu'un de trois voix différentes et en autant de langues. Aboiements, crépitements et grondements déchiraient le silence, accompagnant les jets de sortilèges. D'autres billes criblaient le sol autour de moi. J'ai commencé à me sentir tout chose, faible et somnolent. Je me suis rendu compte que ces petits bouts de verre brillants correspondaient exactement à ce que les corbeaux adorent colporter et peut-être aussi entasser quelque part, en attendant que leur patronne leur ordonne de les faire pleuvoir sur la tête d'autrui lorsque la lubie l'en prendrait.

Volesprit nous avait bel et bien tendu un traquenard.

J'ai empoigné l'étendard et sombré sans crainte dans le sommeil, béatement persuadé que Volesprit ne pourrait quitter la plaine. Les ombres la déchiquetteraient. Comme elles nous déchiquetteraient tous dès le coucher du soleil.

Pas moyen de dormir sans chevaucher le fantôme. Dès que je me suis glissé hors de mon corps, je me suis précipité pour essayer d'expliquer à Qu'un-Œil, Roupille ou n'importe qui ce qui s'était passé. Parvenu à la Porte d'Ombre, j'ai trouvé tout mon petit monde durement ébranlé par le séisme ; Qu'un-Œil s'était déjà fait une idée assez précise des événements. Il avait ordonné aux troufions de plier bagage pour se réfugier à Belvédère. De fait, la même scène se répétait un peu partout, comme si tous avaient eu la même idée au même moment. Personne n'était franchement optimiste.

J'ai mis plusieurs heures à localiser Roupille, bien qu'oncle Doj l'eût conduite directement à la section qu'il avait contournée pendant la nuit. Elle dormait encore et son déguisement tenait le choc. Je l'ai secouée, je lui ai planté mon coude et mon doigt dans les côtes autant qu'un fantôme pouvait le faire, et j'ai fini par obtenir une réaction.

J'ai passé le plus clair de la journée à lui transmettre mon message à une lenteur exaspérante.

Le soleil était pratiquement couché quand j'ai de nouveau franchi la Porte d'Ombre vers le sud. Je résistais mal à la tentation d'aller trouver Sarie. Je n'avais pas envie de me trouver auprès d'elle lorsque les ombres découvriraient mon corps.

J'ignore quel raisonnement bizarroïde m'éperonnait. J'étais convaincu de devoir regagner mon enveloppe avant ma mort.

Faute de quoi je deviendrais éternellement une âme errante.

J'ai croisé Volesprit à mi-chemin. Elle piquait des deux vers le nord, montée sur le cheval de Madame, à une allure diabolique. Le destrier de Toubib galopait à une longueur derrière, à une allure aussi précipitée. Le visage de son cavalier était enfoui dans la crinière de l'étalon, mais les boucles d'or faseyant dans son sillage l'ont trahi. Quand on ne peut avoir celle qu'on désire, autant s'offrir sa petite sœur. Cygne, Cygne, te serais-tu damné pour une chatte ?

J'ai bondi devant le cheval de tête, certain d'être vu de lui. Le mien m'avait reconnu. J'allais leur flanquer la frousse de leur vie.

Il m'a bel et bien vu. Et m'est passé au travers. De toute évidence, ces bestiaux n'ont pas peur des fantômes. J'ai sauté en l'air et tenté de gifler Cygne au passage.

Quelqu'un l'avait forcément détachée.

Comment l'avait-elle circonvenu ?

J'ai poursuivi vers le sud, l'humeur gâtée par mon échec cuisant. La plaine tout entière semblait résonner du rire de Volesprit.

Elle triomphait. Elle avait gagné, au terme d'une éternité de lutte. Elle avait battu sa sœur. Le monde était enfin son jouet.

L'obscurité commençait à tomber. J'ai hâté le pas. J'ai croisé une troupe dépenaillée d'hommes et d'animaux fuyant vainement vers le nord. Leur nombre était inférieur à la moitié de notre détachement de reconnaissance. Sindawe et Baquet étaient les deux seuls individus notables du lot. Je n'ai pas vu la panthère. En atteignant la fissure permettant d'accéder à la chambre intérieure, je l'ai trouvée murée. Quelqu'un l'avait colmatée à l'aide de chiffons, de cailloux et de débris de maçonnerie. Cygne probablement. Volesprit savait pertinemment que les ombres pouvaient se faufiler par le plus minuscule des chas d'aiguille. Elle était le nouveau Maître d'Ombres.

Là où une ombre pouvait se glisser, moi aussi. Et Cygne avait salopé le boulot.

Le golem, s'il s'agissait bien de lui, était toujours suspendu au-dessus de l'abîme rutilant. Mais j'avais de bonnes raisons de paniquer. Mon corps ne se trouvait plus où je l'avais laissé. Nul cadavre alentour. J'ai dû fermer mes yeux astraux pour permettre à ma chair de me happer.

J'aurais dû le voir venir. J'aurais dû m'en douter. Depuis des années, je n'étais que bien pauvrement enraciné dans le présent. Et tant de ces visages m'avaient évoqué ceux de vieilles connaissances !

Mon retour à la conscience – sans avoir encore, toutefois, réintégré mon corps – s'est produit dans les cavernes aux vieillards et aux cocons de glace filée. Et je me suis retrouvé assis là, le dos à la paroi, au terminus du voyage, l'étendard sur les genoux. Le fer de la Lance bourdonnait et murmurait comme s'il parlait tout seul. Les autres, c'étaient tous ceux qui s'étaient faufilés par l'ultime fissure : vieux de la vieille, Nyueng Bao, Cordy Mather, Lame, Prahbrindrah Drah, Isi et Ochiba. Jusqu'au dernier imbécile, et même Madame et le Vieux. Sa petite sœur méprisée avait consacré quelques minutes supplémentaires à joindre ironiquement leurs mains, à pencher sardoniquement ces deux têtes l'une vers l'autre. Le visage de Madame irradiait la fureur. C'était la seconde fois qu'elle était enterrée vive, le second époux dont elle partageait le sépulcre.

Celui du Vieux, lui, irradiait le désespoir.

Tout comme celui des autres. C'était la fin du rêve, si insignifiant fût-il.

J'ai voleté sous le plafond de la caverne, louvoyant entre stalactites et stalagmites, toiles d'araignée et dentelles de glace, jusqu'au lieu où, une éternité avant l'apparition des compagnies franches, les fidèles de Kina, pourchassés et au désespoir, avaient caché les Livres des Morts sacrés pour les soustraire au sanglant seigneur de la guerre qu'était Rhaydreynak. Il ne les avait pas retrouvés, pas plus que les enfants de Kina n'avaient survécu pour les récupérer.

Ça pouvait encore être pire. Volesprit avait peut-être découvert et emporté ces livres sinistres.

Ce n'était pas le cas. Ils se trouvaient toujours sur leur lutrin, ouverts aux mêmes pages.

J'ai précipitamment regagné les copains.

Quelques-uns m'entendaient bouger. Ils ont déversé leur rage sur moi. Ce qui valait peut-être mieux. *L'eau dort,* ai-je songé à leur propos. Ils étaient plongés dans une sorte de stase magique. Je n'étais piégé que dans mon propre corps, sans doute parce que je m'étais absenté au moment propice.

L'eau dort. Volesprit était peut-être les ténèbres, mais elle apprendrait.

« L'eau peut dormir, mais l'ennemi ne dort jamais. »

La nuit, quand le vent cesse de gémir au travers de la forteresse qui se dressait ici avant la plaine qui s'étendait ici avant même que la première compagnie franche se mît en marche, la pierre chuchote. La pierre éclôt. Grandit. La pierre bourgeonne et fleurit. Un millier de piliers se dressent là où nul pilier ne s'était levé avant. Le clair de lune balaie la plaine, faisant scintiller les caractères qui prennent forme, en mémoire de quelques-uns de ceux qui sont tombés.

C'est une forme d'immortalité.

Achevé d'imprimer en janvier 2007
par l'imprimerie France Quercy
à Mercuès (Lot)
pour le compte de
la Librairie L'Atalante

N° d'imprimeur : 62900/
Dépôt légal : janvier 2004

IMPRIMÉ EN FRANCE